LA PESTE GRISE

DU MÊME AUTEUR
CHEZ POCKET

FIÈVRE DE GLACE
LA MAISON INTERDITE
LE MASQUE DE L'OUBLI
MIROIRS DE SANG
LA MORT À LA TRAÎNE
LA NUIT DES CAFARDS
LA NUIT DU FORAIN
UNE PORTE SUR L'HIVER
LA VOIX DES TÉNÈBRES
LUNE FROIDE
LES YEUX DES TÉNÈBRES

COLLECTION TERREUR
dirigée par Patrice Duvic

DEAN R. KOONTZ

LA PESTE GRISE

POCKET

PRESSECO

PAPIER RECYCLÉ
NATURE PROTÉGÉE

Au cas où le présent volume comporterait un défaut de pagination, prière de bien vouloir nous le retourner à l'adresse suivante : Pocket, 12 avenue d'Italie, 75627 Paris Cedex 13. Il sera échangé immédiatement.

ISBN 2-266-02661-5
ISSN 1144-7214

PROLOGUE

Samedi 6 août 1977

LE chemin de terre était étroit et les basses branches des mélèzes et des sapins raclaient le toit et les vitres de la Land Rover.

— Arrête-nous ici, ordonna Rossner, d'une voix tendue.

Holbrook, un grand gaillard d'une trentaine d'années aux traits durs et figés, étreignait si fort le volant que ses jointures en étaient exsangues. Il freina, appuya sur la droite et laissa la voiture s'arrêter doucement au milieu des arbres. Puis il éteignit les phares et alluma une veilleuse sur le tableau de bord.

— Vérifie ton arme, conseilla Rossner.

Ils portaient tous deux sous le bras un SIG-Petter, le meilleur automatique du monde. Ayant sorti les chargeurs pour s'assurer qu'ils étaient pleins, ils les replacèrent dans la crosse avant de rengaigner, tous leurs gestes réglés comme un ballet mainte fois répété. Après quoi ils descendirent et firent le tour de la voiture.

A 3h du matin, le silence et l'obscurité de cette forêt du Maine semblaient pleins de menaces inconnues. Holbrook rabattit le panneau arrière et une lumière clignota à l'intérieur. Il repoussa la bâche qui recouvrait deux paires de cuissardes, deux lampes torches et du matériel. Rossner, plus petit, plus mince et plus vif, mit moins de temps à enfiler ses bottes et sortit ensuite le reste de leur équipement dont le principal élément était un réservoir sous pression évoquant une bouteille de plongée, y compris les courroies et la ceinture, mais duquel partait un tuyau aboutissant à un orifice de pulvérisation en acier inoxydable.

Après s'être aidés à passer les bretelles, en s'assurant que leurs pistolets restaient accessibles, ils firent quelques pas pour s'habituer à la charge.

A 3h 10, Rossner sortit une boussole de sa poche et la consulta dans le faisceau de sa lampe, puis la remit en place et s'engagea dans la forêt, suivi de Holbrook à la démarche étonnamment légère pour un homme de sa corpulence. En raison de la forte déclivité du terrain ils durent faire deux haltes en une demi heure pour reprendre leur souffle.

A 3h 40 ils étaient en vue de la scierie Big Union, et à 300 mètres sur leur droite au milieu des arbres se dressait un complexe de bâtiments de un à deux étages aux murs de parpaings et de bardeaux, avec toutes leurs fenêtres allumées. Des projecteurs baignaient l'aire du stockage d'une lumière ouatée d'un blanc violacé. A l'intérieur du vaste bâtiment principal des scies géantes grinçaient et gémissaient sans relâche, tandis que les billots et les planches débitées tombaient bruyamment des bandes transporteuses dans des bennes métalliques.

Rossner et Holbrook contournèrent la scierie pour éviter d'être repérés et atteignirent la crête de la colline à 4h. Ils trouvèrent sans difficulté le lac artificiel dont un côté scintillait sous un clair de lune blafard, alors que l'autre restait dans l'ombre d'une hauteur en surplomb. La pièce d'eau formait un ovale régulier de 300 mètres sur deux cents, alimentée par une source bouillonnante, et servait de réservoir à la fois pour la scierie et la petite ville de Black River, à 5km en contrebas dans la vallée.

Ils longèrent la clôture haute de deux mètres et destinée à interdire l'accès aux animaux. La grille n'était même pas fermée à clef, et ils entrèrent.

Du côté plongé dans l'obscurité Rossner avança de

quelques mètres dans l'eau qui atteignait presque le haut de ses bottes. Le fond avait une forte déclivité et la profondeur était d'une vingtaine de mètres au milieu. Rossner déroula le flexible arrimé sur le côté du réservoir, empoigna l'extrémité métallique et actionna le bouton de son pouce. Un produit chimique incolore et inodore fusa par l'orifice, et Rossner plongea alors le bout du tuyau dans l'eau en l'agitant pour disperser le liquide aussi largementt que possible.

En vingt minutes le réservoir était vide et Rossner remit le flexible à sa place. Après quoi il leva les yeux vers l'autre côté du lac où Holbrook avait fini lui aussi de déverser son produit et s'apprêtait à remonter sur la bordure de béton. Ils se retrouvèrent à la grille d'entrée.

— Tout a bien marché ? demanda Rossner.

— Impeccable.

A 5h 10 ils étaient de retour à la Land Rover et à l'aide de bêches sorties du coffre ils creusèrent deux trous assez peu profonds dans la terre noire et grasse, où ils enfouirent les réservoirs vides, les bottes, les étuis et les pistolets.

Pendant deux heures, Holbrook au volant emprunta une série de routes de terre défoncées, traversa la rivière St-John sur un pont de bois, et atteignit enfin une route goudronnée vers 8h 30.

Rossner prit alors le volant. Ils n'avaient pas échangé plus d'une douzaine de mots.

A midi trente Holbrook descendit devant le Starlite Motel sur la route n°15, dans lequel il avait retenu une chambre. Sans dire au revoir à son compagnon il entra dans le motel dont il verrouilla la porte, et s'assit près du téléphone.

Rossner fit le plein avant de prendre la route inter-Etats vers le sud en direction de Waterville. Peu après Augusta il suivit l'autoroute du Maine jusqu'à Portland où il s'arrêta sur une aire de ravitaillement, près d'une rangée de cabines téléphoniques. Le soleil de l'après-midi transformait les fenêtres du restaurant en miroirs, et se reflétait sur les voitures, tandis que des vapeurs d'air chaud s'élevaient du macadam.

Il consulta sa montre qui indiquait 15h 35, puis s'appuya au dossier et ferma les yeux comme s'il sommeillait; mais il regardait le cadran toutes les cinq minutes et à 15h 55 descendit et se dirigea vers la dernière cabine de la rangée. A 16 heures, la sonnerie retentit.

— Rossner.

— Je suis la Clé, Rossner, dit une voix froide et incisive.

— Je suis la Serrure, répondit-il d'un ton neutre.

— Comment ça a marché?

— Comme prévu.

— Vous avez manqué l'appel de 15h 30.

— De cinq minutes seulement.

Après une légère hésitation, la voix à l'autre bout du fil reprit:

— Quitte l'autoroute à la prochaine sortie, puis tu tourneras à droite sur la nationale et tu pousseras la Rover à 160 au moins. Trois kilomètres plus loin la route tourne brusquement à droite et le virage est bordé par un mur de moellons. Ne freine pas et ne t'engage pas dans le virage. Tu te jetteras contre le mur à la vitesse que je t'ai ordonée.

A travers la paroi vitrée Rossner regardait fixement une jeune femme portant un short blanc très moulant et surpiqué de noir qui sortait du retaurant et se dirigeait vers une petite voiture de sport rouge. Jolies jambes enregistra son esprit.

— Glenn?

— Oui, chef?

— Tu m'as bien compris?

— Oui.

— Répète ce que je viens de dire.

Rossner répéta mot pour mot.

— C'est parfait, Glenn. Maintenant, exécution.

— Bien, Chef.

Rossner revint à la Land Rover et l'engagea sur l'autoroute très fréquentée.

Holbrook était assis, immobile et patient, dans l'obscurité de la chambre du motel. Il alluma la télévision, mais ne regarda pas. Il se leva une fois pour aller aux toilettes et boire un verre d'eau. Ce fut la seule interruption dans son attente vigilante près du téléphone.

A 16h 10 la sonnerie retentit, et il décrocha.

— Holbrook.

— Je suis la Clé, Holbrook.

— Je suis la Serrure.

Son interlocuteur parla pendant trente secondes puis ordonna:

— A présent répète ce que je viens de dire.

Holbrook obéit.

— Parfait. Maintenant, exécution.

Holbrook raccrocha, alla dans la salle de bains et entreprit de remplir la baignoire d'eau chaude.

Juste après s'être engagé sur la route nationale Glenn Rossner écrasa l'accélérateur au plancher, faisant rugir le moteur et trembler le châssis, tandis que le volant tressautait et vibrait entre ses mains. Les arbres, les maisons et les autres voitures défilaient de part et d'autre comme des raies de couleur.

Tout au long des deux premiers kilomètres ses yeux ne quittèrent pas la route une seconde, mais quand il arriva en vue du virage il jeta un coup d'œil au compteur et s'aperçut qu'il roulait à un peu plus de 160km à l'heure.

Il se laissa aller à geindre d'angoisse, sans vraiment s'entendre, les seuls sons audibles étant le fracas de la voiture torturée. Au dernier moment il grinça des dents et frissonna horriblement des pieds à la tête.

La Rover heurta le mur de pierre haut de 1,20 m avec une telle force que le moteur vint s'encastrer dans les jambes de Rossner. Le véhicule défonça un bon morceau de la maçonnerie, projetant en l'air des moellons qui retombèrent sur son toit, puis se dressa sur son avant enfoncé et bascula par-dessus le mur démoli pour finir par exploser dans une gerbe de flammes.

Holbrook se déshabilla avant d'entrer dans la baignoire où il s'assit dans l'eau tiède et saisit la lame du rasoir qu'il avait placée sur le rebord d'émail. La tenant fermement entre le pouce et l'index de la main droite, il se taillada les veines du poignet gauche puis essaya de répéter l'opération sur le droit, mais ses doigts laissèrent échapper la lame gluante. Il la repêcha dans l'eau qui s'assombrissait déjà, et entailla profondément le dessus de son pied gauche.

Puis il se laissa aller en arrière et ferma les yeux, avec l'impression de s'enfoncer doucement dans un tunnel aux ténèbres de plus en plus épaisses, le cerveau embrumé, la tête légère, conscient de perdre connaissance mais sans souffrir. Au bout d'une demi-heure il entra dans le coma, et dix minutes plus tard il était mort.

Dimanche 7 août 1977

APRES une semaine de travail dans l'équipe de nuit, Buddy Pellineri n'arrivait pas à changer ses heures de sommeil durant le week-end. A 4 heures du matin ce dimanche il était déjà dans la cuisine de son minuscule deux-pièces en train d'écouter la radio, son trésor le plus cher, qui diffusait en sourdine de la musique sur une station canadienne émettant 24 heures sur 24. Assis à la table près de la fenêtre il scrutait la zone d'ombre de l'autre côté de la rue: il avait aperçu un chat qui courait le long du trottoir, et ses cheveux s'étaient dressés sur sa tête. Buddy Pellineri détestait deux choses par-dessus tout: les chats et le ridicule.

Il avait vécu vingt-cinq ans avec sa mère pendant vingt desquels elle avait toujours eu un chat à la maison, d'abord César 1er, puis César Deux. Elle ne s'était jamais rendu compte que ces animaux, plus vifs et beaucoup plus rusés que son fils, représentaient pour lui une calamité. César Premier — ou Deux, peu importait — adorait se percher discrètement sur les rayons de la bibliothèque, sur le vaissellier ou sur les commodes, attendant que Buddy vînt à passer pour lui sauter sournoisement dessus. Il ne le griffait pas vraiment mais cherchait à s'assurer une prise solide sur sa chemise pour éviter de se faire projeter par terre. A chaque fois c'était le même scénario: Buddy pris de panique se mettait à tourner en rond ou à courir d'une pièce à l'autre à la recherche de sa mère, avec César qui lui postillonnait dans l'oreille. La frayeur venait de la soudaineté et de la surprise de l'attaque plus que d'une douleur réelle. Sa mère prétendait que César voulait seulement jouer. Parfois Buddy affrontait l'animal, pour prouver qu'il n'en avait pas peur: il se plantait devant lui quand il prenait le soleil sur le rebord de la fenêtre et essayait de lui faire baisser les yeux, mais c'était toujours lui qui détournait son regard le premier. Déjà qu'il ne comprenait pas bien les gens, l'expression hermétique du chat ne faisait qu'accentuer son sentiment de bêtise et d'infériorité.

Il s'accommodait d'ailleurs plutôt mieux du ridicule que de la présence des chats, peut-être au fond parce que l'élément de surprise n'existait pas. Petit garçon, les autres enfants l'avaient pris comme souffre-douleur et il avait appris à s'y attendre et à le supporter. Il se rendait quand même bien compte qu'il n'était pas comme les autres, mais si son quotient intellectuel avait été inférieur de quelques points il n'en aurait pas su assez pour éprouver ce sentiment de honte que les gens attendaient d'ailleurs de lui. Si par contre son QI avait été très légèrement supérieur, il eût été capable de réagir contre les chats et les méchants, au moins dans une certaine mesure. Mais se trouvant entre les deux il vivait à sa manière en se réfugiant derrière l'éternelle excuse d'un intellect déficient, une malédiction qu'il subissait par la faute d'une couveuse mal réglée dans laquelle il avait été placé après une naissance prématurée de cinq semaines.

Son père était mort dans un accident à la scierie voisine alors que Buddy avait cinq ans, et le premier des César était arrivé à la maison deux semaines après. Sans la mort de son père, il n'y aurait peut-être jamais eu de chats, et Buddy aimait à croire que, son père vivant, personne n'eût osé se moquer de lui.

Sa mère était morte d'un cancer quand il avait vingt-cinq ans, cela faisait dix ans à présent, et depuis lors il travaillait comme aide veilleur de nuit aux entrepôts de la

Big Union. Il supçonnait vaguement des gens de la scierie de s'être plus ou moins sentis responsables de sa personne et d'avoir créé ce poste pour lui, mais il ne l'avait jamais reconnu devant quiconque, à commencer par lui-même. Il était de service de minuit à 8 heures, cinq nuits par semaine, patrouillant les aires de stockage à l'affût de fumée, d'étincelles ou de flammes éventuelles. Il était fier de ses fonctions et au cours des dix dernières années en était venu à nourrir un réconfortant sentiment de respect vis-à-vis de sa propre personne, totalement inconcevable auparavant.

Parfois pourtant il se sentait redevenir un enfant bafoué par les autres, en butte à une plaisanterie qui lui échappait. Ed McGrady, son supérieur immédiat et gardien chef de l'équipe de nuit, était un brave homme incapable de faire du mal à qui que se fût, mais il souriait quand même lorsque les autres taquinaient Buddy. Bien sûr, il leur disait d'arrêter et venait au secours de son ami Buddy, mais non sans avoir ri malgré tout.

C'est pour cela que Buddy n'avait parlé à personne de ce qu'il avait vu samedi matin, vingt-quatre heures plus tôt; il ne voulait pas être la risée de l'équipe. Il était sorti du chantier pour aller se soulager dans les bois. Il évitait toujours les toilettes car c'était là que fusaient les plaisanteries les plus cruelles à son égard. A 5h moins le quart il se trouvait debout devant un grand pin dans l'ombre, en train d'uriner, quand il avait aperçu deux hommes revenant du bassin avec des lampes-torches munies d'un cache ne laissant passer qu'un pinceau de lumière jaune. Et comme ils passaient à quelques mètres de lui Buddy avait remarqué dans ce halo qu'ils portaient des cuissardes de caoutchouc, comme les pêcheurs. Ils n'avaient pourtant pas pu pêcher dans la pièce d'eau qui ne contenait pas de poisson ! Autre détail, chacun portait une sorte de réservoir sur le dos, comme les plongeurs sous-marins à la télévision, et aussi des pistolets en bandoulière. Ils semblaient tellement déplacés dans ce bois ! Ils lui avaient fait peur, car il sentait instinctivement que c'étaient des tueurs, comme à la télé. S'ils s'apercevaient que quelqu'un les avait vus ils le tueraient à coup sûr et enterreraient le cadavre sur place. Mais aussi, Buddy envisageait toujours le pire, la vie lui ayant appris à penser ainsi. Il était donc resté parfaitement immobile, les suivant des yeux jusqu'à ce qu'ils fussent hors de vue. Puis il était revenu en courant au chantier, tout en se disant qu'il ne pouvait raconter à personne ce qu'il avait vu. On ne le croirait pas. Et puis, bon Dieu, comme ils chercheraient sûrement à tourner son histoire en ridicule alors qu'il s'agissait de la stricte vérité, eh bien...il ne dirait rien !

Quand même, il aurait bien voulu en parler à quelqu'un, à défaut des gardiens de la scierie. Il avait beau réfléchir, il ne parvenait pas à trouver une explication logique à la présence de ces soi-disant plongeurs. En fait plus il y pensait et plus l'incident lui paraissait bizarre. Il avait toujours eu peur de ce qu'il ne comprenait pas. Il était sûr qu'en racontant tout à quelq'un on lui donnerait une explication et il n'aurait plus peur...mais, si on riait de lui ? Il ne comprenait pas leur rire non plus, et le trouvait encore plus déroutant que les mystérieux inconnus dans le bois.

De l'autre côté de la grand'rue le chat détala de l'ombre épaisse et violacée pour filer à l'est vers le bazar des Edison, tirant brutalement Buddy de ses réflexions. Il appuya sa tête au carreau pour guetter le chat jusqu'à ce qu'il ait disparu au coin de la rue. Mais de peur qu'il ne tentât de revenir subrepticement pour grimper dans sa chambre au second, Buddy surveilla l'endroit où il avait perdu l'animal de vue. Pour le moment il avait oublié les intrus dans la forêt, sa peur des chats étant bien plus grande que celle des pistolets et des faux plongeurs.

PREMIERE PARTIE

LA CONSPIRATION

I

Samedi 13 août 1977

EN prenant le virage à l'entrée du vallon Paul Annendale sentit un changement s'opérer en lui. Après cinq heures au volant la veille et cinq autres le jour même, il était las et tendu, mais voilà qu'en quelques secondes la raideur de son cou avait disparu et les muscles de ses épaules s'étaient relâchés. Ces lieux bénéfiques semblaient écarter tous les ennuis et il y éprouvait une profonde sérénité, comme Hugh Conway arrivant à Shangri-La dans *Horizons perdus.*

Pourtant Black River n'était pas Shangri-La, même avec beaucoup d'imagination. Ce petit village n'existait et ne maintenait sa population de 400 âmes qu'en fonction de la grosse scierie mais pour ce genre d'agglomération annexe d'une usine il était remarquablement propre et attrayant, avec sa rue principale bordée de grands chênes et de bouleaux, et ses maisons aux charpentes peintes en blanc et aux toits asymétriques, dans le style colonial de la Nouvelle-Angleterre. Paul pensait que son attachement à ce coin s'expliquait par le fait qu'il n'y avait connu aucun désagrément, seulement de bons souvenirs; ce qui n'est pas le cas pour bien des lieux dans une vie d'homme !

— Voilà le bazar d'Edison ! s'écria Mark Annendale en se penchant pour le montrer du doigt à travers le pare-brise.

— Merci du renseignement, grand chef éclaireur, dit Paul en souriant.

Rya était aussi excitée que son frère car Sam Edison jouait un peu le rôle d'un grand-père pour eux, mais elle s'imposait plus de retenue que Mark. A onze ans elle brûlait déjà de se comporter comme la femme qu'elle ne deviendrait que dans bien d'années. Elle se tenait très droite aux côtés de Paul sur le siège avant, sanglée dans sa ceinture de sécurité.

— Mark, je me demande parfois si tu n'as pas cinq ans au lieu de neuf, lança-t-elle.

— Vraiment ? Moi je me demande souvent si tu n'en as pas soixante !

— Un but ! commenta leur père.

Mark était satisfait. En général il n'avait jamais le dessus avec sa sœur, et ce genre de répartie n'était pas son fort.

Paul jeta un regard en coin à Rya et vit qu'elle rougissait. Il lui fit aussitôt comprendre par un clin d'œil que ce n'était pas d'elle qu'il riait. Sûre d'elle à nouveau, elle s'appuya au dossier avec un sourire entendu. Bien évidemment elle aurait pu renvoyer la balle à Mark et le laisser déconfit, mais elle savait faire preuve de gentillesse et de générosité, une qualité assez rare chez les enfants de son âge.

A la seconde où le break s'arrêtait le long du trottoir Mark avait déjà sauté à terre. Il escalada les trois marches de béton, traversa en courant la vaste véranda couverte, et disparut à l'interieur du magasin, faisant claquer la porte grillagée derrière lui juste au moment où Paul coupait le moteur.

Contrairement à Mark, Rya ne voulait sourtout pas se donner en spectacle et prit son temps pour sortir de la voiture, s'étirant, bâillant, effaçant les plis de ses jeans, redressant le col de son chemisier bleu marine, et tapotant ses longs cheveux bruns avant de fermer la portière et de monter les marches. Mais arrivée en haut, elle aussi se mit à courir.

Le bazar d'Edison était une sorte de centre commercial concentré sur 300 mètres carrés en une seule pièce de 30 m sur 10, avec un plancher de pin chevillé à l'ancienne. Le côté est était consacré à l'épicerie et le côté ouest aux surgelés, aux articles divers et abritait aussi un beau rayon moderne de pharmacie. Comme son père avant lui, Sam Edison était le seul pharmacien diplômé de la petite ville.

Au centre, trois tables et une douzaine de chaises en chêne étaient disposées autour du vieux poêle à bois. En général quelques vieux en train de jouer aux cartes occupaient toujours l'une des tables, mais pour l'instant toutes les chaises étaient vides. Le bazar ne faisait pas seulement fonction d'épicerie et de pharmacie, c'était aussi le lieu de réunion de la petite communauté.

Paul souleva le lourd couvercle de la glacière, sortit une bouteille de pepsi-cola, de l'eau fraîche, et alla s'installer à l'une des tables.

Devant la vitrine démodée du comptoir aux sucreries, Rya et Mark riaient à une plaisanterie de Sam qui leur offrit bonbons et barres de chocolat, puis les envoya se choisir des livres et des bandes dessinées sur les rayons. Après quoi il vint s'asseoir à la table de Paul, le dos tourné au poêle éteint, et les deux hommes échangèrent une cordiale poignée de main.

Au premier coup d'œil, songeait Paul, Sam avec son visage tanné et buriné aux yeux perçants d'un gris ardoise avait l'air plutôt dur et rébarbatif. C'était un solide gaillard d'1,73 m pour 73 kilos, à la carrure large et au torse bombé, dont la chemise à manches courtes laissait voir des avant-bras et des biceps impressionnants. Même la blancheur de sa barbe drue et de son épaisse chevelure n'adoucissait pas cet aspect peu engageant, et Sam aurait pu facilement tricher de dix ans sur ses cinquante cinq.

Mais ce physique inquiétant était trompeur et cachait en réalité un homme bon et chaleureux, qui offrait probablement plus de sucreries qu'il n'en vendait: une proie toute trouvée pour les enfants. Paul ne l'avait jamais vu en colère, ni entendu élever la voix.

— Quand êtes-vous arrivés ?

— C'est notre premier arrêt.

— Ta lettre ne disait pas combien de temps vous resteriez cette année. Quatre semaines ?

— Six, je pense.

— Merveilleux, s'écria Sam les yeux brillants. Mais, dans ce visage très marqué, l'expression aurait aussi bien pu paraître malveillante à un étranger.

— Vous passerez la nuit avec nous, comme prévu ? Vous n'allez pas vous embarquer dans la montagne aujourd'hui ?

— Ce sera bien assez tôt demain, fit Paul. Nous sommes en route depuis neuf heures ce matin, et je ne me sens pas la force de dresser la tente cet après-midi !

— Tu as l'air en forme en tout cas.

— Je me sens bien depuis que je suis ici.

— Tu avais grand besoin de ces vacances, n'est-ce pas ?

— Seigneur, oui ! s'écria Paul qui avala une gorgée de pepsi avant d'ajouter: j'en ai par-dessus la tête des caniches névrotiques et des siamois pleins de vers...

— Je te l'ai dit cent fois, pas vrai ? fit Sam avec un sourire malicieux. Tu ne peux pas espérer être un vrai vétérinaire si tu restes dans la banlieue de Boston. Tu ne seras toujours que le garde-malade des petits familiers névrosés aux maîtres également névrosés. Viens à la campagne, Paul.

— Tu veux dire que je ferais mieux de m'intéresser aux vaches et aux juments en train de mettre bas ?

— Parfaitement.

— J'y viendrais peut-être un jour, avoua Paul avec un soupir.

— Tu devrais sortir ces gosses de cette banlieue et les amener ici où l'air est pur et l'eau potable.

— Ce n'est pas impossible, fit Paul qui tourna la

tête vers le fond du magasin où une portière masquait un couloir. Jenny est là?

— J'ai passé toute la matinée à préparer des ordonnances et elle vient de partir les porter. Je crois que j'ai fourni plus de médicaments ces quatre derniers jours que d'habitude en quatre semaines !

— Une épidémie ?

— Oui. Une grippe, ou le rhume, difficile à dire.

— Quel est le diagnostic du docteur Troutman ?

— Il n'est pas très sûr, un nouveau virus de grippe, pense-t-il.

— Et qu'est-ce qu'il prescrit ?

— Un antibiotique à large spectre, la Tétracycline.

— Ce n'est pas très méchant.

— Oui, mais cette grippe ne semble pas l'être non plus.

— Et la Tétracycline marche ?

— Trop tôt pour le dire.

Paul jeta un coup d'œil inquiet vers Rya et Mark.

— Ils sont mieux ici que n'importe où en ville, l'informa Sam. Jenny et moi sommes à peu près les seuls à Black River à ne pas avoir attrapé le virus.

— Et une fois dans les montagnes si je me retrouve avec mes deux gosses malades, quels symptômes dois-je attendre ? Mal au cœur, fièvre ?

— Rien de tout ça. Seulement des accès de frissons, la nuit.

Paul jeta un regard surpris et interrogateur.

— Assez impressionnant d'après ce qu'on dit, reprit Sam dont les épais sourcils se rejoignaient en une brosse blanche. On se réveille en pleine nuit, comme au sortir d'un affreux cauchemar, on tremble tellement qu'on ne peut rien tenir, on a du mal à rester debout et le cœur bat très vite. On transpire abondamment, des litres, comme avec une tension très élevée. Ça dure environ une bonne heure et puis ça disparaît complètement mais on reste affaibli toute la journée.

— Ça ne ressemble pas à la grippe, fit remarquer Paul perplexe.

— Ni à rien d'autre non plus, mais les gens ont très peur. Pour certains ça c'est déclaré mardi soir, et pour la plupart mercredi. Depuis ils se réveillent la nuit avec la tremblote, et le jour se sentent faibles et épuisés. Bien peu ont fait une bonne nuit une seule fois cette semaine, crois-moi.

— Le docteur Troutman n'a pas appelé un confrère en consultation ?

— Le plus proche toubib est à 100km d'ici, n'oublie pas. Il a fait appel au Service de Santé de l'Etat hier après-midi, en demandant qu'un de leurs itinérants pousse jusqu'ici pour établir un second diagnostic; mais il paraît qu'ils ne peuvent envoyer personne avant lundi. Je suppose qu'une épidémie de frissons nocturnes ne les excite guère.

— Ils pourraient être les signes avant-coureurs d'un truc grave.

— Exact, mais tu connais les bureaucrates. Voyant Paul jeter à nouveau un regard inquiet vers ses enfants, Sam ajouta: Allons, ne te fais pas de souci. Nous éloignerons tes gosses des malades.

— J'avais prévu d'emmener Jenny au restaurant Ultman, faire un petit dîner tranquille.

— Si tu attrapes la grippe d'une serveuse ou d'un client, tu la passeras ensuite aux enfants. Laisse donc tomber le restaurant et dînez ici. Tu sais bien que je suis le meilleur cuisinier de Black River.

Paul semblait hésiter.

— On dînera de bonne heure, à 6 heures, proposa Sam en se lissant la barbe avec un petit rire. Ça vous donnera du temps pour rester tous les deux après. Vous pourrez même aller faire un petit tour plus tard, ou alors je disparaîtrai du salon avec les gosses si vous préférez rester à la maison.

— Qu'y a-t-il au menu ? demanda Paul en souriant.

— Des cannelloni au four.

— Alors qui a besoin du restaurant Ultman ?

— Les Ultman seulement...

Rya et Mark accouraient anxieux de faire approuver à Sam leur choix de cadeaux. Mark avait pris pour 2 dollars dե bandes dessinées et Rya deux livres de poche, et chaucun avait un petit sac de sucreries.

Les yeux bleus de Rya semblaient à Paul encore plus brillants quand elle s'écria avec un sourire rayonnant:

— Papa, je sens que ça va être nos plus belles vacances !

II

TRENTE ET UN MOIS AUPARAVANT

Vendredi 10 janvier 1975

SELON son habitude Ogden Salsbury arriva avec dix minutes d'avance à son rendez-vous de 15h. Et selon son habitude à lui, H.Leonard Dawson, président et actionnaire principal de Futurex International, ne l'accueillit pas tout de suite dans son bureau et le fit même patienter pendant un bon quart d'heure, soucieux de ne jamais laisser ses partenaires oublier que son temps était infiniment plus précieux que le leur. Et lorsque la secrétaire introduisit Salsbury dans le sanctuaire du grand homme ce fut avec un air de profonde révérence, comme si elle le menait jusqu'à l'autel d'une cathédrale. Si la première pièce avait droit à une musique d'ambiance diffusée en permanence, le bureau principal baignait dans un silence absolu. Il y avait peu de mobilier, un tapis bleu nuit, deux peintures à l'huile aux tons foncés sur les murs blancs, deux chaises devant le bureau, une seule derrière, une table basse, de riches tentures de velours ouvertes sur 70 mètres carrés de baie au vitrage légèrement teinté qui donnait sur le centre de Manhattan. La secrétaire se retira avec un salut de fidèle quittant les lieux saints.

— Comment va, Ogden? s'informa le grand homme en lui tendant la main.

— Très bien, très bien, Leonard.

La main de Dawson était ferme et sèche, celle de Salsbury moite.

— Comment va Myriam?...Elle n'est pas souffrante au moins? ajouta-t-il en remarquan. l'hésitation de Salsbury.

— Nous avons divorcé.

— Je suis désolé de l'apprendre.

N'y avait-il pas une nuance de désapprobation dans le ton, se demanda Salsbury, se disant aussitôt qu'il n'en avait d'ailleurs rien à faire.

— Quand vous êtes-vous séparés?

— Il y a vingt-cinq ans, Leonard, répondit Salsbury sentant vaguement qu'il aurait dû employer le nom de famille plutôt que le prénom, mais résolu à ne pas se laisser intimider par Dawson comme du temps de leur jeunesse.

— Une éternité que nous ne nous étions parlé! commenta Dawson. C'est incroyable. Nous avons eu tant de bons moments ensemble.

Ils avaient appartenu à la même fraternité à Harvard, et étaient restés en relation quelques années après leur séjour à l'université; mais Salsbury était bien incapable de se rappeler un seul «bon moment» en commun et avait toujours considéré le nom de H. Leonard Dawson comme synonyme de pruderie et d'ennui.

— Tu t'es remarié? s'enquit encore Dawson.

— Non.

Dawson fronça un soucil réprobateur.

— Le mariage est pourtant primordial dans une vie bien ordonnée. Il donne à l'homme la stabilité.

— Tu as raison, fit l'autre qui n'en pensait pas un mot. Le célibat ne m'a pas amélioré.

Dawson l'avait toujours mis mal à l'aise, et l'entrevue actuelle ne faisait pas exception. Cette gêne venait en partie de leur différence physique: Dawson mesurait 1,88m, large d'épaules et étroit de hanches, très athlétique; Salsbury, 1,75m, des épaules tombantes et dix kilos de trop. Dawson avait d'épais cheveux grisonnants, un teint bronzé, des yeux noirs, brillants, et des traits de séducteur; tandis que Salsbury avait un teint blafard, un début de calvitie et des yeux marron très myopes qui l'obligeaient à porter de gros verres. Ils étaient tous deux âgés de cinquante-quatre ans, mais Dawson avait beaucoup mieux supporté les ans.

De toute façon, se consolait Salsbury, il était mieux que moi au départ. Plus beau, plus séduisant, donc plus favorisé et plus riche !

Dawson respirait l'autorité, Salsbury la servilité. Pourtant dans son laboratoire, sur son terrain de prédilection, Ogden pouvait faire autant impression que Dawson. Mais il ne s'y trouvait pas en ce moment, et se sentait hors de son milieu et en état d'infériorité.

— Comment va Mrs Dawson ? s'informa-t-il poliment.

— Très bien, répliqua l'autre avec un sourire satisfait. J'ai pris des milliers de décisions justes dans ma vie, Ogden, mais ce fut de loin elle la meilleure...C'est une sainte femme, bonne et profondément dévote, ajouta-t-il sur un ton soudain plus grave et solennel, voire théâtral.

Toujours la Bible à la main, songeait Salsbury tout en réfléchissant que ce fanatisme pourrait bien jouer en sa faveur dans la démarche qu'il venait tenter.

Ils se regardèrent un moment, incapables d'alimenter plus longtemps la conversation.

— Assieds-toi, dit Dawson, faisant le tour de son bureau dont la vaste plaque de chêne poli qui les séparait rehaussait encore le côté dominateur.

Assis gauchement, sa serviette sur les genoux, Salsbury évoquait un chien de salon pour sociétés anonymes. Il savait qu'il aurait dû se détendre et qu'il n'avait pas intérêt à laisser Dawson voir à quel point il était facile de l'intimider; mais malgré cela il ne réussit qu'à feindre une certaine détente en croisant ses mains sur sa serviette.

— Cette lettre...commença Dawson en regardant le papier placé sur son sous-main.

Salsbury l'avait écrite et la connaisait par cœur:

Cher Leonard,

Depuis que nous avons quitté Harvard, tu as gagné plus d'argent que moi. Pourtant je n'ai pas perdu mon temps. Après des dizaines d'années d'étude et d'expériences, j'ai presque mis au point un procédé inestimable et dont les bénéfices d'une seule année pourraient bien dépasser le total de ta fortune. Je suis parfaitement sérieux, crois-moi. Pourrais-je te rencontrer, à ta convenance ? Tu n'auras pas à regretter cette entrevue. Note le rendez-vous au nom de Robert Stanley, un subterfuge pour que le mien ne figure pas dans ton agenda. Comme tu le verras d'après l'en-tête de ce papier, je dirige les recherches au laboratoire principal de biochimie de Creative Development Associates, une filiale de Futurex International, et si tu connais la nature des activités de la CDA tu comprendras qu'une certaine prudence soit nécessaire.

Ton dévoué

Ogden Salsbury

Il s'était attendu à une réponse rapide et n'avait pas été déçu. A Harvard, Leonard avait toujours été guidé par deux principes, comme par un phare: l'argent et Dieu. Salsbury avait supposé avec juste raison qu'il n'avait pas changé. La lettre avait été postée mardi, et mercredi en fin de journée la secrétaire de Dawson l'appelait pour fixer le rendez-vous.

— En règle général je n'accepte pas les lettres recommandées, lança sèchement Dawson. Je ne m'abaisse pas à les signer, mais je l'ai fait parce que ton nom y était inscrit. Après l'avoir lue, j'ai failli la mettre à la corbeille.

Salsbury accusa le coup.

— Venant de n'importe qui d'autre je l'aurais vraiment jetée. Mais à Harvard, tu n'as jamais paru être un vantard. As-tu exagéré ?

— Non.

— Tu as vraiment découvert quelque chose qui à ton avis vaut des millions ?

— Oui, et plus encore, affirma Salsbury la gorge sèche.

Dawson sortit un dossier cartonné du tiroir central de son bureau.

— « Creative Development Associates », nous avons acquis cette société il y a sept ans et tu y travaillais déjà.

— C'est exact, monsieur...Leonard...

Comme s'il n'avait pas remarqué le lapsus, Dawson enchaîna:

— La CDA met au point des programmes d'ordinateurs pour le compte d'universités et d'agences gouvernementales chargées d'effectuer des recherches sociologiques ou psychologiques, récita-t-il sans se donner la peine de feuilleter le rapport qu'il semblait connaître par cœur. La CDA fait aussi de la recherche pour le compte du gouvernement et de l'industrie privée. Ses sept laboratoires étudient les causes biologiques, chimiques et biochimiques de certains phénomènes sociologiques et psychologiques. Tu es responsable du Brockert Institute dans le Connecticut, ajouta-t-il en fronçant un sourcil intrigué, et tout cet établissement est consacré à des travaux top-secret destinés au ministère de la Défense. Tellement secrets, en fait, que moi même je n'ai pas pu savoir ce que vous y faites exactement sinon que cela concerne l'altération des comportements, conclut-il, son regard noir particulièrement aigu et brillant.

Salsbury s'éclaircit nerveusement la voix, tout en se demandant si Dawson avait les idées assez larges pour saisir immédiatement la valeur de ce qu'il allait entendre.

— Le terme « perception subliminale » t'est-t-il familier ?

— Il a un rapport avec le subconscient, non ?

— C'est exact...en gros. Je crains d'ailleurs de paraître assez pédant mais...une petite conférence s'impose.

— Mais je t'en prie, fit Dawson s'appuyant confortablement au dossier de son siège tandis que Salsbury se penchait en avant et sortait deux photos 20×25 de sa serviette.

— Remarques-tu une différence quelconque entre la photo A et la B ?

Dawson les étudia avec soin. C'était deux portraits de Salsbury, en noir et blanc.

— Elles me paraissent identiques en tous points.

— A première vue, oui. Ce sont deux tirages du même négatif.

— Et alors ?

— Je m'expliquerai tout à l'heure. Pour l'instant, garde-les.

Dawson leur jeta un regard méfiant. Etait-ce là une sorte de jeu ? Il n'aimait pas les jeux, qu'il considérait comme une perte de temps que l'on pouvait utiliser à gagner de l'argent.

— Le cerveau humain a deux canaux d'entrée pour les informations qu'il enregistre, commença Salsbury, le conscient et le subconscient.

— Ma religion admet l'existence du subconscient, déclara aimablement Dawson. Ce n'est pas le cas de tous les cultes.

Ne voyant pas l'intérêt de l'information, Salsbury l'ignora.

— Ces canaux recueillent et mettent en réserve deux séries de renseignements. Si l'on veut, le conscient ne perçoit que ce qui se produit au centre de son champ d'observation, tandis que le subconscient est doué d'une perception périphérique. Ces deux moitiés du cerveau fonctionnent indépendamment l'une de l'autre, et sont souvent en conflit.

— Seulement chez les anormaux, lança Dawson.

— Pas du tout. Dans tous les cerveaux, y compris le tien et le mien.

Troublé à l'idée que l'on puisse accuser son cerveau de fonctionner autrement qu'en parfaite harmonie avec lui-même, Dawson ouvrit la bouche pour protester, mais Salsbury enchaîna sans attendre:

— Par exemple, un homme est assis à un bar quand une très belle femme vient occuper le tabouret voisin. De façon consciente et délibérée il tente de la séduire; mais simultanément et sans qu'il en soit conscient il peut très bien être en fait terrifié à l'idée d'une conclusion sexuelle, par peur de se voir rejeté, d'essuyer un échec, ou de se trouver impuissant. Son conscient lui dicte la conduite que la societé attend de lui en présence d'une femme attirante, mais son subconscient travaille efficacement contre lui. En conséquence il va s'efforcer de rebuter la jeune femme: il parlera trop bruyamment, avec trop d'assurance, ou l'assommera èn lui expliquant les cours de la Bourse alors qu'il est d'un naturel plutôt divertissant, il renversera son verre sur sa robe, bref...cette conduite est le résultat de sa crainte subconsciente. Une moitié de son esprit dit « vas-y » alors que l'autre crie « arrête ».

Dawson affichait une expression plutôt froide et hostile, n'appréciant guère le choix de l'exemple. Mais il dit pourtant:

— Continue.

— C'est le subconscient qui prévaut. Le conscient dort, à certains moments; le subconscient, jamais. Le conscient n'a pas accès aux informations détenues par le subconscient alors que ce dernier est au courant de tout ce qui se déroule dans le conscient. Si l'on veut, le conscient est assimilable à un ordinateur dont le subconscient serait le programmateur. Les informations emmagasinées dans les deux moitiés du cerveau sont recueillies de la même façon: par l'intermédiaire de nos cinq sens bien connus. Mais le subconscient voit, entend, sent, goûte et touche beaucoup plus largement, saisissant tout ce qui se passe trop vite ou de manière trop peu perceptible pour être noté par le conscient. Plus de 90% des stimuli reçus par nos cinq sens sont dirigés vers le subconscient.

— 90% ? s'étonna Dawson. Tu veux dire que je vois, touche, sens, goûte et entends dix fois plus que je ne le crois ? Donne-moi un exemple.

Salsbury en avait un tout prêt:

— L'œil humain se pose sur des objets 100.000 fois par jour au moins, et le temps d'arrêt sur chacun varie d'une fraction de seconde à un tiers de minute. Mais si tu tentes d'énumérer les 100.000 objets que tu as regardés aujourd'hui par exemple, tu n'arriveras qu'à la centaine à peine. Le reste de ces stimuli a été par contre observé et enregistré par le subconscient...comme les deux autres millions de stimuli transmis au cerveau par les quatre autres sens.

Fermant les yeux comme pour barrer le passage à toutes ces images qu'il recevait à son insu, Dawson déclara d'un ton sentencieux:

— Tu viens de démontrer trois points (il les comptait sur ses doigts aux ongles manucurés): 1°: le subconscient est la moitié dominante de l'esprit. 2°: nous ignorons ce que notre subconscient a observé et retenu et sommes incapables de régurgiter ces informations à volonté. 3°: les perceptions subliminales ne sont pas un phénomène inexplicable ni occulte; elles font partie intégrante de notre vie.

— Elles en sont peut-être même la partie essentielle.

— Et tu as découvert une application commerciale de la perception subliminale.

Les mains de Salsbury tremblaient légèrement. Il en arrivait à l'objet même de sa proposition et ne pouvait prévoir si celle-ci allait choquer ou fasciner Dawson.

— Depuis vingt ans les publicistes spécialisés dans les produits de grande consommation ont réussi à atteindre le subconscient de leurs clients potentiels par utilisation de la perception subliminale sensible aux ordes et messages que l'on appelle les « subliminaires ». Les agences de publicité ont donné différents noms à ces techniques: réception subliminale, régulation des seuils, perception inconsciente, subception...Es-tu au courant ? En as-tu entendu parler ?

— Je me rappelle avoir lu quelque chose dans les journaux il y a quinze ou vingt ans concernant plusieurs expériences réalisées dans des cinémas, répliqua Dawson toujours insolemment détendu et à l'aise.

— C'est exact, approuva Salsbury. La première a eu lieu en 1957. En cours de projection d'un film normal un message spécial a été superposé à l'image sur l'écran: "Vous avez soif", ou quelque chose de ce genre...et si brièvement que personne ne s'en est rendu compte. Le même message fut alors émis environ un millier de fois, après quoi tous les spectateurs sont allés dans le hall d'entrée pour acheter des boissons. Pour ces premières expériences assez rudimentaires et menées par des chercheurs en motivations, les ordres subliminaux, ou « subliminaires », avaient été transmis aux spectateurs par tachistoscope, un appareil breveté par une societé de La Nouvelle-Orléans, Precon Process and Equipment Corporation, en octobre 1962. Le tachistoscope consistait en un simple projecteur muni d'un obturateur rapide capable de projeter un message douze fois par minute pendant un trois millième de seconde. L'image apparaissait sur l'écran pendant un temps trop court pour que le conscient la perçût, mais le subconscient, lui, l'enregistrait. Durant un essai de six semaines avec le tachistoscope, 45 000 spectateurs reçurent ainsi deux messages: « Buvez Coca-Cola » et « Vous avez faim ? Mangez du pop-corn ». Les résultats de ces essais ne laissèrent aucun doute quant à l'efficacité des subliminaires. Les ventes de pop-corn augmentèrent de 60%, et celles de Coca-Cola de près de 20%. La suggestion subliminale avait apparemment poussé les gens à acheter ces produits, même s'ils n'avaient ni faim ni soif. Vois-tu, poursuivit Salsbury, le subconscient croit tout ce qu'on lui dit. Alors qu'il établit des structures de comportement sur la base d'informations reçues et que ces structures guident ensuite le cerveau conscient il ne sait pourtant distinguer la vérité du mensonge. Et le comportement pour lequel il programme le conscient est souvent basé sur des interprétations erronées.

— Pourtant, si c'était exact, on se conduirait tous de manière irrationnelle...

— Mais c'est bien ce que nous faisons, chacun à sa façon, affirma Salsbury. Songe que le subconscient n'élabore pas que des programmes systématiquement basés sur des idées fausses; seulement de temps en temps... ce qui explique pourquoi des hommes intelligents, parangons de raison sur la plupart des sujets, ont fait preuve au cours de leur vie de quelques réactions irrationnelles. *Comme ton fanatisme religieux, par exemple,* ajouta-t-il intérieurement. Songe à l'intolérance raciale et religieuse, à la xénophobie, à la claustrophobie et l'agoraphobie. Si l'on amène un homme à analyser l'une quelconque de ces frayeurs au niveau conscient, il la rejette. Mais le conscient refuse l'analyse. Moyennant quoi la zone profonde continue de l'induire en erreur.

— Ces messages sur l'écran, ces subliminaires comme tu dis, le conscient ne les voyait pas et ne pouvait donc les rejeter.

— Exactement. Mais le subconscient les percevait et se chargeait de diriger le conscient en conséquence.

— Mais pourquoi ces subliminaires ont-ils fait vendre plus de pop-corn que de soda? s'enquit Dawson apparemment de plus en plus intéressé.

— Le premier: « Buvez Coca-Cola » était un ordre direct, à l'impératif. Parfois le subconscient obéit à ce type d'ordre, mais parfois aussi il lui résiste.

— Et pourquoi?

— On n'en sait rien, avoua Salsbury avec un haussement d'épaule. Mais vois-tu, le second subliminaire était plus subtil, plus insidieux, commençant par la question: « Vous avez faim? », choisie pour déclencher un sentiment d'anxiété inconsciente nécessaire pour créer un besoin. Elle posait une ''équation motivationnelle'' si l'on peut dire, dans laquelle le besoin, l'anxiété se trouvaient à gauche du signe ''égale'' dont le côté droit restait à compléter pour le bon équilibre. Le subconscient a donc programmé le conscient pour qu'il achète le pop-corn, supprimant ainsi le déséquilibre de l'équation, donc l'anxiété.

— La méthode me semble s'apparenter à la suggestion post-hypnotique, mais j'ai entendu dire qu'il était impossible de faire faire sous hypnose à un homme une chose qu'il estimait inadmissible sur le plan moral. En d'autres termes, s'il n'a pas le tempérament d'un tueur rien ne l'amènera à tuer sous hypnose.

— Inexact. N'importe qui peut être poussé à faire n'importe quoi sous hypnose. On peut très facilement manipuler le subconscient. Par exemple... si je t'hypnotisais et t'ordonnais de tuer ta femme, tu ne m'obéirais pas.

— Evidemment ! s'écria Dawson indigné.

— Tu aimes ta femme.

— Oui, profondément.

— Tu n'as aucune raison de la tuer.

— Absolument aucune.

Basant son jugement sur les affirmations trop emphatiques de Dawson, Salsbury décida que son subconscient devait déborder d'hostilité refoulée envers cette épouse confite en dévotion, mais il se garda bien de le signaler, certain que Dawson aurait nié avec véhémence, et l'aurait sans doute mis à la porte.

— Pourtant si je t'hypnotisais et te faisais croire que ta femme a une liaison avec ton meilleur ami, et qu'elle prépare ton assassinat pour hériter de tes biens, tu me croirais et...

—Jamais de la vie ! Tout d'abord Julia serait incapable d'une chose pareille.

Salsbury, patient, l'approuva avant de reprendre:

— Ton moi conscient rejetterait mon histoire, puisqu'il est capable de raisonnement. Mais si je t'hypnotisais, je m'adresserais directement à ton subconscient qui, lui, ne fait pas la distinction entre le mensonge et la réalité.

— Ah, je vois.

— Ton subconscient ne passerait pas à l'action sur un ordre direct de tuer parce que celui-ci n'établit pas une équation motivationnelle. Par contre, il croira mon avertissement et créera en conséquence un nouveau comportement basé sur mes fabulations, et programmera donc ton conscient pour exécuter le meurtre. Représente-toi cette équation, Leonard: à gauche du signe ''égale'', l'anxiété émanant de la ''croyance'' que ta femme a l'intention de se débarrasser de toi; à droite, pour compléter l'équation et donc éliminer l'anxiété, la mort de ta femme, absolument indispensable. Si ton subconscient était persuadé qu'elle allait te tuer pendant ton sommeil, cette nuit, il t'amènerait à la supprimer avant même d'aller te coucher.

— Pourquoi n'irais-je pas tout simplement trouver la police ?

Souriant, plus sûr de lui qu'à son arrivée dans le bureau, Salsbury répondit:

— L'hypnotiseur peut éviter cette solution en faisant croire à ton subconscient que ta femme camouflerait son crime en accident avec tant d'habileté que la police n'arriverait jamais à prouver quoi que ce soit contre elle.

— Tout cela me semble fort intéressant mais bien académique, déclara Dawson d'un ton légèrement irrité et avec de grands gestes comme pour chasser les mouches.

— Académique ? s'inquiéta Ogden dont l'assurance restait fragile et qui recommençait à trembler.

— La publicité subliminale a été interdite. Ça a fait pas mal de bruit à l'époque.

— Oh bien sûr, fit Ogden soulagé. Il y a eu des centaines d'éditoriaux dans les journaux et les magazines. *Newsday* a parlé de la découverte la plus inquiétante depuis la bombe atomique, et le *Saturday Review* a défini le subconscient comme « la mécanique la plus délicate de l'univers », qu'il ne fallait à aucun prix encrasser ni détraquer sous prétexte d'accroître les ventes de pop-corn ou de tout autre produit. Vers la fin des années 50, lorsque les expériences au tachistoscope furent portées à la connaissance du public, à peu près tout le monde est tombé d'accord pour considérer la publicité par subliminaires comme une affreuse intrusion dans la vie privée. Le député du Texas, James Wright, déposa un projet de loi interdisant tout dispositif, film, photographie ou enrengistrement « créé avec l'intention de faire de la publicité sur un produit ou d'endoctriner le public au moyen d'une pression sur le subconscient». D'autres députés ou sénateurs rédigèrent des lois pour endiguer la menace, mais aucune n'alla plus loin que le comité, et finalement aucun décret restreignant ou interdisant l'usage des subliminaires n'a été adopté.

— Est-ce que les politiciens en font usage? s'enquit Dawson, curieux.

— La plupart n'en comprennent pas les ressources, et les agences de publicité préfèrent les laisser dans l'ignorance. Toutes les grosses agences des U.S.A. ont une équipe de spécialistes des média et du comportement chargés de mettre au point des subliminaires pour les publicités dans les magazines et à la T.V. Pratiquement tous les articles de grande consommation fabriqués par Futurex et ses filiales sont vendus à l'aide de publicités subliminales.

— Je n'en crois pas un mot, déclara Dawson catégorique. Je le saurais, tout de même.

— Non..., sauf si tu décidais de vérifier et faisais un effort pour savoir ce qui se passe. Il y a trente ans, quand tu as débuté, ce genre de procédé n'existait pas; et le temps qu'il soit mis en application, tu ne t'intéressais plus de très près aux ventes de tes sociétés. Tu t'occupais bien davantage des émissions d'actions, des fusions diverses, bref, du brassage d'affaires. Dans un groupe de cette envergure, le président n'a pas la possibilité matérielle de donner son accord sur chaque annonce passée pour chacun des produits de chacune de ses filiales...

— Mais je trouve le procédé écœurant! s'écria Dawson avec une expression de dégoût sur son visage séduisant.

— Si tu acceptes la notion que l'esprit d'un homme peut être programmé à son insu, tu rejettes la théorie que tout homme est à chaque instant maître de son destin. C'est une conception assez effrayante, je le reconnais. Pendant vingt ans, les Américains ont refusé de regarder en face la désagréable vérité sur les émissions subliminales. Les sondages d'opinion montrent que 90% de ceux qui en ont entendu parler sont persuadés que l'usage en a été interdit. Ils ne possèdent aucune information à l'appui de cette conviction, mais refusent de croire autre chose. De plus, 50 à 70% prétendent qu'ils ne croient pas à l'efficacité des subliminaires. L'idée de se savoir dirigés et manipulés les révolte tellement qu'ils en rejettent l'éventualité. Plutôt que de se renseigner sur l'existence réelle de la publicité subliminale, plutôt que de se dresser et de s'indigner, ils préfèrent s'en débarrasser en l'assimilant au domaine de la pure fantaisie ou de la science-fiction.

Soudain mal à l'aise, Dawson s'agita sur son siège puis, finalement, se leva et se dirigea vers les immenses baies pour contempler Manhattan. Le ciel était sombre et la neige tombait à présent, tandis que les rafales de vent gémissaient de l'autre côté de la vitre comme la voix de la grande ville.

Au bout d'un moment, il se retourna vers Salsbury et laissa tomber:

— L'une de nos filiales, Woolring et Messner, se trouve être une agence de publicité. Essaierais-tu de me faire croire que chaque fois qu'ils font à la T.V. de la réclame pour un produit ils dissimulent une série de messages subliminaux au moyen d'un tachistoscope ?

— Seulement sur la demande du client, expliqua Salsbury, et, bien sûr, moyennant un supplément. Quant à la seconde partie de ta question, c'est non: le tachistoscope est périmé. La science de la modification des comportements par l'usage des subliminaires s'est développée si rapidement que l'emploi de cet appareil s'est trouvé démodé peu de temps après la sortie du brevet. Au milieu des années 60, la plupart des subliminaires dans les publicités télévisées étaient introduits par photographie dite "au rhéostat". Tout le monde connaît le réglage d'une lampe ou d'un plafonnier par ce moyen, qui permet de doser l'intensité de la lumière. Le même principe peut être appliqué en photographie. On filme d'abord l'objet de la publicité, et l'on fait le montage habituel pour arriver aux 60 secondes de rigueur. C'est la première partie, reçue par le conscient. Une autre prise d'une minute contenant le message subliminal est filmée avec un éclairage réduit, le rhéostat étant réglé au minimum. L'image obtenue est trop faible pour être perçue par le conscient, et si on la projette sur un écran, celui-ci paraît vide. Pourtant, le subconscient la saisit et l'assimile. Ces deux films projetés simultanément sont transférés sur une troisième bobine, qui sera utilisée à la télé. Pendant que les spectateurs regardent la pub, leur subconscient observe et exécute, a un degré plus ou moins élevé, la directive subliminale. Et cela n'est que la technique de base, mais il existe des perfectionnements bien plus subtils.

Dawson s'était mis à marcher de long en large, sans nervosité, par simple excitation. Il commence à se rendre compte de l'intérêt du sujet, pensa Salsbury assez satisfait.

— Je vois bien comment on peut intégrer des subliminaires à un film plein de mouvement, de lumières et d'ombres, déclara Dawson, mais les réclames dans les magazines? Il s'agit là de clichés statiques... une seule image fixe. Comment dissimuler un message subliminal dans une page?

Montrant les photos qu'il lui avait confiées, Salsbury expliqua:

— Pour cette pose j'ai gardé un visage dénué d'expression, et on a fait deux tirages du même négatif. La copie A était tirée sur une image très faible du mot « colère », et la copie B sur le mot « joie ».

— Je ne remarque pas plus l'un que l'autre, déclara Dawson en comparant soigneusement les photos.

— Je serais bien ennuyé que tu les voies. Ce n'est pas le but recherché.

— Alors, quel était-il?

— On a demandé à cent étudiants de Columbia de dépeindre l'émotion exprimée par le visage sur la photo A. Dix n'avaient pas d'opinion, huit on indiqué le « mécontentement » et quatre-vingt huit la « colère ». Un autre groupe fut chargé d'étudier la photo B. Huit n'avaient rien à dire, vingt et un ont détecté la « satisfaction » et soixante et onze la « joie ».

— Je vois, fit Dawson pensif.

— Mais c'est un truc presque aussi grossier que le tachistoscope. Je voudrais par contre te montrer quelques publicités subliminales plus subtiles, ajouta-t-il en sortant une feuille de papier de sa serviette, une page du Time, qu'il étala sur le sous-main du bureau.

— C'est une réclame pour le gin Gilbey, remarqua Dawson.

Au premier coup d'œil il s'agissait d'une publicité toute simple pour un alcool avec un en-tête en haut de page: « Ouvrez cette bouteille givrée », et en bas de la page à droite: « ...et ne diluez pas votre Tonic ». L'illustration ne comprenait que trois objets, dont le plus en vue était une bouteille toute brillante de goutelettes d'eau et de givre, son bouchon posé plus bas sur la page, et à côté d'elle un grand verre de gin plein de glaçons au milieu desquels flottaient une rondelle de citron vert et un agitateur, le tout sur un agréable fond de verdure et de fraîcheur. Le message adressé à l'esprit conscient semblait clair: ce gin est rafraîchissant et vous fera oublier vos soucis quotidiens.

Mais ce que l'image envoyait au subconscient était beaucoup plus intéressant, comme entreprit de l'expliquer Salsbury. La partie essentielle de son contenu subliminal se trouvait enfouie à un niveau inférieur au seuil de la perception consciente, mais une autre pouvait être perçue et analysée à condition de faire preuve de persévérance et d'un esprit ouvert. Le message subliminal le plus facile à saisir était dissumulé dans les gros glaçons, au nombre de quatre, les uns au-dessus des autres. En partant de la surface l'arrangement savant du premier et de la tranche de citron formait une lettre S que l'œil distinguait si on la lui montrait. Le second cube de glace contenait un E majuscule assez visible dans les alternances d'ombres et de lumière; le troisième offrait les contours peu nets, mais reconnaissables, de la lettre X, et le quatrième, de nouveau, un E majuscule comme le second. S E X E.

Salsbury avait fait le tour du bureau et suivait du doigt le contour des lettres.

— Tu vois ? fit-il avec une certaine fierté.

— J'ai vu tout de suite les deux E, et les autres assez facilement, reconnut Dawson l'air soucieux. Mais j'ai du mal à croire que ces lettres aient été délibérément agencées. Il doit s'agir d'un hasard dû à l'éclairage.

— Les glaçons rendent mal en photo, tu sais. Quand on doit les utiliser pour une réclame ils sont presque toujours dessinés. En réalité cette page a été peinte par-dessus une photo. Mais il y a d'autres choses à voir que ce mot dans les glaçons.

— Quoi encore ? demanda Dawson en regardant très attentivement.

— La bouteille et le verre sont posés sur une surface réfléchissante, commença Salsbury esquissant un cercle autour de la zone où se trouvaient reflétés la bouteille et le bouchon. Sans trop d'effort d'imagination tu dois pouvoir constater que le reflet de la bouteille est divisé en deux, évoquant ainsi, vaguement, une paire de jambes. Vois-tu aussi que le bouchon avec son reflet ressemble à un pénis placé entre ces jambes ?

Dawson sembla se hérisser soudain, mais répondit néanmoins d'un ton glacé:

— Je vois.

Trop fasciné par sa propre conférence pour remarquer ce malaise, Salsbury continuait déjà:

— Bien entendu la glace qui fond sur le bouchon peut être indentifiée à du sperme. Cette image n'a pas été conçue à la seule intention du niveau subliminal, et le conscient est capable ici de déchiffrer le message. Mais il ne reconnaîtra pas le reflet sur la table, si on ne le guide pas.

Il déplaça son doigt avant de reprendre:

— Serait-il exagéré de prétendre que ces ombres, là, entre le reflet de la bouteille et celui du verre, forment les lèvres de la vulve et que cette goutte d'eau sur la table se trouve par rapport à elles à l'endroit exact du clitoris ?

Quand il eut saisi la transposition subliminale qu'on lui indiquait d'un sexe féminin aux lèvres entrouvertes, Dawson ne put s'empêcher de rougir.

— Je vois... enfin, je crois voir, avoua-t-il pourtant.

— J'ai d'autres exemples, ajouta Salsbury en fouillant de nouveau dans sa serviette.

L'un était une publicité de deux pages pour un abonnement ou un renouvellement d'abonnement, parue peu avant Noël dans *Playboy,* plusieurs années auparavant. Sur la page de droite, la playmate Liv Lindeland, une blonde aux formes généreuses, était à genoux sur un tapis blanc; celle de gauche offrait une couronne de feuilles de noyer autour de laquelle Liv nouait un ruban rouge.

Au cours d'un test, expliqua Salsbury, cent sujets avaient étudié deux cents réclames en une heure, dont celle-là. On leur avait ensuite demandé d'énumérer les dix premières qui leur venaient en mémoire. 85% avaient nommé celle de *Playboy,* et dans leur description tous sauf deux avaient mentionné la couronne alors que cinq seulement avaient parlé de la fille. Pressés de questions ils avaient eu du mal à se rappeler si elle était blonde, brune ou rousse. Ils se souvenaient qu'elle avait les seins nus, mais étaient incapables de dire si elle portait quelque chose sur la tête et à partir de la ceinture (en fait elle était entièrement nue, et sans coiffure). Par contre, aucun n'avait eu de difficulté à décrire la couronne, car c'était sur cet objet que leur subconscient s'était fixé.

— Vois-tu pourquoi ? s'enquit Salsbury. Il n'y a pas une seule noix dans cette couronne soi-disant de noyer. Elle a été composée d'objets ressemblant tous à la tête d'un pénis ou aux lèvres d'une vulve.

Incapable de parler, Dawson se contenta de feuilleter les autres réclames sans demander d'explications à Salsbury.

— Camel... Seagram's, Sprite... Rhum Bacardi... Je

vois que plusieurs sociétés parmi les plus importantes du pays utilisent les subliminaires pour vendre leurs produits...

— Et pourquoi pas ? C'est légal. Si la concurrence les utilise, quel choix reste-t-il à une société... même celle dont la moralité est la plus élevée ? Il faut rester compétitif. En bref, il n'y a pas d'affreux escrocs considérés isolément. C'est l'ensemble du système qui est une affreuse escroquerie.

Dawson retourna vers son fauteuil directorial, et son visage, tel un livre ouvert, laissait voir que toute réflexion contre le « système » lui déplaisait, mais il n'en restait pas moins profondément troublé par ce qu'il venait de constater tout en essayant déjà de prévoir comment il pourrait en tirer profit. Il avait toujours été convaincu que Dieu l'avait délibérément installé dans un fauteuil de direction, au sommet d'une société valant un milliard de dollars, et était également certain que ce même Dieu l'aiderait à découvrir que les subliminaires, malgré un côté sordide, voire immoral, en recélaient d'autres susceptibles de l'assister dans sa mission divine. Telle qu'il la concevait, cette « mission » consistait à entasser des bénéfices pour Dieu, et quand lui et Julia seraient morts, tous leurs biens iraient à l'Eglise.

Salsbury regagna son siège devant le bureau jonché de pages de magazines évoquant une collection de photos pornographiques. Il avait le sentiment d'avoir cherché à exciter Dawson et, très curieusement, en éprouvait un certain malaise.

— Tu m'as démontré que beaucoup d'efforts créateurs et d'argent sont consacrés aux subliminaires à la T.V. et dans les journaux, commença Dawson. De toute façon, le fait qu'une stimulation sexuelle fasse vendre est une théorie déjà ancienne et généralement acceptée. Mais est-ce une réalité suffisante pour justifier la dépense ?

— Absolument. Des études psychologiques ont prouvé que la plupart des Américains réagissent aux stimuli d'ordre sexuel par une angoisse et une tension subconscientes. En conséquence, si la partie subliminale d'une pub télévisée pour le compte du soda XYZ montre un couple en train de copuler, le subconscient du téléspectateur commence à bouillonner d'anxiété, ce qui pose une équation «motivatrice». A gauche du signe: anxiété et tension. Pour compléter l'équation et annuler ces sensations déplaisantes, le téléspectateur achète le produit, une bouteille ou une caisse de XYZ. L'équation est achevée, et le tableau noir effacé.

— Tu veux dire qu'il n'achète pas le produit pour pouvoir jouir d'une vie sexuelle plus satisfaisante? lança Dawson incrédule.

— C'est tout le contraire. Il l'achète pour échapper au sexe. La réclame le laisse pénétré de désir au niveau subconscient, et en achetant le produit il a la possibilité de le satisfaire sans risque de rejet, d'impuissance, d'humiliation, bref de toute sorte d'expériences décourageantes avec une femme. S'il s'agit d'une spectatrice, elle achètera le produit pour satisfaire son désir, et éviter ainsi une aventure malheureuse avec un mâle. Pour l'homme aussi bien que pour la femme, le désir est assouvi si le produit a un caractère oral, genre nourriture ou boisson.

— Ou cigarettes, coupa Dawson. Cela expliquerait-il pourquoi tant de gens ont d'immenses problèmes à s'arrêter de fumer?

— La nicotine crée une accoutumance; mais il est hors de doute que les subliminaires ajoutés aux publicités la renforcent chez la plupart des sujets.

— Si ces procédés sont si efficaces, comment se fait-il que je ne fume pas? s'étonna Dawson en caressant son menton volontaire. J'ai déjà regardé ce genre de réclame à la télé.

— La science n'est pas encore parfaitement au point. Si tu penses que fumer est une manie répugnante, si tu as décidé de ne jamais tomber dans ce vice, les subliminaires ne peuvent te faire changer d'avis. Mais si par contre tu es jeune, tout nouvellement exposé au monde des fumeurs et si tu n'as pas d'opinion bien nette sur ladite manie, les subliminaires peuvent t'amener à la prendre. Ou encore, si tu as été jadis un gros fumeur mais que tu t'es désintoxiqué, les subliminaires peuvent te convaincre de recommencer. Ils influencent également les gens qui n'ont pas de goûts bien déterminés. Evidemment, si tu ne bois pas de gin, ou ne bois pas du tout, les subliminaires de la réclame Gilbey ne vont pas te faire courir ventre à terre chez ton marchand de spiritueux. Mais si tu n'as rien contre l'alcool, et si tu aimes déjà le gin sans toutefois avoir une marque préférée, ces réclames peuvent justement induire en toi une préférence. Ça marche, Leonard, crois-moi. Les subliminaires font vendre des millions de dollars de marchandises chaque année, dont le public n'aurait pas acheté une fraction substancielle sans ce genre de manipulation.

— Tu as travaillé la question, là-bas, dans le Connecticut pendant ces dix dernières années ?

— Oui.

— Faisant avancer cette science ?

— Exact.

— Et le Pentagone y voit une arme possible ?

— Absolument. Pas toi ?

— Si tu as mis cette technique au point, tu parles alors du contrôle absolu de l'esprit, laissa tomber doucement Dawson en mesurant ses mots. Pas seulement de modifications du comportement... un contrôle total, un étau d'acier...

Ils restèrent un moment silencieux, incapables de parler.

— Quoi que tu aies découvert, tu veux apparemment tenir le ministère de la Défense à l'écart. Ils pourraient appeler ça de la trahison, non ?

— Je me fiche pas mal du nom qu'ils emploieront, s'écria vivement Salsbury. Avec ton argent et mes connaissances, nous n'avons pas besoin du ministère, ni de personne. Nous serons plus puissants que tous les gouvernements de la Terre réunis.

— Qu'est-ce que c'est ? Qu'as-tu trouvé ? pressa Dawson incapable de cacher sa surexcitation.

Salsbury alla jusqu'à la fenêtre et regarda les flocons tournoyer sur la ville. Il avait la sensation d'avoir saisi un fil électrique sous tension dont le courant le faisait vibrer tout entier. Tremblant, s'imaginant presque que les flocons étaient des étincelles émises par son corps, se sentant au cœur d'un tourbillon créé par une puissance d'essence divine, il expliqua à Dawson ce qu'il avait trouvé et quel rôle ce dernier pouvait jouer dans son scénario de conquête du monde.

Une demi-heure plus tard, lorsque Ogden eut fini, Dawson, qui n'avait de sa vie jamais consenti à se montrer humble ailleurs que dans une église, déclara solennellement en fixant sur Salsbury un regard de catholique très dévot devant l'apparition d'un prophète:

— Ogden, toi et moi allons recevoir la Terre en héritage.

Et son visage s'éclaira d'un étrange sourire, totalement dénoué d'humour.

III

Samedi 13 août 1977

DANS l'une des chambres d'amis des Edison au second étage Paul installait sa panoplie de rasage sur la commode: une bombe à mousse, un bol avec blaireau, un rasoir ordinaire dans un étui en plastique, un distributeur de lames, un crayon hémostatique, une lotion avant rasage et une après rasage, le tout disposé avec tant de soin que ces humbles objets semblaient sortis d'un de ces films d'animation dans lesquels, dotés d'une âme, ils se mettent soudain à avancer au pas.

Il alla ensuite à l'une des deux grandes fenêtres d'où l'on découvrait dans le lointain les montagnes qui surplombaient les versants de la vallée, majesteuses et vertes en cette saison, tachetées d'ombres violettes par quelques nuages isolées. Les crêtes les plus proches coiffées de bouquets de pins, d'ormes et de carrés de prairies, descendaient en moutonnant vers la petite ville. A l'autre bout de Main Street, des bouleaux frissonnaient dans la brise; des hommes en chemisettes et des femmes en robes d'été pimpantes déambulaient tranquillement.

Comme son regard revenait lentement des lontaines montagnes vers les objets plus proches, Paul aperçut son propre reflet dans la vitre. Avec ses 1,78m et ses 68kg, il était ni grand ni ,etit, ni gros ni maigre. Par certains côtés il paraissait plus que ses 38 ans, par d'autres moins. Ses cheveux châtain clair, bouclés, presque frisés, encadraient son visage grâce à une coupe mi-longue plutôt jeune mais qui lui allait bien. Ses yeux d'un bleu azur étonnant recelaient pourtant dans leurs profondeurs l'expression de tristesse et de solitude d'un homme que la vie n'a pas épargné. Son visage fin et étroit avait quelque chose d'aristocratique, et un teint très bronzé en adoucissait les angles un peu durs et l'air hautain. Il donnait l'impression de pouvoir être aussi à l'aise dans un salon que dans un bar à matelots.

Sa chemise de flanelle bleue, des jeans et des bottes noires à bout carré ne lui conféraient pourtant pas une allure négligée, et il portait même cette tenue avec plus de classe que la plupart des hommes le smoking. Les manches de sa chemise étaient bien repassées, le pli marqué, le col ouvert se tenait impeccablement droit, comme empesé et la boucle argent de sa ceinture avait été soigneusement astiquée. Comme la chemise, les jeans semblaient avoir été coupés par un tailleur, et ses bottes à talon bas brillaient presque comme des chaussures vernies.

Il avait toujours été un maniaque de l'ordre et de la propreté, malgré les plaisanteries répétées de ses amis. Enfant il tenait déjà son coffre à jouets mieux rangé que la vitrine de bibelots précieux de sa mère.

Trois ans et demi plus tôt, quand la mort d'Annie l'avait laissé seul avec les enfants, ce besoin d'ordre était devenu presque maladif. Un mercredi après-midi, se surprenant à ranger pour la septième fois en deux heures le contenu d'une armoire de sa clinique vétérinaire, il avait soudain compris que cette manie pouvait dégénérer en fuite devant les dures réalités de la vie et particulièrement le chagrin. Seul dans la clinique, devant un attirail médical, il s'était laissé aller à pleurer pour la première fois depuis la mort d'Annie. En raison d'une conviction mal fondée qu'il devait cacher sa douleur à ses enfants pour leur donner un exemple de courage, il n'avait jusque-là jamais donné libre cours aux violentes émotions que la perte de sa femme avait déclenchées en lui. A présent il pleurait, tremblant d'impuissance, enrageant face à la cruauté de cette disparition. Alors qu'il usait rarement d'un langage grossier, voilà que soudain il s'était mis à vitupérer, jetant pêle-mêle les phrases les plus ordurières et les jurons qu'il connaissait, maudissant Dieu, le monde entier, la vie en général, et lui-même. Après quoi son souci de l'ordre avait cessé d'être une névrose et était redevenu un simple trait de caractère qui agaçait les uns et charmait les autres.

On frappa à la porte de sa chambre.

— Entrez, fit-il en se détournant de la fenêtre interrompant ainsi sa rêverie.

— C'est l'heure de dîner papa, fit Rya en ouvrant la porte.

En jeans rouge délavé et sweater blanc à manches courtes, ses cheveux noirs plus bas que les épaules, elle ressemblait étonnamment à sa mère, la tête penchée de côté exactement à sa façon comme si elle voulait déchiffrer ses pensées.

— Mark est prêt ?

— Depuis une heure au moins. Il est dans la cuisine... et dans les jambes de Sam.

— Alors nous ferons bien de descendre. Connaissant l'appétit de mon gamin je parierais qu'il a déjà goûté à la moitié des plats.

— Tu es resplendissant, papa, s'écria-t-elle en reculant d'un pas pour mieux juger alors qu'il avançait vers elle.

Il lui pinça la joue légèrement en souriant. Si elle avait voulu faire le même compliment à Mark elle aurait employé « super »; mais elle tenait à lui montrer qu'elle portait un jugement d'après des critères d'adultes en utilisant leur langage.

— Vraiment ? demanda-t-il non sans une certaine coquetterie.

— Jenny ne pourra pas résister !

Il lui adressa une grimace.

— Mais c'est la verité, papa.

— Qu'est-ce qui te fait croire que je m'intéresse à Jenny.

L'expression de Rya indiquait qu'il aurait fait mieux de cesser de la traiter comme une enfant.

— Quand Jenny est venue à Boston en mars, tu étais complètement transformé.

— Par rapport à quoi ?

— A ce que tu es d'abitude. Pendant deux semaines complètes tu n'as pas rouspété une seule fois à propos de caniches malades ou de chats siamois.

— C'est simple, je n'ai soigné que des éléphants et des girafes pendant ces deux semaines !

— Oh papa !

— Et une dame kangourou enceinte.

— Tu vas la demander en mariage ? s'informa Rya en s'asseyant sur le lit.

— La dame kangourou ?

Rya sourit, un peu à la plaisanterie mais surtout aux efforts évidents de son père pour éluder sa question.

— Je ne sais pas si j'aimerais avoir une belle-mère kangourou, fit-elle entrant dans le jeu, mais si c'est toi le père tu vas être obligé de l'épouser car tu es un homme honnête.

— Je jure que je n'y suis pour rien, affirma-t-il. Les kangourous ne m'attirent pas spécialement.

— Et Jenny ? insista-t-elle.

— L'important est essentiellement de savoir si moi je lui plais ou non.

— Tu ne le sais pas ? Moi... je le saurai et je te le dirai.

— Et comment t'y prendras-tu ? ironisa-t-il.

— En le lui demandant.

— Et moi j'aurai l'air d'un imbécile !

— Mais non. Je serai discrète, assura-t-elle en se levant pour aller vers la porte. Mark doit en être aux trois quarts des plats, ajouta-t-elle.

— Rya ?

Elle se retourna.

— Tu aimes bien Jenny ?

— Oh oui, beaucoup, lui assura-t-elle en souriant.

Depuis l'époque où Mark avait deux ans et Rya quatre, les Annendale étaient allés sept années consécutives en vacances d'été dans les montagnes autour de Black River. Paul voulait transmettre à ses enfants son amour de la nature et des animaux sauvages. Au cours de ces quatre à six semaines annuelles il leur apprenait le plaisir de se trouver en harmonie avec l'environnement naturel; des leçons plutôt joyeuses et passionnantes dont ils parlaient tous longtemps à l'avance.

L'année de la mort d'Annie il avait failli annuler le voyage, persuadé tout d'abord qu'y aller sans elle ne ferait que rendre sa perte plus évidente. Mais Rya l'avait convaincu du contraire.

— C'est comme si maman était encore à la maison, avait-elle dit. Quand je passe d'une pièce à l'autre je m'attends toujours un peu à l'y trouver, le visage pâle et tiré comme les derniers temps. Si nous allons camper au-dessous de Black River, peut-être bien que je m'attendrai aussi à la voir dans la forêt, mais en tout cas pas dans ce triste état. Quand on y allait elle était si jolie et bien-portante, et toujours si heureuse de se promener dans les bois...

Grâce à Rya ils avaient passé leurs vacances comme à l'habitude, et cela s'était révélé être une excellente chose.

La première année tous ensemble ils avaient acheté leurs conserves et leurs fournitures au bazar d'Edison. Mark et Rya avaient aussitôt eu le coup de foudre pour le vieux Sam, et leurs parents étaient tombés sous le charme presque aussi vite. A la fin de leurs quatre semaines de vacances ils étaient descendus deux fois pour dîner chez lui, et avaient promis d'écrire pour garder le contact. L'année suivante Sam leur avait conseillé de ne pas dresser leur tente dès le premier jour après leur long voyage depuis Boston, et avait insisté pour les garder la nuit. Ils repartiraient reposés le lendemain matin. Cette étape était devenue une tradition depuis, et à présent Sam était un peu un grand-père pour les enfants. Depuis deux ans en outre Paul les avait amenés chez Sam pour les vacances de Noël.

Il n'avait rencontré Jenny que l'année précédente, bien que naturellement Sam ait souvent parlé de sa fille qui étudiait la musique à l'université de Columbia. En dernière année elle avait épousé un musicien professionnel qu'elle avait suivi en Californie où il jouait dans un orchestre. Mais sept ans plus tard le mariage avait mal tourné et elle était rentrée chez son père pour se ressaisir et réfléchir à ce qu'elle voulait faire. Bien que très fier de sa fille, Sam n'avait jamais exhibé de photos. Ce n'était pas son genre. Et Paul l'avait aperçue pour la première fois l'an dernier à son arrivée au magasin où elle était en train de servir des enfants au comptoir des sucreries. Il avait mis un moment à reprendre sa respiration...

Tout était arrivé très vite entre eux. Pas de coup de foudre, mais un sentiment plus profond, plus essentiel aussi pour que puisse naître et grandir un véritable amour. D'instinct, intuitivement, et bien que persuadé jusque-là que personne ne pourrait jamais remplacer Annie, Paul avait su que Jenny était faite pour lui. La jeune femme s'était sentie attirée de la même manière, avec la même force, dès le début, et presque contre son gré.

Bien sûr, s'il allait confier tout cela à Rya elle ne manquerait pas de s'écrier: « Alors, pourquoi ne pas vous pas marier ! » Mais la vie n'est pas si simple...

Après le dîner tandis que Sam et les enfants faisaient la vaisselle, ils allèrent s'asseoir dans le salon, les pieds appuyés sur un vieux banc de cheminée, le bras de Paul autour des épaules de Jenny. La conversation, animée et facile à table, s'enlisait à présent. Paul la sentait dure et tendue au creux de son bras. A deux reprises il se pencha vers elle pour l'embrasser au coin des lèvres avec délicatesse, mais elle se raidit davantage. La croyant bloquée à l'idée que les enfants ou Sam pouvaient entrer dans la pièce à tout moment, il suggéra un tour en voiture.

— Peut-être... fit-elle sans conviction.

— Alors viens, un peu d'air frais te fera du bien.

Dehors la nuit était fraîche et en entrant dans la voiture elle fit remarquer qu'un peu de chauffage serait presque bienvenu.

— Inutile. Serre-toi contre moi, ce sera aussi efficace, affirma-t-il en souriant, Où allons-nous ?

— Je connais un petit bar tranquille à Bexford.

— Je croyais qu'il valait mieux éviter les lieux publics ?

— Il n'y a pas de cas de grippe à Bexford.

— Non ? Ce n'est qu'à 50 km.

— C'est une des bizarreries de cette grippe, fit-elle avec un haussement d'épaules.

— Eh bien en route pour ce petit bar tranquille, s'écria-t-il en démarrant.

Elle trouva une station de radio canadienne qui émettait toute la nuit et qui diffusait de la musique swing des années 40.

— On ne parle plus pendant un moment, décida t-elle en posant la tête sur son épaule.

La promenade jusqu'à Bexford était très agréable. L'étroite route goudronnée serpentait dans l'obscurité feuillue de la campagne, et sur des kilomètres le faîte incliné des arbres en bordure formait un tunnel d'air frais. Au bout d'un moment et malgré la musique de Benny Goodman, Paul avait l'impression qu'ils étaient seuls au monde. Une pensée étrangement agréable...

Jenny était encore plus fascinante que la nuit en montagne, et son silence aussi captivant et mystérieux que celui des vals profonds qu'ils traversaient. Pour une femme aussi menue elle avait une présence étonnante, et malgré le peu de place qu'elle occupait sur le siège elle semblait régner en maîtresse sur la voiture de Paul. Ses yeux, si grands, si sombres, étaient clos mais semblaient pourtant l'observer. Son visage, qui éclipsait celui de toutes les beautés d'un journal de mode, était détendu, les lèvres charnues entrouvertes tandis qu'elle fredonnait avec la radio; et ce léger mouvement, ce frémissement de sa bouche sensuelle avaient plus d'impact que le regard lourd et chargé d'intentions d'Elizabeth Taylor. Lorsqu'elle s'appuya contre lui, ses cheveux sombres épars sur son épaule, un parfum frais et acidulé monta vers lui.

A Bexford il gara la voiture en face de la taverne, de l'autre côté de la rue. Elle coupa la radio, et l'embrassa très légèrement, avec tendresse.

— Tu es gentil, dit-elle.

— Ah bon ?

— Je n'avais pas envie de parler, et tu ne m'as pas obligée.

— Je n'ai aucun mérite. Toi et moi communiquons aussi bien par notre silence qu'avec des paroles. Tu n'as pas remarqué ?

— Si bien sûr.

— Mais peut-être n'y attaches-tu pas assez de prix... pas autant que tu devrais.

— Tu te trompes, protesta-t-elle.

— Jenny, ce que nous possédons est...

— Je ne veux pas que la conversation prenne un tour aussi sérieux, fit-elle en posant un doigt sur ses lèvres.

— Je crois pourtant que nous devrions parler sérieusement. Il y a même longtemps que nous aurions dû le faire.

— Non vraiment je n'y tiens pas. Et comme tu es très gentil tu respecteras ce souhait pour me faire plaisir, ajouta-t-elle en l'embrassant encore une fois avant de descendre.

La taverne, chaude et intime, abritait un bar rustique contre le mur à gauche en entrant, une quinzaine de tables au centre, et une rangée de boxes capitonnés de simili cuir marron le long du mur à droite. Des lampes bleutées éclairaient les étagères derrière le bar, un lustre coloré imitation Tiffany était accroché dans chaque box, et une grande bougie dans une lanterne de verre rouge ornait les tables. Le juke box diffusait une ballade *country* par Charlie Rich, tandis que le barman, un gaillard corpulent à la moustache de phoque, ne cessait de plaisanter avec les clients à la manière de W.C.Fields sans essayer de l'imiter et sans même s'en rendre compte. Il y avait quatre hommes au bar, une demi-douzaine de couples aux tables, et d'autres dans les boxes. Le dernier de la rangée étant inoccupé, ils s'y installèrent.

Paul attendit que la serveuse, une rousse délurée, eût apporté les consommations, un scotch pour lui et un martini-vodka pour Jenny, avant de proposer:

— Pouquoi ne viendrais-tu pas passer quelques jours avec nous au campement? Nous avons un sac de couchage en réserve.

— L'idée me plaît assez, avoua Jenny

— Alors, quand?

— La semaine prochaine...peut-être.

— Je vais prévenir les gosses, comme ça ils compteront sur toi et tu ne pourras pas te dédire!

— Ce sont vraiment deux numéros, ceux-là! fit-elle en riant.

— C'est bien vrai

— Sais-tu ce que Rya m'a dit en m'aidant à préparer le café après le dîner? Elle m'a demandé si j'avais divorcé parce que mon mari n'était pas bon au lit.

— Ce n'est pas vrai! Elle t'a dit ça?

— Mais oui...

— Je sais que cette gosse n'a que onze ans, mais parfois je me demande...

— Réincarnation?

— Peut-être. Elle a onze ans dans cette vie, mais peut-être a-t-elle vécu jusqu'à 70 dans une vie antérieure. Et que lui as-tu répondu?

Jenny secoua la tête, comme étonnée de sa propre crédulité.

— Quand elle a compris que j'allais lui répliquer que les qualites d'amant de mon premier mari ne la regardaient pas, elle m'a déclaré qu'il ne fallait pas que je me fâche, que ce n'était pas par simple curiosité, qu'elle n'était qu'une fillette en pleine croissance, un peu trop mûre pour son âge, et que ses interrogations sur le monde des adultes, l'amour et le mariage étaient tout à fait compréhensibles. C'est là qu'elle a commencé vraiment à m'entortiller...

— J'imagine le genre de cinéma, fit Paul avec une grimace amusée. Pauvre petite qui a perdu sa mère... déroutée par la puberté...troublée par des émotions jusque-là inconnues et par le nouvel équilibre de ses hormones...

— Elle t'a déjà fait le coup ?

— Souvent.

— Et tu as marché ?

— Tout le monde marche.

— Moi la première, je l'avoue. J'avais pitié d'elle, et elle avait cent questions à poser...

— Toutes très intimes, je devine.

— J'ai répondu à toutes, et puis j'ai compris que la conversation avait en fait pour but d'arriver à un point donné. Après avoir appris sur mon mari bien plus de choses qu'il n'était nécessaire elle m'a raconté que sa mère et elle avaient eu de longues conversations environ un an avant la mort d'Annie, et que celle-ci lui avait confié que tu étais un amant fantastique.

Paul émit un grognement inintelligible.

— Je lui ai dit: ''Rya, je crois que tu essaies de me placer ton père''. Elle s'est montrée indignée, s'écriant que c'était affreux de penser des choses pareilles. J'ai réattaqué en avançant que je ne croyais pas que sa mère lui ait fait ce genre de confidence. ''Quel âge aurais-tu eu, à l'époque ? Six ans ?'' ''Oui, six ans, mais j'étais très avancée pour mon âge'', m'a-t-elle répondu !

— Il ne faut pas lui en vouloir, plaida Paul quand il eut fini de rire. Elle ne joue les entremetteuses que parce qu'elle t'aime beaucoup, et Mark aussi...et moi aussi, ajouta-t-il en baissant un peu la voix.

Elle détourna son regard et le porta sur son verre.

— As-tu lu des livres intéressants, récemment? demanda-t-elle.

— Puisque je suis si gentil je dois bien entendu te permettre de changer le sujet à ton gré, soupira-t-il en agitant le scotch dans son verre.

Jenny Leigh Edison se méfiait des passions amoureuses et avait peur du mariage. Son ex-mari, auquel elle avait rendu son nom avec joie, était un de ces hommes qui méprisent l'éducation, le travail, les sacrifices, mais n'estiment pas moins mériter gloire et fortune. N'ayant obtenu ni l'une ni l'autre au fil des ans, il lui fallait trouver une excuse à cet échec et Jenny en avait représenté une excellente. Selon lui c'était à cause d'elle qu'il n'avait jamais réussi à monter un orchestre à succès, ni à décrocher un contrat d'enregistrement auprès d'une grande marque de disques. Elle l'empêchait d'avancer et se trouvait toujours en travers de sa route. Aussi Jenny, après l'avoir en fait entretenu pendant sept ans en jouant du piano dans des bars, avait émis l'idée qu'ils seraient sûrement tous deux plus heureux en mettant un point final à leur union. Sous le choc, il l'avait d'abord accusée de l'abandonner, puis avait menacé de la tuer si elle partait. Mais elle avait tenu bon et fini par obtenir le divorce. « L'amour et les grands sentiments ne suffisent pas pour qu'un mariage soit une réussite, avait-elle dit un jour à Paul. Il faut autre chose, le respect peut-être. En tout cas, jusqu'à ce que je le sache je ne suis pas pressée de retourner à l'autel. » Avec son tact habituel Paul avait changé de sujet comme elle le souhaitait.

Ils parlaient de musique quand Bob et Emma Thorp vinrent les saluer à leur table. Bob était le chef de la police de Black River, forte de quatre hommes alors qu'une aussi petite ville n'aurait dû avoir droit qu'à un gendarme. Mais il fallait plus qu'un unique représentant de la loi pour mantenir l'ordre quand les bûcherons et les ouvriers de la scierie faisaient une descente à Balck River pour s'amuser, et la Big Union Supply avait donc fourni les fonds nécessaires à l'entretien d'une force de quatre hommes. Bob, 1,88m, 90kg, avait servi dans la *military police* et pratiqué les arts martiaux. Avec son visage carré, ses yeux enfoncés et son front bas, il avait un air à la fois inquiétant et obtus. En fait il pouvait se montrer dangereux à l'occasion, mais était loin d'être stupide. Il écrivait régulièrement des articles pleins d'humour dans l'hebdomadaire de Black River, dont la qualité de forme et de fond aurait été jugée excellente dans l'éditorial de n'importe quel journal à fort tirage. Ce mélange de force animale et d'intelligence rusée et inattendue lui permettait d'en imposer aux bûcherons de la scierie encore plus costauds que lui.

Quant à Emma Torpe elle était toujours à 35 ans la plus jolie femme de Black River. Blonde aux yeux verts, une ligne à couper le souffle, son mélange de beauté et de sex-appel l'avait amenée en finale du concours de Miss USA dix ans auparavant et ce succès faisait d'elle la seule véritable célébrité de Black River. Son fils Jeremy, de l'âge de Mark, passait chaque année quelques jours au camping des Annendale. Mark l'aimait bien comme camarade de jeu, mais sans doute surtout parce que sa mère était Emma, pour laquelle il éprouvait un profond amour d'enfant, cherchant toutes les occasions de s'en approcher.

— Vous êtes en vacances ? demanda Bob.

— Nous sommes arrivés cet après-midi.

— On vous demanderait bien de vous asseoir à notre table, mais Paul essaie de se tenir à distance de tout porteur de germes, expliqua Jenny. S'il attrape la grippe, il la passera aux enfants.

— Oh, ce n'est pas très grave, dit Bob. Pas vraiment la grippe, des frissons et des sueurs froides la nuit.

— Ça ne te gêne peut-être pas, mais moi je crois que c'est assez sérieux, intervint Emma. Je n'ai pas fait une seule bonne nuit depuis une semaine. Et il n'y a pas que la nuit ! J'ai essayé de dormir un peu cet après-midi et je me suis réveillée en sueur et toute grelottante.

— Vous avez pourtant bonne mine tous les deux, remarqua Paul.

— Je vous dis que ce n'est rien de grave, insista Bob. Des frissons, la nuit...ma grand-mère s'en plaignait elle aussi.

— Ta grand-mère se plaignait de tout, précisa Emma: les frissons, les rhumatismes, la fièvre, les éblouissements...

— Oh après tout, asseyez-vous, et permettez-moi de vous offrir un verre, proposa Paul en souriant.

— Merci mais nous n'avons vraiment pas le temps, s'excusa Bob après un coup d'œil à sa montre. Il y a un poker ici dans l'arrière-salle tous les samedis soir. Emma et moi jouons souvent et on nous attend.

— C'est vrai, Emma, vous jouez aussi? demanda Jenny.

— Mieux que Bob. La dernière fois il a perdu 15 dollars et j'en ai gagné 32 !

— Allons, un peu de franchise, s'écria son mari en riant. Ce n'est pas tellement à cause de tes talents, c'est que quand tu joues la plupart des hommes ne regardent pas vraiment leurs cartes...

Emma porta la main à l'encolure plongeante de son sweater.

— Mais voyons, le bluff est un élément important pour un bon joueur de poker. Si ces idiots se laissent impressionner par un malheureux décolleté, eh bien, ce ne sont pas de bons joueurs, tout simplement !

Sur le chemin du retour à une quinzaine de kilomètres de Bexford, Paul serra à droite vers une plate-forme d'observation du site où les amoureux garaient souvent leur voiture.

— Ne t'arrête pas je t'en prie, demanda Jenny.

— Et pourquoi ?

— J'ai envie de toi.

— Et alors ? fit-il en arrêtant la voiture à moitié sur la plate-forme.

— J'ai envie de toi, répéta-elle en évitant son regard, mais tu n'es pas le genre d'homme à se contenter de ça. Tu attends plus de moi, un élan plus profond, de l'attachement vrai, de la tendresse, de l'amour, et moi je ne m'en sens pas capable, pas déjà.

Il prit le menton de Jenny dans sa main et tourna doucement son visage vers le sien.

— Quand tu es venue à Boston en mars, tu étais très instable. Par moment tu pensais qu'on y arriverait ensemble, et à d'autres que c'était sans espoir. Mais les derniers jours, juste avant de repartir, tu semblais t'être décidée et tu m'as même dit que nous étions faits l'un pour l'autre, que tu avais seulement besoin d'un peu plus de temps.

Il lui avait demandé sa main à Noël et depuis, au lit ou ailleurs, s'efforçant régulièrement de la persuader qu'ils constituaient les deux moitiés d'un même être et qu'aucun d'eux n'était complet sans l'autre. En mars il pensait avoir fait de sérieux progrès.

— Voilà que tu as encore changé d'avis, conclut-il tristement.

— Il faut que je sois sûre, Paul, dit-elle en lui saisissant sa main pour en embrasser la paume.

— Je ne suis pas comme ton mari, tu sais.

— Je sais. Tu es...

— Très gentil ? dit-il, taquin.

— Il me faut encore du temps.

— Combien ?

— Je n'en sais rien.

Il la regarda longuement, puis fit démarrer la voiture et alluma la radio.

— Tu es fâché ? dit-elle quelques minutes plus tard.

— Non, déçu seulement.

— Tu es trop catégorique à notre sujet. Tu devrais être plus méfiant, avoir des doutes comme moi.

— Moi je n'en ai pas. Nous sommes faits l'un pour l'autre.

— Eh bien, il faudrait que tu en aies, insista-elle. Par

exemple, ne trouves-tu pas étrange que j'aie exactement le même type que ta première femme ? Annie avait la même silhouette, la même taille, la même couleur de cheveux, les mêmes yeux. J'ai vu des photos d'elle.

— Tu crois que je suis tombé amoureux de toi simplement parce que tu me rappelles Annie ? s'écria-t-il, l'air contrarié.

— Tu l'aimais beaucoup.

— Ça n'a rien à voir avec nous. J'aime beaucoup les brunes sexy, c'est tout, fit-il en essayant de plaisanter à la fois pour la convaincre et pour éviter de se demander si elle n'avait pas un tout petit peu raison.

— Possible...

— Mais bon sang, il n'y a pas de « possible ». Je t'aime pour toi-même, pas parce que tu ressembles à une autre.

Ils restèrent silencieux un moment. Les yeux d'une troupe de daims luisaient dans les broussailles en bordure de route, et quand la voiture passa Paul aperçut dans le rétroviseur leurs silhouettes gracieuses et irréelles qui traversaient la chaussée.

— Tu es tellement sûr que nous sommes faits l'un pour l'autre ! finit par dire Jenny. C'est peut-être vrai dans des conditions favorables, mais nous n'avons toujours partagé que des instants heureux, Paul, et n'avons jamais eu à faire face à l'adversité, jamais vécu d'expérience pénible en commun. Le mariage est rempli de crises, des grandes et des petites. Mon mari et moi formions un assez bon couple aussi...jusqu'aux premières crises. Et à partir de ce moment-là on s'est sauté à la gorge. Je ne peux pas... Je ne veux pas jouer mon avenir sur une liaison qui n'a jamais subi d'épreuves.

— Dois-je faire des prières pour attirer sur moi la maladie, la ruine et la malchance ?

— Tu me fais paraître stupide, soupira-t-elle en se serrant contre lui.

— Ce n'est pas ce que je voulais.

— Je sais bien.

De retour à Black River ils regagnèrent chacun leur

chambre après un baiser, mais restèrent éveillés une bonne partie de la nuit tous les deux.

IV

VINGT-HUIT MOIS AUPARAVANT

Samedi 12 avril 1975

L'HELICOPTERE, un Bell Jet Ranger II somptueusement aménagé, hachait l'air sec du Nevada et le rabattait vers le Strip de Las Vegas. Le pilote manœuvra en douceur pour se rapprocher de l'aire réservée sur le toit de l'hôtel Fortunata, planant quelques instants au-dessus du cercle repère avant de se poser avec une habileté consommée. Au moment où s'arrêtait le clappement des rotors au-dessus de sa tête, Ogden Salsbury fit coulisser la porte et posa le pied sur le toit, incommodé par l'air de la fournaise extérieure en sortant de la cabine climatisée. Montés sur des pylones de 2 mètres, des haut-parleurs diffusaient en stéréo un disque de Frank Sinatra. La surface ridée de la piscine sur le toit réfléchissait brutalement les rayons du soleil, et Salsbury fut à demi aveuglé malgré ses verres fumés. Sans raison logique il s'attendait presque à ce que le toit oscillât sous lui comme le plancher de l'hélicoptère, et son immobilité le dérouta quelque peu.

La piscine et la salle de jeux vitrée mitoyenne faisaient partie de l'immense suite présidentielle de l'hôtel au 30ᵉ étage. Deux jeunes beautés au corps volupteux, en mini

bikinis retenus par des cordelettes, se p
bord du grand bain agitant les pieds dans
la conversation avec un homme trapu et tr
d'un pantalon et d'une chemisette de soie
croupi à leurs côtés. Le trio avait cette
naturelle que seuls confèrent la puissance o
selon Ogden Salsbury du moins. Ils ne sembl... même
pas avoir remarqué l'arrivée de l'hélicoptère.

Salsbury traversa la terrasse en se dirigeant vers eux.

— Général Klinger ?

L'homme trapu leva les yeux, mais les filles feignaient toujours d'ignorer son existence. La blonde s'était mise à enduire la brune de lotion solaire et ses mains s'attardèrent sur les mollets et les genoux de sa compagne, puis remontèrent lentement le long de ses cuisses fermes et bronzées. De toute évidence elles étaient un peu plus que de bonnes camarades.

— Je m'appelle Salsbury.

Klinger se leva, sans tendre la main.

— Je n'ai qu'une valise à prendre. Je reviens tout de suite, dit-il en s'éloignant vers la salle vitrée.

Salsbury regardait les filles d'un œil un peu fixe. Elles avaient les jambes les plus longues et les plus belles qu'il eût jamais vues.

— Je parie que vous êtes dans le show business, finit-il par dire après s'être éclairci la voix.

Ni l'une ni l'autre ne lui accordaient la moindre attention. Faisant couler un peu de lotion dans sa main gauche, la blonde massa doucement le dessus proéminent des seins de son amie et ses doigts se glissèrent sous le soutien-gorge pour effleurer les pointes.

Salsbury se sentait ridicule, comme toujours auprès de jolies filles. Il était certain qu'elles se moquaient de lui. Petites salopes ! pensa-t-il haineusement. Un jour je vous aurai, toutes les deux, ou celle que je voudrai. Un jour je vous dirai tout ce que je veux, et vous le ferez, et vous aimerez ça parce que je vous l'ordonnerai...

Klinger revint avec une grande valise. Il avait passé une

de sport à 200 dollars au moins, en écossais bleu et ...s. Un vrai gorille habillé pour un numéro de cirque, songeait Salsbury.

Au moment où l'hélicoptère s'élevait en s'éloignant du toit, Klinger appuya son visage contre la vitre et regarda les filles rapetisser jusqu'à n'être plus que des taches asexuées.

— Votre patron sait vraiment organiser les loisirs, soupira-t-il en se carrant à nouveau dans son siège.

— Mon patron ? fit Salsbury en clignant des yeux.

— Eh bien, Dawson, voyons, lança Klinger l'air surpris.

Puis il prit un étui de cigares dans une des poches de son veston, sortit un *cheroot* et l'alluma sans en offrir à Salsbury.

— Que pensez-vous de Crystal et Daisy ?

— Pardon ? fit Salsbury en enlevant ses lunettes.

— Crystal et Daisy, les filles à la piscine.

— Jolies...très jolies.

— Vous ne vous doutez pas de ce que ces filles peuvent faire, laissa tomber Klinger en tirant une longue bouffée.

— Je pensais que c'était des danseuses.

Klinger le regarda d'un air incrédule, puis éclata de rire en renversant la tête.

— Ma foi, c'est exact ! Elles remuent leurs petites fesses en mesure tous les soirs dans la grande salle du Fortunata. Mais elles font aussi leur numéro dans les appartements privés sur le toit, et croyez-moi la danse n'est qu'un de leurs moindres talents.

Salsbury transpirait malgré la fraîcheur de la cabine. Les femmes... il avait peur d'elles, et les désirait presque avec désespoir. Pour Dawson, le contrôle des cerveaux signifiait une accumulation illimitée de richesses, une emprise financière sur le monde entier; pour Klinger, sans doute une puissance démesurée et la satisfaction de devenir un chef incontesté. Mais pour Ogden Salsbury, la réussite du projet amènerait des plaisirs sexuels aussi fréquents qu'il le désirait et avec toutes les femmes qui lui plairaient.

Rejetant la fumée vers le plafond, Klinger s'écria:

— Je parie que vous aimeriez bien les avoir toutes les deux dans votre lit, et les pénétrer l'une après l'autre, hein ?

— Ça plairait à n'importe qui.

— Elles sont assez fatigantes, soupira Klinger en ricanant. Il faut un homme avec beaucoup de tonus pour les rendre heureuses. Vous croyez que vous pourriez vous occuper de Crystal et de Daisy ?

— Je ferais volontiers un essai.

Klinger s'esclaffa bruyamment et Salsbury le détesta pour ce rire; cette ignoble brute n'était rien d'autre qu'un trafiquant d'influences que l'on pouvait acheter, et sûrement à bas prix. A sa manière il aidait Futurex International à obtenir des contrats auprès du Pentagone sous le nez de ses concurrents, et en récompense il recevait des vacances gratuites à Vegas, le prix de la corruption étant versé sur un compte en banque suisse. Pourtant Salsbury ne voyait pas comment intégrer un des éléments de cet arrangement à la philosophie personnelle de Dawson.

— Est-ce que Leonard paie les filles aussi ?

— Moi je ne les paie pas en tout cas, répliqua Klinger. Je n'ai jamais eu à payer pour ça, insista-t-il en regardant longuement Salsbury comme pour le convaincre de bien entrer cette idée dans sa tête. C'est l'hôtel qui règle la note, reprit-il, et l'hôtel est une filiale de Futurex. Mais il est tacitement entendu entre Leonard et moi que lui n'est pas au courant pour les filles. Toutes les fois qu'il me demande si j'ai passé de bonnes vacances il se comporte comme si je n'avais fait que bronzer au bord de la piscine, tout seul, en lisant les derniers best-sellers. Leonard est un puritain, mais il est trop malin pour laisser ses convictions entraver ses affaires...Votre patron, c'est quelqu'un, conclut-il après une pause en tirant sur son *cheroot*.

— Ce n'est pas mon patron.

Klinger ne sembla pas avoir entendu.

— Leonard et moi sommes associés, précisa Salsbury.

— Des associés ?

Klinger le dévisagea longuement, l'air incrédule.

— Exactement.

Leurs regards se croisèrent, mais Salsbury détourna le sien à regret au bout de quelques secondes.

— Associés, hein ? répéta Klinger peu convaincu.

Oui, nous sommes des associés, songeait Ogden. Dawson possède peut-être cet hélicoptère, l'hôtel Fortunata, Crystal, Daisy, et toi mon vieux, mais pas moi, et il ne me possédera jamais.

A l'aéroport de Las Vegas l'hélicoptère se posa à 30 mètres d'un étincelant Stream Jet Grumman tout blanc, au fuselage orné de lettres rouges indiquant: « FUTUREX INTERNATIONAL ». Quinze minutes plus tard ils s'envolaient déjà vers un terrain d'atterrissage privé pour avions de luxe près du lac Tahoe.

— J'ai cru comprendre que vous devez me mettre au courant, fit Klinger en débouclant sa ceinture de sécurité.

— C'est exact. Nous avons deux heures devant nous, répondit Ogden prenant sa serviette sur ses genoux. Avez-vous entendu parler des suggestions subliminales, des subliminaires ?

— Avant de nous y mettre, j'aimerais prendre un scotch.

— Je crois qu'il y a un bar à bord.

— Parfait.

— C'est là-derrière, indiqua Salsbury par-dessus son épaule.

— Pour moi ce sera quatre doigts de whisky avec quatre glaçons dans un grand verre.

Salsbury mit quelques secondes avant de saisir le message. Bien sûr, un général ne se sert pas lui-même ! Ne te laisse pas intimider, se dit-il, mais persque aussitôt il se retrouva debout et se dirigea vers l'arrière de l'avion comme s'il avait perdu le contrôle de son propre corps.

Quand il revint avec le verre, Klinger ne le remercia même pas.

— Alors, vous dites que vous êtes un associé de Leonard ?

Et Salsbury se rendit compte qu'en se conduisant plus en garçon de café qu'en invité, il n'avait fait que renforcer les doutes peu flatteurs du général. Ce salaud l'avait mis à l'épreuve.

Il commençait à se demander si Dawson et Klinger n'étaient pas trop forts pour lui, s'il n'était pas un poids plume confronté à deux poids lourds, en train de se laisser mettre en position pour le KO. Mais il rejeta très vite cette idée. Sans Dawson et le général il ne pouvait protéger ses découvertes du gouvernement qui les avait financées, auquel elles appartenaient, et qui y attacherait un grand prix s'il venait à connaître leur existence. Il n'avait guère d'autre choix que de s'associer avec ces hommes, mais en sachant qu'il devait se montrer prudent et sans cesse sur ses gardes. Il était toujours possible de coucher avec le diable du moment qu'on cachait un revolver sous son oreiller.

C'était du moins ce qu'on racontait...

Pine House, la résidence de 25 pièces de Dawson en bordure du lac Tahoe dans le Nevada, avait offert à son architecte l'occasion de recevoir deux récompenses et avait fait l'objet d'un article dans *House Beautiful.* Sise au bord de l'eau dans un terrain de 3 hectares, avec pour toile de fond une centaine de pins majesteux, elle semblait plus une création du paysage qu'une implantation malgré ses lignes ultra-modernes. Le premier niveau était vaste, circulaire, construit en pierre et sans fenêtres. L'étage, un cercle de même diamètre mais excentré par rapport au premier, s'étendait légèrement au-dessus du niveau de la terrasse constituée par le plafond du rez-de-chaussée. A l'arrière, côté lac, ce niveau se trouvait en porte-à-faux au-dessus du rez-de-chaussé, formant ainsi un abri pour le petit quai destiné aux bateaux. Une baie de quatre mètres de large offrait une vue magnifique sur l'eau et les pentes lointaines couvertes de pins. Le toit d'ardoise noire en forme de dôme était surmonté d'un clocher élancé se terminant par une flèche de plus de deux mètres.

Salsbury voyant la maison pour la première fois la rapprocha de ces églises futuristes qui avaient proliféré dans les paroisses riches et avant-gardistes ces dix ou quinze dernières années. Sans réfléchir à l'éventualité d'une gaffe il l'avait dit tout haut, mais Leonard avait pris la remarque comme un compliment. S'étant refamiliarisé avec les bizarreries de son hôte au cours des réunions hebdomadaires des trois derniers mois, Ogden était assez convaincu que la ressemblance avec une église était voulue, et que Dawson avait ainsi délibérément érigé une sorte de temple dédié à la richesse et au pouvoir.

Pine House avait coûté presque autant qu'une église, un million et demi de dollars, terrain compris. Mais elle ne représentait en fait qu'une des cinq résidences et trois grands appartements que Dawson et sa femme possédaient aux Etats-Unis, à la Jamaïque, en Angleterre et ailleurs en Europe.

Après le dîner les trois hommes s'installèrent dans des transats près de la baie vitrée pour contempler un moment les eaux du lac Tahoe, l'un des plus élevés et des plus profonds du monde, qui scintillait dans un jeu d'ombre et de lumière tandis que les derniers rayons du soleil déjà caché derrière les montagnes s'éteignaient peu à peu dans le ciel. Le matin cette nappe liquide avait des reflets verdâtres, mais l'après-midi elle virait au bleu pur et transparent, et à cette heure, peu avant de devenir aussi noire qu'une flaque de pétrole, elle chatoyait comme une cape de velours violet aux bords repliés contre la rive.

Pendant une dizaine de minutes ils se contentèrent d'admirer le paysage, d'échanger des remarques sur le repas et sur le cognac qu'ils savouraient. Puis Dawson se tourna vers le général:

— Ernst, que pensez-vous de la publicité subliminale?

— Fascinant, déclara le général qui s'attendait à ce passage sans transition de la détente au travail.

— Vous n'avez aucun doute?

— Sur son existence? Absolument aucun. Votre homme ici présent en détient la preuve, mais il ne m'a pas encore expliqué le lien entre les subliminaires et moi.

Savourant toujours son cognac à petites gorgées, Dawson eut un signe de tête impératif en direction de Salsbury.

Furieux contre Klinger qui l'avait baptisé « l'homme » de Dawson, et contre ce dernier qui n'avait pas relevé l'insulte, Ogden posa son verre et s'adressa à Klinger en prenant bien soin de ne pas utiliser son grade:

— Ernst, nous avons fait connaissance ce matin et je ne vous ai pas encore dit où je travaille, mais je suis certain que vous le savez déjà.

— Au Brockert Institute, répliqua Klinger sans hésitation.

Au Pentagone le général Ernst Klinger avait la responsabilité d'une branche du Service de Sécurité affecté à la Recherche en Armement, d'importance vitale. Son autorité dans ce département couvrait les Etats de l'Ohio, de Virginie et Virginie occidentale, du Maryland, du Delaware, de la Pennsylvanie, du New Jersey, de New York, du Connecticut, du Massachusetts, de Rhode Island, du Vermont, du New Hampshire et du Maine. A lui revenait le soin de choisir les systèmes électroniques ou traditionnels qui protégeaient tous les laboratoires, usines et centres d'essais où se poursuivaient les recherches dans ces quatorze Etats, puis de superviser leur installation et les inspecter régulièrement. Plusieurs laboratoires appartenant à « Creative Development Associates », dont « Brockert » dans le Connecticut, tombaient sous sa surveillance, et Salsbury aurait été surpris que le général ignorât le nom du spécialiste à Brockert.

— Savez-vous quel type de recherche nous effectuons là-bas?

— Je suis responsable de la sécurité, pas des recherches, lança Klinger. Je ne connais que ce qui m'est indispensable, par exemple le dossier de tout le personnel, la disposition des bâtiments, et la nature de la campagne environnante. Mais je n'ai pas à savoir ce que vous y faites.

— C'est lié aux subliminaires.

Soudain tendu, s'immobilisant comme s'il avait perçu un mouvement furtif dans son dos, un peu de la coloration due au cognac quittant son visage, Klinger déclara sèchement:

— Si je ne me trompe vous avez signé un papier vous engageant au secret absolu, comme tout le monde à Brockert.

— C'est exact.

— Vous venez de violer cet engagement.

— J'en suis conscient.

— Etes-vous également conscient de la peine que vous encourez ?

— Oui, mais je ne serai jamais condamné.

— Très sûr de vous, hein ?

— Complètement.

— Le fait que je sois un général dans l'armée américaine et Leonard un citoyen loyal et respecté ne change rien à l'affaire, vous savez. Vous avez violé votre serment. On ne vous emprisonnera peut-être pas pour trahison parce que vous aurez seulement parlé à des gens comme nous, mais on peut très bien vous infliger au moins 18 mois pour avoir divulgué des renseignements sans y être autorisé.

Salsbury jeta un coup d'œil à Dawson qui se pencha vers le général, et lui conseilla en lui tapotant amicalement le genou:

— Laissez Ogden terminer, Ernst.

— Ce pourrait être un piège, insinua Klinger.

— Un quoi ?

— Un piège, un traquenard.

— Pour vous y faire tomber ?

— Peut-être.

— Et dans quel but grands dieux? s'enquit Dawson sincèrement blessé par cette hypothèse.

Et pourtant, songeait Salsbury, Dawson avait sans doute piégé et détruit des centaines d'hommes dans les trente dernières années. Klingen semblait nourrir les mêmes pensées, mais haussa les épaules et fit semblant de ne pas trouver de réponse à la question.

— Je n'agis pas de cette façon, protesta Dawson, incapable de cacher son orgueil outragé... ou l'affichant à dessein. Vous me connaissez suffisamment. Toute ma carrière, ma vie entière, reposent sur des principes chrétiens.

— J'estime ne connaître personne assez à fond pour prendre le risque, rétorqua le général sèchement.

Avec une exaspération feinte, trop voyante pour être authentique, Dawson déclara:

— Mon cher ami, nous avons gagné beaucoup d'argent ensemble, mais ce n'est que menue monnaie en comparaison de ce que nous pouvons récolter en travaillant avec Ogden. Il y a là des trésors illimités à glaner pour chacun de nous.

Il observa le général du coin de l'œil quelques instants, puis n'obtenant aucune réaction il ajouta:

— Ernst, je ne vous ai jamais trompé. Pas une seule fois.

— Tout ce que vous avez fait jusqu'ici a été d'acheter mes conseils, répliqua Klinger toujours peu convaincu.

— Votre influence, rectifia Dawson.

— Mes conseils, insista Klinger. Et même si j'ai trafiqué de mon influence, ce qui n'est pas le cas, cela n'a rien de commun avec une trahison.

Ils échangèrent un regard lourd de tension. Salsbury avait l'impression de ne pas se trouver dans la même pièce, de les observer par l'oculaire d'un téléscope long d'un kilomètre.

— Leonard, vous rendez-vous compte que moi je

pourrais être en train de vous tendre un piège, dit enfin Klinger d'un ton légèrement moins cassant.

— Naturellement.

— Je pourrais fort bien accepter d'écouter votre homme jusqu'au bout, et tout enregistrer dans ma tête dans le seul but d'obtenir des preuves contre vous deux.

— Nous mener en bateau...

— Vous donner assez de corde pour vous pendre vous-mêmes. Je vous en avertis parce que vous êtes un ami. Je vous aime bien, Leonard. Je ne veux pas que vous ayez des ennuis.

— Disons que j'ai une proposition à vous faire et que j'ai besoin de votre coopération, fit Dawson en se carrant contre le dossier. Alors je suis bien obligé de prendre le risque, non ?

— A vous de choisir.

Souriant, apparemment satisfait de l'attitude du général, Dawson leva son verre de cognac en un toast silencieux et Klinger leva le sien à son tour, avec un large sourire. Qu'est-ce qui se passe ici, nom de Dieu ! songeait Salsbury. Après avoir humé et siroté un peu son cognac, Dawson le regarda pour la première fois depuis plusieurs minutes.

— Vous pouvez continuer, Ogden, ordonna-t-il.

En un éclair Salsbury saisit le but caché de la conversation à laquelle il venait d'assister. Pour le cas improbable où Dawson aurait réellement été en train de tendre un piège à son vieil ami, et dans l'hypothèse peu vraisembrable de la présence de micros dissimulés, Klinger s'était adroitement assuré un minimum de défenses contre d'éventuelles poursuites. La bande montrerait qu'il avait averti Dawson des conséquences possibles de ses actes. Devant un tribunal civil ou militaire, le général pourrait arguer qu'il avait simplement joué le jeu afin de recueillir des preuves indispensables; et même si personne ne le croyait, il réussirait très probablement à sauvegarder sa liberté et son grade.

Ogden se leva, sans son verre, alla jusqu'à la baie et

resta debout, le dos au lac presque plongé dans l'obscurité à présent. Il se sentait trop nerveux pour parler en étant assis et même, pendant quelques instants, pour dire quoi que ce fût.

De part et d'autre d'une petite table ronde au plateau de chêne noir, assis dans leurs transats de cuir noir aux chevilles d'argent vieilli, Dawson et Klinger l'observaient tels deux lézards perchés moitié au soleil, moitié dans l'ombre, attendant que la situation prenne un tour plus précis pour justifier un changement de position. La seule lumière dans la pièce luxueusement meublée provenait de deux lampes placées au ras du sol et qui flanquaient la cheminée, à cinq ou six mètres d'eux. Leur profil droit se trouvait estompé et en partie dans l'ombre, tandis que l'autre était brutalement découpé par l'éclairage ambré, et leurs yeux clignaient de temps à autre, avec une patience de sauriens.

Que le plan se solde ou non par une réussite, songeait Salsbury, Dawson et Klinger s'en sortiront sans dommage. Ils avaient chacun une armure efficace: Dawson, sa richesse, Klinger son absence de scrupules, sa ruse et son expérience. Mais Ogden lui ne possédait aucune protection. Il ne s'était même pas rendu compte qu'il pourrait en avoir besoin. Il avait pensé que sa découverte leur procurerait suffisamment d'argent et de puissance pour les combler tous les trois, mais venait seulement de comprendre que l'avidité ne se rassasiait pas aussi vite qu'un appétit même solide, ne s'étanchait pas comme une soif même intense. Sa seule défense possible restait son intelligence, son esprit vif comme l'éclair; mais son cerveau, orienté depuis si longtemps vers les chemins étroits de la recherche scientifique, le servait beaucoup moins bien dans les problèmes de la vie courante.

Sois prudent, méfiant, sur tes gardes, se répéta-t-il encore une fois ce jour-là. Avec des hommes aussi forts et agressifs, la prudence était une armure bien légère, mais il n'en avait pas d'autre. Après ce temps de réflexion personnelle, il attaqua:

— Depuis dix ans le Brockert Institute s'est entièrement consacré à une étude sur les publicités subliminales, pour le compte du Pentagone. Nous ne nous sommes pas intéressés à ses aspects techniques, théoriques ou sociologiques qui sont étudiés ailleurs. Nous nous sommes penchés uniquement sur les mécanismes biologiques de la perception subliminale. Dès le début nous avons essayé de mettre au point une drogue qui « amorcerait » le cerveau comme une pompe, pour l'ouvrir à la subception; une drogue conditionnant l'individu de telle sorte qu'il obéisse à toute directive reçue subliminalement.

Dans un autre laboratoire de CDA dans le nord de la Californie des chercheurs essayaient de mettre au point un virus, ou un agent bactérien chargé de la même action, mais ils étaient sur une fausse piste. Il en était certain, puisque lui était sur la bonne.

— Actuellement, reprit-il, il est possible d'utiliser les subliminaires pour influencer les gens sans opinion bien arrêtée sur tel sujet ou tel produit particuliers. Mais le Pentagone veut avoir la possibilité d'utiliser les messages subliminaux pour modifier les attitudes de base, le comportement des gens qui ont, eux, des opinions très nettes auxquelles ils tiennent.

— C'est le contrôle des cerveaux, commenta simplement Klinger tandis que Dawson avalait une gorgée de son cognac.

— Si une telle drogue peut être synthétisée, poursuivit Ogden, elle changera le cours de l'Histoire, et cela sans exagération aucune; à commencer par les guerres qui cesseront d'exister au sens traditionnel du mot. Il suffira de contaminer l'eau potable de l'ennemi puis de l'inonder, par l'intermédiaire de ses propres média, d'une série de subliminaires soigneusement élaborés, qui l'amèneront à voir les choses de notre point de vue. Graduellement, subtilement, nous pourrons transformer nos ennemis en alliés, et leur laisser croire que le changement a été volontaire.

Ils gardèrent le silence pendant quelques minutes, plongés dans leurs réflexions personnelles. Klinger alluma un *cheroot* avant de déclarer:

— Je vois également un bon nombre d'utilisations pour cette drogue à l'intérieur de notre pays.

— Naturellement.

— Enfin, nous pourrions accomplir l'unité nationale, fit Dawson presque rêveur; mettre fin à toutes les querelles, contestations et désaccords qui freinent l'évolution de notre grand pays.

Ogden leur tourna le dos et regarda par la baie. La nuit enveloppait entièrement le lac à présent, et il entendait par-delà la vitre l'eau clapoter doucement contre les piliers du quai en contrebas. Ce bruit rythmé l'apaisait. Certain maintenant que Klinger allait coopérer, il voyait s'ouvrir un avenir extraordinaire, et se sentait tellement surexcité par cette vision qu'il n'osait pas reprendre.

— Vous êtes le directeur des recherches à Brockert mais apparemment vous ne vous contentez pas du côté administratif, dit alors Klinger derrière lui.

— Je me suis réservé certains aspects de la recherche, admit Salsbury.

— Et vous avez découvert une drogue ayant la propriété d'amorcer l'esprit à la subception ?

— Oui, il y a trois mois, laissa tomber Ogden comme s'il s'adressait à la vitre devant lui.

— Qui est au courant ?

— Nous trois.

— Personne à Brockert ?

— Personne.

— Même si vous vous êtes, comme vous dites, « reservé » certains aspects de la recherche, vous devez bien avoir un assistant au laboratoire ?

— Il n'est pas particulièrement malin, expliqua Ogden, et c'est la raison pour laquelle je l'ai choisi il y a six ans.

— Vous songiez déjà à garder la découverte pour vous si longtemps à l'avance ?

— Oui.

— Vous avez donc maquillé votre rapport journalier? Et les imprimés à remplir qui partent à Washington chaque fin de semaine?

— Je n'ai eu à les falsifier que pendant quelques jours. Dès que je me suis rendu compte de ce que j'avais découvert, j'ai arrêté le travail et complètement changé l'orientation des recherches.

— Et votre assistant ne s'en est pas rendu compte?

— Il a pensé que j'avais abandonné la première direction et me préparais à en essayer une autre. Je vous l'ai dit, il n'est pas très brillant.

— Ogden n'a pas terminé la mise au point de sa drogue, intervint alors Dawson. Il reste encore beaucoup de travail à faire.

— Combien de temps? demanda le général.

— Difficile à dire exactement, fit Salsbury se détournant enfin de la baie pour leur faire face. Disons entre six mois et un an et demi.

— Il ne peut pas travailler plus longtemps sur ce projet à Brockert, fit remarquer Dawson, il n'arriverait jamais à falsifier ses comptes rendus sans attirer l'attention tôt ou tard. C'est pourquoi je monte pour lui un labo complètement équipé dans ma maison de Greenwich, à quarante minutes du Brockert Institute.

— Vous avez une maison assez grande pour la transformer en laboratoire? s'enquit Klinger surpris.

— Ogden n'a pas besoin de tellement de place en fait, disons une centaine de mètres carrés au maximum, mais en grande partie occupés par des ordinateurs affreusement coûteux! Je soutiens Ogden avec deux millions de dollars de mon trésor personnel, Ernst. C'est une preuve de la confiance totale que j'ai en lui.

— Vous pensez vraiment qu'il peut finir de mettre au point et tester cette drogue dans un laboratoire de fortune?

— Un laboratoire de fortune de deux millions de dollars! rappela Dawson. Et n'oubliez pas que des milliards ont déjà été dépensés par le gouvernement pour les recherches préliminaires. Je ne finance que le stade final.

— Comment pouvez-vous espérer garder le sécret ?

— Un ordinateur sert à mille usages différents, et nous ne nous compromettons pas simplement en l'achetant. De plus, nous ferons passer la commande par une des filiales de Futurex, et il n'y aura aucune trace d'un achat à notre nom. Personne ne posera de questions, assura Dawson.

— Il vous faudra des techniciens, des assistants, et des employés.

— Non, fit Dawson tout net, dans la mesure où Ogden a l'ordinateur et le dossier complet sur les recherches déjà effectuées, il peut tout faire lui-même. Il a disposé pendant dix ans d'une équipe spécialisée pour effectuer les travaux de base. Mais le plus gros de ce genre de corvées est fini à présent.

— S'il donne sa démission à Brockert il y aura une enquête très poussée des services de sécurité, hasarda Klinger. Ils voudront savoir pourquoi il s'en va, et ils y arriveront...

Une fois de plus ils parlaient tous les deux de Salsbury comme s'il se trouvait ailleurs, ce qu'il n'appréciait nullement. S'écartant de la fenêtre, il fit deux pas vers le général et déclara:

— Je ne quitterai pas mon poste à Brockert. Je serai au travail comme d'habitude cinq jours par semaine, de 9h à 16h, et pendant mon temps de présence je m'occuperai activement d'une série de recherches inutiles.

— Quand trouverez vous le temps de travailler dans le labo installé par Leonard, alors ?

— Le soir, et pendant le week-end. De plus j'ai accumulé pas mal de congés de maladie et de vacances que je pourrai récupérer en les répartissant régulièrement sur les deux années à venir.

Klinger se leva pour aller au luxueux bar roulant tout de cuivre et de glaces qu'un domestique avait laissé près des transats. Ses bras épais et velus faisaient paraître plus délicats encore les carafons de cristal, tandis qu'il se servait, de nouveau, largement de cognac.

— Et quel rôle m'attribuez-vous dans tout cela ? s'enquit-il.

— Leonard peut me fournir l'ordinateur dont j'ai besoin, mais il ne peut pas me procurer un dossier complet sur bande magnétique de toutes les recherches que j'ai faites pour CDA, pas plus qu'une copie des bandes-programmes mises au point par ces recherches. Et tant que je ne dispose pas de ces deux éléments, les coûteux ordinateurs de Leonard ne valent pas un sou pour moi. Bien sûr, avec trois ou quatre semaines devant moi je pourrais faire des copies à Brockert sans grand risque d'être surpris, mais une fois que j'aurai 80 ou 90 bobines et des sorties d'imprimante de 500 mètres de long, comment ferai-je selon vous pour les emporter discrètement ? C'est tout simplement impossible. Les procédures de sécurité à l'entrée et à la sortie sont très sévères, beaucoup trop pour ce que j'ai à faire. A moins que...

— Je vois, fit Klinger revenant à son siège en sirotant son cognac.

— Ernst, vous êtes l'autorité suprême en matière de sécurité à Brockert, intervint alors Dawson. Vous en savez plus sur le système que n'importe qui, et s'il existe une faille dans l'édifice vous seul pouvez la trouver... ou la créer.

Etudiant Salsbury comme s'il évaluait les risques et mettait en doute la sagesse de s'associer avec un personnage aussi fantoche, Klinger déclara:

— Je suis supposé vous laisser sortir en fraude une centaine de bandes magnétiques bourrées de renseignements hautement confidentiels avec les programmes d'ordinateur correspondants, c'est bien cela ?

Ogden acquiesça lentement.

— Est-ce dans vos possibilités ? s'informa Dawson.

— Je pense.

— C'est tout ce que vous pouvez dire ?

— Il y a plus d'une chance sur deux pour que ce soit réalisable.

— Ce n'est pas suffisant, Ernst.

— Bon, d'accord, j'y arriverai, je trouverai le moyen, lança Klinger quelque peu exaspéré.

— J'en étais sûr, affirma Dawson avec un sourire.

— Mais si je trouve effectivement un moyen et que je suis pris pendant ou après l'opération, je serai bouclé à Leavenworth jusqu'à décomposition. Quand j'ai prononcé le mot « trahison » tout à l'heure, je ne plaisantais pas.

— J'avais bien compris, assura Dawson, mais il n'est pas nécessaire que vous voyiez ces bandes et encore moins que vous y touchiez. C'est à Ogden seul qu'incombe ce risque. On ne pourrait vous accuser de rien de plus grave que de négligence pour n'avoir pas vu ou voulu voir la faille dans le système de sécurité.

— Même sous cet angle, on me mettrait de force à la retraite ou bien l'on me radierait de l'armée avec une pension réduite.

— Je lui offre un tiers d'une association qui va gagner des millions de dollars, et Ernst s'inquiète pour une situation de fonctionnaire ! s'exclama Dawson d'un air stupéfait.

Salsbury transpirait abondamment et le dos de sa chemise lui collait à la peau comme une compresse glacée.

— Vous venez de nous dire que vous pouvez le faire, rappella-t-il au général, la grande question est donc de savoir si vous *voulez*.

Klinger contempla son verre un moment, puis leva les yeux vers Salsbury.

— Une fois la drogue au point, quel sera le premier temps de l'opération ? s'informa-t-il.

— Nous allons fonder une société-paravent au Liechtenstein.

— Pourquoi diable là-bas ?

Les lois de ce pays n'imposaient pas à une société de communiquer la liste de ses participants, et Dawson pouvait engager des avoués à Vaduz pour les nommer aux postes essentiels. La loi ne les obligerait pas à révéler l'identité de leurs clients.

— D'autre part je ferai faire pour chacun de nous quelques faux papiers, passeports, et autres pièces pour que nous puissions voyager et traiter nos affaires sous des noms d'emprunt, précisa Dawson. Si les avoués de Vaduz se trouvaient néanmoins obligés par des moyens extra-légaux de révéler le nom de leurs clients, nous ne courrons aucun risque car ils ne connaîtront que nos faux noms.

Sa prudence n'était pas excessive. La société deviendrait très rapidement une affaire incroyablement prospère, et bon nombre de gens puissants dans le monde des affaires ou dans le gouvernement ne manqueraient pas d'enquêter discrètement pour savoir qui se trouvait derrière les fantoches de Vaduz. Grâce à l'agent chimique découvert par Salsbury et aux programmes de subliminaires très complets et soigneusement élaborés, ils pourraient à eux trois mettre sur pied cent affaires différentes et littéralement imposer aux clients, aux associés et même aux concurrents de les aider à faire des bénéfices substantiels. Chaque dollar gagné semblerait parfaitement honnête et justifié; mais bien entendu personne n'admettrait la légalité d'une drogue destinée à manipuler la concurrence ou les consommateurs. Et au cas où la société serait surprise à utiliser cette drogue, volée de surcroît à un programme de recherche d'armements, cet apparent excès de prudence pourrait fort bien se révéler tout juste suffisant.

— Et une fois cette société mise sur pieds? demanda encore Klinger.

Les tractations financières et commerciales étant à la fois le métier et la passion de Dawson, il entama une harangue pleine de force et de conviction brûlante avec le plaisir évident d'un prédicateur baptiste.

— La société acquerra une proprieté close de murs quelque part en Allemagne ou en France, au moins une cinquantaine d'hectares. Extérieurement elle aura l'apparence d'un lieu de repos pour cadres supérieurs surmenés. Mais en fait elle sera utilisée pour l'endoctrinement de mercenaires.

— Des mercenaires ? fit Klinger avec, sur son visage sévère, le dédain du professionnel de l'armée regulière pour les éléments autonomes.

La société, comme l'expliqua Dawson sans broncher, engagerait une douzaine de mercenaires parmi les meilleurs recrutables, des hommes s'étant battus en Asie et en Afrique, et que l'on introduirait dans cette résidence sous le prétexte officiel de les mettre au courant de leur mission et d'y rencontrer leurs supérieurs. Bien entendu, l'eau du réseau et toutes les boissons en bouteilles existant dans la propriété seraient utilisées pour véhiculer l'agent chimique d'Ogden. Vingt-quatre heures après l'absorption de leurs permières gorgées de liquide, et se trouvant alors en condition pour un lavage de cerveau par subliminaires, ils assisteront à la projection de quatre heures de films divers pendant les trois jours suivants. Des documentaires touristiques, industriels et techniques, ces derniers expliquant en détail l'emploi de diverses armes et gadgets électroniques, qu'on leur présenterait comme une formation préalable indispensable à leurs missions. Sans le savoir bien entendu ils absorberaient en même temps douze heures de subliminaires très étudiés leur ordonnant d'obéir sans discuter à tout ordre precédé d'une certaine phrase-code. Après quoi ces hommes ne seraient plus seulement du personnel au service d'une société mais avant tout des robots pré-programmés. Extérieurement rien en eux ne semblerait changé. Leur allure et leur conduite resteraient les mêmes; mais ils obéiraient à l'ordre de mentir, de voler, ou de tuer n'importe qui, et ce sans la moindre hésitation dans la mesure où la phrase code appropriée le précéderait.

— En tant que mercenaires, ce sont des tueurs professionnels au départ de toute façon, fit remarquer Klinger.

— Exact, mais la beauté de la chose réside dans leur obéissance inconditionnelle sans la moindre velléité de curiosité gênante. Etant sous contrat ils pourraient par exemple refuser une mission qui leur déplairait suffisamment; mais comme membres de notre équipe programmée, ils exécuteront tous nos ordres à la lettre.

— Il y a également d'autres avantages, intervint Salsbury assez content d'évincer de la tribune Dawson maintenant lancé dans une campagne de prosélytisme. Par exemple, vous pouvez donner l'ordre de tuer et effacer ensuite tout souvenir de cet acte aussi bien dans le conscient que dans le subconscient de l'exécutant qui ne pourra jamais témoigner contre la société ou contre nous et pourra subir sans risque l'épreuve du détecteur de mensonge.

Le visage simiesque de Klinger s'éclaira quelque peu en comprenant l'importance de ce que Salsbury venait de dire.

— Même en utilisant le penthotal ou la régression sous hypnose il n'aurait aucun souvenir ? insista-t-il.

— Vous savez, le penthotal est très surfait en tant que sérum de vérité. Quant à l'autre méthode...on pourrait le faire remonter sous hypnose dans ses souvenirs jusqu'au moment du meurtre, mais là il se heurterait à un mur. Ayant reçu l'ordre d'effacer l'acte, il ne pourra pas plus se le rappeler qu'un ordinateur dont on effacerait la mémoire magnétique.

Ayant terminé son second cognac Klinger retourna au chariot et se versa cette fois du *Seven Up* sur de la glace dans un grand verre. Il a raison, songeait Salsbury amusé, mieux vaut garder les idées claires dans ce genre de conversation si l'on tient à sa raison.

— Et quand nous aurons réuni et formé ces mercenaires robots, qu'en ferons-nous ? demanda Klinger à Dawson.

Dawson, qui avait beaucoup réfléchi à cette question pendant les trois derniers mois de mise au point des détails avec Ogden, répondit immédiatement:

— N'importe quoi, à notre gré, absolument n'importe quoi. Mais comme premier essai je pense que nous leur ferons introduire la drogue-amorce dans les alimentations en eau potable de toutes les villes du Koweit. On pourrait ensuite lancer une campagne de subliminaires spécialement adaptés à la mentalité arabe, en se servant de tous les média possibles. En un mois, et à l'insu même du gouvernement, on pourrait prendre discrètement le contrôle du pays.

— Prendre le contrôle d'un pays entier comme débuts ? s'enquit Klinger incrédule.

Et avec force gesticulations, Dawson se lança dans une nouvelle péroraison en faisant les cent pas de l'un à l'autre.

— Le Koweit a moins d'un million d'habitants pour la plupart concentrés dans quelques zones urbaines, principalement à Hawalli et dans la capitale. En outre, tous les membres du gouvernement et pratiquement tous les riches citoyens vivent dans ces centres. La poignée de richissimes familles propriétaires de terrains dans le désert reçoivent leur eau par camions-citernes venus des villes. En bref, nous pourrions prendre le contrôle de toutes les personnalités influentes, et jouir ainsi dans les coulisses d'une mainmise absolue sur les réserves de pétrole qui fournissent 20% de la consommation mondiale. Cela fait, le Koweit deviendrait notre base opérationnelle d'où nous pourrions asservir l'Arabie Saoudite, l'Iraq, le Yemen et tous les autres pays exportateurs de pétrole du Moyen-Orient.

— On pourrait réduire en miettes le cartel de l'OPEP, proposa Klinger d'un air rêveur.

— Ou le renforcer, suggéra Dawson. Ou l'affaiblir puis le renforcer pour provoquer des variations importantes dans la valeur des stocks. On pourrait en fait influencer les cours de la Bourse et, en connaissant tous les mouvements très à l'avance, en tirer profit. En moins d'un an de contrôle sur une demi-douzaine de pays du Moyen-Orient nous devrions êtres capables d'introduire un milliard et demi de dollars dans les comptes de la société du Liechtenstein. Après quoi ce devrait être une simple question de quelques années pour que tout, littéralement tout, nous appartienne.

— Ce projet semble complètement délirant, conclut Klinger.

— Délirant ? fit Dawson fronçant les soucils.

— Inimaginable, inouï, impossible, précisa le général en choisissant soigneusement ses qualifications devant la réaction de Dawson.

— Il fut une époque où des engins de vol « plus lourds que l'air » semblaient une impossibilité, fit remarquer Salsbury; et la bombe atomique aussi. Et en 1961 quand Kennedy a lancé le programme spatial Apollo, bien peu d'Américains croyaient qu'un homme marcherait jamais sur la Lune.

Ils se regardèrent. Le silence dans la pièce était si pesant que chaque vaguelette venant battre le quai prenait l'importance d'une lame de fond, malgré l'épaisseur de la vitre. C'était en tout cas l'impression de Salsbury dont le cerveau enfiévré en amplifiait l'écho.

— Ernst, nous aiderez-vous à obtenir ces bandes ou non ? demanda finalement Dawson.

Klinger posa sur lui son regard pendant un long moment, puis le tourna vers Salsbury. Un étrange frisson le parcourut. Peur ou plaisir ? Ogden n'aurait su le dire.

— J'accepte, laissa-t-il tomber.

Ogden soupira de soulagement et Dawson proposa aussitôt du champagne pour boire à leurs santés respectives et à celle du projet.

Un quart d'heure plus tard, après qu'un domestique eut apporté une bouteille de Moët et Chandon frappé et après un toast au succès de leur entreprise, Klinger dit à Dawson avec un sourire:

— Et si l'idée de cette drogue m'avait terrifié ? Et si j'avais pensé que votre plan dépassait mes possibilités d'intervention ?

— Je vous connais bien, Ernst, peut-être mieux que vous ne le croyez. Je serais surpris de découvrir que quelque chose dépasse vos possibilités.

— Mais supposez quand même que je me sois dégonflé, pour une raison quelconque, et que j'aie refusé de me joindre à vous ?

Dawson fit glisser une gorgée de champagne sur sa langue, l'avala et aspira l'air bouche ouverte pour savourer l'arrière-goût, puis répliqua:

— Alors Ernst, vous n'auriez pas quitté vivant la propriété. Vous auriez été victime d'un accident, je le crains...

— Que vous aviez préparé il y a une semaine au moins...

— Presque.

— Je savais que vous ne me décevriez pas.

— Vous avez apporté une arme ? demanda Dawson.

— Une automatique, calibre 32.

— Il ne se voit pas.

— Il est collé au bas de mes reins avec du sparadrap.

— Et vous vous êtes entraîné à le sortir.

— Je peux l'avoir à la main en moins de cinq secondes.

— Et vous vous seriez servi de moi comme d'un bouclier pour sortir de la propriété.

— J'aurais tenté le coup.

Ils rirent ensemble et se regardèrent avec dans les yeux quelque chose qui ressemblait à de l'affection, enchantés de leur roublardise respective, tandis que Salsbury dégustait son champagne sans pouvoir réprimer une certaine gêne.

V

Vendredi 19 août 1977

PAUL et Mark étaient assis en tailleur sur l'herbe humide de rosée, immobiles comme des statues; et le petit garçon, qui pourtant détestait l'inaction et n'était pas un modèle de patience, ne s'octroyait qu'un léger battement de paupières de temps à l'autre. Autour d'eux s'étendait un paysage d'une beauté à couper le souffle, une nature pratiquement vierge, avec la muraille d'une forêt dense, d'un vert aux reflets violets, sur trois côtés de la clairière qui s'ouvrait sur une étroite vallée au fond de laquelle trois kilomètres plus loin la petite ville de Black River scintillait tel un parterre de champignons sur le tapis émeraude de la lande. La seule disgrâce infligée par la civilisation à ce tableau champêtre était la scierie de Big Union, à peine visible à 5km de là et dont d'ailleurs les immenses bâtiments évoquaient davantage des poternes, des remparts et des tours qu'un complexe usinier. Les bois plantés par l'homme pour alimenter la scierie, moins attrayants certes que la forêt naturelle, se trouvaient cachés par l'escarpement d'un relief voisin. Un ciel bleu et des nuages blancs mouvants complétaient ce décor de paradis terrestre pour film biblique.

Mais Paul et Mark ne s'intéressaient pas au paysage ce jour-là, et portaient toute leur attention sur un petit écureuil brun roux.

Depuis cinq jours ils déposaient sur le sol des cacahuètes grillées et des morceaux de pomme, espérant s'en faire un ami, et l'apprivoiser peu à peu. Chaque jour il s'approchait un peu plus, et la veille il avait croqué quelques bouchées avant de céder à la frayeur et de s'enfuir.

Le petit animal sortit du bois en une série de bonds rapides mais prudents, s'arrêtant à chaque fois pour étudier l'homme et le jeune garçon qui l'observaient en retour. Arrivé à portée de nourriture, il saisit un morceau de pomme dans ses petites pattes de devant et se mit à manger, assis sur son arrière-train.

— Il ne nous quitte pas des yeux une seconde, fit remarquer Mark tandis que l'écureuil, entendant le son de sa voix, se figeait dans une totale immobilité, la tête de côté, ses grands yeux marrons fixés sur eux.

Paul avait dit qu'ils pourraient enfreindre leur règle de silence absolu et parler tout bas si l'écureuil semblait avoir surmonté son inquiétude et réussissait à rester près de la nourriture plus de quelques secondes. S'ils voulaient le domestiquer il faudrait bien que l'animal s'habitue à leurs voix.

— Je t'en prie, n'aie pas peur, exhortait Mark doucement.

Son père avait promis que si l'animal se laissait apprivoiser Mark pourrait le ramener à la maison et en faire son petit familier. Mais pour l'instant, pas encore prêt à leur faire confiance, il laissa tomber le morceau de pomme et bondit en direction de la forêt pour grimper jusqu'aux plus hautes branches d'un érable.

— Ah zut! on ne t'aurait pas fait de mal, stupide écureuil, cria Mark sautant sur ses pieds, son visage tout plissé par la déception.

— Calme-toi, il reviendra demain, assura Paul se levant aussi et étirant ses membres engourdis.

— Il n'aura jamais confiance!

— Mais si. Peu à peu. On ne peut pas le transformer en une semaine. Il faut que tu aies de la patience.

— Ce n'est pas mon fort.

— Je sais, mais tu apprendras.

— Peu à peu ?

— Absolument, fit Paul qui se baissa pour ramasser les tranches de pomme et les cacahuètes et les rangea dans un sachet de plastique.

— Dis donc, peut-être qu'il est en colère après nous parce qu'on emporte toujours la nourriture en partant.

— C'est bien possible, reconnut son père amusé. Mais s'il prenait l'habitude de revenir pour manger après notre départ, il n'aurait plus aucune raison de sortir du bois en notre présence.

Sur la route de leur campement à l'autre bout des deux cents mètres de clairière, Paul prit à nouveau conscience de la beauté de cette journée qui mettait en place autour de lui chaque pièce d'une mosaïque complète pour le plaisir de ses sens: les pâquerettes éclatantes de blancheur dans l'herbe émeraude que venaient égayer des têtes de boutons d'or, l'odeur de l'herbe, de la terre et des fleurs sauvages, le constant bruissement des feuilles et le doux soupir de la brise d'été dans les rameaux de conifères, le chant des oiseaux et les ombres majesteuses de la forêt. Très haut, comme la dernière pièce apportée à cette mosaïque, un faucon fendit l'air et son cri perçant, plein de fière assurance, semblait dire qu'il savait être l'ultime détail, le couronnement de ce chef-d'œuvre naturel.

C'était le jour où ils devaient descendre à la ville comme chaque semaine pour renouveler leur provision de denrées périssables, mais pendant un moment Paul refusa l'idée de quitter la montagne. Même Black River, ce si petit village à l'écart de la civilisation, et singulièrement paisible, lui semblait un lieu bruyant après la sérénité de la forêt.

Seulement, Black River avait bien plus à offrir que des œufs frais, du lait, du beurre, et de l'épicerie. Jenny y habitait.

Aux abords du campement Mark courut en avant jusqu'à la grande tente montée à l'ombre d'un bouquet de sapins du Canada hauts de 25 mètres. Il écarta les deux pans de toile jaune, mais il n'y avait personne à l'intérieur et il mit ses mains en porte-voix pour appeler: « Rya, hou hou, Rya ! »

— Je suis ici, cria-t-elle en sortant de derrière la tente.

Sur le moment Paul n'en crut pas ses yeux: un petit écureuil tout jeune était perché sur son bras droit, ses griffes enfoncées dans la manche de sa veste de velours, et mâchouillant un morceau de pomme tout en se laissant caresser doucement.

— Comment as-tu fait ? demanda-t-il.

— Avec du chocolat.

— Du chocolat ?

— J'ai d'abord essayé avec les mêmes appâts que vous, et puis j'ai réfléchi qu'un écureuil doit être capable de se trouver tout seul des noisettes et des pommes, mais ne peut pas se procurer du chocolat. J'ai pensé qu'il ne résisterait pas à l'odeur et j'avais raison. Mercredi, il m'a mangé dans la main mais je ne voulais rien vous dire avant d'être certaine qu'il avait vraiment surmonté sa crainte de l'homme.

— Mais là, ce n'est pas du chocolat qu'il mange...

— Il ne faut pas non plus qu'il en mange trop, ça lui ferait du mal.

L'écureuil leva la tête et regarda Paul d'un air soupçonneux, puis continua de mâchonner son morceau de pomme qu'il tenait entre ses pattes de devant.

— Est-ce qu'il te plaît, Mark ? demanda Rya, mais son sourire se transforma en une expression d'inquiétude dont Paul comprit aussitôt la raison: le petit garçon avait les larmes aux yeux.

Il voulait un écureuil à lui, mais savait qu'ils ne pourraient pas en ramener deux à la maison et bien que résolu à ne pas pleurer il ne pouvait empêcher sa lèvre inférieure de trembler.

— Eh bien Mark, est-ce qu'il te plaît, insista Rya qui s'était reprise très vite et souriait. Je serais très ennuyée si tu ne l'aimais pas car je me suis donné beaucoup de mal pour te l'attraper.

Tu es adorable, ma fille, songeait Paul.

— L'attraper, pour moi ? fit Mark refoulant ses larmes.

— Pour qui d'autre ? s'écria-t-elle feignant la surprise.

— Je croyais qu'il était à toi.

— Qu'est-ce que je ferais d'un écureuil dressé, dis-moi. C'est bien pour un garçon, mais pas pour une fille.

Elle posa l'animal sur le sol et s'accroupit à côté, puis sortit un chocolat de sa poche et dit à Mark:

— Viens, il faut lui donner du chocolat si tu veux vraiment devenir son ami.

L'écureuil prit la bouchée entre les doigts de Mark et la grignota avec un plaisir évident sous les yeux du petit garçon en extase qui lui caressa doucement le dos et la queue touffue.

Le chocolat disparu, il renifla d'abord vers Mark, puis du côté de Rya, et ayant compris que les douceurs étaient épuisées pour la journée il se faufila entre eux et détala vers les arbres.

— Hé là ! cria Mark courant derrière, mais constatant aussitôt qu'il était battu de vitesse.

— Ne t'inquiète pas, il reviendra demain du moment que nous avons du chocolat.

— Si on l'apprivoise vraiment est-ce que je pourrai le ramener chez nous la semaine prochaine ? demanda Mark.

— Nous verrons, dit Paul regardant sa montre. Si nous voulons aller en ville aujourd'hui nous ferions bien de nous mettre en route.

Le break était garé à 800 mètres de là, au bout d'un sentier envahi par les herbes, que les chasseurs utilisaient à la fin de l'automne.

— Le dernier arrivé à la voiture est un minable ! cria Mark selon son habitude, et il courut à toute allure sur le sentier à travers bois.

— C'était une gentille attention de ta part, dit Paul à Rya restée près de lui.

— Attraper l'écureuil pour Mark ? C'était amusant,

assura-t-elle comme si elle ne saisissait pas le fond de sa pensée.

— Mais tu ne l'avais pas fait pour lui.

— Bien sûr que si. Pour qui d'autre ?

— Pour toi. Et quand tu as vu à quel point il tenait à avoir le sien, tu le lui as laissé

— Tu me prends vraiment pour une sainte ! s'écria-t-elle en faisant une grimace. Si j'avais eu envie de cet animal, je ne l'aurais pas donné crois-moi.

— Tu ne mens pas très bien, déclara-t-il affectueusement.

— Ah, les pères ! se borna-t-elle à soupirer en espérant qu'il ne remarquerait pas sa gêne.

Elle fila à son tour en appelant Mark à grands cris et disparut bientôt derrière un gros massif de laurier sauvage

— Ah, les enfants ! soupira alors Paul d'un ton plein d'amour.

Depuis la mort d'Annie il avait consacré plus de temps à ses enfants, sans doute parce qu'un peu d'elle vivait en eux et qu'il avait ainsi l'impression d'être en contact avec elle. Grâce à ce rapprochement il avait découvert qu'ils étaient très diférents l'un de l'autre, chacun avec sa vision personnelle des choses, ses qualités propres, bref deux caractères bien affirmés qu'il chérissait sans préférence. Rya aurait toujours une conscience plus aiguë des choses de la vie, des gens, des règles du jeu. Curieuse, patiente, avide de connaissance et aimant aller au fond des choses, elle jouirait de la vie avec une approche intellectuelle et connaîtrait des passions particulièrement intenses — émotionnelles, sexuelles ou spirituelles — réservées aux êtres d'élite. A l'opposé Mark montrerait toujours moins de compéhension et de profondeur, mais il n'était pas à plaindre le moins du monde. Il passerait peut-être à côté de joies et de sensations complexes, mais serait toujours réceptif aux plaisirs simples dont Rya, tout en les acceptant, ne pourrait jamais jouir sans une certaine retenue. En tout cas Paul savait que dans les années à venir chacun d'eux lui apporterait bonheur et fierté...sauf si la mort les lui arrachait. Comme s'il se heurtait soudainement à une barrière invisible, il s'arrêta net au milieu du chemin, légèrement étourdi. Cette dernière pensée l'avait pris au dépourvu. Après la mort d'Annie il lui avait semblé pendant un certain temps qu'il avait perdu tout ce qu'il lui était possible de perdre. Ce drame lui avait fait douloureusement ressentir que tout, même des liens très profonds, quasiment indestructibles, était temporaire et que la vie n'était en fait qu'un sursis quotidien. Durant les trois ans et demi écoulés, une petite voix, au fond de lui, lui avait enjoint de se tenir toujours sur ses gardes, de s'attendre à la mort, et de ne pas laisser celle d'un être cher — qu'il s'agisse de Mark, de Rya ou de n'importe qui — le détruire comme celle d'Annie avait failli le faire. Jusqu'à présent cette petite voix était restée au niveau subconscient, une recommandation importante mais imprécise. Et voilà que pour la première fois il l'avait laissée remonter à la surface, pris au dépourvu. Un frisson le parcourut de la tête aux pieds, doublé d'une étrange impression de précognition. Puis tout disparut aussi soudainement.

Un animal bougea dans les taillis. Là-haut, au-dessus des frondaisons un faucon poussa son cri, et tout à coup la forêt sembla beaucoup plus sombre à Paul, trop dense, trop sauvage, avec une note sinistre.

Allons ne sois pas ridicule, se morigéna-t-il, tu n'es ni un médium ni un voyant. Mais il se hâta pourtant sur le chemin sinueux, anxieux de rejoindre Rya et Mark.

A 11h15 ce matin-là le docteur Walter Troutman assis à son grand bureau d'acajou avalait déjà un confortable en-cas — deux sandwiches de viande, un petit pudding, des fruits variés, et du thé glacé — tout en parcourant une revue médicale.

Etant le seul medecin de Black River, il estimait avoir deux responsabilités essentielles envers les habitants. La première: être sûr qu'en cas de catastrophe à l'usine ou de tout autre urgence il ne se laisserait jamais surprendre à jeun ni à court d'énergie pour accomplir ses fonctions. La seconde: se tenir au courant de tous les progrès de la recherche médicale afin de prodiguer à ses clients les traitements les plus récents. Des dizaines de malades satisfaits, ainsi que le respect et l'affection que lui vouait la ville entière, démontraient avec quel succès il s'acquittait de la seconde. Quant à la première, il mesurait 1,81m et pesait 120 kilos.

Quand un patient affligé d'embonpoint osait faire allusion à l'excès de poids du docteur, la risposte était invariable:

— Moi, obèse? faisait Troutman d'un ton profondément surpris, mais ce n'est pas de la graisse! Ce sont des réserves d'énergie sur lesquelles je peux compter si jamais il y avait une catastrophe à la scierie.

Après quoi il reprenait son sermon sur l'embonpoint. Au vrai, il avait toujours été un mangeur incoercible et, passé la trentaine, avait abandonné les régimes et la psychothérapie comme des causes perdues. La même année, ayant reçu l'assurance d'une rémunération confortable de la Big Union Supply Company, il était venu s'installer à Black River où la population avait été si heureuse d'avoir «son» médecin que peu lui importait que ce dernier fût gros, maigre, blanc ou noir. Depuis vingt ans déjà il cédait à sa gourmandise, se bourrait de pâtisseries et de sucreries en plus de ses cinq repas quotidiens; et il estimait que sa vie était dans l'ensemble plus agréable que celle de n'importe lequel de ses semblables.

Il se préparait à l'apprécier encore une fois en dégustant son second sandwich quand le téléphone sonna. Il envisagea la possibilité de ne pas répondre, mais, faisant partie de cette catégorie de médecins en voie de disparition qui se dérangent à toute heure du jour et de la nuit, il décida que même le repas devait attendre si un patient avait besoin de lui en urgence.

— Allô?

— Dr Troutman?

— Oui.

La voix dans l'écouteur était froide et sèche.

— Je suis la Clé, Dr Troutman.

— Je suis la Serrure, répondit Troutman sans hésitation.

— Etes-vous seul chez vous ?

— Oui.

— Où est votre infirmière, Miss MacDonald ?

— Je n'en sais rien. Chez elle, je suppose.

— Quand prend elle son service ?

— Une demi-heure avant l'ouverture du cabinet.

— Et il ouvre à 13h30 ?

— C'est exact.

— Attendez-vous quelqu'un d'autre avant 13h ?

— Non, personne.

L'interlocuteur inconnu garda un moment le silence, et seul le tic-tac de la pendulette posée sur le bureau capta l'attention de Troutman qui profita de ce répit pour avaler une bouchée de viande comme un poisson gobe une mouche.

— Je vais vous poser un certain nombre de questions importantes, docteur, reprit alors la voix à l'autre bout du fil. Vous me donnerez des réponses aussi complètes et précises que possible.

— Naturellement.

— Avez-vous observé récemment une épidémie quelconque à Black River ?

— Oui, en effet.

— Quel genre ?

— Des sueurs froides la nuit.

— Expliquez ce que vous entendez par là.

— Des accès de frissons avec sueurs, des nausées mais sans vomissements, et des crises d'insomnie qui en découlent.

— Quand vous a-t-on signalé les premiers cas de ce genre ?

— Mercredi, le 10 de ce mois, c'est-à-dire il y a neuf jours.

— L'un de vos malades a-t-il parlé de cauchemars ?

— Ils ont tous affirmé avoir été réveillés par un rêve horrible.

— S'en souvenaient-ils, du moins certains ?

— Non, aucun.

— Quel traitement avez-vous prescrit ?

— Uniquement des placebos aux premiers cas, mais quand j'ai moi-même été atteint mercredi soir et que des dizaines de nouveaux cas m'ont été signalés jeudi, j'ai commencé à prescrire un antibiotique faible.

— Qui n'a produit aucun effet naturellement ?

— Absolument aucun.

— Avez-vous demandé aux malades de consulter un de vos confrères ?

— Non. Le plus proche habite à une centaine de kilomètres et il a 80 ans. Mais j'ai demandé une enquête de la Commission sanitaire de l'Etat.

L'inconnu resta un moment silencieux, puis:

— Vous l'avez fait parce qu'il y avait une simple épidémie de grippe plutôt bénigne ?

— Bénigne, certes, mais vraiment peu ordinaire. Pas de fièvre, ni d'enflure des ganglions, et pourtant elle s'est répandue à travers la ville et l'usine en 24 heures. Tout le monde l'a eue. Naturellement je me suis demandé s'il pouvait s'agir d'autre chose...un genre d'intoxication alimentaire...d'empoisonnement.

— Empoisonnement ?

— Oui, par un aliment très répandu, ou par l'eau ?

— Quand avez-vous appelé la Commission de la Santé ?

— Vendredi 12, tard dans l'après-midi.

— Et ils vous ont envoyé quelqu'un ?

— Lundi seulement.

— L'épidemie continuait ?

— Non. Toute la ville a encore souffert de sueurs froides et de nausées jusqu'à samedi soir. Mais depuis dimanche, personne n'a été malade.

— La Commission a quand même procédé à une enquête ?

— Oui, repondit Troutman le regard fixé sur la nourriture et s'agitant un peu sur son siège. Le docteur Evans, un de leurs jeunes itinérants, a passé tout le lundi et la plus grande partie du mardi à interroger les gens et à faire des tests.

— Des tests ? Vous voulez dire sur la nourriture et l'eau ?

— Oui, et aussi des analyses de sang et d'urine.

— A-t-il pris des échantillons d'eau dans le réservoir ?

— Oui. Il a rempli au moins vingt éprouvettes.

— A-t-il fait son rapport ?

— Oui, dit Troutman se passant une langue avide sur les lèvres. Et il m'a appelé hier soir pour me donner les résultats.

— Je suppose qu'il n'a rien trouvé ?

— Exact. Tous les tests ont été négatifs.

— A-t-il émis une théorie quelconque, demanda l'inconnu avec une nuance d'anxiété dans la voix, qui alarma aussitôt Troutman. La Clé ne devait pas éprouver d'inquiétude. La Clé savait tout.

— Il pense que nous avons été atteints de névrose collective, ce qui est très rare.

— Une épidémie d'hystérie avec symptômes déclarés ?

— Exactement.

— A-t-il fait des recommandations ?

— Aucune, à ma connaissance.

— Son enquête est terminée ?

— C'est ce qu'il m'a dit L'inconnu poussa un soupir de soulagement.

— Docteur Troutman, vous m'avez dit tout à l'heure que tout le monde en ville et à l'usine avait souffert de ces sueurs froides. Parliez-vous au propre ou au figuré ?

— Au figuré. Il y a eu des exceptions. Environ une vingtaine d'enfants, tous âgés de moins de huit ans, et deux adultes, Sam Edison et sa fille Jenny.

— Les gens qui tiennent le bazar ?

— C'est ça.

— Ils n'ont eu aucun malaise ?

— Aucun.

— Sont-ils branchés sur l'eau de la ville ?

— Comme tout le monde.

— Bien. Et les bûcherons qui travaillent à l'exploitation des forêts plus loin que la scierie ? Certains ne viennent persque jamais en ville. Ont-ils quand même été touchés ?

— Oui. C'était aussi une des questions du docteur Evans, fit remarquer Troutman. Il les a tous interrogés.

— C'est bien. Je n'ai pas d'autre question, docteur Troutman, mai j'ai quelques ordres à vous donner. Quand vous aurez raccroché, vous effacerez immédiatement de votre esprit tout souvenir de notre conversation. Me comprenez-vous bien ?

— Oui, parfaitement.

— Vous oublierez tous les mots que nous avons prononcés, et vous effacerez ce souvenir aussi bien de votre mémoire consciente que de votre subconscient, de telle façon que vous ne puissiez l'évoquer même si vous éprouviez un profond désir de le faire. Compris ?

— Compris, répéta gravement Troutman.

— Quand vous raccrocherez, vous vous rappellerez seulement que le téléphone a sonné et que c'était un faux numéro. C'est clair ?

— Un faux numéro, très clair.

— Parfait. Raccrochez, docteur.

Toujours ce manque d'attention ! songeait Troutman quelque peu agacé en reposant le combiné. Si les gens pensaient plus à ce qu'ils font, il y aurait moins de faux numéros et dix fois moins d'erreurs dans la vie de chacun. Combien parmi les patients venus le trouver pour des coupures ou des brûlures graves n'avaient été blessés que par leur propre distraction et négligence ! Des dizaines, des centaines. Souvent quand il entrouvrait la porte de la salle d'attente pour y jeter un coup d'œil, il avait l'impression d'avoir sorti du feu une poêle géante et de contempler sur les sièges un alignement de truites, yeux fixes et bouche ouverte. Et juste à l'instant, le fait de bloquer la ligne d'un médecin ne serait-ce que quelques minutes à cause d'un faux numèro, pouvait avoir de sérieuses conséquences ! Il hocha la tête, découragé devant la bêtise et l'irresponsabilité de ses concitoyens. Puis il s'empara de son sandwich à la viande et en avala une énorme bouchée.

A 11h45 Paul Annendale arriva dans le bureau de Sam Edison au deuxième étage, juste au-dessus du magasin.

— Messire Edison, je désirerais emmener votre fille déjeuner, plaisanta Paul en entrant.

Debout devant sa bibliothèque Sam feuilletait un gros livre.

— Assieds-toi, vassal, le seigneur est à toi dans une minute, dit-il sans lever les yeux.

Au centre de la pièce, tournés vers l'unique fenêtre, deux vastes fauteuils aux coussins mœlleux bien qu'un peu fatigués, trônaient avec leurs poufs assortis de part et d'autre d'une petite table rectangulaire portant un gros cendrier dans lequel refroidissait la pipe de Sam. Deux lampes à pied avec des abat-jour jaunes placées derrière chacun des sièges dispensaient une lumière suffisante mais douce, et une odeur de tabac au miel flottait dans l'air. La pièce ne mesurait que 3m sur 4 mais deux des murs étaient chargés de bas en haut de milliers de livres et de centaines de revues de psychologie.

Paul s'assit les pieds posés sur un pouf. Il n'avait pas vu le titre du livre que consultait Sam mais savait que 90% des ouvrages sur ces rayons traitaient du nazisme, de Hitler et de tout ce qui avait un rapport proche ou lointain avec cette époque infernale. L'intérêt de Sam pour ce sujet ne s'était jamais émoussé depuis trente-deux ans.

En avril 1945, en tant que membre d'un service de Renseignements américain, il était entré dans Berlin moins de 24 heures après les premières troupes alliées et avait éte très frappé par l'étendue des destructions. En plus de celles effectuées par les bombardiers, les mortiers et les tanks alliés, d'autres résultaient directement de la politique de la « terre brûlée » préconisée par le Führer. Dans les derniers jours de la guerre, le psychopathe avait décrété que les vainqueurs ne mettraient la main sur aucun objet de valeur, que l'Allemagne devait être transformée en un désert de ruines et que pas une seule maison ne resterait debout pour abriter l'ennemi. Naturellement la plupart des Allemands n'étaient pas prêts à faire ce plongeon final dans le néant, en dehors d'une certaine minorité. Il avait semblé à Sam que les habitants qu'il apercevait dans les rues dévastées étaient des rescapés de la guerre certes, mais aussi du suicide fanatique d'une nation entière.

Le 8 mai 1945 on l'avait muté dans un service qui recueillait des informations sur les camps de la mort nazis. Au fur et à mesure que se précisait la reconstitution historique de l'holocauste et que l'on découvrait ces millions d'hommes, de femmes, et d'enfants envoyés dans les chambres à gaz et des centaines de milliers d'autres tués d'une balle dans la nuque et enterrés dans des tranchées, Sam Edison, jeune Américain des forêts du Maine, ne parvenait pas à trouver, à la lumière de ses connaissances personnelles, une explication à cette horreur qui glaçait l'esprit. Comment des êtres raisonnables, fondamentalement sensibles, avaient-ils pu accepter de mettre à exécution les obsessions diaboliques d'un malade mental et d'une poignée de détraqués à son service ? Comment l'une des armées les plus évoluées du monde avait-elle pu se déshonorer en se battant pour protéger les assassins SS ? Pourquoi des millions de gens s'étaient-ils laissés emmener avec si peu de résistance vers les camps de concentration et les chambres à gaz ? Par quelles connaissances de la psychologie et de la manipulation des masses Adolf Hitler avait-il réussi à acquérir un pouvoir aussi absolu ? Les ruines, les camps, le génocide, posaient tous ces questions sans en fournir la réponse.

Renvoyé dans ses foyers et démobilisé en octobre 1945,

il se mit aussitôt à acheter des livres sur Hitler, les nazis et la guerre, dévorant tout ce qui lui paraissait valable. Certaines explications, théories et hypothèses lui parurent partiellement acceptables, mais la réponse profonde qu'il cherchait ne se trouvait pas dans ces documents historiques. Elargissant le champ de ses recherches il collectionna les ouvrages sur le totalitarisme, le militarisme, la guerre froide, la stratégie, l'histoire et la philosophie allemandes, le sectarisme religieux, le racisme, la paranoia, la psychologie des foules, la modification du comportement et le contrôle des cerveaux. La fascination obstinée que Hitler exerçait sur lui ne prenait pas sa source dans une curiosité morbide, mais dans la certitude terrifiante que le peuple allemand n'était en rien différent des autres et que ses propres voisins dans le Maine, placés dans des circonstances identiques, auraient donc pu être capables des mêmes atrocités. Sam referma d'un geste brusque le livre qu'il feuilletait depuis un moment et le replaça sur le rayon.

— Bon sang, je suis sûr que c'est quelque part.

— Qu'est-ce que tu cherches, exactement ? demanda Paul du fond de son fauteuil.

— Il y a en ville un sociologue qui fait une enquête, et je sais que j'ai plusieurs articles de lui ici mais je n'arrive pas à mettre la main dessus, répondit Sam qui cherchait toujours un titre sur le dos des reliures.

— Sociologue ? Quel genre d'enquête ?

— Je n'en sais rien au juste. Il est venu au magasin ce matin et a posé des dizaines de questions. Un sociologue de Washington, chargé de faire une étude sur Black River. Il a dit qu'il avait pris une chambre chez Pauline Vickers et resterait peut-être trois semaines. D'après lui Black River est une ville très particulière.

— Et en quoi donc ?

— D'une part c'est une agglomération qui vit principalement pour et par la scierie de Big Union, à une époque où l'on assiste à la décrépitude, voire la disparition totale, de bourgs usiniers de ce type. Et également parce que nous sommes isolés géographiquement, et qu'il pourra plus facilement analyser les effets de la télé sur notre comportement social. Il m'a cité une demi-douzaine de bonnes raisons faisant de nous un matériau idéal pour la recherche sociologique, moyennant quoi il n'est pas arrivé à m'expliquer sa théorie de base, celle qu'il tient à démontrer ou à réfuter selon le cas. Sam prit un autre volume sur le rayon, consulta la table des matières, et le referma aussitôt pour le remettre en place.

— Tu connais son nom ?

— Il prétend s'appeler Albert Deighton, ce qui ne me dit rien, mais j'ai déjà vu ce visage. Un homme assez effacé et timide, lèvres minces, front dégarni, des lunettes aux verres très épais qui donnent l'impression que ses yeux lui sortent de la tête. Je sais avec certitude que j'ai vu ce visage plusieurs fois dans des livres ou des revues à propos d'articles qu'il a écris.

Il finit pas s'écarter avec un soupir de regret des rayons de sa bibliothèque.

— Je suis capable de passer tout l'après-midi à compulser ces livres, fit-il en lissant sa barbe blanche. Mais pour l'instant tu voudrais bien que j'aille tenir la boutique pour te permettre d'emmener ma fille à l'élégant, l'unique restaurant Ultman.

— Jenny m'a dit qu'il n'y avait plus de grippe en ville, et le pire qui puisse donc nous arriver chez Ultman est l'intoxication alimentaire, déclara Paul en riant.

— Et les enfants ?

— Mark passe l'après-midi avec le fils de Bob Thorp. Ils l'ont invité à déjeuner, et comme ça il pourra bâiller à loisir devant Emma.

— Il est toujours amoureux d'elle, hein ?

— Je pense qu'il l'aime mais n'en conviendra jamais.

Le visage buriné de Sam s'adoucit en un sourire amusé.

— Et Rya ?

— Emma l'a aussi invitée, mais si cela ne t'ennuie pas elle préfère rester avec toi.

— M'ennuyer, tu plaisantes ?

— Elle pourrait te donner un coup de main dès après le déjeuner, suggéra Paul. Elle passera ces livres en revue jusqu'à ce qu'elle trouve le nom de Deighton dans une table des matières.

— C'est plutôt fastidieux pour une petite fille pleine de vie, non ?

— Pas pour Rya. C'est tout à fait son genre d'occupation. Elle aime les livres, Sam, et en plus elle est heureuse de t'aider.

— Alors dans ce cas je l'embaucherai peut-être. Quand j'aurai lu ce que raconte ce Deighton je saurai à quoi il s'intéresse et je pourrai me faire une idée de ce qu'il est venu faire ici. Tu me connais, ma curiosité est en éveil de l'aube au crépuscule, et quand quelque chose me trotte dans la tête il faut que j'aille au bout de mon idée fixe.

Le restaurant Ultman se trouvait à l'angle sud-ouest de la grand'place, à l'ombre de deux chênes énormes. Long de 25 mètres, il avait été construit en aluminium et verre dans le but décoratif de lui donner l'allure d'un ancien wagon de chemin de fer, avec une rangée de petites fenêtres sur trois côtés, mais l'effet était gâché par le petit hall d'entrée sur la façade.

A l'intérieur derrière chaque fenêtre se trouvait un compartiment aux sièges capitonnés de plastique bleu avec sur la table un gros cendrier, un sucrier verseur, un ensemble poivrier salière, un distributeur de serviettes en papier et un clavier sélectif pour le juke-box. Une allée séparait les compartiments du comptoir qui occupait toute la longueur de l'autre mur.

Ogden Salsbury, dans le dernier compartiment de la rangée, buvait sa seconde tasse de café en observant les clients. Il était 13h50 et l'agitation du déjeuner se calmait. Le restaurant était presque désert. A une table près de la porte, un couple âgé lisait les journaux en mangeant un steak frites. Le chef de la police Bob Thorp était assis sur un tabouret au comptoir, finissant de déjeuner et plaisantant avec la serveuse aux cheveux gris. A l'autre bout de la salle Jenny Edison déjeunait avec un homme assez séduisant qui approchait de la quarantaine. Salsbury ne le connaissait pas, mais pensa qu'il travaillait à l'usine ou au camp dans la forêt.

Bien entendu de ces quelques clients c'est Jenny qui intéressait le plus Salsbury. Il avait appris en parlant avec le Dr Ttroutman le jour même que ni Jenny ni son père ne s'étaient plaints des fameuses sueurs froides. Le fait qu'un certain nombre d'enfants aient également été épargnés ne le troublait pas. L'effet des subliminaires était, dans une certaine mesure, directement proportionnel à la maîtrise du langage et aux capacités de lecture, et il s'était attendu à ce que quelques enfants ne ressentent rien. Mais en tant qu'adultes, Sam et Jenny auraient dû être touchés.

Il était possible qu'ils n'aient pas bu la moindre quantité de drogue, ce qui signifiait qu'ils n'avaient pas non plus bu de l'eau de la ville et ne l'avaient pas utilisée pour faire des glaçons ou la cuisine. Possible... à la rigueur. Mais l'agent chimique avait également été introduit dans quatorze des produits entreposés chez le grossiste de Bangor avant leur expédition vers Black River, et il avait du mal à admettre qu'ils aient eu la chance d'avoir évité par le plus grand des hasards tout contact avec tous les produits contaminés.

Il y avait une autre explication, envisageable quoique très peu probable: les Edison avaient bien absorbé la drogue mais n'avaient eu aucun contact avec l'un quelconque des programmes subliminaux complexes et étudiés avec tant de soin pour l'opération Black River, et qui avaient inondé la ville sous une demi-douzaine de formes diverses dans la presse et les autres média pendant une semaine.

Salsbury pensait en fait qu'aucune de ces deux explications n'était la bonne et que la vérité devait être à la fois complexe et technique. Même les médicaments les plus bénéfiques n'avaient pas toujours les effets attendus sur tout le monde. On pouvait pratiquement affirmer que n'importe lequel rendrait malade ou serait même fatal à un très faible pourcentage des malades qui l'absorberaient. De plus il existait des gens, un autre microgroupe, sur lesquels la plupart des médicaments n'avaient qu'un effet très réduit ou même nul, en raison des différences entre le métabolisme, les réactions chimiques et d'autres facteurs mal connus, qui varient d'un individu à l'autre. Il était très probable que Jenny et son père avaient absorbé l'agent dans l'eau ou la nourriture, mais n'en avaient pas été affectés — ou seulement légèrement — et n'avaient pas été conditionnés n'y étant pas préparés.

Il faudrait qu'un jour il pratique sur eux un examen complet avec tests dans l'espoir de découvrir ce qui les rendait résistants à la drogue, mais cela pouvait attendre. Pendant les trois semaines à venir il avait à noter et étudier discrètement les résultats de la drogue et des subliminaires sur le reste de la population de Black River.

Tout en essayant de s'expliquer le cas de Jenny et de son père, Salsbury n'avait cessé de concentrer son attention sur la plus jeune des deux serveuses, une brune d'environ 25 ans, mince et souple, avec des yeux noirs, un teint doré et un sourire captivant; une voix chaude, légèrement rauque, parfaite et pour les ébats amoureux. Chacun de ses gestes avait aux yeux de Salsbury une implication sexuelle et constituait quasiment une invitation non déguisée au viol.

Mais plus important encore, la serveuse lui rappelait étrangement Myriam dont il avait divorcé vingt sept ans auparavant. Comme Myriam elle avait des petits seins accrochés bien haut, et des jambes longues, splendides. Sa voix aussi avait des résonances identiques, et sa démarche était la même, avec une grâce naturelle et une lente ondulation des hanches à vous couper le souffle.

Il la désirait...

Mais il ne la posséderait jamais parce qu'elle lui rappelait trop Myriam, et avec elle les frustrations, colères et déceptions de ces cinq horribles années. Elle aiguillonnait son désir, mais aussi la haine refoulée qu'il nourrissait depuis si longtemps à l'égard de Myriam et, par extension, des femmes en général. Il savait que s'il en venait à la pénétrer et à bouger en elle, sa ressemblance avec Myriam le rendrait impuissant. Quand elle lui apporta l'addition avec ce sourire éblouissant qu'il trouva soudain empreint d'une certaine suffisance, il dit simplement:

— Je suis la Clé.

Il prenait un risque injustifié, même à ses propres yeux. Jusqu'à ce qu'il ait acquis la certitude que toute la population était adéquatement programmée, mis à part les Edison et quelques enfants, il devait restreindre à tout prix l'usage de la phrase-code aux conversations téléphoniques, comme avec Troutman, et aux cas où il se trouvait seul avec le sujet, à l'abri d'interruptions éventuelles. Seulement après trois semaines d'observation et de contacts isolés pourrait-il commencer à considérer qu'il n'y avait pas de risque. Et dans un coin de son esprit il se sentait vaguement inquiet de se voir agir de manière irresponsable le jour même de son arrivée en ville. L'idée que le pouvoir absolu pût le corrompre complètement ne le préoccupait pas particulièrement dans la mesure où cela n'entraînait pas un excès de confiance en soi et de négligence. Par ailleurs, tant que leur niveau de voix restait bas il y avait peu de chance que leur conversation fût entendue. Les plus proches voisins étaient ce couple âgé, près de la porte mais tout de même séparés de lui par la moitié de la salle. De toute façon, avec ou sans risque, il ne pouvait plus se retenir de prendre le contrôle de cette femme. Ses émotions ayant fait basculer sa raison, il se laissait porter par elles.

— Je suis la Serrure, répondit-elle.

— Parle tout bas.

— Oui monsieur.

— Comment t'appelles-tu ?

— Alice.

— Quel âge as-tu ?

— Vingt-six ans.

— Tu es ravissante.

Elle ne répliqua rien.

— Fais-moi un sourire, Alice.

Elle obéit. Elle n'avait toutefois pas l'air d'un zombie, et rien dans ses grands yeux sombres n'indiquait un état de transe. Pourtant, elle lui avait obéi sans la moindre hésitation.

— Tu as un très beau corps, Alice.

— Merci.

— Tu aimes baiser ?

— Ouais.

— Beaucoup ?

— Oui... beaucoup.

— Quand tu es au lit avec un type, il y a des trucs que tu refuses de faire ?

— Ouais... qu'on me prenne par-derrière.

— Tu refuses qu'on t'encule ?

— Ouais... j'aime pas ça, avouta-t-elle en rougissant.

— Si je le voulais, je pourrais te prendre.

Elle le regarda d'un air hébété.

— Non ?

— Ou...oui.

— Si ça me chantait je pourrais te prendre là tout de suite, sur cette table.

— Oui.

— Et si je voulais t'enculer tu me laisserais faire.

Elle semble se battre un instant contre l'idée, mais demanda:

— C'est ça que vous voulez ?

— J'ai dit que si ça me chantait je le pourrais.

— C'est vrai.

Il eut un étrange sourire satisfait. Puis il s'assura d'un regard à la ronde que personne ne les observait ni n'éçoutait leur conversation.

— Tu es mariée, Alice ?

— Divorcée.

— Pourquoi as-tu divorcé ?

— Il ne restait jamais dans le même emploi.

— Ton mari ?
— Ouais.
— Et au lit, il était bien ?
— Pas terrible.
Elle ressemblait à Myriam encore plus qu'il ne l'avait cru. Après tant d'années il se rappelait pourtant ce que Myriam lui avait dit le jour où elle l'avait quitté.

« Tu n'es pas seulement un mauvais baiseur, Ogden, tu es un minable en tout. Et tu n'as pas envie d'apprendre. Mais tu sais, je m'en accomoderais si j'avais des compensations, si tu me filais de l'argent, et que tu m'achètes des tas de choses je pourrais sans doute passer sur ta maladresse. Quand j'ai accepté de t'épouser je croyais que tu allais gagner beaucoup d'argent. Grands dieux ! Tu étais major de ta promo à Harvard, et quand tu as eu fini ton doctorat tout le monde voulait t'engager. Si tu avais eu la moindre ambition tu aurais déjà une fortune très convenable. Tu sais ce que je pense, Ogden ? Que tu es aussi peu habile et imaginatif dans tes recherches qu'au lit. Tu n'arriveras jamais à rien, mais moi je veux arriver. Alors je m'en vais ! »

Quelle foutue garce elle était, celle-là... Rien que cette évocation le faisait trembler et transpirer tout à coup. Alice lui souriait toujours...
— Qui suis-je Alice ?
— Vous êtes la Clé.
— Et toi ?
— La Serrure.
— Bon, et maintenant que je t'ai ouverte tu vas faire tout ce que je te dirai de faire. D'accord ?
— Oui.
Il sortit trois billets d'un dollar de son portefeuille et les posa sur le papier de l'addition en disant:
— Je vais te mettre à l'épreuve, Alice, pour voir exactement jusqu'où va ton obéissance.
Elle attendait docilement.

— Quand tu t'éloigneras de ma table tu iras porter l'addition et l'argent à la caisse, tu taperas la somme sur la machine et tu garderas la monnaie des trois dollars comme pourboire. Compris ?

— Oui.

— Puis tu iras dans la cuisine. Il y a du monde là-derrière ?

— Non. Randy est parti à la banque.

— Randy Ultman ?

— Oui.

— Parfait. Alors quand tu arriveras dans la cuisine, tu prendras une fourchette à viande, tu sais un de ces grands ustensiles à deux dents. Il y en a dans votre cuisine ?

— Oui, plusieurs.

— Tu en prendras donc une et tu te l'enfonceras dans l'autre main. Il faut qu'elle traverse complètement ta main gauche.

Elle ne cilla même pas.

— C'est compris Alice ?

— Oui, j'ai compris.

— Bon. Et dès que tu t'éloigneras de ma table tu oublieras toute notre conversation. Compris ?

— Oui.

— Quand tu t'enfonceras la fourchette dans la main, tu penseras que c'est un accident, un accident inexplicable. D'accord Alice ?

— Bien sûr. Un accident.

— Tu peux partir.

Elle fit demi-tour, alla jusqu'au portillon au bout du comptoir, faisant onduler ses hanches rondes de façon provocante, et arrivée à la caisse enregistreuse elle entreprit de taper le montant de l'addition. Salsbury se glissa au même moment hors de son compartiment et se dirigea vers la porte.

Alice mit le pourboire dans la poche de son uniforme, repoussa le tiroir-caisse et entra dans la cuisine.

Dans le hall Salsbury s'arrêta devant le distributeur de journaux et mit une pièce de 25 cents dans la fente.

Bob Thorp riait bruyamment d'une plaisanterie, et Bess, l'autre serveuse gloussait comme une petite fille.

Salsbury prit au râtelier un exemplaire du journal local qu'il plia et mit sous son bras avant d'ouvrir la porte donnant sur la rue. Il commençait à la refermer lentement derrière lui en se répétant intérieurement: « vas-y, garce, vas-y », le cœur battant à tout rompre et la tête lourde, quand Alice se mit à hurler.

Souriant, Ogden Salsbury ferma la porte, descendit les marches et enfila Main Street vers l'est, comme s'il n'avait pas entendu le brouhaha dans le restaurant. La journée était belle et tiède, le ciel sans nuages. Il n'avait jamais été aussi heureux...

Bousculant Bob Thorp au passage, Paul fit irruption dans la cuisine. La jeune serveuse était debout devant un plan de travail situé entre deux armoires de congélation, la main gauche posée à plat sur le bois d'une planche à découper, la droite crispée sur une fourchette à viande de 45cm de long et dont les deux pointes à l'aspect redoutablement acéré semblaient avoir traversé son autre main et s'être fichées dans le bois. Du sang avait giclé sur son uniforme bleu clair, et dégouttait du bord de la table en formica. Elle hurlait, respirant convulsivement entre les cris, et tremblait de tout son corps tout en essayant de retirer la fourchette.

— Appelez le docteur Troutman, vite ! cria Paul en se tournant vers Bob Thorp pétrifié sur le seuil, qui ne se le fit pas répéter et disparut aussitôt.

— Lâchez la fourchette, ordonna Paul en posant sa main sur celle de la jeune femme. Vous aggravez les choses. Elle leva la tête et le regarda sans le voir, comme s'il était transparent, son visage blême sous sa peau mate, visiblement en état de choc. Elle ne pouvait s'arrêter de crier, une plainte qui ressemblait au hurlement d'un animal blessé plus qu'à un son humain. Elle ne s'était probablement même pas rendu compte qu'il lui avait parlé. Paul fut obligé de détacher les doigts un à un du manche de la fourchette.

— Oh mon Dieu ! s'écria Jenny maintenant à ses côtés.

— Tiens sa main, lui dit Paul, et ne la laisse pas se raccrocher à la fourchette.

— Je crois que je vais vomir, avoua Jenny agrippant pourtant le poignet droit de la jeune femme. Paul ne pouvait lui en vouloir. Dans la petite cuisine au plafond bas, les cris étaient assourdissants, et la vision de cette main fine transpercée par les dents de métal était affreuse, le tout dans une atmosphère saturée d'effluves refroidis de jambon grillé, de rôti, d'oignons frits, de graisse, et de l'odeur légèrement métallique du sang. Il y avait de quoi rendre malade les plus résistants.

— Mais non, ça va aller. Tu as du ressort, dit pourtant Paul. Jenny mordit sa lèvre inférieure et acquiesça. Sans perdre un instant de plus et comme s'il ne se laissait jamais dépasser par les événements, Paul prit un torchon qu'il déchira en deux bandes dont il mit une de côté, et avec l'autre et une cuiller de bois à long manche il improvisa un tourniquet autour du bras gauche de la serveuse. Tournant la cuiller d'une main et tenant le manche de la grande fourchette de l'autre il cria à Jenny:

— Viens de ce côté pour maintenir ça en place. Dès que sa main droite fut libéré, la serveuse essaya de saisir le manche, griffant même Paul en gesticulant. Mais Jenny avait saisi la cuiller. Appuyant sur la main blessée de la serveuse Paul réussit à tirer sur la fourchette enfoncée de plus d'un centimètre dans le bois, extirpant les deux dents d'un coup sec et précis. Puis il lâcha l'instrument ensanglanté et entoura la taille de l'infortunée dont les genoux commençaient à fléchir.

— Elle doit souffrir horriblement, remarqua Jenny tandis qu'il allongeait la jeune femme sur le sol.

Ces mots semblèrent rompre le maléfice et la serveuse cessa tout net de hurler pour se mettre à pleurer.

— Je ne comprends pas comment elle a pu faire ça, avoua Paul penché au-dessus d'elle. Elle s'est traversée la main avec une force incroyable. Elle était quasiment clouée à la planche.

A travers ses sanglots et ses tremblements nerveux, la serveuse dit alors: « Un accident... », puis respirant bruyamment elle gémit à nouveau et répéta en hochant la tête: « Un terrible... accident... »

VI

QUATORZE MOIS AUPARAVANT

Jeudi 10 juin 1976

NU, le cadavre était étendu sur le dos au centre de la table d'autopsie légèrement inclinée et bordée de gouttières destinées à recueillir le sang.

— Qui est-ce ? demanda Klinger.

— Il travaillait pour Leonard, répondit Salsbury.

Seuls deux spots au-dessus de la table éclairaient la pièce dont trois des murs étaient entièrement occupés par les logements d'ordinateurs, les claviers de contrôle et les consoles d'enregistrement. Les minuscules lampes témoins et les écrans lumineux trouaient la pénombre environnante d'étranges taches vertes, bleues, jaunes et rouge pâle. Neuf écrans de télévision à tubes cathodiques placés en hauteur sur les trois murs, et quatre autres écrans suspendus au plafond émettaient des lueurs verdâtres.

Dans cette étrange luminescence le cadavre avait plutôt l'air d'un mannequin pour film d'épouvante.

— Il s'appelait Brian Kingman et faisait partie de mon état-major personnel, dit Dawson d'une voix grave et respectueuse.

— Depuis longtemps ?

— Cinq ans.

Le mort approchait de la trentaine et semblait avoir joui d'une bonne santé, mais la circulation ayant cessé depuis sept heures, la pâleur cadavérique s'était installée, notamment sur le visage exsangue et très marqué; et dans les endroits où le sang s'était accumulé, les mollets, le dessous des cuisses, les fesses et le dos, les chairs avaient pris une apparence violacée et boursouflée. Les bras reposaient le long du corps, les paumes vers le haut, les doigts repliés.

— Marié ? demanda Klinger.

— Non.

— De la famille ?

— Les grands-parents sont décédés. Pas de frères ni sœurs. Sa mère est morte à sa naissance et son père a été tué dans un accident de voiture l'an dernier.

— Des oncles et des tantes ?

— Aucun avec qui il ait eu des relations suivies.

— Des petites amies ?

— Aucune à laquelle il fût sérieusement attaché, ou l'inverse. C'est pour toutes ces raisons que nous l'avions choisi, précisa Dawson. S'il venait à disparaître, personne ne consacrerait beaucoup de temps et d'effort à le rechercher.

— Vous vous attendiez à ce qu'il meure en cours d'expérience ? s'informa Klinger après un instant de réflexion.

— Nous en avions envisagé la possibilité, répliqua Salsbury.

— Et vous aviez vu juste ! commenta Klinger avec un sourire cynique et quelque chose dans le ton qui irrita Ogden.

— Vous connaissiez les risques quand vous avez accepté cette association, non ?

— Naturellement, admit Klinger.

— Alors ne faites pas comme si j'étais entièrement responsable de la mort de Kingman. Nous sommes tous les trois dans le même bain.

— Ogden, vous m'avez mal compris, s'exusa le général. Aucun de nous trois n'est à blâmer pour quoi que ce soit. Cet homme était une machine qui est malheureusement tombée en panne, rien de plus, et nous pourrons toujours nous en procurer une autres. Vous êtes trop susceptible, Ogden.

— Pauvre garçon, soupira Dawson en gratifiant le cadavre d'un regard sincèrement navré. Il aurait fait n'importe quoi pour moi.

— Eh bien c'est exactement ce qu'il a fait, remarqua le général en regardant le cadavre d'un air rêveur. Leonard, vous avez sept domestiques dans cette maison. L'un d'eux connaissait-il la présence de Kingman en ces lieux ?

— Peu probable. Nous l'avons amené en secret.

Depuis treize mois, cette aile de la propriété de Greenwich avait été isolé des vingt autres pièces. On lui avait ajouté une entrée particulière et toutes les serrures avaient été changées. On avait expliqué aux domestiques que des expériences sans danger allaient être entreprises pour le compte d'une filiale de Futurex, et que des mesures de sécurité s'avéraient nécessaires pour protéger les dossiers et les découvertes de l'opération d'un éventuel espionnage industriel.

— Le personnel se montre-t-il curieux de ce qui se passe ici ?

— Non. Sur la base de ce qu'ils peuvent voir, rien ne s'est produit au cours de l'année dernière. L'aile isolée a perdu son aura de mystère à leurs yeux.

— Alors je pense que nous pouvons enterrer Kingman dans la propriété sans risque excessif. Mais avant cela, qu'est-il arrivé ? Comment est-il mort ? s'enquit-il en se tournant vers Salsbury.

Ce dernier alla se percher sur un haut tabouret laqué de blanc à l'extrémité de la table, accrocha ses talons sur un barreau, et leur expliqua par-dessus le cadavre:

— Nous avons amené Kingman ici pour la première fois au début de février. Il pensait qu'il allait nous aider dans des recherches sociologiques avec des prolongements importants pour les affaires de Futurex. En quarante heures d'entretien avec lui, j'ai appris tout ce que je voulais savoir de ses goûts, phobies, préjugés, petites anomalies de la personnalité, désirs profonds, et cheminement de la pensée. Plus tard, vers la fin février, j'ai revu les comptes rendus de ces conversations et j'ai choisi cinq points clés, cinq des caractéristiques de comportement de Kingman que je décidai de modifier au moyen d'une série de subliminaires.

Salsbury avait choisi trois tests simples et deux plus complexes. Kingman adorait les bonbons au chocolat, les pâtisseries au chocolat, bref, le chocolat sous toutes ses formes. Salsbury décida que le moindre goût de chocolat le ferait vomir. Par ailleurs Kingman ne pouvait ni ne voulait avaler des choux de Bruxelles, et Salsbury décida qu'il se mettrait à les aimer. Kingman avait une peur innée des chiens. Le troisième test consisterait à transformer cette phobie en affection. Les deux autres caractéristiques comportaient beaucoup plus de chances d'échec pour Ogden, car pour les modifier il devrait concevoir des ordres subliminaux qui remueraient très profondément la psyché de Kingman. D'une part, ce dernier était athée et avait réussi à le cacher à Dawson pendant cinq ans. D'autre part il nourrissait un très fort préjugé raciste contre les Noirs. Faire de lui un défenseur des Noirs animé de surcroît d'un profond sentiment religieux serait certes nettement plus ardu que de changer son penchant pour le chocolat en dégoût.

Vers la seconde semaine d'avril Salsbury avait mis au point un programme de subliminaires.

On ramena Kingman à Greenwich le 15 du même mois, sous le prétexte de prendre part à d'autres recherches sociologiques pour Futurex. Sans qu'il s'en rendît compte il absorba la drogue-amorce. Après l'avoir mis sous observation médicale sévère, Salsbury pratiqua divers examens pendant trois jours sans trouver de signes d'intoxication temporaire, d'atteinte permanente des tissus, ou de tout autre effet secondaire nocif.

Au bout des trois jours, le 19 Avril, Kingman toujours en excellente santé fut le sujet de ce qu'il croyait être une expérience sur la perception visuelle. On lui passa deux films de 1h30 chacun dans l'après-midi et après chaque projection on lui demanda de répondre à cent questions se rapportant à ce qu'il venait de voir. Les réponses étaient sans intérêt, mais Salsbury les classa systématiquement comme toute feuille de papier passant par son labo. L'expérience avait en réalité un but précis: durant la projection Kingman absorba sans s'en douter trois heures de subliminaires sélectionnées pour modifier radicalement cinq de ses attitudes caractérielles.

Les événements du lendemain, le 20 avril, prouvèrent l'efficacité de la drogue mise au point par Salsbury et des programmes de subliminaires. Au petit déjeuner Kingman voulut manger un pain au chocolat, le reposa après une seule bouchée, quitta rapidement la table en s'excusant et alla droit aux toilettes pour vomir. Au déjeuner, il fit disparaître la platée de choux de Bruxelles cuits au beurre avec des côtes de porc et en redemanda une portion. L'après-midi Dawson l'emmena faire le tour de la propriété et Kingman passa un quart d'heure dans le chenil à jouer avec les chiens de garde. Après dîner, quand Ogden et Dawson se mirent à parler de la poursuite des efforts pour l'intégration des Noirs dans les écoles publiques du Nord, Kingman donna l'impression d'être un libéral de longue date, un ardent défenseur de l'égalité des droits. Pour couronner cette série de résultats entièrement positifs il fit sa prière avant de se coucher, ignorant bien entendu que deux caméras video filmaient sa chambre dans l'aile condamnée.

— Si vous aviez pu le voir, Ernst ! s'exclama Dawson avec extase. C'était profondément édifiant. Songez, Ogden a pris un athée, une âme vouée aux feux de l'Enfer, et il en a fait un fidèle disciple de Jésus. Tout cela en un jour !

Salsbury, mal à l'aise, changea de position sur son tabouret, puis ignorant Dawson et fixant du regard un point imaginaire sur le front du général, il continua son récit:

— Kingman a quitté la propriété le 21 avril. Je me suis

mis aussitôt à travailler sur la dernière série de subliminaires, celle dont nous avons parlé cent fois, le programme qui me donnera un contrôle total et permanent du cerveau du sujet après usage de la phrase-code. Je l'avais terminé le 5 juin, et nous avons ramené Kingman ici le 8, c'est-à-dire il y a deux jours.

— Il n'avait aucun soupçon ? demanda Klinger. Tous ces déplacements ne le gênaient pas ?

— Bien au contraire, affirma Dawson. Il était ravi que je l'utilise pour un projet aussi spécial, sans toutefois comprendre exactement de quoi il s'agissait. Il y voyait un témoignage de ma confiance en lui, et il pensait qu'en se mettant à la disposition d'Ogden pour ses travaux il obtiendrait une promotion beaucoup plus rapide. Son attitude était assez classique et j'ai observé la même chez tous les jeunes cadres ambitieux et les PDG en puissance que j'ai connus.

Fatigué de rester debout le général alla jusqu'au clavier le plus proche, fit pivoter le fauteuil et s'assit presque entièrement dans l'ombre à l'exception de son épaule et de son profil droit éclairés par la lumière verdâtre d'un écran de lecture. Il avait l'air d'un gnome.

— Si je comprends bien, vous avez fini le programme le 5, Kingman est revenu ici le 8, et vous lui avez fait absorber l'agent chimique ?

— Non. Quand la drogue a été administrée une fois à un sujet, il n'a pas besoin de dose de rappel même des années après. Dès l'arrivée de Kingman j'ai lancé le programme des subliminaires en lui passant deux films dans la soirées. Cette nuit-là, celle d'avant hier donc, il a fait un très mauvais rêve et s'est réveillé avec des sueurs froides, des tremblements, des nausées, ne sachant même plus où il était. Il avait du mal à reprendre une respiration normale et a vomi à côté du lit.

— De la fièvre ?

— Non.

— Pensez-vous qu'il s'agissait d'une réaction à retardement au bout de six semaines ?

— Peut-être, fit Salsbury sans conviction, et il alla chercher dans son bureau une sortie d'imprimante.

— Voici un état des tracés du sommeil de Kingman entre 1h et 3h du matin. C'est la période cruciale, ajouta-t-il en le tendant à Dawson. Hier j'ai passé deux autres films à Kingman pour compléter le programme. Mais la nuit dernière il est mort dans son lit.

Le général rejoignit Dawson et Salsbury sous le cône de lumière près de la table et entreprit la lecture des feuillets accordéon longs de deux mètres.

RECAPITULATION PARTIELLE
PROGRAMME DE SURVEILLANCE MEDICALE
BK/OB REP 14
ENREGISTREMMENT: 10/6/76
PRESENTE COPIE: 10/6/76

HEURES	MINUTES	SECONDES	LECTURE
0100	00	00	EEG —— PHASE 3 SOMMEIL
0100	01	00	EEG —— PHASE 3 SOMMEIL
0100	02	00	EEG —— PHASE 4 SOMMEIL
0100	03	00	EEG —— PHASE 4 SOMMEIL
0100	04	00	EEG —— PHASE 4 SOMMEIL

— Vous aviez relié Kingman à ces machines pendant son sommeil ? demanda Klinger.

— Presque chaque nuit depuis le premier jour, bien que ce ne fût pas indispensable au début. Mais ainsi il s'était habitué à l'équipement, et avait appris à dormir dans le fouillis des fils au moment où il est devenu nécessaire de le surveiller de près.

— Tout cela est un peu de l'hébreu pour moi, avoua le général en montrant la sortie d'imprimante.

— Et pour moi aussi, enchaîna Dawson.

Salsbury réprima un sourire. Quelques mois auparavant il avait décidé que sa meilleure défense contre ces deux requins étaient sa formation hautement spécialisée. Il ne manquait jamais une occasion de l'étaler devant eux et de leur faire sentir que s'il leur venait un jour à l'idée de se passer de ses services aucun d'eux ne serait capable de poursuivre son travail de recherche et de mise au point, ni de résoudre un problème technique imprévu survenant après coup. Montrant du doigt les premières lignes du document il expliqua:

— La phase 4 est celle du sommeil le plus profond et se rencontre en général au début de la nuit. Kingman est allé se coucher à minuit et s'est endormi à 1 heure moins 20. Comme vous pouvez le constater il a atteint cette phase 4 exactement 22 minutes plus tard.

— Quelle importance ? demanda Dawson.

— La phase 4 plus que tout autre s'apparente à l'état de coma. L'électroencéphalogramme donne de larges ondulations irrégulières de quelques cycles seulement par seconde. Le corps du dormeur est absolument immobile. Durant cette phase, où toutes les transmissions de stimuli sont suspendues et le cerveau « externe » est en état de léthargie, seul le cerveau « interne » fonctionne. N'oubliez pas que, contrairement au cerveau conscient, il ne dort jamais. Mais comme il n'y a pas d'alimentation sensorielle durant cette phase, le subconscient ne peut que jouer avec ses propres fantasmes. Seulement dans le cas présent, le subconscient de Kingman a été nourri d'éléments uniques avec lesquels s'amuser !

— Le programme Clé-Serrure que vous y avez implanté les deux jours précédents ? demanda le général.

— Exactement. Et regardez là, un peu plus loin sur la sortie d'imprimante:

```
0100  08 00  EEG ——  PHASE 4  SOMMEIL
0100  09 00  EEG ——  PHASE 4  SOMMEIL
```

0100 10 00 EEG —— PHASE 1 SOMMEIL/REM[1]
0100 11 00 EEG —— PHASE 1 SOMMEIL/REM

— Tout au long de la nuit, reprit Salsbury, on passe successivement par les différentes phases du sommeil et en général on descend jusqu'au sommeil profond par paliers pour remonter de même en restant un certain temps à chaque niveau. Dans le cas présent toutefois, Kingman est remonté directement du sommeil profond au sommeil léger... comme si un bruit dans la chambre l'avait surpris.

— Il y a eu un bruit ? demanda Dawson.

— Non.

— Que veut dire REM ? s'informa Klinger.

— Ce sont les mouvements oculaires rapides derrière les paupières closes, une indication probante que Kingman était en train de rêver dans la phase 1.

— Rêver... rêver de quoi ? demanda Dawson.

— Il n'existe à l'heure actuelle aucun moyen de le savoir.

Le général gratta la barbe qui ombrait toujours son menton même après rasage, et demanda prudemment:

— Mais vous pensez que ce rêve a été provoqué par le subconscient occupé à jouer avec le programme Clé-Serrure ?

— Oui.

— Et le rêve pourrait avoir un rapport avec les subliminaires ?

— Oui. Je ne trouve pas de meilleure explication. Un élément de ce programme a causé un tel choc au subconscient que celui-ci s'est trouvé projeté directement dans la phase rêve.

— Un cauchemar ?

— A la seconde indiquée, simplement un rêve. Mais dans les deux heures qui ont suivi, l'évolution de son sommeil est devenue de plus en plus anormale et incohérente.

1. *REM : Rapid eye movement.*

0100	12 00	EEG —	PHASE 1	SOMMEIL/REM
0100	13 00	EEG —		ONDES ALPHA
0100	14 00	EEG —		ONDES ALPHA

— Ces ondes alpha signifient que Kingman s'est réveillé pendant deux minutes, expliqua encore Salsbury, pas complètement, et ses yeux étaient probablement toujours fermés. Il se trouvait à la frontière de la phase 1.

— Ce rêve l'a réveillé ? fit Klinger.

— Probablement.

0100	15 00	EEG —	PHASE 1	SOMMEIL/REM
0100	16 00	EGG —	PHASE 1	SOMMEIL
0100	17 00	EEG —	PHASE 1	SOMMEIL
0100	18 00	EEG —	PHASE 2	SOMMEIL
0100	19 00	EEG —	PHASE 2	SOMMEIL
0100	20 00	EEG —	PHASE 3	SOMMEIL
0100	21 00	EEG —	PHASE 3	SOMMEIL
0100	22 00	EEG —	PHASE 3	SOMMEIL
0100	23 00	EEG —	PHASE 3	SOMMEIL
0100	24 00	EGG —	PHASE 4	SOMMEIL
0100	25 00	EEG —	PHASE 4	SOMMEIL
0100	26 00	EEG —	PHASE 4	SOMMEIL
0100	27 00	EEG —	PHASE 4	SOMMEIL
0100	28 00	EEG —	PHASE 4	SOMMEIL
0100	29 00	EEG —	PHASE 4	SOMMEIL
0100	30 00	EEG —	PHASE 1	SOMMEIL/REM

— La première fois qu'il a atteint le sommeil profond il y est resté 8 minutes, fit remarquer Salsbury. Cette fois, 6 minutes seulement. C'est le début d'un schéma d'évolution intéressant. Observons la suite:

0100	31 00	EEG —	PHASE 1	SOMMEIL/REM
0100	32 00	EEG —	PHASE 1	SOMMEIL/REM
0100	33 00	EEG —	PHASE 1	SOMMEIL/REM

0100	34 00	EEG ——		ONDES ALPHA
0100	35 00	EEG ——	PHASE 1	SOMMEIL/REM
0100	36 00	EEG ——	PHASE 1	SOMMEIL/REM
0100	37 00	EEG ——	PHASE 2	SOMMEIL
0100	38 00	EEG ——	PHASE 2	SOMMEIL
0100	39 00	EEG ——	PHASE 2	SOMMEIL
0100	40 00	EEG ——	PHASE 3	SOMMEIL
0100	41 00	EEG ——	PHASE 3	SOMMEIL
0100	42 00	EEG ——	PHASE 3	SOMMEIL
0100	43 00	EEG ——	PHASE 3	SOMMEIL
0100	44 00	EEG ——	PHASE 3	SOMMEIL
0100	45 00	EEG ——	PHASE 3	SOMMEIL
0100	46 00	EEG ——	PHASE 3	SOMMEIL
0100	47 00	EEG ——	PHASE 3	SOMMEIL
0100	48 00	EGG ——	PHASE 4	SOMMEIL
0100	49 00	EGG ——	PHASE 4	SOMMEIL
0100	50 00	EEG ——	PHASE 4	SOMMEIL
0100	51 00	EEG ——	PHASE 1	SOMMEIL/REM

— Il n'a dormi profondément que trois minutes cette fois-ci, remarqua Klinger. Le cycle s'accélère, pour la phase profonde en tout cas.

— Mais pourquoi ? questionna Dawson. Ernst a l'air de comprendre, mais moi pas bien je l'avoue.

— Il se produit quelque chose dans son subconscient pendant le sommeil profond, reprit Salsbury patient; quelque chose qui le perturbe tellement qu'il se propulse directement dans la phase 1 et le rêve. Cette expérience subconsciente, quelle qu'elle soit, semble devenir de plus en plus intense, ou alors sa résistance va en diminuant. Peut-être les deux en même temps. En tout cas il le supporte un peu moins longtemps à chaque fois.

— Voulez-vous dire que dans la phase 4 il souffre ?

— La souffrance est une état physiologique et ce n'est pas le mot approprié pour cette condition mentale dans le cas présent.

— Quel mot alors ?

— Anxiété, peut-être... ou peur...

0100	52 00	EEG ——	PHASE 1	SOMMEIL/REM
0100	53 00	EEG ——	PHASE 1	SOMMEIL/REM
0100	54 00	EEG ——	PHASE 1	SOMMEIL/REM
0100	55 00	EEG ——		ONDES ALPHA
0100	56 00	EEG ——		ONDES ALPHA
0100	57 00	EEG ——	PHASE 1	SOMMEIL/REM
0100	58 00	EEG ——	PHASE 1	SOMMEIL/REM
0100	59 00	EEG ——	PHASE 2	SOMMEIL/REM
0200	00 00	EEG ——	PHASE 2	SOMMEIL
0200	01 00	EGG ——	PHASE 2	SOMMEIL
0200	02 00	EEG ——	PHASE 2	SOMMEIL
0200	03 00	EEG ——	PHASE 3	SOMMEIL
0200	04 00	EEG ——	PHASE 3	SOMMEIL
0200	05 00	EEG ——	PHASE 3	SOMMEIL
0200	06 00	EEG ——	PHASE 3	SOMMEIL
0200	07 00	EEG ——	PHASE 4	SOMMEIL
0200	08 00	EEG ——	PHASE 1	SOMMEIL/REM

— Seulement une minute cette fois-ci, commenta Klinger.

— Et maintenant il est très agité, fit remarquer Salsbury en parlant du mort comme s'il vivait encore. Le schéma évolutif devient de plus en plus anormal et incohérent. A 2h20 il redescend à la phase 3 et regardez ce qui lui arrive ensuite:

0200	20 00	EEG ——	PHASE 3	SOMMEIL
0200	21 00	EEG ——	PHASE 3	SOMMEIL
0200	22 00	EEG ——	PHASE 3	SOMMEIL
0200	23 00	EEG ——	PHASE 3	SOMMEIL
0200	24 00	EEG ——	PHASE 3	SOMMEIL
0200	25 00	EEG ——	PHASE 1	SOMMEIL/REM

Klinger semblait aussi fasciné par la transcription de

la désintégration de Brian Kingman qu'il aurait pu l'être en direct.

— Il n'a même pas atteint le niveau 4 avant de remonter au 1 cette fois-ci !

— Il subit une violente crise d'anxiété dans son subconscient, expliqua Salsbury.

— Cela existe ?

— Désormais, oui. Son esprit est en plein bouleversement, mais de telle manière qu'il ne se réveille pas. Et la crise s'aggrave.

0200	26 00	EEG —	PHASE 1	SOMMEIL/REM
0200	27 00	EEG —	PHASE 1	SOMMEIL/REM
0200	28 00	EEG —		ONDES ALPHA
0200	29 00	EEG —	PHASE 1	SOMMEIL/REM
0200	30 00	EEG —		ONDES ALPHA
0200	31 00	EEG —	PHASE 1	SOMMEIL/REM
0200	32 00	EEG —	PHASE 1	SOMMEIL/REM
0200	33 00	EEG —	PHASE 2	SOMMEIL
0200	34 00	EEG —	PHASE 2	SOMMEIL
0200	35 00	EEG —	PHASE 2	SOMMEIL
0200	36 00	EEG —	PHASE 3	SOMMEIL
0200	37 00	EEG —		ONDES ALPHA

— La peur l'a réveillé à 2h37, n'est-ce pas ? demanda Dawson.

— Exact. Pas complètement toutefois, mais au-delà de la phase 1 dans la zone des ondes alpha. Vous commencez à savoir interpréter la lecture.

0200	38 00	EEG —	PHASE 1	SOMMEIL/REM
0200	39 00	EEG —	PHASE 1	SOMMEIL/REM
0200	40 00	EEG —	PHASE 1	SOMMEIL/REM
0200	41 00	EEG —		ONDES ALPHA
0200	42 00	EEG —	PHASE 1	SOMMEIL/REM
0200	43 00	EEG —		ONDES ALPHA
0200	44 00	EEG —	PHASE 1	SOMMEIL/REM
0200	45 00	EEG —	PHASE 1	SOMMEIL/REM
0200	46 00	EEG —	PHASE 2	SOMMEIL

0200	47 00	EEG ——	PHASE 2	SOMMEIL
0200	48 00	EEG ——	PHASE 1	SOMMEIL/REM
0200	49 00	EEG ——		ONDES ALPHA
0200	50 00	EEG ——	PHASE 1	SOMMEIL/REM
0200	51 00	EEG ——	PHASE 1	SOMMEIL/REM
0200	52 00	EEG ——		ONDES ALPHA
0200	53 00	EEG ——	PHASE 1	SOMMEIL/REM
0200	54 00	EEG ——	PHASE 1	SOMMEIL/REM
0200	55 00	EEG ——		ONDES ALPHA
0200	56 00	EEG ——	PHASE 1	SOMMEIL/REM
0200	57 00	EEG ——		ONDES ALPHA
0200	58 00	EEG ——		ONDES ALPHA
0200	59 00	EEG ——		ONDES ALPHA
0300	00 00	EEG ——		ONDES ALPHA
0300	01 00	EEG ——		ONDES ALPHA
0300	02 00	EEG ——		NEANT
0300	03 00	EEG ——		LECTURE NEANT
0300	04 00	EEG ——		LECTURE NEANT
0300	05 00	EEG ——		LECTURE NEANT

SIGNES DE VIE NEANT
SIGNES DE VIE NEANT
SIGNES DE VIE NEANT
SUJET DECEDE
FIN DE LECTURE
FIN DE PROGRAMME
STOP

Dawson expira bruyamment comme s'il avait retenu son souffle la dernière minute.

— C'était un brave type. Puisse-t-il reposer en paix.

— Là vers la fin, les ondes alpha sont signalées cinq fois de suite, remarqua le général. Cela veut-il dire qu'il était tout à fait réveillé pendant les cinq minutes qui ont précédé sa mort ?

— Oui, tout à fait réveillé mais plus en possession de sa raison.

— Vous avez bien dit qu'il était mort pendant son sommeil, non ?

— Non. J'ai simplement dit dans son lit.

— Qu'est-ce qui s'est produit pendant ces cinq minutes ?

— Je vais vous montrer, dit Salsbury en allant jusqu'à la console la plus proche dont il utilisa le clavier pendant un bref instant.

Tous les écrans placés en hauteur s'éteignirent sauf deux: un écran de télévision normal commandé par l'ordinateur, et un écran cathodique d'affichage.

— L'écran de droite va repasser un film des six dernières minutes de sa vie, annonça Salsbury en s'éloignant du clavier, et celui de gauche affichera en synchronisme des renseignements sur l'état de ses fonction vitales avec une mise à jour toutes les trente secondes.

Dawson et Klinger se rapprochèrent. Sur l'écran de droite maintenant illuminé une image très nette, en noir et blanc, apparut: Brian Kingman allongé sur ses couvertures une douzaine de plaquettes à électrodes fixées sur sa tête et son thorax le reliant par un réseau de fils à deux appareils. Un sphygmomanomètre attaché à son bras droit était directement branché sur la plus petite des machines. Kingman couvert de sueur tremblait comme une feuille, et toutes les trois ou quatre secondes un de ses bras se détendait ou une de ses jambes battait l'air en un geste de défense; mais ses yeux restaient clos et il dormait.

— Il est dans la phase 1 en ce moment, commenta Salsbury.

— Il rêve ?

— C'est évident.

Au haut de l'écran de gauche une horloge digitale tenait le décompte du temps en heures, minutes, secondes et dixièmes de seconde; et sur le fond vert pâle au-dessus de la pendule, des caractères blancs signalaient l'état de quatre des principales fonctions vitales de Kingman.

BK/OB REP 14 EN COURS:

TEST	RESULTAT NORMAL	RESULTAT OBSERVE
Température	37	37
Respiration	18 par min.	22 par min.
Pouls	70 par min.	90 par min.
Tension artérielle		
Maxi	10 — 12	11
Mini	6 — 7	7

— Il dort toujours, commenta Salsbury, mais son rythme respiratoire et son pouls ont augmenté d'environ 25%. Il semble faire un mauvais rêve. Ses contractions vont s'aggraver dans quelques instants. Il est sur le point de sortir de son rêve et de se réveiller à présent, regardez bien. Voilà !

Sur l'écran Kingman remonta soudainement ses genoux, puis détendit brusquement ses deux jambes en même temps, remonta de nouveau les genoux et les garda ainsi presque contre sa poitrine. Puis, prenant sa tête entre ses mains, les yeux roulant dans leur orbite, il ouvrit grand la bouche.

— Il hurle maintenant, expliqua Ogden. Je regrette qu'il n'y ait pas de son.

— Pourquoi hurle-t-il ? questionna Dawson. Il est réveillé à présent et le cauchemar est terminé.

— Attendez.

— La respiration et le pouls montent très vite, remarqua le général.

Kingman hurlait toujours, sans le moindre son.

0200 58 00

— Regardez les mouvements de sa cage thoracique... mon Dieu, ses poumons vont éclater ! s'écria Dawson.

Se convulsant toujours mais avec moins de violence que dans les minutes précédentes, Kingman se mordait maintenant la lèvre inférieure et en quelques secondes son menton fut couvert de sang.

— Une crise d'épilepsie ? avança le général.

— Non, affirma Salsbury.

A 2h 59, l'écran de gauche affichait à nouveau des caractères de haut en bas:

TEST		RESULTAT NORMAL		RESULTAT OBSERVE
Température		37		37
Respiration		18 par min.		48 par min.
Pouls		70 par min.		190 par min.
Tension Artérielle				
maxi	annulation	annulation	annulation	annulation

Sur l'écran Kingman se tordait encore, mais s'immobilisa bientôt presque totalement. Ses pieds s'agitaient encore un peu tandis que le reste du corps ne bougeait déjà plus et que même les yeux avaient cessé de rouler et restaient fermés, les paupières crispées.

L'écran d'affichage médical s'éteignit, puis un instant plus tard clignota de nouveau avec un message urgent:

0200 59 12
INFARCTUS MASSIF DU MYOCARDE
INFARCTUS MASSIF DU MYOCARDE

Le bras gauche de Kingman était replié en V sur sa poitrine et semblait paralysé, le poing fermé et bloqué contre le cou.

0300 01 00
POULS DISCONTINU
RESPIRATION DISCONTINUE
EEG: ONDES ENTRANT DANS PHASE DELTA

Kingman cessa de gesticuler et sa main droite de se contracter. Il s'était aussi arrêté de hurler.

— C'est fini, annonça Salsbury.

Les deux écrans s'éteignèrent en même temps. Brian Kingman venait de revivre sa mort sous leurs yeux.

— Mais qu'est-ce qui l'a tué ? demanda Dawson le visage gris cendre. La drogue ?

— Non, pas la drogue. Il est mort de peur.

Klinger revint à la table d'autopsie pour regarder le cadavre.

— Je savais que c'était ce que vous alliez dire, fit-il.

— Une peur violente et soudaine peut tuer, reprit Ogden, et dans le cas présent tout semble le démontrer. Bien entendu je vais pratiquer une autopsie complète, mais je ne pense pas découvrir une origine physiologique à la crise cardiaque.

— Prétendez-vous, intervint Dawson en saisissant l'épaule de Salsbury, que Brian a compris dans son sommeil que nous étions sur le point de prendre le contrôle de son cerveau, et qu'il est mort terrifié par cette pensée ?

— C'est à peu près ça.

— Alors, même si l'agent chimique est efficace les subliminaires ne marchent pas apparemment !

— Oh, ils marcheront, affirma Ogden Salsbury. Il faut simplement que j'apporte quelques modifications au programme.

— Modifications ?

— Je vais m'expliquer en langage non technique: pour implanter les subliminaires du programme Clé/Serrure, je dois... percer un trou à travers l'ID et l'EGO; de toute évidence le premier programme était trop grossier et n'a pas seulement percé un trou, il a tout fait exploser en même temps ou presque. Je devrai travailler avec plus de subtilité désormais, et faire précéder les ordres par une approche persuasive très élaborée, conclut Ogden en amenant jusqu'à la table un chariot chargé d'instruments brillants.

— Et si vos perfectionnements ne sont pas suffisants ? Et

si le prochain sujet meurt lui aussi? insinua Dawson. On peut admettre qu'un membre de mon état-major personnel quitte brusquement son poste et s'évanouisse sans laisser de traces, mais pas deux ni trois. C'est impossible!

Salsbury ouvrit un des tiroirs du chariot et en sortit une serviette de fil blanc qu'il étendit sur le plateau supérieur.

— Nous ne nous servirons pas de membres de votre personnel pour le second test.

— Et où irez-vous chercher un sujet pour ces expériences?

Salsbury sortit des instruments chirurgicaux un à un et les aligna sur la serviette avant de répondre:

— Je pense que le moment est venu de constituer cette société au Liechtenstein. Engagez trois mercenaires, munissez-les d'un assortiment de faux papiers et amenez-les ici sous leurs faux noms.

— Ici, dans cette maison?

— Oui. Nous n'aurons pas besoin de la propriété close de murs en Allemagne ou en France avant un moment. Nous leur ferons absorber la drogue le jour de leur arrivée, et le second jour j'attaquerai le nouveau programme Clé/Serrure sur l'un d'eux. Si l'expérience marche, je passerai aux deux autres. Tôt ou tard nous ferons l'essai à l'extérieur et sur une plus grande échelle dans le pays, et ce jour-là nous serons heureux d'avoir sous la main deux ou trois hommes bien entraînés et parfaitement soumis.

— Prendre des avocats à Vaduz, mettre sur pied la société, faire l'achat de faux papiers, engager des mercenaires et les amener ici, voilà des dépenses que j'aurais préféré ne pas avoir à faire avant d'être certain que la drogue et les subliminaires marcheront comme vous le prétendez.

— Ils marcheront, n'ayez crainte.

— Mais nous n'en sommes pas sûrs pour le moment.

Tenant à la main un scalpel dont il étudiait le fil à la lumière du scialytique, Salsbury déclara:

— Je suis bien certain que cet argent ne sortira pas de

votre tirelire personnelle, Leonard. Vous trouverez bien le moyen de vous le faire avancer par la société.

— Ce n'est pas si facile que ça, croyez-moi, et Futurex n'est pas un casino privé mais une société cotée en Bourse. Je ne peux tout de même pas puiser dans la caisse à volonté.

— Vous êtes censé être un milliardaire dans la grande tradition des Onassis, Getty, Hughes et compagnie... Futurex n'est pas la seule entreprise dans laquelle vous ayez des intérêts. Vous avez bien trouvé quelque part plus de deux millions de dollars pour monter ce laboratoire, et chaque mois vous réussissez à sortir les 80.000 dollars nécessaires à son entretien. En comparaison, cette nouvelle dépense représente une goutte d'eau.

— Je trouve qu'il a raison, intervint le général.

— On voit que ce n'est pas votre argent qui file dans le gouffre ! rétorqua Dawson avec irritation.

— Si vous pensez que le projet est un gouffre, arrêtons tout immédiatement, proposa Salsbury.

Dawson se mit à faire nerveusement les cent pas, enfonça les mains dans ses poches puis les ressortit en disant:

— Ce sont ces hommes qui m'inquiètent...

— Quels hommes ?

— Ces mercenaires.

— Pourquoi donc ?

— En fait ce sont des tueurs...

— Naturellement.

— Des tueurs professionnels... qui gagnent leur vie en assassinant les gens.

— Il n'y a pas grand bien à dire de ces autonomes, reconnut le général, mais je trouve que vous schématisez un peu, Leonard.

— Non, c'est la stricte vérité.

— Bon, et même si c'est vrai ? intervint Ogden agacé.

— Eh bien, l'idée qu'il vont se trouver sous mon toit ne me sourit guère, déclara Dawson d'un ton légèrement hautain.

Espèce de sale hypocrite, pensa Ogden sans toutefois

oser le dire à voix haute. Il avait acquis une certaine assurance au cours de cette année, mais pas au point de parler aussi franchement à Dawson.

— Soyez logique au moins Leonard, s'écria Klinger. Comment pensez-vous que la police et la justice réagiraient à notre égard en apprenant les circonstances de la mort de Kingman, hein ? Vous croyez peut-être qu'ils nous renverraient chez nous après nous avoir gentiment grondés ? Et que dans la mesure où nous ne l'avons ni étranglé, ni fusillé, ni poignardé ils hésiteraient à nous classer parmi les criminels ? Et que bien qu'ayant tué, nous nous en tirerions sans dommage parce que nous ne gagnons pas notre vie de cette façon ?

L'espace d'un instant les yeux noirs de Dawson accrochèrent la froide lumière fluorescente, et brillèrent d'un étrange éclat, tels des miroirs d'onyx. Puis il bougea légèrement la tête, et l'illusion disparut, mais le ton de sa voix était glacé et très détaché lorsqu'il déclara:

— Je n'ai jamais touché à Brian... pas à un seul de ses cheveux. Je lui ai toujours parlé très gentiment.

Salsbury et Klinger restèrent silencieux.

— Je ne voulais pas qu'il meure.

Ils attendaient.

— Très bien. Je lance l'opération au Liechtenstein, dit finalement Dawson en se passant une main sur le visage. Et je vous trouve ces trois mercenaires.

— Dans combien de temps ? s'enquit Salsbury.

— Eh bien si je dois m'occuper de tous les détails dans le plus grand secret, disons trois mois... peut-être quatre.

Salsbury acquiesça en silence et continua de préparer les instruments qu'il allait utiliser pour l'autopsie.

VII

Lundi 22 août 1977

A 9h le lundi matin Jenny vint en visite au campement des Annendale, apportant avec elle une cage à oiseaux assez solide et haute de presque un mètre. Mark éclata de rire en la voyant apparaître ainsi chargée à l'orée du bois.

— C'est pourquoi faire ?

— Un invité ne doit jamais arriver les mains vides, dit-elle.

— Qu'allons-nous en faire ?

Elle donna la cage au gamin et se laissa embrasser sur la joue par Paul. Mark lui adressa un sourire ravi à travers les fins barreaux dorés.

— Tu as dit que tu voulais emmener ton écureuil en ville vendredi prochain, mais tu ne peux pas le laisser libre dans la voiture. Alors ce sera sa maison pour le voyage.

— Il ne va pas aimer être enfermé...

— Pas au début, mais il s'habituera.

— Il le faudra bien s'il doit devenir ton petit familier, renchérit Paul.

— Dis donc Mark, vas-tu finir par remercier Jenny ? intervint Rya en donnant un coup de coude à son frère. Elle a sûrememnt remué toute la ville pour trouver ça !

— Oh, oui, excusez-moi. Merci, Jenny, merci, fit Mark en rougissant.

— Rya, il y a une poche en papier au fond de la cage. C'est pour toi.

La fillette déchira le sac et sourit à la vue des trois livres de poche.

— Mes auteurs favoris ! Et je n'ai aucun de ceux-là. Merci Jenny.

La plupart des fillettes de son âge aimaient les histoires d'infirmières, les histoires d'amour, Barbara Cartland ou Mary Roberts Rinehart; mais Jenny n'aurait pas eu de succès en apportant à Rya ce genre de littérature. Elle avait choisi un western, un recueil de contes fantastiques et un roman d'aventures de Alistair MacLean. Sans être un vrai garçon manqué, Rya n'avait rien de commun avec la moyenne des filles de onze ans.

Le frère et la soeur étaient assez exceptionnels, chacun dans son genre, et c'était la raison pour laquelle Jenny, peu attirée en général par les enfants, les avait aimés si vite. En fait elle les aimait autant que Paul.

Vraiment ? Tu débordes d'amour pour Paul, hein ? se taquina-t-elle intérieurement. C'est l'amour, ma chère. Alors pourquoi ne pas lui dire oui ? Assez ! Pourquoi ne pas l'épouser ? Parce que... Assez !

Elle se força à arrêter ce monologue intérieur. Les gens qui se laissaient aller à ce genre de réflexions étaient des candidats à la schizophrénie.

Pendant un moment ils s'amusèrent à nourrir l'écureuil que Mark avait baptisé Buster, et admirèrent ses acrobaties. Le gamin leur confia ses projets pour le dressage. Il avait l'intention de lui apprendre à se mettre sur le dos et à faire le mort, à faire le beau pour avoir sa nourriture, et à rapporter un bout de bois. Personne ne put se résoudre à lui annoncer qu'un écureuil ne se laisserait pas manipuler de la sorte. Jenny avait envie de rire et de le serrer dans ses bras, mais elle se contenta d'approuver quand il lui demanda son avis.

Plus tard, ils jouèrent à chat et firent quelques parties de badminton. Et à 11 heures Rya annonça:

— J'ai une communication à vous faire: Mark et moi avons préparé le menu pour le déjeuner, et nous allons nous charger de la cuisine. Nous avons des plats très spéciaux à préparer, n'est-ce pas Mark ?

— Oui, oui... mon préféré c'est le...

— Mark ! coupa Rya. C'est une surprise.

— C'est vrai, c'est vrai.

— Pourquoi n'irais-tu pas avec Jenny faire une longue promenade dans la montagne ? suggéra Rya en se tournant vers son père. Il y a des quantités de pistes pour les chevreuils. Ça vous mettrait en appétit.

— Le badminton m'a déjà donné faim, avoua Paul.

— Mais je ne veux pas que vous sachiez ce que nous allons cuisiner, insista Rya avec une grimace.

— Bon, d'accord, mais nous pouvons simplement nous asseoir un peu plus loin et vous tourner le dos.

— Vous sentirez l'odeur et ça ne serait plus une surprise, déclara la fillette inflexible.

— Le vent ne souffle pas dans cette direction et les odeurs n'iront pas si loin, réfuta Paul.

Maniant avec nervosité sa raquette de badminton Rya jeta un coup d'œil indécis vers Jenny, qui commençait à comprendre où Rya voulait en venir et quels calculs rusés cachaient ses innocents yeux bleus.

— Papa il faut que tu ailles faire un tour avec Jenny, coupa alors Mark avec sa brusquerie habituelle. On sait bien que vous voulez être seuls un moment.

— Mark, je t'en prie ! s'écria Rya consternée.

— Ben quoi, c'est pour ça qu'on fait le déjeuner tous les deux, non ? Pour les laisser un peu tranquilles.

— Je n'en reviens pas, avoua Paul tandis que Jenny éclatait de rire.

— Je crois que nous mangerons un rôti d'écureuil pour le déjeuner, déclara Rya furieuse.

— C'est absolument écœurant de dire ça, s'écria Mark avec une expression d'horreur.

— C'était pour rire, idiot.

— C'est dégoûtant quand même.

— Toutes mes excuses.

— Bon, d'accord, grommela-t-il après un regard pour évaluer la sincérité de sa sœur.

— Si nous faisions cette promenade Paul, dit Jenny en lui prenant la main. Sinon ta fille va être fâchée et dans ce cas-là elle devient redoutable.

— Une vraie terreur, reconnut Rya avec bonne humeur.

— Bon, d'accord, on y va, accepta Paul. Mais ce soir, Rya je te raconterai l'histoire terrifiante et l'affreuse destinée de cette petite fille qui ourdissait de sombres complots.

— Chouette ! J'adore les histoires horribles avant de m'endormir, s'écria Rya, sautant de côté comme pour éviter un coup de raquette hypothétique sur ses fesses, et courant vers la tente.

Le ruisseau bouillonnait autour d'un rocher pour ressortir entre des rives bordées de petits bouleaux et de lauriers, descendre d'un palier rocheux à l'autre, et former un étang large et profond au creux du vallon avant de s'élancer vers le suivant. Dans ses eaux sombres et poissonneuses évoluaient des formes plus sombres encore. La clairière alentour était ombragée par de grands bouleaux et un chêne géant aux racines noueuses qui s'enfonçaient tels des tentacules dans le terreau de feuilles mortes. Entre le pied du roi de la forêt et l'étang, le sol recouvert d'une mousse épaisse formait un matelas confortable pour les amoureux. Paul et Jenny s'y arrêtèrent pour s'y reposer après une demi-heure de marche.

Elle s'étendit sur le dos, les bras derrière la tête, et il s'allongea à ses côtés. Insensiblement la conversation se transforma en un échange de tendres baisers, de caresses et de murmures. Il la tenait serrée contre lui, les mains sur ses hanches, son visage dans ses cheveux, et caressait doucement de la langue le lobe de son oreille. Soudainement elle passa une main décidée sur l'entrejambe de son pantalon et sentit le gonflement sous la toile.

— C'est ça que je veux, déclara-t-elle sans gêne.

— C'est toi que je veux.

— Eh bien, qu'attendons-nous pour profiter de ce que nous voulons tous les deux ?

Quand ils furent nus il couvrit ses seins de baisers, léchant les mamelons dressés.

— Je te veux maintenant, reprit-elle. Vite, tout de suite. Nous prendrons notre temps la prochaine fois.

Ils réagissaient l'un à l'autre avec une sensibilité incomparable, inattendue, jamais ressentie auparavant. Le plaisir était plus qu'intense pour elle, presque insupportable, et elle se rendait compte qu'il en était de même pour Paul. Peut-être parce qu'ils ne s'étaient pas trouvés réunis depuis mars, et s'étaient désirés fortement pendant tout ce temps. L'absence rend l'amour plus profond, du moins le prétend-on songeait-elle, peut-être exacerbe-t-elle aussi les sens. Ou peut-être aussi cette jouissance aiguë résultait-elle du décor inhabituel, avec les bruits de la forêt, les odeurs, le contact du sol ? Quelle qu'en fût la raison, il la pénétra sans difficulté, s'introduisant en entier et sans à-coups, commençant à se mouvoir au plus profond d'elle qui le serrait et bougeait à son tour. Elle était fascinée par la vue de ses bras dont les muscles saillaient, indépendants les uns des autres, tandis qu'il soutenait son poids au-dessus d'elle. Elle avait empoigné ses fesses, dures et lisses, et l'attirait en elle plus violemment avec chaque mouvement. Bien qu'arrivée très vite au paroxysme, sa jouissance ne semblait pas vouloir finir. Et lorsque ses sensations commencèrent à décroître, Paul s'immobilisa, soudain cloué par la violence de son propre orgasme, et prononça doucement son nom. Il resta en elle encore un moment, lui baisant les seins, les lèvres, le front, puis il se laissa rouler sur le flanc, et elle vint se blottir contre lui et posa ses lèvres sur l'artère qui battait à son cou. L'acte qu'ils venaient d'accomplir les unissait encore l'un à l'autre, avec le souvenir du plaisir partagé, comme une sorte de cordon ombilical. Pendant un certain temps Jenny ignora le reste du monde, n'entendant que les battements de son propre cœur, et leurs deux respirations bruyantes. Puis les bruits de la campagne semblèrent reprendre, le bruissement des feuilles au-dessus de leur tête, l'eau cascadant d'un rocher à l'autre jusqu'à l'étang, les oiseaux gazouillant dans les arbres. Elle sentait encore une légère crampe dans sa poitrine et la semence tiède de Paul sur sa cuisse. Peu à peu cependant elle prit conscience de la chaleur humide de la journée, et constata que leur étreinte devenait plus collante que tendre. A regret elle se détacha de lui et se mit sur le dos, les seins et le ventre tout luisants de transpiration.

— Incroyable, dit-elle simplement.

— Oui, incroyable.

Pendant quelque temps ils furent incapables de dire autre chose. La brise les avait presque séchés, et Paul se redressa sur un coude pour regarder la jeune femme.

— Tu sais quoi ?

— Raconte.

— Je n'ai jamais connu de femme capable de jouir aussi fortement que toi.

— Annie aimait ça pourtant, hasarda-t-elle.

— C'est vrai. Notre mariage a été excellent. Mais elle n'était pas tout à fait aussi sensuelle que toi. Tu te laisses aller complètement, tu te donnes à l'acte tout entière, tu n'es plus consciente que de ton corps et du mien. Tu te laisses consumer, absorber.

— Ce n'est pas de ma faute si j'ai envie...

— C'est bien plus que de l'envie.

— Obsédée ? Nymphomane sur les bords, c'est ça ?

— Ce n'est pas aussi simple, et pas seulement sexuel.

— Tu ne vas pas me dire que tu m'aimes aussi pour mon esprit ?

— Au contraire, c'est exactement ce que je veux dire. Tu prends plaisir à tout, tu es gourmande de tout. Je t'ai vue boire un verre d'eau comme d'autres du bon vin. Tu as un amour insatiable de la vie.

— Il y a moi... et Van Gogh, taquina-t-elle.

— Je parle sérieusement.

— Une amie de collège m'a dit la même chose, avoua-t-elle après un temps.

— Ah, tu vois !

— Si c'est vrai, c'est grâce à mon père. Il m'a donné une enfance si heureuse.

— Ta mère est morte quant tu étais encore enfant.

— Oui, en dormant. Une hémorragie cérébrale. Un jour elle était là, et le lendemain je ne l'ai plus revue. Mais je ne l'ai pas vue souffrir, et c'est important pour un enfant.

— Tu as eu du chagrin, je suppose.

— Pendant un certain temps. Mais mon père s'est donné beaucoup de mal pour m'en sortir. Il me prodiguait jeux, cadeaux, rires et distractions 24 heures sur 24 et sept jours par semaine. Il a fait les mêmes efforts que toi pour faire oublier la mort d'Annie à tes enfants.

— Si j'étais sûr de réussir aussi bien que Sam avec toi...

— Il a peut-être un peu trop bien réussi.

— Comment cela, trop bien...?

— Je me dis parfois qu'il aurait dû passer moins de temps à me donner une enfance heureuse et plus à me préparer au monde réel, soupira-t-elle.

— Ce n'est pas évident. Le bonheur est une denrér rare qu'il ne faut pas mépriser. Saisis chacune des minutes heureuses qui te sont accordés, et ne regarde pas en arrière.

— J'étais trop naïve, insista-t-elle en hochant la tête. Trop crédule et confiante jusqu'à mon mariage.

— Je te l'accorde, mais un mariage raté ne détruit pas un être intelligent.

La main de Paul s'amusait à décrire des cercles autour de son nombril. Elle aimait sa façon de la caresser, et déjà son désir renaissait.

— Si tu es capable de t'analyser de cette façon, tu peux aussi surmonter tes rancœurs et oublier le passé.

— Bien sûr, facilement. Oublier mon mari, sans problème avec le temps, et ce ne sera d'ailleurs plus très long.

— Alors, qu'est-ce qui te tracasse ?

— Je ne suis plus innocente comme avant, c'est certain. Mais confiante, crédule ? Je ne pense pas qu'on puisse devenir cynique du jour au lendemain, ni même réaliste quand on ne l'est pas fondamentalement.

— Nous ferions un couple parfait, j'en suis sûr, insista-t-il.

— Par moment je le crois aussi. Et c'est cette certitude qui me fait peur et me rend méfiante.

— Epouse-moi, dit-il.

— Comment en sommes nous encore arrivés là ?

— Je t'ai demandé de m'épouser, c'est tout.

— Je n'ai pas envie de prendre à nouveau le risque d'un échec.

— Ce n'est pas ainsi que je l'entends.

— Pas intentionnellement, bien sûr.

— On ne peut pas vivre sans prendre certains risques.

— Je peux toujours essayer.

— Mais c'est bien triste.

— Ecoute, ne gâchons pas cette belle journée, fit-elle avec une tendre grimace.

— Mais ça ne me la gâche pas.

— Pour moi si, très rapidement si l'on ne change pas de sujet.

— Et de quoi veux-tu parler qui soit plus important ?

— Eh bien, mes seins semblent te fasciner. Parlons-en, proposa-t-elle en riant.

— Jenny, un peu de sérieux !

— Mais je le suis. Moi aussi mes seins me fascinent, et je pourrais en parler pendant des heures.

— Tu es impossible !

— Bon, alors si tu ne veux pas qu'on parle de mes seins parlons de ton sexe...

— Jenny !

— Laisse-moi y goûter.

Elle se redressa pour se mettre sur les genoux, mais il la repoussa doucement.

— Je veux y goûter, insista-t-elle.

— Plus tard.

— Non, maintenant.

— Je voudrais te faire jouir d'abord.

— Et tu n'en fais toujours qu'à ta tête.

— Dans ce cas, oui. Je suis le plus fort...

— L'assurance du mâle !

— Si tu veux...

Il couvrit de baisers tout le corps de la jeune femme, puis il descendit lentement jusqu'au pubis et enfonça son visage dans la fourrure tiède.

— Tu as raison, dit-elle en frissonnant déjà, la femme doit prendre son plaisir la première.

Il leva la tête et lui sourit, un sourire fascinant, plein de charme, un sourire d'adolescent, et ses yeux si clairs, si bleus, emplis de tendresse semblaient l'absorber tout entière.

Quel délicieux compagnon, songeait-elle tandis que les bruits de la montagne s'estompaient peu à peu, remplacés par les battements de son cœur. Paul avait tout pour lui, et tant de tendresse à offrir...

Le coquet pavillon aux murs tout blancs et aux volets verts se trouvait dans Union Road, tout près de la place du village. Sur le devant, un patio au dallage vert vif abritait une balancelle, un treillis couvert de vigne vierge courait sur l'un des murs, et un buisson de lilas blanc recouvrait l'autre; une allée de briques bordée de soucis et un bassin pour oiseaux en céramique blanche et entouré de pétunias donnaient à cette courette un aspect gai et accueillant. La pancarte suspendue à un lampadaire décoratif à l'entrée de l'allée indiquait que la maison appartenait aux Macklin.

Vers une heure de l'après-midi Salsbury monta les trois marches du perron, tenant à la main une liasse de papiers retenus par une pince à dessin sur une planchette.

La femme qui vint lui ouvrir le surprit sans doute en raison des massifs de fleurs, du bassin pour oiseaux, et de l'entretien impeccable des lieux, il avait imaginé que les Macklin étaient un couple de gens âgés, secs et actifs, amateurs de jardinage, sans petits-enfants pour occuper leurs loisirs, et jetant aux intrus des regards soupçonneux par-dessus leurs verres à double foyer. Mais la jeune femme sur le pas de la porte devait avoir dans les 25 ans, blonde et mince, 1m75 environ, féminine sans fragilité, des jambes de danseuse, et un visage parfait pour une réclame de produits de beauté dans les revues. Elle portait un short bleu foncé et un haut bleu à pois blancs. Même à travers la portière grillagée il remarqua son corps bien proportionné, aux chairs fermes et souples, plus excitant que tous ceux qu'il avait eu l'occasion de toucher jusque-là.

Comme chaque fois qu'il s'était trouvé face à une femme semblable à celles qui avaient peuplé ses rêves d'adulte, il se sentit troublé, embarrassé. Il la regardait fixement, en passant doucement sa langue sur ses lèvres et ne trouvait plus rien à dire.

— Que puis-je faire pour vous ?

Il toussota pour s'éclaircir la voix.

— Je m'appelle Albert Deighton, et je suis en ville depuis vendredi dernier. Je ne sais pas si vous avez entendu parler de moi, je fais une enquête... une enquête sociologique. J'ai parlé avec des gens sur...

— Je sais. Vous êtes venu hier après-midi chez nos voisins, les Soloman.

— C'est exact.

Le soleil était chaud et l'atmosphère lourde. Pourtant, Salsbury n'avait pas transpiré pendant les trois premières visites de la journée; mais maintenant il sentait des goulettes de sueur sur son front.

— J'aimerais m'entretenir avec vous et votre mari, si vous pouviez me consacrer un peu de temps. Une demi-heure devrait suffire. Il y a une centaine de questions.

— Je suis désolée, mais mon mari n'est pas là pour le moment. Il travaille à la scierie dans l'équipage de jour et ne sera pas de retour avant 17h30.

Il regarda son formulaire pour se donner une contenance.

— Je pourrai toujours le voir une autre fois, mais si vous me laissiez vous questionner maintenant, ainsi que vos enfants, ce serait toujours ça de fait.

— Nous ne sommes mariés que depuis un an et nous n'avons pas d'enfants.

— Jeunes mariés, alors ?

— Presque, fit-elle en souriant, révélant ses fossettes.

Ogden avait l'impression d'être entraîné par un courant dangereux, poussé inexorablement vers une décision catastrophique.

— Vous vivez avec d'autres personnes, des parents peut-être ?

— Seulement Richie et moi.

— C'est votre mari...

— Oui.

Le vendredi passé au restaurant Ultman, il avait pris le risque de compromettre tout le projet en utilisant pour son plaisir la phrase-code avec cette serveuse qui ressemblait à Myriam. Tout s'était finalement bien passé mais il savait qu'il était stupide de laisser ses émotions le submerger de cette façon, et pour se racheter il s'était montré beaucoup plus prudent samedi et dimanche. Il avait utilisé le code une vingtaine de fois, et seulement pour questionner à fond les sujets en recherchant d'éventuels points faibles dans leur soumission apparemment totale, et jamais sans s'être assuré auparavant qu'il ne courait aucun risque. Certaines des femmes interviewées étaient attirantes et il aurait pu se servir d'elles au gré de sa fantaisie. Mais il s'était retenu. Ayant eu un avant-goût de contrôle complet lorsqu'il avait tenu cette garce de serveuse à sa merci, il avait bien eu envie de faire se déshabiller et allonger sous ses yeux l'une de ces femelles. Une envie dévorante. Et celle-ci, là devant lui, avec son short et son haut aguichants semblait dégager une chaleur suffisante pour réduire en poussière sa volonté et sa prudence. Il aimait à croire que, contrairement à l'épisode du restaurant, la situation actuelle ne comportait aucun danger. Et vouloir le croire était bien sûr le premier pas pour finir par s'en convaincre.

— Je suis la Clé.

— Je suis la Serrure.

Soulagé, il s'épongea le front.

— Tu es seule ?

— Oui.

Il commençait à trembler, non de peur mais d'excitation.

— Tu attends quelqu'un ?

— Personne.

— On t'attend ? Tu comptais aller faire une visite ?

— Non.

— Laisse-moi entrer.

Elle ouvrit la porte-écran grillagée, et il entra dans le hall climatisé, avec son miroir ovale au mur, une table basse à droite, et une petite toile représentant un bateau dans la tempête sur le mur de gauche.

— Ferme la porte à clé. Elle obéit.

Un petit couloir orné de deux autres marines reliait l'entrée à la cuisine. Sur la gauche une arche s'ouvrait sur le living confortable, avec un tapis d'Orient, deux sofas de velours frappé assorti aux rideaux des trois fenêtres, et une table basse au plateau d'ardoise, un porte-revues, un étui à fusil, deux lampes Stiffel, et des tableaux représentant des voiliers occidentaux à quai dans des ports de Chine.

— Tire les rideaux, ordonna-t-il.

Elle exécuta l'ordre puis revint au centre de la pièce, se tenant presque au garde-à-vous et le regardant avec un demi-sourire. Elle attendait. Elle attendait ses ordres et son bon plaisir. Une marionnette dont il tenait les ficelles. Son esclave. Pendant plus d'une minute il resta planté là dans l'arche entre les deux pièces, incapable de bouger ou de décider de ce qu'il allait faire. Cloué sur place par la peur, l'attente, la poussée du désir qui rendait ses organes douloureux, il transpirait comme s'il venait de courir un quinze cents mètres. Elle lui appartenait. Entièrement. Ses lèvres, ses seins, ses fesses, ses jambes, son sexe, chaque centimètre de sa peau, chaque repli. Et par-dessus tout, il n'avait même pas à se demander si elle le trouvait à son goût. Son plaisir à lui était le seul élément déterminant. S'il lui ordonnait d'aimer ce qu'il lui dirait de faire, elle aimerait. Pas de jérémiades ni de récriminations par la suite. L'acte. L'acte seul comptait. Après, elle pouvait aller se faire foutre ailleurs ! Et là, prêt à manipuler une femme entièrement selon son bon plaisir il trouvait soudain la réalité bien plus enivrante que les fantasmes érotiques dont il s'était nourri pendant tant d'années.

— C'est tout ? demanda-t-elle alors.

— Non, fit-il d'une voix rauque.

— Que désirez-vous ?

Il alla jusqu'à la lampe la plus proche qu'il alluma, puis s'assit sur l'un des sofas.

— Reste où tu es. Réponds à mes questions, et fais ce que je te dirai.

— D'accord.

— Comment t'appelles-tu ?

— Brenda.

— Quel âge as-tu ?

— Vingt-six ans.

Il sortit son mouchoir et s'épongea le visage, puis demanda en jetant un coup d'œil vers les marines:

— Ton mari aime la mer ?

— Non.

— Alors il aime les marines ?

— Non plus.

Il n'avait parlé que pour se donner le temps de décider comment il allait utiliser cette femme, mais sa réponse inattendue le dérouta.

— Alors pourquoi diable tous ces tableaux de bateaux...?

— Je suis née à Cape Cod et j'y ai été élevée. J'adore la mer.

— Mais lui n'en a rien à faire. Pourquoi te laisse-t-il en accrocher partout...?

— Il sait qu'ils me plaisent.

— Il sait surtout que s'il les décrochait tu ne le laisserais plus te baiser, hein Brenda? fit-il en s'épongeant à nouveau le visage.

— Mais non voyons.

— Mais si, tu le ferais, salope. Tu es un beau brin de fille et il est prêt à n'importe quoi pour que tu sois contente. Tous les hommes, d'ailleurs. Tu as dû les faire courir à ton gré dès que tu as été en âge de te faire sauter, hein? Tu n'as qu'à claquer des doigts et ils dansent comme des pantins, hein?

— Ils dansent? Non, fit-elle en secouant la tête, l'air perplexe.

— Façon de parler, ricana-t-il. Tu es une vraie salope, Brenda.

Elle plissa le front et parut décontenancée.

— Puisque je te dis que tu es une salope, j'ai raison, non?

— Oui, fit-elle enfin.

— J'ai toujours raison, n'est-ce pas?

— Oui, toujours.

— Qui suis-je?

— Vous êtes la Clé.

— Et toi?

— Je suis la Serrure.

Il se sentait moins tendu, plus à son aise à présent, et avec la situation bien en main comme jamais jusque-là.

— Tu aimerais que je te mette à poil et que je te baise, dit-il en remontant ses lunettes sur son nez. Ça te plairait, hein Brenda?

Elle parut hésiter.

— Ça te plairait, hein? insista-t-il.

— Oui, ça me plairait.

— Tu en meurs d'envie.
— J'en meurs d'envie.
— Enlève ton haut.

Elle défit le nœud par derrière et le bustier à pois tomba à ses pieds, découvrant des chairs blanches qui formaient un contraste frappant et très excitant avec son bronzage intense. Ses seins, ni gros ni petits, avaient une courbe exquise, légèrement relevée. Quelques taches de rousseur, des mamelons roses guère plus foncés que la peau. Elle repoussa le bustier du pied.

— Touche-les, ordonna-t-il.
— Mes seins ?
— Presse-les, tire sur les pointes.

Il l'observait mais trouva ses mouvements trop mécaniques.

— Tu as envie, Brenda. Envie de te faire enfiler. Tu meurs d'envie que je te prenne. Tu en as besoin. Tu le désires plus que jamais auparavant. Tu as envie à en être malade.

Pendant qu'elle se caressait, les bouts de ses seins se tendirent et virèrent au brun, sa respiration devint plus bruyante. Salsbury ne put s'empêcher de ricaner, tout à fait à l'aise maintenant et très en forme.

— Enlève ton short.

Elle s'exécuta.

— Et ton slip. Tu es une vraie blonde, je vois ça. Maintenant glisse ta main entre ces jolies jambes et caresse-toi. Voilà, comme ça, parfait.

Debout, jambes écartées, occupée à se masturber, elle formait un tableau fascinant, la tête rejetée en arrière, sa chevelure dorée flottant comme un étendard, la bouche ouverte, le visage détendu. Elle respirait avec difficulté, parcourue de frissons, et se tordait en gémissant doucement. De sa main libre elle caressait toujours ses seins. Le pouvoir ! Bon Dieu, le pouvoir qu'il avait sur elles, maintenant ! Et qu'il aurait toujours dorénavant... Il n'avait qu'à pénétrer dans les foyers, dans les pièces les plus intimes, et là, faire d'elles ce qu'il voulait. Pas seulement les femmes d'ailleurs, les hommes également. S'il leur en donnait l'ordre ils ramperaient à ses pieds en miaulant, le supplieraient de posséder leurs femmes, leurs filles, adolescentes ou enfants. Ils ne lui refuseraient aucune expérience, si perverse et révoltante fût-elle. Il essaierait toutes les sensations et tirerait jouissance de toutes. Mais globalement il serait un tyran bonasse, un dictateur bienveillant, plus un père qu'un geôlier. Pas de coups de talon dans leurs figures. Cette pensée l'amusa. Dix ans plus tôt alors qu'il faisait encore des tournées de conférences et des articles sur l'avenir de l'altération du comportement et le contrôle des cerveaux, il avait été très violemment tourné en ridicule et condamné avec véhémence par certains membres des milieux de l'enseignement. A la fin de ses conférences, pratiquement retenu de force, il avait dû écouter un nombre incalculable de raseurs bien-pensants débiter des homélies sur la violation de la personnalité, et le caractère sacré du cerveau humain. Ils lui avaient cité des centaines de grands penseurs, des vingtaines d'épigrammes (il se rappelait encore certaines, une notamment qui racontait que l'avenir de l'humanité ne valait guère plus qu'un coup de talon dans la figure). Foutaises que tout ça ! Les talons de bottes et le cruel Etat totalitaire qu'ils symbolisaient n'étaient qu'un moyen de garder le contrôle des masses. Mais avec sa drogue et le programme Clé-Serrure, les bottes et les coups de pied étaient périmés. On n'écraserait plus le visage des gens à coups de talon. Bien sûr, avec certaines femmes de son choix il leur écraserait autre chose sur le visage... Se frottant à travers son pantalon il éclata de rire. Le pouvoir, le merveilleux, le fabuleux pouvoir !

— Brenda !

Frissonnante, le souffle court, les genoux fléchissant légèrement, elle commençait à jouir tandis que son index s'activait davantage.

— Brenda !

Elle leva enfin les yeux vers lui. Ses cheveux moites de sueur paraissaient plus sombres sur son front.

— Va sur ce sofa, agenouille-toi le dos vers moi, et appuie tes bras sur les coussins.

Quand elle eut pris la position, ses fesses blanches tendues vers lui, elle le regarda par-dessus son épaule et dit d'un ton suppliant:

— Vite, je vous en prie.

Eclatant de rire, il écarta brutalement la petite table à thé qui bascula sur le parquet et alla heurter le porte-revues, et il se plaça derrière elle. Puis il laissa tomber son pantalon et son caleçon à raies jaunes. Il était fin prêt, les veines toutes gonflées, son membre dur comme de l'acier, énorme, comme celui d'un étalon, et rouge... cramoisi... comme barbouillé de sang. Il passa une main sur les fesses tendues, sur le duvet doré du dos, sur la chute de reins, sous un sein frémissant dont il pinça la pointe, caressa les flancs et glissa ses doigts entres les cuisses.Le sexe était humide, même trempé. Brenda était bien plus prête que lui-même.

— Tu es une salope dans tous les sens du terme, ricana-t-il. Une vraie petite chienne, une bête en chaleur, hein Brenda ?

— C'est vrai.

— Dis que tu es un vrai petit animal.

— Je suis un vrai petit animal.

— Que désires-tu, Brenda ?

— Que tu me prennes.

— Vraiment ?

— Vraiment.

— Tu en as très envie ?

— Oui, très envie.

Ah, le merveilleux pouvoir.

— Et que désires-tu, Brenda ?

— Tu le sais bien.

— Tu crois ?

— Je te l'ai déjà dit.

— Eh bien, répète.
— Tu veux m'humilier...
— Je n'ai même pas commencé...
— Mon Dieu...!
— Ecoute-moi, Brenda.
— Quoi ?
— Ton sexe te brûle.

Elle gémit doucement, parcourue de frissons.

— Tu le sens, Brenda ?
— Oui.
— Il devient de plus en plus brûlant.
— Je... je ne peux plus...
— Tu ne supportes plus, hein ?
— Ça me brûle... ça me fait mal...
— Alors, qu'est-ce que tu veux ? insista-t-il en ricanant.
— Que tu me pénètres.
— Tu entends ça, Myriam ? Je suis quelqu'un, tu vois.
— Qui est-tu, Brenda ?
— Je suis la Serrure.
— Et quoi encore ?
— Une salope.
— Je ne t'entends pas bien.
— Une salope, cria-t-elle.
— En chaleur, hein ?
— Oui, oui. Prends-moi, vite.

Prêt à la pénétrer, excité jusqu'à l'étourdissement, démoniaque, galvanisé par son pouvoir tout nouveau, Salsbury savait pertinemment que son orgasme au plus profond des douceurs soyeuses de cette femelle ne représentait pas l'aspect le plus important de l'acte. Le jet spasmé d'un peu de sperme ne ferait que mettre un point final à sa péroraison antérieure, à sa déclaration d'indépendance. Pendant cette demi-heure il s'était prouvé sa virilité, s'était enfin libéré des dizaines de garces qui avaient gâché sa vie depuis si longtemps, y compris sa mère d'ailleurs et même à commencer par elle, cette reine des garces, cette impératrice des emmerdeuses. A sa suite avaient défilé les filles frigides, celles qui riaient de lui, celles qui se plaignaient de son manque de technique, et celles qui le rembarraient avec un dégoût non dissimulé, et puis Myriam et les misérables putains vers lesquelles il avait dû se tourner plus tard. Brenda Macklin n'était en fait qu'un symbole rencontré par hasard. Si ce n'avait été elle, une autre aurait joué la même rôle aujourd'hui ou demain. Elle n'était que la poupée d'un envoûtement, le totem au moyen duquel il allait exorciser toutes ces garces qui avaient empoisonné son passé. Chaque centimètre de son membre forcé en elle repprésentait un coup reçu par les Brenda précédentes. Chaque va-et-vient, et le plus brutal serait le meilleur, proclamait son triomphe. Il allait la broyer, la meurtrir, se servir d'elle jusqu'à la faire saigner. Chaque lame cruelle enfoncée en elle lacérait les chairs de ces femelles haïes. En montant cet animal mince à la fourrure blonde, en s'enfonçant sans relâche en elle, en la déchirant, il prouverait sa supériorité à toutes les autres ressuscitées.

Il lui saisit les hanches et se pencha sur elle, mais lorsque son membre toucha son sexe, avant même un début de pénétration, il éjacula sans pouvoir se contrôler. Ses jambes plièrent sous lui, et il tomba sur elle en criant de rage. La panique le submergeait soudain: souvenirs cuisants d'échecs passés, regards mauvais après l'acte, attitude méprisante, toute cette humiliation ! Il écrasait Brenda de son poids, et déclara soudain en désespoir de cause:

— Tu jouis... ça monte... tu m'entends ? Tu comprends ? Tu jouis, c'est moi qui te le dis...

Elle eut un grognement étouffé par les coussins.

— Tu le sens ?

— Mmmm...

— Tu le sens, bon Dieu ?

— Oui, oui ! cria-t-elle en levant la tête.

— Tu n'as jamais joui comme ça avant.

— Jamais... jamais, c'est vrai.

— Tu le sens ?

— Oui.
— C'est chaud, hein ?
— Oui, très chaud.
— Calme-toi maintenant, ça va s'arrêter.
Elle cessa de se tortiller sous lui.
— Voilà, c'est la fin.
— C'était bon...
— Une vraie chienne !
Elle commençait à se relâcher quand la sonnette de la porte d'entrée retentit.
Il s'écarta vivement d'elle en chancelant à demi, et faillit tomber en s'empêtrant dans son pantalon qu'il remonta en hâte.
— Tu m'avais juré que tu n'attendais personne.
— C'est vrai.
— Alors qui est-ce ?
Elle se laissa rouler sur le dos, l'air repu.
— Qui est-ce ? redemanda-t-il.
— Je n'en sais rien.
— Bon Dieu, habille toi, vite.
Elle se releva, sans se presser.
— Dépêche toi, bon Dieu !
Elle récupéra docilement ses vêtements. Il alla à l'une des fenêtres et entrebâillla les rideaux juste assez pour apercevoir la véranda. Une femme était debout devant la porte, ne se doutant pas qu'on l'observait. Chaussée de sandales, et vêtue d'un short blanc et d'un sweater orangé à décolleté en V, elle était encore plus belle que Brenda Macklin.
— Je suis prête, fit Brenda.
La sonnette retentit à nouveau.
— C'est une femme, annonça Salisbury en lâchant les rideaux. Il vaut mieux que tu répondes, mais débarasse-t'en. Débrouille-toi, mais ne la laisse pas entrer.
— Qu'est-ce que je vais lui dire ?
— Si c'est quelqu'un que tu ne connais pas, tu n'as rien à lui dire.
— Et sinon ?

— Dis que tu as la migraine, une migraine épouvantable. Allez, dépêche-toi.

Elle sortit, et quand il l'entendit ouvrir la porte d'entrée il tira de nouveau légèrement le rideau. La femme au sweater orangé parlait en esquissant un sourire, mais après la réponse de Brenda son visage se fit soucieux. Amorties par les murs et les fenêtres les voix n'étaient guère que des murmures et Salsbury ne pouvait suivre la conversation qui lui parut durer une éternité.

J'aurais peut-être dû la laisser entrer, songeait-il, utiliser la phrase-code sur elle aussi et les baiser toutes les deux. Oui, et suppose que tu t'aperçoives trop tard qu'elle n'est pas entièrement programmée. Peu probable. Ou encore, si elle arrivait d'une autre ville, une parente habitant à Bexford par exemple. Que se passerait-il alors ? Il faudrait la supprimer. Et comment ferais-tu disparaître le corps ?

— Allez Brenda, petite garce, débarrasse-toi d'elle, fit-il entre ses dents.

Au moment où l'inconnue faisait enfin demi tour Salsbury entrevit en un éclair des yeux verts, des lèvres épanouies, un profil superbe, et le profond décolleté très avantageux du sweater. Comme elle descendait les marches, il vit que ses jambes n'étaient pas seulement sexy mais également élégantes, même sans bas, longues, nerveuses, lisses, avec des muscles très féminins qui se contractaient, se tendaient et s'allongeaient en ondulant avec souplesse à chaque pas. Un animal, un bel animal en pleine santé. Son animal à lui, comme toutes les autres désormais, à lui. Au bout de l'allée, elle tourna à gauche, dans le soleil brûlant de l'après-midi, image déformée par les ondes de chaleur qui montaient du trottoir, et disparut bientôt.

Brenda revint dans le salon et voulut s'asseoir.

— Non, reste debout au milieu de la pièce.

Elle obéit, les bras le long du corps.

— Qu'est-ce que tu lui as raconté ? demanda-t-il en s'asseyant sur le sofa.

— Que j'avais la migraine.
— Elle t'a crue ?
— Je pense.
— Tu la connais ?
— Oui.
— Qui est-ce ?
— Ma belle-sœur.
— Elle habite à Black River ?
— Depuis toujours, ou presque.
— Très belle femme !
— Elle a fait le concours de Miss USA.
— Ah bon, quand ça ?
— Il y a douze ou treize ans.
— Elle paraît avoir vingt-deux ans, pas plus.
— Elle en a trente-cinq.
— Elle a gagné ?
— Elle a été troisième.
— Très déçue, je suppose.
— Pas elle, mais tout Black River l'a été.
— Pas elle ? C'est curieux.
— Non, elle est comme ça. Rien ne l'ennuie.
— Vraiment ?
— Oui, elle est toujours contente de tout.
— Comment s'appelle-t-elle ?
— Emma.
— Nom de famille ?
— Thorp.
— Thorp ? Mariée ?
— Oui.
— Au flic, c'est ça ?
— C'est le chef de la police locale.
— Bob Thorp ?
— C'est ça.
— Qu'est-ce qu'elle fout avec ce type ?

Brenda parut décontenancée et cligna des yeux. Joli petit animal dont il sentait encore l'odeur sui generis.

— Que veux-tu dire ? demanda-t-elle.
— Je répète, qu'est-ce qu'elle fout avec ce type ?

— Ben... ils sont mariés.

— Une femme pareille avec ce flic ! ce pauvre imbécile de flic !

— Ce n'est pas un imbécile, protesta-t-elle.

— Il en a pourtant l'air. Puis après un temps de réflexion: alors, ton nom de jeune fille est Brenda Thorp ?

— Oui.

— Bob Thorp est ton frère ?

— Mon frère aîné.

— Pauvre vieux Bob, fit-il en s'enfonçant confortablement dans les coussins du sofa, les bras croisés, l'air ravi. Alors, d'abord je me fais sa petite sœur, et plus tard je me ferai sa femme...

Elle eut un sourire hésitant, un peu nerveux.

— J'ai intérêt à faire gaffe, hein ?

— Gaffe ? A quoi ?

— Bob est peut-être un imbécile, mais c'est un sacré costaud...

— Ce n'est pas un imbécile, répéta-t-elle obstinée.

— Au collège je sortais avec une fille, Sophia.

Elle ne dit rien, déroutée une fois de plus.

— Sophia Brookman. J'avais terriblement envie d'elle.

— Tu l'aimais ?

— Ha ! L'amour est une tromperie, une illusion d'utopiste. L'amour c'est de la merde. Je voulais me la faire, c'est tout. Mais après quelques sorties ensemble elle m'a lâché pour se mettre avec un autre, Joey Duncan. Et tu sais ce qu'il a fait après le collège, ce Joey Duncan ?

— Comment le saurais-je ?

— Il a fait une école spécialisée et il a étudié la criminologie pendant un an.

— Moi je suis allée à l'université et j'ai choisi l'Histoire.

— Et Joey Duncan s'est fait étendre à ses examens !

— Moi, non.

— Alors il est entré dans la police locale de son bled.

— Comme mon frère.

— Moi, je suis allé à Harvard

— C'est vrai ?

— Oui. Et puis j'étais toujours mieux habillé que Joey Duncan, et en plus, c'était un emmerdeur. Moi j'étais bien plus drôle que lui. Il ne lisait que les blagues du *Reader's Digest*. Moi je lisais le *New Yorker* chaque semaine.

— Je n'aime ni l'un ni l'autre.

— Eh bien malgré tout ça, Sophia le préférait. Mais tu sais...

— Quoi ?

— C'est dans le *New Yorker* que j'ai lu pour la première fois quelque chose sur la perception subliminale. C'était dans les années cinquante. Un article, un éditorial je crois, je ne me souviens plus exactement. Mais ça m'a intrigué et c'est comme ça que tout à commencé. Grâce au *New Yorker*.

Brenda poussa un soupir de lassitude et changea de position.

— Tu en as assez de rester debout ?

— Un peu, oui.

— Tu t'ennuies ?

— Un peu.

— Salope.

Elle baissa la yeux.

— Déshabille-toi !

Le merveilleux pouvoir ! qui l'emplissait tout entier, le submergeait, mais qui avait changé de nature. Au début il l'avait perçu comme un courant constant et exaltant, une sorte de vibration discrète au plus profond de lui, peut-être imaginée mais néanmoins galvanisante, un torrent de puissance sur les eaux duquel il naviguait avec maîtrise. Mais à présent, au lieu du flux régulier, il éprouvait une série continue de pulsions brèves mais violentes. Le pouvoir crépitait comme une mitraillette: tat-ta-ta-tat... et ce rythme biologique avait une action inéluctable sur son psychisme: son esprit tournoyait, ses pensées dansaient en une ronde d'images folles sans aller au bout d'aucune: Joey Duncan, Harvard, le programme

Clé/Serrure, Myriam, sa mère, Sophia aux yeux sombres, des seins, des sexes, Emma Thorp, toutes des salopes, Dawson, Brenda, des sexes, le pouvoir, des talons de bottes, les jambes d'Emma...

— Bon, et alors ? fit-elle.

Elle était nue de nouveau.

— Viens ici !

Beau petit animal...

— Baisse-toi.

— Sur le parquet ?

— Sur tes genoux.

Elle s'agenouilla.

— Beau petit animal, dit-il à haute voix cette fois.

— Je te plais ?

— Tu feras l'affaire, pour le moment...

— Jusqu'à quand ?

— Jusqu'à ce que je saute ta belle-sœur.

— Emma ?

— Et lui, je l'obligerai à regarder...

— Qui ça ?

— Cet imbécile de flic.

— Ce n'est pas un imbécile.

— Tu as un joli petit cul, Brenda. Et tu es toute excitée.

— Je suis en chaleur, comme tout à l'heure.

— Bien sûr. Et de plus en plus.

— Je tremble.

— Tu as encore plus envie qu'avant.

— Enfile-moi.

— Tu n'en peux plus, hein ?

— Ça me gêne... un peu.

— Mais non, tu mens.

— J'ai envie.

— C'est bon, hein, d'avoir envie ?

— Oui.

— Tu ne ressembles pas du tout à Myriam.

— Qui est Myriam ?

— Je voudrais que cet enfoiré me voit en ce moment.

— Qui ? Myriam ?

— Non, lui. Il serait très choqué. Il récitait sa Bible.

— Qui ça ?

— Dawson. Il ne doit même pas pouvoir baiser.

— J'ai peur, fit-elle inopinément.

— Peur de quoi ?

— Je n'en sais rien.

— Arrête tes bêtises. Tu n'as pas peur.

— Si tu le dis...

— Tu as peur, vraiment ?

— Non, dit-elle en souriant. Tu vas me prendre ?

— Tu parles. Je vais te défoncer, jusqu'au bout. Tu en veux, hein ?

— Oui. Je n'en peux plus. Vas-y, tout de suite.

— Klinger et ses foutues danseuses !

— Klinger ?

— Un pédé, sûrement !

— Tu vas m'enfiler, dis ?

— Te défoncer je te dis. Je suis gros comme un étalon.

— Vas-y, vas-y. Je n'en peux plus.

— Myraim était une gouine, peut-être bien au fond.

Tat-ta-ta-ta-tat...

Le lundi après-midi vers 5 heures, Buddy Pellineri qui venait de se lever mais disposait encore de sept heures avant de se rendre à son travail alla au bazar d'Edison pour chercher les magazines nouvellement arrivés. Il aimait ceux qui renfermaient de nombreuses photos: *People, Travel, Nevada, Arizona, Highways, Vermont Life,* et quelques revues de photographie. Il trouva deux numéros qu'il n'avait pas et les apporta à la caisse pour les payer. Jenny la tenait ce jour-là, vêtue d'un chemisier blanc imprimé de fleurs jaunes, ses longs cheveux sombres, épais et soyeux, semblaient avoir été fraîchement lavés.

— Vous êtes si jolie, Miss Jenny.

— C'est gentil de me le dire, Buddy.

Il rougit aussitôt et regretta d'avoir osé parler.

— Tout va bien pour toi, Buddy ?

— Je n'ai pas à me plaindre, ces temps.

— J'en suis ravie.

— Je vous dois combien ?

— Tu as deux dollars ?

— Oui, voilà, fit-il en tirant de sa poche des billets froissés.

— Voici ta monnaie.

— Je croyais que c'était plus cher.

— Mais chez nous tu les as au rabais.

— Non, je ne veux pas de traitement de faveur.

— Tu es un ami de la famille, et tous nos amis ont un rabais, assura-t-elle gentiment. Sam serait fâché si tu n'acceptes pas. Allez, prends ta monnaie.

— Ben... merci.

— A ton service.

— Sam est là ?

— Il est en haut. Il dîne.

— Je voudrais lui raconter...

— Quoi ?

— Ce que j'ai vu...

— Tu ne veux pas me le dire, à moi ?

— Ben... j'aimerais mieux à lui.

— Alors monte, si tu veux.

Mais l'invitation le paralysa. Il se sentait mal à l'aise.

— Vous avez sans doute des chats là-haut ?

— Des chats ? Non... aucun.

Jenny n'était pas du genre à lui mentir, mais il savait par expérience que les chats surgissaient souvent dans les lieux les plus inattendus. Deux semaines après la mort de sa mère il avait été invité au presbytère par le Révérend Potter et sa femme. On l'avait fait entrer directement au salon où Mrs Potter lui avait offert des pâtisseries de sa fabrication. Il s'était assis sur le bord du divan, genoux serrés, les mains sur les cuisses, et Mrs Potter avait apporté du chocolat chaud que le révérend avait servi à tout le monde. Ils étaient tous deux assis en face de lui dans des fauteuils à oreillettes, et pendant un moment l'atmosphère avait été plaisante et sereine. Il mangeait du pain d'épice et des petits fours avec des grains de sucre bleu et vert sur le dessus, et il buvait son chocolat en souriant beaucoup et en parlant peu. Et soudain un énorme chat blanc à longs poils avait sauté sur son épaule, et de là sur ses genoux puis sur le sol, ses griffes traversant ses vêtements. Il ignorait qu'ils avaient un chat. Ce n'était pas bien de ne pas l'avoir prévenu. Il avait dû se faufiler sur l'appui de la fenêtre derrière le divan. Depuis combien de temps était-il tapi là ? Depuis le début de goûter ? Paralysé par la peur, incapable de parler, réprimant même un hurlement, Buddy avait renversé sa tasse sur le tapis, et s'était senti inondé car il avait uriné dans son pantalon et sur le divan du Révérend. Une tache énorme. Un drame affreux. Une horrible journée. Il n'était jamais retourné chez les Potter, et n'avait plus jamais remis les pieds à l'église, dût cette désertion le mener droit en enfer.

— Buddy ?

— Pardon ? fit-il en sursautant.

— Veux-tu monter et parler à Sam ?

— Non, non, je lui reconterai une autre fois, fit-il en ramassant ses revues et en se dirigeant vers la porte. Une autre fois, pas maintenant.

— Buddy ?

Il se retourna.

— Quelque chose te tracasse ?

— Non, assura-t-il en se forçant à rire. Non, rien. Tout le monde est très gentil avec moi. Adieu.

De retour dans son deux-pièces sur l'autre trottoir de Main Street il ouvrit une bouteille de Coca et s'assit à la table de la cuisine pour feuilleter ses magazines, à la recherche d'éventuels articles sur les chats ou de photos, ou de réclames de pâtées pour ces animaux domestiques. Il trouva deux pages offensantes dans chacun d'eux et s'empressa de les arracher sans même regarder ce qui se trouvait au verso, puis les déchiqueta l'une après l'autre avec soin en des milliers de petits morceaux et jeta ce tas de confetti dans la corbeille. Alors seulement il commença à profiter de ses magazines et à regarder les belles photos.

Vers le milieu de la première revue il tomba sur un article concernant une équipe de plongeurs qui, lui sembla-t-il, tentaient de retrouver l'épave d'un vaisseau contenant un trésor. Il ne comprenait guère plus de deux mots sur cinq, mais étudiait les photos avec grand intérêt et se rappela soudain ce qu'il avait vu dans les bois cette nuit-là, près de la scierie, quand il urinait contre un arbre. A 5 heures moins le quart du matin, le jour dont il avait soigneusement noté la date sur son calendrier. Des plongeurs ! Et qui revenaient du réservoir local avec des lampes torches et des pistolets. C'était tellement bizarre qu'il ne pouvait oublier. Tellement étrange... tellement effrayant... Ils n'auraient pas dû se trouver là. Et ceux-là ne cherchaient sûrement pas un trésor, pas en pleine nuit et dans un réservoir. Mais alors qu'étaient-ils venu faire ?

Il y avait longuement réfléchi, sans toutefois trouver de réponse. Il eût aimé demander une explication à quelqu'un , mais savait d'avance qu'on se moquerait de lui. La semaine passée pourtant il s'était souvenu de quelqu'un à Black River qui l'écouterait, le croirait et ne rirait pas, même si son récit paraissait invraisemblable: Sam Edison. Sam avait toujours pris le temps de lui parler, même avant la mort de sa mère, et il ne se moquait jamais de lui, ne lui parlait pas d'un ton condescedant, et ne le vexait jamais. Pour Buddy, en outre, Sam était de loin la personne la plus intelligente de toute la ville. Il savait pratiquement tout. Du moins Buddy le pensait. S'il existait une personne capable de lui expliquer ce qu'il avait vu c'était bien Sam.

D'un autre côté il ne voulait pas passer pour un imbécile à ses yeux. Il était bien décidé à faire de son mieux pour trouver lui-même la réponse d'abord, et c'est pourquoi il avait repoussé sa visite depuis mercredi dernier, jour où il avait eu l'idée d'aller le voir pour la première fois.

Quelques instants plus tôt dans le magasin il s'était

finalement décidé à laisser Sam réfléchir à sa place, mais il se trouvait alors au premier, dans des pièces que Buddy ne connaissait pas bien, avec peut-être la présence de chats... Maintenant il disposait d'un délai supplémentaire pour résoudre lui-même le mystère, et si Sam était dans son magasin lorsque Buddy y retournerait alors il lui raconterait l'histoire.

Mais pas avant quelques jours... Buddy resta un moment assis dans la lumière du soleil couchant que lacérait le rideau, à boire du Coca Cola et à réfléchir...

VIII

HUIT MOIS AUPARAVANT

Samedi 18 décembre 1976

— TIENS, ça fait très veillée de Noël toutes ces lumières, remarqua Klinger en entrant pour la première fois depuis des mois dans la salle de l'ordinateur qu'abritait l'aile réservée de la maison de Greenwich.

Et il avait raison? Mais pour Ogden Salsbury, ni les consoles avec tous leurs boutons, ni les voyants lumineux, ni les écrans fluorescents ne réussissaient à prendre un air de fête une semaine avant la Noël. Et comme il n'avait pas fait ce rapprochement qui avait pourtant frappé Klinger dès son entrée, Ogden en ressentit aussitôt un malaise. Depuis bientôt deux ans jour et nuit il s'obligeait à faire preuve de plus de vivacité, de ruse, de prévoyance et de présence d'esprit que ses deux acolytes, en sorte qu'ils n'aient l'occasion un jour ou l'autre de lui tirer une balle dans la tête et de l'enterrer dans un coin de la propriété aux côtés de Brian Kingman — persuadé que tel était le sort qu'ils lui réservaient déjà... et se réservaient en outre mutuellement. C'était cela, ou la condition d'esclave au moyen du plan Clé/Serrure. Ogden Salsbury se sentait donc fort déconfit que Klinger, ce gorille velu à la face camuse, fît une remarque esthétique avant lui. La seule parade possible consistait à rabattre la morgue du général sur-le-champ.

— Vous ne devez pas fumer dans cette pièce. Eteignez ça tout de suite, ordonna-t-il.

— Oh... vous croyez vraiement que... commença le général en faisant glisser son cigare jusqu'au coin de ses lèvres épaisses.

— Ces instruments sont très délicats, laissa tomber sèchement Ogden avec un geste circulaire.

Klinger obéit, en s'excusant.

— Ce n'est pas grave, dit alors Salsbury avec condescendance. Vous ne devez pas fréquenter souvent ce genre de salle et vous ne connaissez pas le règlement. C'est bien normal, conclut-il en pensant: « un point pour moi ! »

— Où est Leonard ? demanda Klinger.

— Pas ici, et il ne viendra pas.

— C'est pourtant un test de première importance...

— Il veut en ignorer l'utilité.

— Ponce Pilate !

— Pardon ?

— Il est quelque part dans cette aile, et se lave les mains de ce qui se passe ici.

Salsbury refusait d'entreprendre un dialogue ayant pour propos d'analyser le comportement de Dawson. Bien sûr il avait pris les dispositions nécessaires pour éviter que Dawson ne truffât cette aile de micros, et il était pratiquement certain de ne plus risquer d'être espionné dans son antre de travail. Mais ce n'était évidemment pas une certitude absolue, et dans les circonstances présentes il préférait faire preuve d'une méfiance maladive.

— Bon, et que souhaitez-vous donc me montrer ? s'enquit Klinger.

— Quelques sortes d'imprimante sur le programme Clé/Serrure me semblent un bon début, qu'en pensez-vous général ?

— Je suis très curieux, avoua ce dernier.

S'emparant d'un accordéon de feuillets de chacun une quarantaine de centimètres de long, Salsbury commença son explication:

— Nos trois nouveaux employés...

— Les mercenaires ? coupa Klinger.

— Bien sûr. Donc nos trois sujets après avoir absorbé à leur insu la drogue préliminaire ont assisté à des projections de films officiellement destinés à leur détente du soir: « *L'Exorciste* », « *Les dents de la mer* » et « *Sombre dimanche* », un par soirée. Bien entendu il s'agissait de copies trafiquées en labo. C'est moi-même qui ai fait le travail, en imprimant d'abord sur la pellicule les différents messages subliminaux du programme prévu.

— Pourquoi ce choix de films en particulier ?

— Oh, j'aurais pu en prendre d'autres, n'importe lesquels en fait. Je les ai pris au hasard dans la filmothèque de Leonard. Chaque film n'est jamais que le contenant, non le contenu, l'alibi pour que le sujet reste quelques heures le regard fixé sur la pellicule à absorber inconsciemment le programme subliminal. Voici une trascription à la seconde des images du film rhéostatique défilant en même temps que le film normal. fit-il en tendant les feuillets à Klinger. A chaque fois que l'ordinateur indique: « MESSAGE », cela signifie que les subliminaires visuels ont été interrompus par un message en majuscules, un ordre direct transmis au subconscient des spectateurs.

SUJET CODE: CLE/SERRURE
PROGRAMME REVISE/ PHASE 1
DOCUMENTS MIS EN MEMOIRE
DATE DE MISE EN MEMOIRE 6/8/76
DATE PRESENTE COPIE 18/12/76

SECONDES	CONTENU SUBLIMINAL		
0001	NEANT		
0002	NEANT		
0003	IMAGE	—	POITRINE DE FEMME

0004	IMAGE	—	POITRINE DE FEMME
0005	IMAGE	—	POITRINE DE FEMME
0006	IMAGE	—	POITRINE DE FEMME
0007	IMAGE	—	POITRINE DE FEMME
0008	MESSAGE	—	REGARDEZ
0009	MESSAGE	—	REGARDEZ
0010	MESSAGE	—	REGARDEZ
0011	MESSAGE	—	REGARDEZ
0012	MESSAGE	—	REGARDEZ CE FILM
0013	MESSAGE	—	REGARDEZ CE FILM
0014	MESSAGE	—	REGARDEZ CE FILM
0015	IMAGE	—	PENIS AU REPOS
0015	IMAGE	—	PENIS AU REPOS
0016	IMAGE	—	PENIS AU REPOS
0017	IMAGE	—	PENIS AU REPOS
0018	IMAGE	—	MAIN DE FEMME TENANT PENIS
0019	IMAGE	—	FEMME CARESSANT PENIS
0020	IMAGE	—	FEMME CARESSANT PENIS
0021	IMAGE	—	FEMME CARESSANT PENIS
002'	IMAGE	—	FEMME CARESSANT PENIS
0023	MESSAGE	—	REGARDEZ CE FILM

— Les soixante premières secondes ne servent qu'à conditionner le sujet pour qu'il se concentre sur le reste du film, expliqua Salsbury. A partir de la seconde minute et tout au long de la projection il est alors minutieusement et graduellement préparé à recevoir la deuxième partie du programme qui l'amènera à une soumission complète en fonction du code Clé/Serrure.

— Minutieusement et graduellement, répéta le général, à cause de ce qui est arrivé à Brian Kingman je suppose ?

— Vous avez deviné.

0061	IMAGE	—	FEMME PALPANT TESTICULES
0062	IMAGE	—	FEMME PALPANT TESTICULES

0063	IMAGE	—	FEMME CARESSANT PENIS
0064	IMAGE	—	FEMME CARESSANT PENIS
0065	IMAGE	—	FEMME CARESSANT PENIS
0066	IMAGE	—	OBEISSANCE A CLE = SATISFACTION
0067	MESSAGE	—	OBEISSANCE A CLE = SATISFACTION
0068	MESSAGE	—	OBEISSANCE A CLE = SATISFACTION
0069	IMAGE	—	PENIS EN ERECTION
0070	IMAGE	—	PENIS EN ERECTION
0071	IMAGE	—	PENIS EN ERECTION
0072	MESSAGE	—	OBEISSANCE A CLE = SATISFACTION
0073	MESSAGE	—	OBEISSANCE A CLE = SATISFACTION
0074	IMAGE	—	FEMME SOURIANT DEVANT PENIS EN ERECTION
0075	IMAGE	—	FEMME SOURIANT DEVANT PENIS EN ERECTION
0076	IMAGE	—	FEMME SOURIANT DEVANT PENIS EN ERECTION
0077	MESSAGE	—	OBEISSANCE A CLE = SATISFACTION
0078	MESSAGE	—	OBEISSANCE A CLE = SATISFACTION
0079	IMAGE	—	PENETRATION EN LEVRETTE
0080	IMAGE	—	PENETRATION EN LEVRETTE
0081	IMAGE	—	PENETRATION EN LEVRETTE
0082	MESSAGE	—	OBEISSANCE A CLE = SATISFACTION
0083	MESSAGE	—	OBEISSANCE A CLE = SATISFACTION
0084	IMAGE	—	PENETRATION CLASSIQUE
0085	IMAGE	—	PENETRATION CLASSIQUE
0086	IMAGE	—	PENETRATION CLASSIQUE
0087	MESSAGE	—	OBEISSANCE A CLE = SATISFACTION

0088	MESSAGE	—	OBEISSANCE A CLE = SATISFACTION
0089	IMAGE	—	VISAGE FEMME EXPRIMANT EXTASE
0090	IMAGE	—	VISAGE FEMME EXPRIMANT EXTASE
0091	IMAGE	—	VISAGE FEMME EXPRIMANT EXTASE
0092	MESSAGE	—	OBEISSANCE A CLE = SATISFACTION
0093	MESSAGE	—	OBEISSANCE A CLE = SATISFACTION
0094	IMAGE	—	EJACULATION SUR POILS PUBIS FEMME
0095	MESSAGE	—	OBEISSANCE A CLE = SATISFACTION
0096	IMAGE	—	EJACULATION SUR POILS PUBIS FEMME
0097	MESSAGE	—	OBEISSANCE A CLE = SATISFACTION
0098	IMAGE	—	VISAGE FEMME EXPRIMANT EXTASE
0099	MESSAGE	—	OBEISSANCE A CLE = SATISFACTION
0100	IMAGE	—	EJACULATION SUR POILS PUBIS FEMME

— Le pénis ne parvient à l'érection qu'au moment où les subliminaires transmettent la relation: obéissance à la Clé égale satisfaction, fit remarquer Klinger.

— Exact. Notez également que l'on montre l'orgasme de l'homme et celui de la femme, afin que le programme soit efficace pour les membres des deux sexes.

— Ce sont des extraits de films pornos ?

— C'est un spécialiste de New York qui les à réalisés à ma demande, répondit Salsbury en remontant ses lunettes sur son nez et en épongeant la sueur sur son front. Je lui ai ordonné de choisir uniquement de très beaux spécimens des deux sexes. Il a filmé avec un éclairage d'intensité normale, et moi j'ai utilisé un procédé spécial permettant d'impressionner la pellicule au-dessous du seuil de visibilité de l'œil humain. C'est alors que j'introduis les messages dans le film porno.

Il déroula un bon morceau de la sortie d'imprimante et reprit:

— Cette première séquence dure encore quarante secondes. Suit une pause de deux secondes, puis s'intercale un autre message de même formulation:

0143	IMAGE	—	FEMME CARESSANT CLITORIS
0144	IMAGE	—	FEMME CARESSANT CLITORIS
0145	IMAGE	—	HOMME CARESSANT PENIS AU REPOS
0146	IMAGE	—	HOMME CARESSANT PENIS AU REPOS
0147	IMAGE	—	HOMME CARESSANT PENIS AU REPOS
0148	MESSAGE	—	SOUMISSION A CLE = IMPUISSANCE ABOLIE
0149	MESSAGE	—	SOUMISSION A CLE = IMPUISSANCE ABOLIE
0150	MESSAGE	—	SOUMISSION A CLE = IMPUISSANCE ABOLIE
0151	IMAGE	—	FEMME SOURIANT DEVANT PENIS EN ERECTION
0152	IMAGE	—	FEMME SOURIANT DEVANT PENIS EN ERECTION
0153	IMAGE	—	FEMME SOURIANT DEVANT PENIS EN ERECTION
0154	MESSAGE	—	SOUMISSION A CLE = IMPUISSANCE ABOLIE
0155	MESSAGE	—	SOUMISSION A CLE

			= IMPUISSANCE ABOLIE
0156	IMAGE	—	COIT FEMME SUR HOMME
0157	IMAGE	—	COIT FEMME SUR HOMME
0158	IMAGE	—	COIT FEMME SUR HOMME
0159	MESSAGE	—	SOUMISSION A CLE
			= IMPUISSANCE ABOLIE
0160	MESSAGE	—	SOUMISSION A CLE
			= IMPUISSANCE ABOLIE
0161	IMAGE	—	PENETRATION EN LEVRETTE
0162	IMAGE	—	PENETRATION EN LEVRETTE
0163	IMAGE	—	PENETRATION EN LEVRETTE
0164	MESSAGE	—	SOUMISSION A CLE
			= IMPUISSANCE ABOLIE
0165	MESSAGE	—	SOUMISSION A CLE
			= IMPUISSANCE ABOLIE
0166	IMAGE	—	VISAGE FEMME EXPRIMANT
			EXTASE
0167	IMAGE	—	VISAGE FEMME EXPRIMANT
			EXTASE
0168	IMAGE	—	VISAGE FEMME EXPRIMANT
			EXTASE
0169	MESSAGE	—	SOUMISSION A CLE
			= IMPUISSANCE ABOLIE
0170	MESSAGE	—	SOUMISSION A CLE
			= IMPUISSANCE ABOLIE
0171	IMAGE	—	EJACULATION SUR FESSES FEMME
0172	MESSAGE	—	SOUMISSION A CLE
			= IMPUISSANCE ABOLIE
0173	IMAGE	—	EJACULATION SUR FESSES FEMME
0174	MESSAGE	—	SOUMISSION A CLE
			= IMPUISSANCE ABOLIE
0175	IMAGE	—	VISAGE FEMME EXPRIMANT
			EXTASE

— Je vois l'idée directrice, déclara Klinger. Et ces messages sont au nombre de combien ?

Ils se trouvaient devant l'une des consoles et Salsbury se

pencha pour taper la question. L'un des écrans muraux s'illumina et afficha la réponse:

CLE/SERRURE PHASE 1 MESSAGES MAJUSCULES DANS ORDRE APPARITION

01	OBEISSANCE A CLE = SATISFACTION
02	SOUMISSION A CLE = IMPUISSANCE ABOLIE
03	SOUMISSION A CLE = PEUR ABOLIE
04	SOUMISSION A CLE = CULPABILITE ABOLIE
05	SOUMISSION A CLE = ANGOISSE ABOLIE
06	SOUMISSION A CLE = MORALITE ABOLIE
07	SOUMISSION A CLE = RESPONSABILITE ABOLIE
08	SOUMISSION A CLE = DEPRESSION ABOLIE
09	SOUMISSION A CLE = TENSIONS ABOLIES
10	SOUMISSION A CLE = SATISFACTION
11	SOUMISSION A CLE = BONHEUR
12	SOUMISSION A CLE = VOTRE PLUS CHER DESIR

Salsbury releva une touche et l'écran s'éteignit.

— Cette série se répète trois fois au cours de la projection.

— Même chose le deuxième soir ? s'informa Klinger.

— Non, répondit Ogden en prenant sur le siège devant la console un autre accordéon de feuillets puis remettant à sa place la transcription de la Phase 1.

— La première minute est consacrée à capter entièrement l'attention du sujet, comme dans le premier film, expliqua-t-il. La différence entre la Phase 1 et la Phase 2 devient évidente dès la seconde minute.

0061	IMAGE	—	FEMME PLEURANT
0062	IMAGE	—	FEMME PLEURANT
0063	IMAGE	—	FEMME PLEURANT

0064	IMAGE	—	HOMME PLEURANT
0065	IMAGE	—	HOMME PLEURANT
0066	MESSAGE	—	REFUS OBEISSANCE CLE = SOUFFRANCE
0067	MESSAGE	—	REFUS OBEISSANCE CLE = SOUFFRANCE
0068	IMAGE	—	FEMME ENSANGLANTEE HURLANT
0069	IMAGE	—	FEMME ENSANGLANTEE HURLANT
0070	MESSAGE	—	REFUS OBEISSANCE CLE = SOUFFRANCE
0071	MESSAGE	—	REFUS OBEISSANCE CLE = SOUFFRANCE
0072	IMAGE	—	HOMME ENSANGLANTE HURLANT
0073	IMAGE	—	HOMME ENSANGLANTE HURLANT
0074	MESSAGE	—	REFUS OBEISSANCE CLE = SOUFFRANCE
0075	MESSAGE	—	REFUS OBEISSANCE CLE = SOUFFRANCE
0076	IMAGE	—	FEMME ENSANGLANTEE HURLANT
0077	IMAGE	—	HOMME ENSANGLANTE HURLANT
0078	MESSAGE	—	REFUS OBEISSANCE CLE = SOUFFRANCE
0079	MESSAGE	—	SOUFFRANCE SOUFFRANCE SOUFFRANCE
0080	NEANT		
0081	NEANT		
0082	IMAGE	—	FEMME SOURIANT DEVANT PENIS EN ERECTION

Cette seconde phase joue sur le renforcement positif et sur le renforcement négatif. Les vingt-cinq secondes suivantes sont consacrées à des séquences sexuelles de consolidation très comparables à celles de la première phase. Voyons donc un peu plus loin maintenant.

0110	IMAGE	— GUEULE DE LOUP MONTRANT CROCS
0111	IMAGE	— GUEULE DE LOUP MONTRANT CROCS
0112	IMAGE	— SCORPION PIQUANT SOURIS
0113	IMAGE	— SCORPION PIQUANT SOURIS
0114	IMAGE	— CERCUEIL
0115	IMAGE	— CERCUEIL
0116	IMAGE	— CERCUEIL
0117	MESSAGE	— REFUS OBEISSANCE CLE = MORT
0118	MESSAGE	— REFUS OBEISSANCE CLE = MORT
0119	IMAGE	— CRANE HUMAIN
0120	IMAGE	— CRANE HUMAIN
0121	IMAGE	— CADAVRE EN DECOMPOSITION
0122	MESSAGE	— REFUS OBEISSANCE CLE = MORT
0123	IMAGE	— CADAVRE EN DECOMPOSITION
0124	MESSAGE	— REFUS OBEISSANCE CLE = MORT

D'après cette série vous semblez supposer que le concept de mort est un élément de persuasion aussi efficace que celui du coït dans l'imprégnation subliminale

— Pratiquement, oui. Les deux peuvent être utilisés pour poser le même type d'équation motivationnelle. Dans son ouvrage datant de quelques années déjà sur la nature des manipulation subceptives, Wilson Bryan Key signale la première utilisation d'images morbides dans un réclame pour le whisky Calvert parue en 1971 dans un certain nombre de magazines. Depuis, des centaines de symboles de mort sont devenus l'un des plus courants véhicules de propagande des agences de publicité.

— Et la Phase 3 ? s'enquit alors le général en reposant le second accordéon de feuillets. Que contenait le film que vous leur avez projeté le troisième soir ?

— Au début, celui-ci ne fait que consolider les messages et les effets des deux premiers, expliqua Salsbury en prenant le troisième accordéon. Seulement par endroits on en arrive à une subdivision au dixième de seconde car le sujet se trouve alors en condition pour recevoir des messages plus rapprochés. Comme les précédents films toutefois, celui-ci ne commence réellement qu'à la deuxième minute.

0060 00	IMAGE	—	VISAGE FEMME EXPRIMANT EXTASE
0061 00	MESSAGE	—	OBEISSANCE A CLE = SATISFACTION
0061 05	IMAGE	—	PENIS EN EJACULATION
0062 00	IMAGE	—	VISAGE FEMME EXPRIMANT EXTASE
0063 00	IMAGE	—	FEMME PLEURANT
0063 03	IMAGE	—	HOMME PLEURANT
0063 06	IMAGE	—	GUEULE DE LOUP MONTRANT CROCS
0063 09	IMAGE	—	SCORPION PIQUANT SOURIS
0064 02	IMAGE	—	CERCUEIL
0064 05	MESSAGE	—	REFUS OBEISSANCE CLE = MORT
0065 00	IMAGE	—	FEMME LECHANT PENIS
0065 05	IMAGE	—	PENIS ENTRE SEINS FEMME
0065 08	IMAGE	—	PENIS PENETRANT VAGIN
0066 00	MESSAGE	—	SOUMISSION A CLE = IMPUISSANCE ABOLIE
0066 05	IMAGE	—	BRAS HUMAIN SECTIONNE ET SANGLANT
0066 08	IMAGE	—	CADAVRE EN DECOMPOSITION

Un peu plus loin le rythme des images s'accélérait et leur impact émotionnel se trouvait considérablement accru:

0800 00	IMAGE	—	TETE HUMAINE CRIBLEE BALLES
0800 02	IMAGE	—	BEBE VIETNAMIEN MORT
0800 04	IMAGE	—	MORCEAU VIANDE REMPLI VERS
0800 06	IMAGE	—	RAT MONTRANT CROCS
0800 07	IMAGE	—	LOUP MONTRANT CROCS
0800 08	IMAGE	—	CERCUEIL
0800 09	IMAGE	—	MORCEAU VIANDE REMPLI VERS
0801 00	MESSAGE	—	REFUS OBEISSANCE CLE = MORT
0801 02	IMAGE	—	PENIS EN ERECTION
0801 04	IMAGE	—	VISAGE FEMME EXPRIMANT EXTASE
0801 06	IMAGE	—	LANGUE LECHANT CLITORIS
0801 08	IMAGE	—	FEMME LECHANT PENIS
0801 09	IMAGE	—	PENIS PENETRANT VAGIN
0802 00	IMAGE	—	EJACULATION SUR POILS PUBIS FEMME
0802 01	MESSAGE	—	SOUMISSION A CLE = VOTRE PLUS CHER DESIR

Un peu plus loin, le rythme s'accélérait encore:

2400 00	IMAGE	—	GROS PLAN VISAGE BEBE MORT
2400 01	IMAGE	—	VERS DANS CROTTIN CHEVAL
2400 02	MESSAGE	—	REFUS OBEISSANCE CLE = MORT
2400 03	IMAGE	—	HOMME CARESSANT CLITORIS
2400 04	IMAGE	—	FEMME LECHANT PENIS
2400 05	MESSAGE	—	SOUMISSION A CLE = BONHEUR
2400 06	IMAGE	—	ENTRAILLES FUMANTES DE VACHE
2400 07	MESSAGE	—	REFUS = SOUFFRANCE
2400 08	MESSAGE	—	REFUS = MORT

2400 09	IMAGE	—	EJACULATION DANS BOUCHE FEMME
2401 00	IMAGE	—	VISAGE FEMME EXPRIMANT EXTASE
2401 01	MESSAGE	—	SOUMISSION = BONHEUR
2401 02	MESSAGE	—	SOUMISSION = BEATITUDE

Plus loin encore le temps imparti aux images motivantes devenait inférieur à celui imparti aux messages subliminaux.

3600 00	IMAGE	—	MORCEAU VIANDE REMPLI VERS
3600 01	MESSAGE	—	REFUS = MORT
3600 02	IMAGE	—	CHAT MORT
3600 03	MESSAGE	—	OBEISSEZ A CLE
3600 04	MESSAGE	—	OBEISSEZ OBEISSEZ OBEISSEZ
3600 05	IMAGE	—	FEMME LECHANT PENIS
3600 06	MESSAGE	—	SOUMISSION = VIE
3600 07	MESSAGE	—	OBEISSEZ A CLE
3600 08	IMAGE	—	EJACULATION SUR CUISSE FEMME
3600 09	MESSAGE	—	OBEISSEZ A CLE
3600 10	MESSAGE	—	VIE VIE VIE

— Cette cadence se poursuit jusqu'à la fin de la projection, précisa Salsbury, et durant les quinze dernières minutes de ce défilé d'images morbides et érotiques le concept de phrases formant le code Clé/Serrure est définitivement implanté dans le subconscient profond du sujet.

— Et c'est tout ?

— Oui, cela suffit grâce à l'agent chimique ouvrant au préalable la réceptivité du sujet aux message subliminaux.

— ...qu'il n'a vraiment pas conscience d'avoir reçus ?

— Absolument pas. Sinon d'ailleurs le programme n'aurait aucun effet. Le succès n'est obtenu que dans la mesure où tout se passe au niveau subconscient, et abolit ainsi la barrière constituée par la faculté de raisonnement de l'esprit.

Klinger écarta le siège de la console pour s'asseoir et assimiler à loisir ce qu'il venait de voir, l'air pensif, la main gauche posée sur sa cuisse, une main si noire et si velue qu'elle évoquait un gros rat, songea Salsbury.

— Et ces trois mercenaires, quand ont-ils absorbé la troisième phase du programme ? demanda-t-il enfin.

— Il y a un mois. Trente jours très exactement, et je les ai observés et testés toutes ces dernières semaines.

— Y en a-t-il un qui ait réagi comme Kingman ?

— Ils ont tous fait de mauvais rêves, sans doute en rapport avec la projectien rhéostatique, mais aucun n'en a le moindre souvenir. Ils ont eu également des sueurs froides la nuit, et de légères nausées, mais rien de grave.

— D'autres problèmes ?

— Aucun.

— Pas de faille dans le programme ? Un refus d'obéissance par exemple ?

— Aucun jusqu'à présent. Dans quelques instants, en les soumettant au test final, nous saurons si nous avons sur eux un contrôle absolu. Dans le cas contraire, je repartirai de zéro. Si tout marche bien, ce sera le champagne.

— Il faut donc vraiment savoir, soupira Klinger. Pas moyen d'éviter ce dernier test ?

— Pas moyen.

— Je n'aime pas ça.

— Vous étiez pourtant officier au Viêt Nam ?

— Quel rapport ?

— Vous avez déjà vu des hommes mourir...

— Mais toujours pour l'honneur et avec dignité, précisa Klinger l'air malheureux. Et il n'y a vraiment rien de glorieux dans ce que nous allons voir !

L'honneur ! La dignité humaine ! Salsbury se sentait cynique avec raison. Tu es aussi idiot que Leonard, mon pauvre vieux, songeait-il à l'intention du général. Le paradis ça n'existe pas, et l'honneur non plus. La seule chose qui compte vraiment c'est d'atteindre son but. Tu le sais d'ailleurs très bien, moi aussi et Leonard également, même quand il dit le bénédicité devant un petit déjeuner à la Maison-Blanche en présence de Billy Graham et du Président. Mais je suis le seul des trois à le reconnaître.

— Bon alors autant en finir rapidement, déclara soudain Klinger en se levant. Où sont les trois sujets ?

— Ils attendent à côté.

— Ils savent ce qu'on va leur faire faire ?

— Non, pas du tout.

Il alla à son bureau et parla dans l'interphone:

— Rossner, Kolbrook et Picard, venez, nous vous attendons.

Les trois hommes entrèrent et allèrent se placer au centre de la pièce sur l'ordre de Salsbury.

— Vous les avez déjà conditionnés avec la phrase-code ? s'enquit Klinger.

— Oui, avant votre arrivée

Bien qu'âgé d'une quarantaine d'années le premier des trois avait l'air d'une petite frappe. 1m 78 environ, mince mais musclé et nerveux, un teint mat, un visage étroit, des yeux rapprochés, des lèvres minces d'un rose éteint, un menton pointu, des cheveux grisonnants aux tempes et plaqués en arrière, il se tenait campé sur ses jambes légèrement écartées avec le poids de son corps en avant, toujours prêt à la détente et à effectuer des déplacements rapides.

— Rossner, Glenn Rossner, Américain, présenta Salsbury. Mercenaire depuis plus de quinze ans.

— Salut ! fit Rossner.

— Aucun de vous ne doit adresser la parole en premier, compris ? Salsbury reçut trois « oui » simultanées.

Le second, à peu près du même âge, n'avait avec le premier que ce point en commun: 1m 88; large et trapu, le teint clair, des cheveux blond-roux coupés presque ras, un visage carré aux fortes mâchoires, il avait une expression de sévérité presque irréductible qui semblait figée sur son visage de toute éternité. On l'imaginait très bien en père intraitable et grossier, créant pour sa progéniture des règles totalement arbitraires, ayant recours au châtiment corporel au moins deux fois par semaine, et transformant un fils du genre de Glenn Rossner en voyou de bas étage.

— Et voici Peter Holbrook. Il est anglais, et mercenaire depuis vingt ans, depuis ses vingt-deux ans.

Le dernier du trio ne paraissait guère plus de la trentaine et était le seul assez séduisant. 1m 83, mince et musclé, un visage rectangulaire aux mâchoires et au menton bien dessinés, un grand front surmonté d'épais cheveux châtains, et des yeux gris-vert ornés de longs cils à rendre jalouse n'importe quelle femme. Il ressemblait un peu à Rex Harrison jeune.

— Michel Picard, Français, parle couramment anglais. Mercenaire depuis quatre ans.

— Alors, lequel ? demanda Klinger.

— Picard, je pense?

— Allons-y.

— Glen, ordonna Salsbury en se tournant vers Rossner, va me chercher la bâche pliée qui se trouve sur mon bureau.

Rossner obéit.

— Peter, aide-le à l'étaler par terre.

Un instant plus tard la toile cirée de 3 m x 3 m était étendue au centre de la pièce.

— Michel, mets-toi au milieu de la bâche.

Le Français obéit.

— Michel, qui suis-je ?

— Vous êtes la Clé.

— Et toi, qui es-tu ?

— Je suis la Serrure.

— Et tu vas faire tout ce que je te dirai.

— Oui, bien sûr.

— Détends-toi, Michel. Tu te sens très détendu.

— Oui. Très détendu.

— Tu es très heureux aussi.

Picard se contenta de sourire.

— Et tu seras toujours aussi heureux quoi qu'il t'arrive dans les minutes à venir. C'est bien compris ?

— Oui.

— Tu n'essaieras pas d'empêcher Peter et Glenn d'exécuter mes ordres, quels qu'ils soient. Compris ?

— Oui.

Sortant de la poche de sa blouse blanche une grosse corde en nylon de 1 m de long, Salsbury ordonna:

— Prends ça, Peter, et passe-la autour du cou de Michel comme pour l'étrangler mais sans aller plus loin.

Holbrook se plaça derrière le Français et exécuta l'ordre à la lettre.

— Michel, tu es toujours détendu ?

— Oui, oui, très détendu.

— Tu vas garder les mains le long de ton corps jusqu'à ce que je te dise de les bouger.

— Entendu, fit Picard toujours souriant.

— Et tu souriras aussi longtemps que possible.

— Entendu.

— Et quand tu ne pourras vraiment plus sourire, tu penseras que tout cela est pour la bonne cause

Picard élargit son sourire.

— Glenn, toi tu vas rester un spectateur. Tu ne te mêleras pas au petit drame qui va se jouer sous tes yeux.

— Je ne m'y mêlerai pas, acquiesça Rossner.

— Et toi Peter, tu vas exécuter mes ordres.

Le grand gaillard hocha la tête pour donner son accord.

— Sans la moindre hésitation.

— Sans la moindre hésitation.

— Etrangle Michel.

Si le sourire figé du Français s'effaça, ce fut vraiment l'espace d'une fraction de seconde.

Holbrook tira d'un geste sec et précis sur le nœud coulant.

La bouche de Picard s'ouvrit brutalement, comme pour crier mais aucun son n'en sortit. Il suffoquait. Salsbury voyait les muscles des bras de Holbrook se tendre et se contracter, malgré les manches longues de sa chemise.

Picard essayait désespérément d'aspirer un peu d'air, mais ne réussissait qu'à émettre un râle sifflant. Ses yeux étaient exorbités, son visage violacé.

— Serre plus fort, ordonna Salsbury.

Holbrook obéit, sa bouche s'étirant en une grimace résolue sous l'effort.

Picard s'effondra contre Holbrook qui recula d'un pas.

Picard s'affaissa sur les genoux, ses bras toujours le long de son corps. Il ne faisait aucun effort pour se débattre.

— Seigneur, c'est impossible! murmura Klinger paralysé. Secoué d'horribles convulsions Picard perdit le contrôle de ses intestins et de sa vessie, tandis que Salsbury se félicitait d'avoir prévu la bâche.

Quelques secondes plus tard Holbrook s'écartait de Picard, sa tâche accomplie, la paume des mains rougie et entamée par la corde.

Salsbury tira un autre morceau de corde de sa poche et le tendit à Rossner.

— Tu sais ce que c'est, Glenn ?

— Oui, répliqua ce dernier qui avait assisté impassible à l'exécution du Français.

— Glenn, tu vas donner cette corde à Peter.

Rossner se tourne vers Holbrook.

— Es-tu détendu, Glenn ? demanda Salsbury.

— Non.

— Alors détends-toi. Ne t'inquiète pas. C'est un ordre.

Le visage de Rossner se détendit.

— Comment te sens-tu, Glenn ?

— Détendu maintenant.

— Parfait. Tu n'empêcheras pas Peter d'exécuter mes ordres, quels qu'ils soient.

— Je ne l'en empêcherai pas.

— Holbrook, place cette corde autour du cou de Glenn

comme tu l'as fait pour Michel, ordonna alors Salsbury.

Holbrook obéit dans les moindres détails, puis attendit.

— Glenn, tu te sens inquiet ? demanda Salsbury.

— Non. Je suis détendu.

— Parfait. Continue comme ça. A présent je vais ordonner à Peter de te tuer, et tu le laisseras faire. Compris ?

— Oui. Je comprends, répondit Rossner sans sourciller.

— Tu ne tiens pas à la vie ?

— Si, si je tiens à la vie.

— Alors pourquoi consens-tu à mourir ?

— Euh...je..., commença-t-il l'air dérouté.

— Tu veux mourir parce que le refus d'obéir à la Clé signifie de toute façon souffrance et mort. C'est bien cela, Glenn ?

— C'est cela.

Salsbury guettait attentivement le moindre signe de panique chez l'un ou l'autre de ses cobayes, mais en vain, pas même une trace de tension.

La puanteur qui se dégageait du corps souillé de Michel Picard devenait insoutenable.

Rossner savait sans aucun doute ce qui allait lui arriver. Il avait assisté à l'assassinat de Michel et savait qu'il allait subir le même sort. Pourtant il restait immobile et ne semblait pas effrayé le moins du monde. Finalement donc il optait pour cette forme de renoncement suicidaire, plutôt que de désobéir à la Clé. Un acte de désobéissance lui semblait inconcevable.

— Contrôle absolu, commenta le général, et pourtant ils ne se conduisent pas non plus comme des zombies.

— Tout simplement parce qu'ils n'en sont pas. Il n'y a rien de surnaturel là-dedans. Tout est fonction des techniques de pointe dans la modification du comportement, expliqua Salsbury soudain radieux. Peter, rends-moi cette corde et merci à tous les deux. Vous avez été parfaits, absolument parfaits. Et maintenant vous allez envelopper le corps de Michel dans la bâche et l'emporter à côté où vous attendrez mes ordres.

Comme deux simples ouvriers chargés de déplacer un tas de briques, Rossner et Holbrook discutèrent aussitôt de la meilleure manière d'envelopper et de transporter le cadavre. Après quoi ils passèrent à l'exécution.

— Félicitations, lança Klinger en s'épongeant le front car le général, habituellement toujours froid, impassible et peu impressionnable, transpirait soudain en abondance.

Alors général Klinger, ricanait intérieurement Salsbury, comment trouvez vous toutes ces ampoules et ces voyants à présent. Toujours un petit air de fête, hein ?

Une odeur acide de citronnelle flottait dans la salle de l'ordinateur, Salsbury ayant vaporisé un désinfectant pour éliminer les relents nauséabonds du cadavre. Après quoi il sortit une bouteille de whisky de son bureau et s'en versa une rasade tandis que Klinger en acceptait une double pour calmer ses nerfs.

— Et maintenant ? s'informa-t-il après avoir bu cul sec.

— On passe aux grandes manœuvres, en campagne.

— Vous l'avez déjà dit, mais est-ce bien utile de respecter ce stade encore intermédiaire et ne peut-on passer directement au projet en Moyen-Orient imaginé par Leonard à Tahoe il y a deux ans ? On sait que l'agent chimique marche, et les subliminaires également.

— Disons que tout a très bien marché avec Holbrook, Rossner et ce pauvre Picard, rectifia Salsbury en sirotant son whisky; mais cela ne signifie pas que tout le monde réagira comme eux. Il peut se présenter des cas d'exception, et je ne pourrai avoir une quasi-certitude du bon fonctionnement de notre programme qu'après expérience sur quelques centaines de sujets des deux sexes et de tous âges. De surcroît, nos trois mercenaires ont été conditionnés et testés en laboratoire. Avant de se lancer dans l'opération Moyen-Orient avec tous les énormes risques qu'elle comporte, (n'oubliez pas qu'il nous faut créer à ce propos des séries différentes de subliminaires dans une autre langue et destinés à une autre culture) je tiens absolument à m'assurer des résultats à une échelle plus réduite. Une sorte de répétition générale avant la grande première.

Klinger se versa une autre rasade, mais au moment où ses lèvres touchèrent le bord de son verre une lueur de peur passa dans son regard. Il feignit de réfléchir aux paroles de Salsbury, alors qu'il étudiait intensément le liquide ambré, la bouteille sur le bureau et le verre que tenait Ogden.

— Ne vous inquiétez pas, Ernst, conseilla ce dernier en riant. Je n'ai quand même pas glissé de drogue dans mon propre whisky. Et puis vous ne représentez pas un sujet éventuel. Nous sommes associés, mon cher...

Klinger acquiesça sans conviction pourtant, et reposa son verre sans avoir touché à son contenu.

— Et où comptez-vous effectuer vos grandes manœuvres ?

— A Black River dans le Maine, une petite ville près de la frontière canadienne.

— Pourquoi ce choix ?

Salsbury alla devant la console la plus proche et tapa un questionnaire sur le clavier de l'ordinateur.

— Il y a deux mois environ j'ai établi une liste des conditions requises pour décider du terrain d'essai idéal.

Tous les écrans affichèrent simultanément les mêmes renseignements:

DONNEES NECESSAIRES POUR TEST OPERATION CLE/SERRURE:

1.A EMPLACEMENT DEVRA ETRE PETITE VILLE. HABITANTS NOMBRE SUFFISANT POUR ASSURER PRECISION STATISTIQUE

1.B BLACK RIVER — POPULATION: 402
CAMP BUCHERONS — POPULATION: 188
AUTRES HABITANTS DANS RAYON 8 KILOMETRES: AUCUN

— Un camp de bûcherons ? s'étonna Klinger.

— C'est une ville qui s'est développée autour de la scierie de Big Union. Presque tout le monde à Black River travaille pour cette compagnie ou pour son personnel. A la lisière des bois exploités se dresse un camp permanent avec les baraquemements, un réfectoire, terrain de sport, salle de jeux, etc. pour les employés célibataires qui ne veulent pas prendre une chambre ou un appartement en ville.

2.A SITE DEVRA ETRE GEOGRAHIQUEMENT ISOLE SELON CRITERES SOCIAUX ACTUELS.

2.B VILLE LA PLUS PROCHE DE BLACK RIVER: 48 KM
DEUXIEME VILLE LA PLUS PROCHE: 100 KM
ACCES PAR TERRE A BLACK RIVER:
UNE ROUTE A DEUX VOIES
UNE VOIE DE CHEMIN DE FER — TRAFIC MARCHANDISES SEULEMENT
ACCES PAR VOIES EAU A BLACK RIVER:
RIVIERE NAVIGABLE PAS TRAFIC REGULIER
TERRAIN AVIATION: AUCUN

3.A EMPLACEMENT DEVRA SE TROUVER A PORTEE UNE OU PLUSIEURS STATIONS TELEVISION

3.B STATIONS REÇUES A BLACK RIVER:
1 AMERICAINE
1 CANADIENNE

— Détail supplémentaire non négligeable, ajouta Salsbury: la station américaine appartient à une filiale de Futurex. Ils passent des vieux films tard le soir et pendant tout le week-end. On pourra donc se procurer les programmes sans problème bien à l'avance et préparer ainsi les copies des films en leur ajoutant les subliminaires. Après quoi on le remettra à la place des originaux dans la filmothèque de la station.

— Un coup de chance !

— En tout cas ça nous fera gagner du temps. Autrement il aurait fallu que Futurex achète une des deux stations, et l'opération aurait pu prendre des années !

— Mais comment être certain que les gens de Black River regarderont les films trafiquées ?

— Tout d'abord nous les saturerons de subliminaires par tous les média disponibles, leur intimant l'ordre de regarder ces films. Par exemple, la Fondation Dawson pour l'Éthique Chrétienne diffusera des films publicitaires sur les deux stations quarante-huit heures avant le passage des films choisis, et chacune de ces annonces dissimulera des subliminaires très efficaces enjoignant aux habitants et aux ouvriers de la scierie de regarder absolument telle chaîne, tel jour, à telle heure. On utilisera également le courrier comme véhicule publicitaire pour plusieurs des firmes de Leonard. Tous les habitants trouveront dans leur boîte aux lettres des réclames ainsi que des cadeaux du genre échantillons de savonnette, de shampooing, et quelques rouleaux de pellicule photo gratuits, le tout dissimulant bien entendu des messages subliminaux, et enveloppé dans du papier imprégné des mêmes ordres relatifs à l'émission de télé. Même si quelqu'un jette le tout à la poubelle sans ouvrir il aura déjà été conditionné, car les enveloppes elles aussi renferment les messages. Même procédé appliqué aux revues et magazines les plus courants distribués à Black River pendant cette phase du programme. Grâce à la Big Union, même une petite ville comme Black River possède son cinéma et durant l'été, tous les jours sauf le dimanche, il y a matinée pour les enfants. Les copies présentées seront bien entendu les nôtres, trafiquées et poussant aussi les gosses à regarder les films à la télé. Toutes les stations de radio captées dans cette zone diffuseront des centaines d'annonces d'une trentaine de secondes, renfermant des messages subliminaux subaudibles. Et ce n'est là qu'un éventail incomplet des méthodes employées. Quand la petite communauté aura été ainsi inondée, tous ses habitants se trouveront devant leur téléviseur à l'heure dite et à la chaîne indiquée, croyez-moi, conclut Salsbury quelque peu essoufflé.

— Et ceux qui n'on pas de téléviseur ?

— Vous savez les distractions sont rares dans un bled pareil. La salle commune au camp des bûcherons a dix postes et il y en a au moins un dans chaque foyer en ville. Et ceux qui n'en auraient pas seront incités par la première série de subliminaires à aller regarder les films chez leur voisin ou chez un ami.

— Incroyable ! s'exclama Klinger en regardant Ogden pour la première fois avec un certain respect.

— Merci.

— Et l'agent chimique ? Comment comptez-vous le répandre ?

Salsbury maintenant très sûr de lui prit le temps de finir son whisky avant de répondre.

— Il n'y a que deux points de vente pour la nourriture et les boissons, les employés de la scierie se ravitaillant sur place à leur coopérative. En ville, les gens achètent tout au bazar-droguerie des Edison. Il n'y a pas de concurrence. Il fournit même le seul restaurant de la ville. Or c'est un grossiste d'Augusta qui approvisionne à la fois Edison et la coop de la scierie.

— Excellent, fit le général radieux.

— C'est une opération idéale pour Rossner et Holbrook. Ils n'auront qu'à s'introduire de nuit chez le grossiste et contaminer divers articles prêts à être expédiés à Black River.

Il fit une pause puis se tournant vers les écrans cathodiques qui affichaient à nouveau la liste des conditions du site idéal il signala:

— Et voici l'information N° 4. Klinger regarda l'écran qui se trouvait à sa gauche.

4.A EMPLACEMENT DEVRA POSSEDER RESERVOIRS ALIMENTANT AU MOINS 90% DE DE LA POPULATION TOTALE

4.B A BLACK RIVER RESERVOIR ALIMENTANT 100% POPULATION DE LA VILLE

100% RESIDENTS DE LA SCIERIE

— Habituellement dans ce genre de village forestier, chaque demeure possède sa citerne d'eau fraîche, expliqua Salsbury. Mais comme la scierie a eu besoin d'un vaste réservoir pour des exigences industrielles, la ville en profite également.

— Commen« en êtes-vous venu à jeter votre dévolu sur Black River et où avez-vous eu tous ces renseignements ?

— En 1960 Leonard a financé une campagne, Statistical Profiles Incorporated, chargée de toutes les études de marché pour ses autres firmes et même pour celles qui ne lui appartiennent pas, et avec accès par ligne directe aux banques de données du Bureau du Recensement... J'ai donc mis Statistical Profiles à contribution pour mon enquête sur le site idéal. Bien sûr ils ignorent toujours la raison qui nous poussait à chercher un site réunissant ces conditions.

— Combien de personnes travaillant pour cette société ont participé à cette enquête ? s'informa Klinger d'un ton préoccupé.

— Deux. Je sais ce qui vous inquiète, mais rassurez-vous. Ils auront disparu par mort accidentelle bien avant que nous commencions notre expérience.

— Vous allez envoyer Rossner et Holbrook contaminer le réservoir, j'imagine ?

— Oui. Et ensuite ils disparaîtront eux aussi.

— Vous comptez les liquider ? s'enquit Klinger soucieux.

— ... les exhorter au suicide, rectifia Salsbury.

— Pourquoi ne pas simplement leur ordonner de tout oublier, d'effacer tout souvenir de leur mémoire ?

— S'il y avait un pépin et que la justice s'en mêle, ils

sauveraient tous deux leur tête, c'est sûr. Mais pas nous. Aucun de nous ne peut effacer de son esprit le souvenir des ordres que nous leur aurons transmis. Supposez qu'au cours de notre campagne d'essai surgissent des problèmes imprévisibles à l'heure actuelle et assez graves pour tout faire avorter. Si Rossneer et Holbrook ont été aperçus près du réservoir, ou s'ils laissent au passage des indices compromettants, mieux vaut que les autorités ne puissent faire le lien entre eux et nous, non ?

— Et quels problèmes risquent donc de devenir aussi graves, selon vous ?

— Je l'ignore. Aucun sans doute, mais on ne peut prendre le moindre risque.

— Oui... vous avez raison, reconnut Klinger après un temps de réflexion.

— J'en suis certain.

— Et vous avez déjà fixé une date pour les grandes manœuvres ?

— En août, tout devrait être prêt.

IX

Vendredi 26 août 1977

TA—RA—TA—TA—TA

Depuis son expérience avec Brenda Macklin remontant au lundi, Salsbury n'avait pas cédé de nouveau à la tentation. Il aurait pourtant pu prendre le contrôle d'autres ravissantes femelles, les violer et effacer tout souvenir de leur mémoire. Il avait réussi à se retenir uniquement en se disant qu'il n'avait qu'à lever le petit doigt pour que ces garces accourent. Mais dès qu'il serait assuré du succès des premiers essais et de la sécurité qui en découlait, il se ferait une joie de les baiser toutes, ces salopes, ces vulgaires petits animaux, toutes, à la pelle. Et cette quasi-certitude que le futur allait être pour lui synonyme d'orgies perpétuelles lui permettait de réfréner momentanément ses désirs. Il se borna donc à poursuivre sa soi-disant enquête, de maison en maison, interrogeant, observant et testant, après usage de la phrase-code, s'acquittant de sa mission sans compter, sans s'accorder de répit, et fier de son immense volonté.

Mais ce jour-là, cette belle volonté s'effondra d'un coup. Durant les quatre dernières nuits, son sommeil avait été troublé par d'horribles cauchemars mettant en scène sa propre mère et Myriam, dans une étrange atmosphère de violence et de perversions sexuelles. En se réveillant ce matin-là, gesticulant et vociférant au milieu des draps en désordre, il eut l'image d'Emma Thorp dans son sweater orangé au décolleté plongeant, et elle lui sembla soudain représenter l'antidote parfait à ses délires nocturnes. Il devait se la faire, absolument, aujourd'hui même et tant pis si elle n'était pas d'accord.

Le flux de puissance qui battait régulièrement sous son crâne se transformait encore une fois en un courant alternatif électrifiant des millions de synapses, propulsant ses pensées dans toutes les directions au rythme crépitant d'une mitrailleuse: ta-ra-ta-ta-tat... A 7h 45, il quitta la pension de famille de Pauline Vicker et alla au café sur la grande place. Le ciel était nuageux, l'air humide. A 8h25 il avait terminé son petit déjeuner et quittait le café. A 8h40 il arrivait chez les Thorp, la dernière maison sur Union Road près de la rivière. Il sonna à deux reprises. Le chef de la police en personne vint lui ouvrir. Il n'était pas encore parti à son travail. Tant mieux.

— Je suis la Clé, dit Salsbury.

— Je suis la Serrure.

— Laisse-moi entrer.

Bob Thorp s'écarta pour le laisser passer, puis referma la porte.

— Ta femme est là ?

— Oui.

— Et ton fils ?

— Aussi.

— Personne d'autre ?

— Vous et moi.

— Comment s'appelle ton fils ?

— Jeremy.

— Où sont-ils ?

— Dans la cuisine.

— Je veux les voir, conduis-moi.

Thorp sembla hésiter.

— Conduis-moi !

Ils suivirent un couloir étroit tapissé d'un papier aux couleurs criardes. La cuisine était moderne, équipée de placards et d'éléments de style provençal, d'un réfrigérateur et d'un congélateur, d'un four à micro-ondes, d'un téléviseur accroché dans un angle au plafond, l'écran orienté vers la grande table ronde devant la fenêtre.

Jeremy mangeait des œufs au plat. A sa droite Emma, dans une robe de chambre de velours bleu, buvait un jus d'orange, un coude appuyé sur la table, ses longs cheveux dorés aussi fascinants que dans la mémoire d'Ogden. Lorsqu'elle se tourna vers eux, il remarqua les traces encore fraîches de sommeil sur son visage, et en fut encore plus excité.

— Bob, c'est qui ? demanda-t-elle.

— Je suis la Clé.

Et deux voix répondirent avec ensemble:

— Je suis la Serrure...

A 8h 55, Paul Annendale au volant de sa voiture freinait en sortant de la petite route de gravier et regardait prudemment dans les deux sens avant de s'engager dans Main Street. Il allait en ville pour renouveler leur stock de provisions.

— Ne m'emmène pas jusque chez Sam, laisse-moi sur la place, demanda Mark installé sur le siège arrière.

— Et où vas-tu donc ? s'informa son père en lui jetant un coup d'œil dans le rétroviseur.

— Je veux montrer Buster à Jeremy, expliqua Mark en désignant la grande cage dans laquelle l'écureuil s'agitait bruyamment.

— Tu ferais mieux de trouver une autre excuse, conseilla sa sœur en se tournant vers lui. Il y a longtemps qu'on sait tous que tu es amoureux d'Emma.

— Ce n'est pas vrai, protesta le petit avec bien trop de véhémence pour qu'on le croie.

— Voyons Mark, soyons sérieux...

— Mais je t'assure, c'est faux, archi-faux ! Je ne suis pas un stupide gamin boutonneux...

— Allons, pas de dispute, réclama leur père. Je laisserai Mark sur la place avec son écureuil.

— Tu comprends bien, Bob ? insistait Salsbury.

— Oui, je comprends.

— Tu ne parleras que sur mon ordre, et tu ne bougeras de cette chaise que sur mon ordre.

— C'est compris.

— Par contre, tu regarderas.

— Entendu.

— Jeremy ?

— Moi aussi, je regarderai.

— Tu regarderas quoi ?

— Je te regarderai... la baiser.

L'imbécile de flic ! L'imbécile de gosse !

— Approche-toi, Emma, ordonna Salsbury adossé au rebord de l'évier. Elle se leva et lui obéit.

— Enlève ta robe de chambre.

Elle s'exécuta, dévoilant ainsi son soutien-gorge jaune et un slip assorti orné de trois fleurs rouges sur le côté.

— Enlève ton soutien-gorge.

Ses seins libérés s'étalèrent, beaux et pesants.

— Jeremy, tu savais que ta mère avait un beau corps ?

Le petit avala avec difficulté et émit un « non » étranglé. Les mains de Bob Thorp à plat sur la table se refermèrent en un poing crispé.

— Relaxe toi, Bob, tu vas bien t'amuser tu verras. Tu vas aimer ce que tu vas voir. Tu as hâte que je la baise.

Les mains de Thorp se détendirent, et il s'adossa à sa chaise.

Salsbury effleura les seins d'Emma, plongeant son regard dans les grands yeux verts légèrement troubles, puis eut une idée de génie; pour pimenter l'acte à souhait.

— Emma, ce serait encore plus agréable si tu me résistais un peu...pas vraiment, vois-tu, pas physiquement; mais tu pourrais me supplier de ne pas te faire de mal, et pleurer un peu, hein ?

Elle le regardait fixement, d'un air d'incompréhension.

— Tu sauras bien pleurer pour moi, n'est-ce pas Emma ?

— J'ai peur...j'ai peur, murmura-t-elle.

— Excellent ! Parfait. C'est normal que tu aies peur. Je ne t'ai pas dit de te détendre. Tu as vraiment la frousse. Voilà. Et tu vas même y aller de la larme.

Elle fut parcourue d'un frisson d'horreur.

— Tu as un corps bien ferme. Elle ne dit rien.

— Allez, pleure un peu.

— Bob... lança Emma dans un souffle.

— Non, Bob ne te viendra pas en aide.

Il avait commencé à lui presser les seins.

— Mon fils...

— Il nous regarde, et c'est bien ainsi. Il a sucé tes nichons quand il était petit, non ?

Emma se mit à pleurer, doucement, en silence.

— Parfait, s'écria Salsbury. C'est adorable...

A cause de son poids Mark ne pouvait porter la cage contenant son petit familier que sur quelques mètres à la fois, obligé alors de faire une pause et de laisser ses muscles se reposer.

— Prends tes seins entre tes mains. Elle lui obéit.

— Tire sur les pointes.

— Je vous en prie, pas ça.

— Allons, allons, espèce de petit animal.

Quelque peu désorienté par les mouvements et les cahots transmis à sa cage, Buster tournait en rond en poussant des cris stridents.

— On dirait un putois, déclara Mark pendant un arrêt.

Buster, que l'image n'impressionnait pas, continua de couiner.

— Tu n'as pas honte ? Tu es un écureuil, pas un putois...

Arrivé devant le magasin des Edison, Paul remarqua un objet brillant sur le siège arrière de la voiture en fermant sa portière.

— Qu'est-ce que c'est ?

Rya était encore à l'intérieur, occupée à déboucler sa ceinture.

— Quoi ?

— Là, sur la banquette. Ah ? c'est la clé de la cage... Rya la ramassa.

— Je ferais bien de l'apporter à Mark.

— Il n'en aura pas besoin. Mais ne la perds pas en tout cas.

— Tout de même, je préfère la lui amener. Je suis sûre qu'il voudra ouvrir la cage pour faire parader Buster devant Emma.

— Tu joues les Cupidon à présent...

Elle lui fit une grimace amusée.

— Défais mon pantalon.

— Je ne veux pas.

— Je te l'ordonne.

Elle lui obéit.

— Tu te régales, Bob ?

— Oui.

— Pauvre imbécile de flic ! ricana Salsbury.

Avant d'arriver chez les Thorp, Mark avait trouvé une meilleure manière de tenir la cage sans se faire trop mal au bras ni s'arrêter tous les dix mètres.

Buster, lui, très inquiet de ce balancement désordonné s'était tu et restait agrippé aux barreaux de l'un des côtés, immobile, aux aguets comme dans la forêt quand il apercevait un prédateur dans les taillis.

— Ils doivent être en train de prendre leur petit déjeuner, soliloqua Mark. On va passer par la porte de derrière.

— Allez, serre fort.

Elle obéit.

— C'est tout chaud, hein ?

— Oui.

— Petit animal.

— Ne me faites pas de mal.

— C'est bien dur, hein ?

— Oui.

Elle pleurnichait à présent.

— Baisse-toi en avant.

Sanglotant et tremblant, le suppliant de ne pas lui faire mal, elle exécuta l'ordre, le visage inondé de larmes, au bord de la crise de nerfs. Mais si belle... si désirable...

Mark passait devant la fenêtre de la cuisine quand il entendit la jeune femme pleurer. Il s'arrêta net, tendant l'oreille aux mots hachés, entrecoupés de longs sanglots et de supplications, C'était Emma, pas de doute possible.

La fenêtre toute proche semblait lui faire signe, et il s'en approcha. Les rideaux étaient tirés, mais un léger interstice lui permit de coller son visage au carreau.

X

SEIZE JOURS AUPARAVANT

Mercredi 10 août 1977

A trois heures du matin Salsbury rejoignit Dawson dans le grand bureau situé au premier étage de la maison de Greenwich.

— C'est commencé ? s'informa-t-il.

— Depuis dix minutes, répondit Dawson.

— Et les résultats ?

— Tout à fait ce que nous espérions.

Quatre hommes étaient assis autour de la table en chêne massif: le maître d'hôtel, le chauffeur, le cuisinier et le jardinier. Trois mois auparavant on leur avait administré la drogue « amorce », pour les soumettre ensuite à l'endoctrinement subliminal. Il n'y avait donc plus aucune raison de garder le secret sur l'opération en leur présence, ce qui permettait de les utiliser avantageusement en certaines occasions... comme en ce moment où ils se trouvaient à cette table, chacun devant l'un des quatre téléphones reliés à quatre omni-récepteurs. Pour l'instant ils consultaient la liste des abonnés de Black River, composaient un numéro, écoutaient quelques secondes, raccrochaient et recommençaient avec un autre numéro.

Les omni-récepteurs, ou O.R., achetés à Bruxelles pour 2500 dollars pièce, leur permettaient d'écouter ce qui se passait dans l'intimité des foyers de Black River à l'insu de leurs occupants. Grâce à un O.R branché sur un appareil, ils pouvaient appeler n'importe quel numéro local ou longue distance sans passer par l'intermédiaire d'une opératrice et sans laisser trace de cet appel dans les mémoires de l'ordinateur de la compagnie téléphonique.

Un oscillateur électronique mettait en circuit le microphone du combiné sans déclencher la sonnerie d'appel. Les gens non alertés ignoraient donc que des oreilles indiscrètes étaient à l'écoute. Les quatre employés de Dawson pouvaient ainsi surprendre les conversations les plus intimes dans les foyers choisis sur la liste.

Salsbury fit le tour de la table, collant son oreille à chacun des appareils.

— ...cauchemar, mais tellement réel ! Je n'arrive pas à m'en souvenir...je peux te dire que ça m'a fichu une trouille terrible. Regarde, je tremble comme une feuille...

— ...sueurs froides...glacé...toi aussi ? Bon Dieu, mais qu'est-ce que ça veut dire ?

— ...j'ai envie de vomir.

— ...ça va mieux ? On ferait bien d'appeler le docteur Troutman.

— ...quelque chose qu'on a mangé, tu crois ?

— ...une grippe...mais en cette saison ?

— ...dès demain matin. Si je continue à trembler comme ça je vais tomber en poussière !

— ...couvert de sueur, mais glacé.

Dawson tapota l'épaule de Salsbury.

— Vous comptez rester encore quelque temps ici pour les surveiller ?

— Oui, bien sûr.

— Dans ce cas je vais à la chapelle me recueillir un moment.

Il était encore en pyjama sous une robe de chambre en soie bleu nuit, les pieds dans des mules de cuir. A cette heure de la nuit et avec la pluie qui tombait, il semblait impensable que l'on pût s'habiller et sortir pour aller à l'église, même animé de fanatisme religieux comme Daw son.

— Vous avez donc une chapelle dans la maison, en déduisit Ogden.

— Comme dans chacune de mes résidences, répliqua Dawson non sans fierté. Je ne me ferais pas construire une maison sans chapelle. C'est ma façon de LE remercier de tout ce qu'IL a fait pour moi. Voyez-vous, c'est grâce à LUI que je possède toutes ces demeures.

Il s'éloigna vers la porte, s'arrêta et ajouta en se tournant vers Salsbury:

— Je vais LE remercier pour le succès de notre entreprise, et prier pour que notre chance se poursuive.

— Faites une petite prière pour moi aussi, lança Ogden avec un cynisme que Dawson ne saisit pas.

— Je n'y crois pas, répliqua gravement Dawson.

— A quoi ?

— A l'efficacité d'une prière par intermédiaire pour le repos de votre âme. Je peux prier pour votre réussite parce qu'elle est liée à la mienne, mais c'est tout. Le salut de votre âme reste entre vos mains, pas entre celles d'un autre. L'idée que l'on puisse intercéder en faveur de l'âme d'autrui, qu'un ami ou un prêtre se charge de prier pour vous me semble être une conception purement catholique, et ce n'est pas mon culte.

— Ni le mien, jeta Salsbury.

— J'en suis heureux. Je déteste la papauté, ajouta-t-il avec un sourire complice à son coreligionaire malgré lui.

Un cinglé, songea Salsbury après le départ de Dawson. Un croyant hystérique ! Qu'est-ce que je fous avec un associé cinglé ?

Ebranlé par cette découverte il se rassura en faisant le tour de la table pour écouter quatre conversations retransmises de quatre foyers de Black River. Peu à peu il oublia son dialogue avec Dawson et retrouva sa confiance. Tout allait marcher comme prévu. Il le savait. Il en était certain. Rien ne pouvait aller de travers.

XI

Vendredi 26 août 1977

RYA s'amusait à lancer la clé de la cage en l'air, loin devant elle, puis à courir pour la rattraper au vol comme un ballon. A l'angle de Main Street et de Union Road elle rata son coup et entendit le cliquetis du métal contre le trottoir derrière elle. Elle se retourna, mais ne voyant rien revint sur ses pas pour la chercher.

Emma Thorp penchée en avant voulut prendre appui sur la table de la cuisine et renversa malencontreusement une tasse vide qui se brisa au sol en mille morceaux.

Repoussant du pied les fragments de porcelaine Salsbury se mit en position derrière la jeune femme et lui caressa longuement sa chute de reins sous le regard inexpressif de Bob et celui déconcerté de Jeremy.

Ta-ra-ta-tat !

Le pouvoir, Myriam, sa mère, les putes, Dawson, Klinger, les femelles, la vengeance...un tourbillon de pensées. Emma lui jeta un regard inquiet par-dessus son épaule.

— J'ai toujours voulu en posséder une comme ça, lança-t-il avec une sorte de fou rire irrépressible. Il se sentait en grande forme. Elle avait peur de lui... de lui ! Son visage pâle et défait était humide de larmes, ses yeux écarquillés...

— Tu es très désirable, ricana-t-il.

— Je ne veux pas que vous me touchiez, supplia-t-elle.

— Myriam disait toujours ça, mais avec elle c'était un ordre. Elle ne suppliait jamais.

Il continua de la caresser. Elle avait la chair de poule.

— Surtout ne t'arrête pas de pleurer. J'aime.

Elle sanglotait à présent, sans retenue et sans honte, comme une enfant affligée d'un gros chagrin.

Au moment précis où il s'apprêtait à la pénétrer il entendit une voix pousser un cri de l'autre côté de la fenêtre.

— Qui donc...commença-t-il fort irrité.

La porte de la cuisine s'ouvrit à la volée et un petit garçon de l'âge de Jeremy fit irruption, gesticulant et vociférant.

A l'angle de la proprieté des Thorp Rya lança la clé et la rata encore une fois. Deux échecs sur quarante ce n'était pas si mal après tout. C'était même très encourageant pour s'intituler championne junior des Red Sox de Boston ! Ou encore, Rya Annendale, des Pitsburgh Pirates ! Cela sonnait mieux.

Elle courut ramasser la clé dans l'herbe où elle l'avait vue atterrir.

Au moment de l'entrée imprévue du gamin qui chargeait comme une bête sauvage, Salsbury s'écarta vivement de la femme et remonta son pantalon.

— Tu vas la lâcher, hurla le petit en fonçant sur lui tête baissée.

— Fous le camp, sale moutard, fous le camp !

Sous la violence de l'attaque Salsbury recula. Bien sûr il pouvait facilement maîtriser le gosse, mais la panique due à la surprise le défavorisait au départ, et il avait perdu l'équilibre. Il se réfugia contre le réfrigérateur, cherchant à reboucler sa ceinture sous les coups de tête obstinés du gamin. Et soudain il comprit le ridicule de la situation. Lui reculer... lui !

— Je suis la Clé, dit-il alors.

Mais le petit continua de le marteler de coups et de l'insulter. Salsbury dut alors se défendre en lui immobilisant les poignets tout en criant

— Je suis la Clé !

— Monsieur Thorp, Jeremy, à l'aide ! criait le gamin.

— Vous deux ne bougez pas, ordonna Salsbury.

Ils lui obéirent.

Il réussit à se dégager et, en pivotant, à coincer à son tour le petit contre le réfrigérateur, dans un fracas de bouteilles et de boîtes secouées sur leurs rayonnages.

Ogden savait que les très jeunes enfants ne pouvaient pas être affectés par les programmes subliminaux de l'opération en cours. En dessous de huit ans, les enfants n'avaient pas une notion suffisante de la mort et de la sexualité pour réagir aux relations motivantes proposées aux adultes par les messages subliminaux dans les films. Et malgré la simplification du vocabulaire rendue nécessaire par l'endoctrinement de Holbrook, Rossner et Picard, une jeune enfant ne pouvait assimiler les messages en majuscules du programme Clé/Serrure qu'à condition d'être au moins du niveau de lecture d'un cours élémentaire. Mais ce gamin avait plus de huit ans, et aurait donc dû réagir.

— Je suis la Clé, imbécile ! siffla encore une fois Salsbury entre ses dents.

Au milieu de la pelouse, un rouge-gorge sautillait le long de la treille sur la tonnelle, s'arrêtant par moment, la tête de côté, pour jeter un coup d'œil à travers le feuillage. Rya se figea en silence pour l'observer quelque temps.

La panique...

Il ne devait pas céder à la panique !

Mais il avait commis une erreur fatale qui risquait de lui coûter la perte du pouvoir... Non... pas vraiment fatale... grave oui... sérieuse... mais pas fatale. Ne pas s'affoler... garder la tête froide.

— Qui es-tu ? demanda-t-il.

Le gamin se tortillait en tous sens, essayant de se dégager.

— D'où sors-tu ? demanda encore Salsbury en resserrant si fort son étreinte que le petit perdit sa respiration et répliqua en lui décochant un violent coup de pied dans le tibia.

Pendant quelques secondes Ogden eut l'impression qu'une boule de feu atrocement douloureuse remontait le long de sa jambe en lui brûlant les os au passage. Hurlant de douleur, plié en deux, il faillit tomber. Le gamin en profita pour se dégager et courut vers l'évier, s'écartant de la table et cherchant à se faufiler derrière Salsbury qui le poursuivait en jurant. Ce dernier attrapa un coin de la chemise du petit, mais ses doigts glissèrent et il dut lâcher prise, trébuchant dans son élan et tombant.

Si jamais ce sale môme s'enfuit...

— Bob ! cria-t-il alors, Bob, arrête le.

Puis dans un accès d'hystérie:

— Tue-le, bon Dieu de bon Dieu, tue-le, Bob !

La cage du canari-écureuil était posée sur la pelouse près de la fenêtre de la cuisine. Rya entendit les couinements de Buster... et puis des hurlements à l'intérieur de la maison...

Ta-ra-ta-tat...

Salsbury se releva. Blême. Affolé.

La femme nue pleurait.

Salsbury entendit soudain dans sa tête une comptine qui

accompagnait un de ses jeux d'enfant: « *A la tour montera, de la tour chutera...* » C'était absurde et vraiment inopportun ! Thorp avait bloqué la porte, et le gamin essaya quand même de passer; mais l'autre l'empoigna et l'obligea à reculer jusqu'au fourneau électrique contre lequel il entreprit de l'assommer, ses mains comme un étau autour du cou de l'enfant. Une poêle glissa au sol dans un fracas métallique. Tel un robot Thorp continua de marteler la tête du petit contre l'acier inoxydable de la plaque chauffante jusqu'à ce que le crâne fût défoncé. Et seulement quand le sang éclaboussa le mur et jaillit du nez de l'enfant, le géant lâcha prise et recula, laissant le petit corps glisser à ses pieds.

Jeremy pleurait.

— Arrête de chialer, hurla Salsbury.

Le gamin s'arrêta à contrecœur.

Comme il s'approchait pour examiner le corps du gamin, Salsbury aperçut soudain une petite fille sur le seuil. Elle semblait paralysée et comme fascinée par la vue de tout ce sang. Il s'avança vers elle et elle le regarda fixement d'un air d'hébétude profonde.

— Je suis la Clé.

Mais elle fit demi-tour et s'enfuit. Il courut à la porte, mais elle avait déjà disparu de la propriété.

DEUXIEME PARTIE

TERREUR

Vendredi 26 août 1977

9h 45

RYA, figée et muette comme la pierre, entre Paul et Jenny à l'avant du break, ses poings obstinément fermés posés sur ses cuisses, semblait en proie à un violent accès de terreur et de colère froide. Sous le hâle, son visage était livide et de fines goutelettes de sueur perlaient à son front. Elle serrait fortement les lèvres pour en arrêter le tremblement mais aussi pour manifester son intense frustration à l'idée qu'on ne la croyait pas, et sa résolution de prouver sa bonne foi.

Bien que sa fille ne lui ait jamais menti à propos de choses graves, Paul n'avait pu accepter le récit qu'elle leur avait fait peu auparavant. Elle avait sûrement vu quelque chose d'anormal chez les Thorp, il voulait bien l'admettre; mais elle avait dû mal interpréter la scène. Quand elle avait fait irruption dans le magasin où il se trouvait avec Sam et Jenny, ses sanglots et sa frayeur étaient sincères. Pas de doute non plus sur ce point. Mais qu'elle ait vu Mark mort... c'était absurde... assommé et mis en pièces par Bob Thorp, le chef de police de Black River... encore plus absurde. En tout cas la fillette était dans un état de panique réel. « C'est vrai papa... je te le jure... c'est vrai... ils... ils l'ont tué... c'est Bob Thorp... et l'autre l'a obligé... il lui a dit de tuer Mark... et monsieur Thorp l'a fait... il tapait la tête de Mark contre le fourneau... tant qu'il pouvait... sa tête... c'était affreux... et encore, et encore... et tout ce sang... oh papa, je sais que tu me crois folle... mais c'est vrai... »

Elle délirait, c'était certain. Et son histoire n'avait aucun sens. Pourtant quand elle était entrée dans le magasin, le souffle rauque, s'étranglant presque, en larmes, et bégayant comme dans un violent accès de fièvre, Paul avait eu l'impression qu'une main glacée lui étreignait la nuque. Et tout au long de cet invraisemblable récit, l'horrible étau n'avait fait que se resserrer jusqu'à maintenant encore.

Paul engagea la voiture dans Union Road. Le policier habitait à 400 mètres de là, la dernière maison près de la rivière, avec un garage pour deux véhicules et surmonté d'un grenier mansardé.

Paul suivit l'allée privée et arrêta la voiture devant le garage.

— Où est la cage ? demanda-t-il.

— Elle était là, près de la fenêtre, affirma Rya en tremblant. Ils l'ont enlevée.

— Tout semble bien tranquille. On ne dirait pas qu'un meurtre a eu lieu ici il y a à peine une demi-heure.

— A l'intérieur, lança Rya d'une voix blanche. Ils l'ont tué dans la maison.

Jenny prit la main de la fillette et la pressa dans la sienne.

— A l'intérieur, répéta obstinément Rya.

— Allons voir.

Ils descendirent tous et traversèrent la pelouse fraîchement tondue, pour gagner le derrière de la maison.

Emma avait sans doute entendu la voiture car elle les attendait sur le seuil de la cuisine, vêtue d'une robe de chambre de velours bleu à col rond, avec une ceinture assortie. Ses longs cheveux peignés en arrière étaient maintenus derrière les oreilles par quelques barrettes, et elle leur souriait.

— Bonjour Emma, dit Paul gêné et ne sachant comment enchaîner.

Si une parcelle de ce qu'avait raconté Rya était vraie, Emma n'aurait pas l'air aussi serein. Il se sentait soudain ridicule, et incapable de lui expliquer l'invraisemblable motif de leur visite matinale.

— Bonjour, répliqua-t-elle gaiment. Jenny, comment va votre père ?

— Très bien merci, répondit Jenny aussi embarrassée que Paul.

— Excusez ma tenue. Je n'ai pas encore fait la vaisselle du petit déjeuner et la cuisine est très en désordre. Mais si ça ne vous dérange pas, entrez donc vous asseoir. Paul hésitait.

— Qu'y a-t-il ? s'inquiéta Emma.

— Bob est là ?

— Non, il est déjà parti.

— Depuis quand ?

— Un peu avant 9 heures, comme d'habitude.

— Il est au poste de police ?

— Sans doute, ou bien il fait sa ronde en voiture. Pourquoi ?

Cette fois, Emma savait qu'il y avait un problème. Et au lieu de répondre à sa question, Paul demanda:

— Mark est ici ?

— Il est passé, mais il est reparti avec Jeremy au terrain de basket derrière le cinéma.

— Quand ça ?

— Une demi-heure, environ.

Elle ne pouvait que dire la vérité, car ses renseignements étaient facilement vérifiables. Si son mari avait vraiment tué Mark, quel intérêt aurait-elle eu à lui chercher un alibi aussi dérisoire. En outre elle n'était pas du genre à masquer un assassinat, surtout avec une pareille sérénité et sans le moindre signe de remords ni d'accablement. Paul jeta un coup d'œil vers Rya. Le visage de la fillette restait un masque d'obstination farouche, encore plus pâle et tiré que dans la voiture.

— Et Buster ? lança-t-elle avec agressivité, et d'une voix trop criarde. Ils l'ont emmené pour jouer au basket avec eux, peut-être ?

Emma sembla déroutée par l'attitude inhabituelle de Rya, et sa trop violente réaction à une banale information.

— Buster, l'écureuil ? Non, ils me l'ont confié. Tu le veux ? Mais entrez donc, répéta-t-elle en s'effaçant.

L'espace d'un instant, ayant encore en mémoire le récit de violence démente que Rya leur avait fait peu auparavant, Paul se demanda si Bob Thorp ne l'attendait pas en embuscade dans la cuisine.

Mais c'était ridicule ! Emma ignorait de toute évidence qu'un petit garçon avait été soi-disant massacré le matin même dans sa cuisine. Paul l'aurait parié. Et en opposition avec l'attitude sincèrement innocente d'Emma, le récit de Rya semblait encore plus de la pure fantaisie... et pas de la mailleure veine. Paul se décida donc à entrer.

La cage était dans un coin, près du vide-ordures, avec Buster sur son arrière-train, très occupé à grignoter une pomme. Il se figea dès qu'il sentit la présence d'intrus, et sa queue touffue se dressa toute droite. Il regarda Jenny, Paul et Rya comme s'il ne les avait jamais vus, et retourna à ses activités après avoir sans doute décidé qu'ils étaient inoffensifs.

— Mark m'a dit qu'il aimait les pommes, expliqua Emma.

— C'est vrai.

La cuisine n'était pas du tout le champ de bataille sanglant décrit par Rya. Sur la table les assiettes maculées de jaune d'œuf séché, de coulées de beurre et de mie de pain, voisinaient avec la radio qui diffusait une version assagie d'un tube pop; le dernier numéro de l'hebdomadaire local distribué au courrier du matin était plié en deux et appuyé contre des verres vides et un sucrier, près de la cafetière encore bouillante. Si Emma avait vraiment assisté au meurtre de Mark par son mari, elle n'aurait sûrement pas eu le cran de s'asseoir tranquillement et de lire son journal en dégustant une tasse de café une heure à peine après cette atrocité. Impensable. Et puis il n'y avait pas non plus de sang sur le mur derrière la cuisinière électrique, ni sur la plaque chauffante, ni la moindre tache sur le carrelage.

— Vous êtes venus prendre Buster? demanda Emma nettement intriguée par leur comportement.

— Non. Mais on va quand même vous en débarrasser. A vrai dire, j'ai presque honte de vous avouer le véritable motif de notre visite.

— Ils ont tout nettoyé, siffla Rya entre ses dents.

— Rya, je ne veux plus t'entendre, ordonna sèchement Paul.

— Ils on nettoyé tout le sang, répéta-t-elle avec véhémence.

— Tu as fait assez de gâchis pour aujourd'hui, ma fille, déclara Paul en la menaçant de l'index. Alors tais-toi. Je te parlerai plus tard.

— Ils ont enlevé tout le sang et ils ont caché le corps, continua Rya imperturbable.

— Le corps... quel corps ? s'étonna Emma.

— Rien, Emma. C'est un malentendu... ou une vilaine farce, se hâta de dire Paul.

— Monsieur Thorp a tué Mark, interrompit alors Rya sans ciller. Vous le savez très bien. Ne mentez pas. Vous étiez près de cette chaise et vous avez regardé votre mari tuer Mark à coups de poing. Vous étiez toute nue et...

— Rya ! s'exclama Paul sèchement.

— Mais c'est vrai...

— Je t'ai dit de te taire !

— Elle était toute nue et...

En onze ans il n'avait jamais eu à appliquer de punition plus sévère à Rya qu'une suspension de certains de ses privilèges pendant vingt-quatre heures. Mais voilà que la colère s'emparait soudain de lui, et il avança vers elle d'un air menaçant. Rya recula hâtivament, ouvrit la porte et s'enfuit en courant.

Ebranlé par son insolente obstination, furieux et inquiet

en même temps, Paul courut après elle mais elle était déjà loin et hors de vue quand il arriva sur le porche. Elle ne pouvait être ni au garage ni à leur voiture et avait dû contourner la maison d'un côté ou de l'autre et filer dans Union Road. Il s'élança aussitôt dans cette direction, et l'aperçut dès qu'il atteignit la rue, à un pâté de maisons de là environ. Il l'appella mais elle ne répondit pas et disparut à nouveau entre deux maisons. Il traversa pour la rejoindre, mais ne la vit nulle part.

— Rya !

Pas de réponse. Peut-être ne l'avait-elle pas entendu. Mais il pensait plutôt qu'elle se cachait dans le coin.

— Rya ! Je veux seulement te parler.

Rien. Le silence.

Déjà sa colère faisait place à l'inquiétude. Qu'est-ce qui avait pris Rya ? Pourquoi avoir monté toute cette histoire macabre ? Et comment avait-elle pu la débiter avec tant de conviction ? Il n'en avait pas cru un seul mot... et pourtant la sincérité de sa fille l'avait ébranlé au point qu'il avait décidé cette visite aux Thorp. Rya n'était pas une menteuse... ni une comédienne non plus, selon Paul en tout cas. Même quand elle avait vu son récit tomber à l'eau, elle l'avait défendu avec ardeur. Au fond, elle y croyait peut-être, elle, persuadée qu'elle avait vu des ses yeux le meurtre de son frère ? Et si c'était le cas, alors elle souffrait de dérangement mental. Rya ? Un cas pathologique ? Impossible. Elle était so ide, équilibrée, responsable. Une heure plus tôt Paul se serait porté garant de la parfaite santé mentale de sa fille. Existait-il un genre de trouble psychologique susceptible d'investir d'une seconde à l'autre un cerveau d'enfant, comme cela, sans avertissement, sans symptômes avant-coureurs ?

Très inquiet à présent, il retraversa la rue pour aller présenter ses excuses à Emma Thorp.

II

10h 15

JEREMY Thorp se tenait au centre de la cuisine, presque au garde-à-vous.

— Tu as bien compris ? répétait Salsbury.

— Ouais.

— Tu sais ce que tu dois faire ?

— Ouais... bien sûr.

— Des questions ?

— Une seule.

— Vas-y.

— Qu'est-ce que je fais s'ils ne viennent pas ?

— Ne t'inquiète pas, ils viendront.

— Mais si jamais ils ne viennent pas... s'entêta Jeremy

— Tu as une montre ?

Le gamin montra son poignet orné d'un bracelet-montre.

— Tu les attends une vingtaine de minutes. Et là si tu ne les vois pas tu reviens directement ici. Compris ?

— Ouais. Vingt minutes.

— En route.

Le petit se dirigea vers la porte.

— Non, pas par là. Ils te verraient. Sors par-devant.

Jeremy suivit le petit couloir jusqu'à la porte d'entrée. Salsbury lui emboîta le pas, le regarda s'éloigner dans la rue, referma et verrouilla la porte puis revint dans la cuisine.

Allons, ce n'est pas si mal Ogden, se rassura-t-il. Tu tiens bien le coup. Lèonard n'aurait pas pu être plus efficace. Tu t'es très bien débrouillé. Tu es très malin. Grâce à ton intelligence, au pouvoir entre tes mains et au code Clé/Serrure, tu vas te sortir de ce mauvais pas. Ah, si Myriam te voyait en ce moment ! Que penserait-elle ? Que tu n'es pas du tout celui qu'elle croyait...tu n'es pas du tout un pauvre type, un minable. Tu es un vrai dur... un vrai bonhomme... tu prends d'excellentes décisions en plein cœur d'une crise, et tu t'y tiens. Très malin. Malin comme un renard. Mais tu marches sur une corde raide, mon vieux... attention quand même...

Se postant près de la fenêtre il tira un pan du rideau pour apercevoir le garage. Après avoir déposé la grande cage dans le compartiment à bagages du break, Annendale referma le panneau arrière et Jenny monta à l'avant. Paul et Emma bavardèrent encore un instant, puis il s'installa au volant et sortit de la propriété. Quand il vit Emma agiter la main en signe d'adieu, Salsbury laissa le rideau retomber.

Revenant dans la cuisine Emma sembla surprise de l'y trouver et faillit hurler.

— Qu'est-ce que vous faites ici ? Qui êtes-vous ?

— Je suis la Clé.

— Je suis la Serrure.

— Détends toi.

Elle obéit.

— Assieds-toi.

Elle s'assit, et il se planta devant elle l'air menaçant.

— De quoi parliez-vous Annendale et toi à l'instant ?

— Il s'excusait pour la conduite de sa fille.

Salsbury éclata de rire. Et comme les événements du matin avaient été soigneusement effacés de son souvenir et reprogrammés différemment, Emma ne saisit pas l'humour de la situation.

— Pourquoi Rya a-t-elle accusé Bob de ce meurtre ?

C'est un affreux mensonge. Elle se croit drôle, peut-être? C'est une plaisanterie macabre.

Le foyer de l'église catholique de Sainte-Marie-Marguerite était désert et presque obscur. Comme il seyait à la maison de Dieu dans cette petite ville de bûcherons avec sa scierie toute proche, l'intérieur de l'édifice depuis les planchers chevillés, les cloisons, les poutres apparentes jusqu'au crucifix de 3,50m finement ciselé, était en pin foncé. Une ampoule de 5 watts éclairait le bénitier dans un coin. A l'autre extrémité du bâtiment principal des cierges brûlaient dans des coupelles de verre écarlate et des lumières douces éclairaient le pied de l'autel. Mais ces éclairages diffus ne portaient pas leur rayonnement jusque dans le foyer d'entrée. Happé par la pénombre et le silence qui régnaient alentour, Jeremy Thorp s'appuya un instant contre l'un des lourds battants de bronze du portail, avant de l'entrebâiller légèrement et de le maintenir ainsi avec sa hanche. Une volée de marches descendait vers la partie ouest de Main Street, bordée de bouleaux, et le cinema de l'Union se dressait juste en face, sur l'autre trottoir, bien visible de son poste d'observation.

Jeremy consulta sa montre à la lueur du rai de jour entre les battants. Il était exactement 10h 20.

Paul clignota à droite en approchant du feu rouge sur la place.

— Le magasin est à gauche, lui rappela Jenny.

— Je sais.

— Où allons-nous ?

— Au terrain de basket derrière le cinéma.

— Pour vérifier les dires d'Emma ?

— Pas vraiment. Je suis sûr qu'elle a dit la vérité.

— Alors, pourquoi ?

— Je veux que Mark me raconte ce qui s'est passé

exactement ce matin, fit Paul en tapotant nerveusement des doigts sur son volant tandis qu'il attendait que le feu passe au vert.

— Emma nous l'a dit: il ne s'est rien passé. Rien.

— Mais ses yeux étaient tout rouges et enflés, comme si elle avait pleuré. Elle s'est peut-être disputée avec Bob devant Mark et Rya serait arrivée au milieu des cris et au plus fort de l'orage. Elle aura sans doute mal interprété la scène, et prise de panique elle s'est enfuie...

— Emma nous l'aurait dit.

— Elle était peut-être gênée.

— Et puis, Rya prise de panique? Ce n'est pas son genre...

Le feu venait de passer au vert, et Paul tourna.

— Je sais bien, mais crois-tu que ce soit plus son genre de raconter des mensonges aussi énormes?

— Tu as raison. Je préfère encore la première version, même aussi peu plausible.

— On va demander à Mark.

Il était exactement 10h 22 à la montre de Jeremy Thorp quand Paul Annendale débouchant de Main Street s'engagea dans l'allée qui longeait le cinéma. Dès que la voiture fut hors de vue, Jeremy sortit de l'église, descendit les marches du porche et attendit de voir revenir le break.

Le ciel s'était plombé depuis une heure, avec à l'horizon un troupeau de nuages gris-acier poussés par un vent de tempête qui faisait virevolter les feuilles des arbres. Un signe de pluie, disait-on à Black River.

Oh non, pas la pluie... mon Dieu je vous en prie... pas la pluie... priait Jeremy. On n'a pas besoin de pluie, en tout cas pas d'ici ce soir... Cet été-là une dizaine de gamins avaient organisé des courses à bicyclette tous les vendredis. La semaine passée Jeremy s'était classé second dans la seconde traversée de la ville, et cette semaine il comptait bien emporter la première place. Il s'était entraîné, sérieusement. Il ne perdait pas bêtement son temps comme les autres. Il serait le premier cette semaine... s'il ne pleuvait pas.

Il consulta de nouveau sa montre: 10h 26. Quelques instants plus tard il aperçut la voiture qui ressortait du passage, et il s'engagea d'un pas rapide dans Main Street.

Au moment où Paul allait prendre Main Street sur la droite, Jenny s'écria:

— Tiens, voilà Jeremy.

— Où cela ? dit Paul en freinant légèrement.

— Sur l'autre trottoir.

— Mark n'est pas avec lui, remarqua Paul qui klaxonna, baissa la vitre et fit signe au gamin d'approcher. Après un regard dans les deux sens, Jeremy traversa.

— Bonjour monsieur Annendale, bonjour Jenny.

— Ta mère nous a dit que tu jouais au basket avec Mark derrière le cinéma.

— Oui, on a commencé, mais ce n'était pas très drôle et alors on est allés au Bois Sacré.

— Et c'est où ?

Ils se trouvaient dans la derniere section de Main Street après laquelle la route continuait vers l'ouest, contournait un escarpement rocheux et grimpait jusqu'à la scierie et son campement.

— C'est là-haut le Bois Sacré, expliqua Jenny en montrant le bouquet d'arbres couronnant l'escarpement.

— Et qu'est-ce que vous faites là-bas ?

— On a une maison dans les arbres. Oh, ne vous en faites pas, ajouta-t-il très vite en voyant l'expression inquiète de Paul, ce n'est pas un vieux truc croulant. Il n'y a aucun danger. Ce sont les pères de quelques copains qui l'ont construite pour tous les gosses de la ville.

— C'est vrai, intervint Jenny. Il n'y a pas de danger. Sam a participé à la construction bien que sa fille soit un peu âgée pour ce genre de distraction, plaisanta-t-elle.

Jeremy eut un large sourire complice qui découvrit son appareil pour redresser les dents. Son visage plein de taches de rousseur était d'une désarmante innocence qui convainquit Paul. Le petit ne possédait sûrement ni la fourberie, ni la dissimulation, ni l'assurance nécessaires pour participer à un meurtre organisé, et Paul en éprouvait un certain soulagement. Quand il n'avait vu ni Mark ni Jeremy sur le terrain de basket, l'étau glacé lui avait à nouveau enserré la nuque.

— Et Mark est à la maison dans les arbres ?

— Oui.

— Et toi, pourquoi n'y es-tu pas ?

— Je vais chercher mon Monopoly chez moi, parce qu'on veut jouer là-bas avec les copains.

— Dis-moi Jeremy, il s'est passé quelque chose dans votre cuisine ce matin ?

Le gamin battit vivement des paupières, comme surpris par la question.

— On a pris le petit déjeuner, répondit-il après un temps.

— Bon... allez, cours chercher ton jeu, fit Paul se sentant soudain ridicule. Tes copains t'attendent.

Jeremy leur dit poliment au revoir, et après un regard prudent dans les deux sens retraversa la rue.

— Alors, que fait-on ? demanda Jenny quand le petit eut disparu.

— Rya a dû courir se faire consoler par Sam, soupira Paul. Elle doit être un peu calmée à présent, et comprend sans doute qu'elle s'est affolée sans raison. On aura droit à une autre version de la scène, j'en suis sûr.

— Et si elle n'est pas avec Sam ?

— On ne va pas remuer la ville entière pour la retrouver. Si elle a décidé de se cacher quelque temps, elle le fera sans problème; mais elle reviendra au magasin tôt ou tard.

Assis à la table de la cuisine, face à sa mère, Jeremy racontait sa conversation avec Paul Annendale.

— Et il t'a cru ? demanda Salsbury.

— Il a cru quoi? fit le gamin haussant un sourcil intrigué.

— Que Mark jouait dans les arbres?

— Ben, bien sûr puisque c'est vrai.

Parfait, spendide! songeait Salsbury. Mais ne t'imagine pas que la crise soit finie. Disons que cela te donne le temps de réfléchir à la suite des opérations, quelques heures de plus, à peine... mais tôt ou tard Annendale décidera de repartir à la recherche de son fils. Deux ou trois heures... pas plus... tu n'as pas de temps à perdre... sois efficace... tu as pris de bonnes décisions jusque-là. Il faut continuer comme ça, et arranger toute cette affaire avant d'être obligé d'en parler à Dawson.

Une vingtaine de minutes après la mort du gamin il avait effacé tout souvenir du meurtre de la mémoire des Thorp, avant de la reprogrammer. Le tout ne lui avait pris guère plus de quelques minutes et constituait la première étape du plan qu'il avait échafaudé aussitôt pour ne pas risquer de se trouver impliqué dans le crime. Sans le meurtre et sans le programme Clé/Serrure en cours de réalisation, il aurait pu se contenter d'effacer seulement de la mémoire des Thorp sa tentative de viol sur Emma. Mais dans les circonstances présentes il lui fallait combler les trous laissés par des souvenirs fabriqués, par exemple ceux d'occupations routinières qui auraient dû prendre place ce matin comme tous les autres.

Il décida de commencer par Emma, et pour rester seul avec elle ordonna au gamin:

— Va dans le salon, assieds-toi sur le divan et n'en bouge pas jusqu'à ce que je t'appelle. Compris?

— Oui, m'sieur.

Une fois Jeremy parti, Salsbury refléchit un moment à la manière de procéder sous le regard neutre et patient d'Emma.

— Emma, quelle heure est-il? demanda-t-il enfin.

— 11 heures moins vingt, dit-elle en regardant le réveil-radio.

— Non. C'est inexact. Il est neuf heures moins vingt, dit-il d'un ton égal. Neuf heures moins vingt.

— C'est vrai ?

— Regarde la pendule, Emma.

— Oui, neuf heures moins vingt, fit-elle obéissante.

— Où es-tu en ce moment Emma ?

— Dans ma cuisine.

— Avec qui ?

— Avec vous.

— Non, rectifia-t-il sur le même ton monocorde. Tu ne me vois pas. Tu ne peux pas me voir. Je ne suis pas là, hein Emma ?

— C'est vrai. Je ne vous vois pas.

— Tu m'entends, ça oui. Tu entends tout ce que je te dis, mais dès que cette conversation sera finie tu ne t'en souviendras plus. Tout ce que je vais t'expliquer à partir de maintenant fera partie de tes souvenirs. Mais tu oublieras que c'est moi qui te les ai donnés. Tu croiras que tu les as vécus. C'est clair, Emma ?

— Oui, fit-elle, le regard inexpressif, les muscles du visage relâchés.

— Parfait. Quelle heure est-il ?

— Neuf heures moins vingt.

— Où te trouves-tu ?

— Dans ma suisine.

— Avec qui ?

— Personne.

— Bob et Jeremy sont là aussi.

— Bob et Jeremy sont là, répéta-t-elle docilement.

— Bob est assis sur cette chaise, là.

Elle adressa un sourire à la chaise.

— Et Jeremy est assis à côté. Vous prenez votre petit déjeuner.

— C'est vrai.

— Des œufs au plat, des toasts et du jus d'orange.

— Des œufs au plat, des toasts et du jus d'orange.

— Prends ton verre, Emma.

Elle leva le verre vide posé devant elle.

— Bois, Emma.

Elle regarda le verre d'un air légèrement soupçonneux.

— Il est rempli de jus d'orange frais. Tu vois bien le liquide ?

— Oui.

— Appétissant, non ?

— Très.

— Bois-en un peu, Emma. Elle lui obéit. Et il éclata de rire. Le Pouvoir... Ça marchait. Il pouvait donner à Emma tous les souvenirs de son choix.

— C'est bon ?

— Délicieux, fit-elle en passant sa langue sur ses lèvres.

Joli petit animal...charmante créature...songeait-il soudain exultant.

III

Midi

DANS son cauchemar, Buddy voyait deux hommes remplir de chats le réservoir qui alimentait la ville. C'était dans l'obscurité encore profonde qui précède l'aube, et ils étaient là au bord du bassin, s'affairant à ouvrir d'innombrables cages et à balancer dans l'eau les bêtes qui hurlaient, offensées par cette atteinte à leur dignité et à leur confort. En un rien de temps le réservoir en débordait: chats de gouttière, Siamois, Angoras, Persans, des noirs, des gris, des blancs, des jaunes, des tigrés, des tachetés, des vieux matous et des chatons, toujours dans son rêve, chez lui à Black River, Buddy tournait machinalement son robinet de cuisine et voilà que par centaines des chats furieux se déversaient dans son évier, des félins de taille tout à fait normale qui avaient réussi par un miracle inexplicable à se glisser dans les tuyauteries malgré leur étroitesse, leurs coudes, et leurs grillages filtrants. Hurlant, miaulant, crachant, sifflant, ils griffaient rageusement la porcelaine glissante, poussés inexorablement hors de l'évier par de nouvelles vagues de congénères. Des chats, partout, des tonnes de chats... sur le plan de travail, sur la huche à pain, dans l'égouttoir... ils bondissaient du sol sur les placards, et l'un d'eux sauta même sur le dos de Buddy qui essayait de s'enfuir. Il réussissait à s'en débarrasser en le projetant contre le mur sous les yeux des autres félins apparemment outrés de tant de cruauté. Ils bondissaient tous après lui, crachant et miaulant d'un air menaçant, mais il parvenait à atteindre le salon à temps et s'y enfermait. Les bêtes se lançaient contre la porte close, que leurs griffes lacéraient en vain. Poussant un soupir de soulagement, Buddy s'adossait à la porte... et distinguait soudain dans la pénombre des cages gigantesques pleines de chats dont les grands yeux émeraude l'étudiaient sans aménité, et derrière elles, deux hommes armés de pistolets et vêtus de combinaisons de plongée noires.

Il se réveilla à ce moment-là et se dressa sur son séant en hurlant, martelant matelas et oreiller à coups de poing, froissant ses draps en boule, gesticulant comme un possédé... jusqu'au moment où, reprenant ses esprits, il s'aperçut qu'il n'y avait aucun chat alentour.

— Un cauchemar... grommela-t-il.

De lourds doubles rideaux plongeaient la pièce dans l'obscurité, car Buddy dormait jusque vers midi et parfois plus tard. Il alluma en hâte sa lampe de chevet. Pas plus de chats que d'hommes grenouilles. Il savait qu'il avait fait un horrible rêve, le même depuis trois nuits. Malgré cela, il se leva, enfila ses gros chaussons à carreaux et se traîna encore à demi endormi jusque dans la cuisine pour vérifier le robinet sur l'évier. Bien sûr il n'y avait pas de chats, mais il préférait s'en assurer de visu. Ce cauchemar le bouleversait autant à chaque fois, et cela faisait bientôt une semaine qu'il n'avait pas passé une nuit sans en faire un. Une fois réveillé, il ne parvenait pas à se rendormir.

La pendule indiquait 12h 13. Il rentrait de la scierie à 8h 30, se couchait à 9h 30, cinq jours par semaine selon une routine bien établie. Il avait donc eu seulement trois heures de sommeil encore aujourd'hui. Il alla s'installer dans la cuisine et feuilleta la revue de voyages qu'il avait achetée lundi au bazar. La photo représentant des plongeurs sous-marins attira son attention et il se mit à réfléchir.

Pourquoi des plongeurs? des hommes-grenouilles, armés, près du réservoir, si tard dans la nuit ? Pourquoi ? L'obscurité, les plongeurs... pourquoi ? Essaie... essaie de comprendre... Impossible... Comprends pas... mais si, tu peux... mais non. Des plongeurs... dans les bois, la nuit... ridicule. Impossible. Comprends pas...

Il décida de prendre sa douche, de s'habiller et d'aller au bazar demander à Sam Edison de trouver l'explication à sa place...

A 12h 05, Rya aux aguets aperçut un homme en pantalon gris et polo bleu sombre, avec de grosses lunettes, entrer dans la pension de famille de Pauline Vicker. C'était l'homme qui avait ordonné à Bob Thorp de tuer Mark.

A 12h 10, elle pénétrait dans l'église Sainte-Marie-Marguerite et allait se cacher dans l'un des confessionnaux à l'extrémité droite de la nef. La semaine passée elle avait entendu Emma parler du déjeuner suivi de la réunion traditionnelle du club des joueurs de cartes, dans les sous-sols de l'église le vendredi. Par un interstice des rideaux de velours cramoisi, elle apercevait derrière la nef le haut de l'escalier de pierre conduisant au sous-sol. Pendant un quart d'heure, ce fut un constant défilé de jeunes femmes arborant de pimpantes robes d'été ou d'élégants tailleurs-pantalons et portant parapluie. A 12h 30 enfin, elle vit arriver Emma Thorp qu'elle reconnut malgré la pénombre environnante. Dès qu'Emma eut descendu les premières marches, Rya quitta l'abri du confessionnal.

Pendant un bref instant la vue de la croix au bout de la nef la laissa pétrifiée. Le regard du Christ en bois sculpté semblait franchir les rangées de prie-dieu pour se poser sur elle. Tu aurais pu épargner ma mère, et Mark aussi, cria-t-elle dans son for intérieur. Pourquoi avoir mis des meurtriers sur terre ? Hein, pourquoi ? Mais le regard du Christ ne contenait pas de réponse à cette angoissante question. Aide-toi, le ciel t'aidera, se rappela Rya. Dieu ne vient en aide qu'à ceux qui s'aident d'abord tout seuls. Bon. Très bien. Je vais donc me débrouiller par mes propres moyens... je vais leur faire payer ce qu'ils ont fait à Mark. Et très cher. D'abord, trouver des preuves. Patience... on va voir... patience.

Elle s'était remise à trembler et les larmes lui piquaient les yeux, mais elle se reprit avant de quitter la nef. Dans le foyer d'entrée elle vit l'un des battants du portail démonté, ses gonds du bas retirés, et une boîte à outils ouverte par terre avec divers instruments de travail éparpillés. De toute évidence l'ouvrier était allé chercher une pièce manquante.

Rya se tourna vers le Christ en croix dont le regard semblait toujours fixé tristement sur elle; puis avisant la boîte à outils et craignant de voir revenir l'ouvrier, elle se baissa et s'empara furtivement d'une grosse clef anglaise qu'elle glissa dans une poche de son ciré vert, après quoi elle sortit sans plus s'attarder.

A 12h 35 elle passait devant le bâtiment administratif à l'angle nord-est de la place et qui abritait les bureaux du chef de la police au rez-de-chaussée. Par l'une des deux grandes fenêtres aux stores relevés, elle aperçut Bob Thorp assis à sa table de travail occupé à manger un sandwich en lisant une revue.

A 12h 40, devant le restaurant Ultman elle assista au départ à vélo d'une douzaine de gamins en direction de la piste cyclable où se déroulaient les courses du vendredi. Jeremy Thorp faisait partie du peloton.

A 12h 45, Rya traversait Union Road, passait sous la tonnelle chargée de vigne et arrivait sur le derrière de la maison des Thorp, que clôturaient quelques massifs d'arbres au fond de la pelouse. Il n'y avait ni maisons ni rues de ce côté ou sur la gauche; seulement le gazon, le garage et la rivière un peu plus loin. Sur la droite, la maison la plus proche se trouvait en avancée par rapport à celle des Thorp sur Union Road, de sorte que Rya échappait à l'éventuelle indiscrétion des voisins.

Un heurtoir de cuivre brillait sur la porte, flanqué à

droite de trois petits regards décoratifs. Rya fit résonner bruyamment le marteau, et attendit un moment une réponse qui ne vint pas. Elle chercha à entrer mais la porte était verrouillée, comme prévu. A l'aide de l'outil dérobé elle fracassa le carreau du regard médian, un peu surprise par le vacarme ainsi produit. Sans se décourager, elle dégagea les éclats de verre de leur cadre de bois, remit la clé dans son ciré, et passa la main par le trou pour ouvrir de l'intérieur, tâtonnant un moment avant de sentir le contact froid du métal et de débloquer le système.

La porte une fois ouverte, Rya se retrouva sur le seuil dans la pénombre et soudain angoissée à l'idée que quelqu'un risquait de rentrer à l'improviste et de la découvrir.

Courage... allons, avance... courage, se répétait-elle. J'ai peur... ils ont tué Mark... j'ai peur... tu t'es enfuie ce matin... vas-tu recommencer ? continuait-elle de dialoguer avec elle-même. Alors, tu fuiras toujours ce qui fait peur ? Jusqu'à la fin de tes jours, tu fuiras ?

Elle s'avança dans la cuisine, faisant crisser le verre brisé sous ses pas. En se retrouvant devant la cuisinière, à l'endroit même où le meurtre avait eu lieu, elle se figea, l'oreille aux aguets, prête à fuir. Le frigidaire et le grand congélateur émettaient un léger bourdonnement auquel faisait écho le réveil-radio. Une fenêtre mal fermée vibra au souffle du vent, et dans le salon une horloge sonna le troisième quart de l'heure avec quelques minutes de retard, le son se prolongeant après le dernier coup. La maison était pleine de bruits divers, mais aucun qui fût de nature humaine. Rya était bien seule.

Ayant ainsi commis une violation de domicile, et le plus dangereux étant accompli, Rya ne savait plus très bjen quelle tactique adopter à présent. Fouiller la maison... oui, voilà... et de fond en comble... chercher le corps. Mais par où commencer ?

Lorsqu'elle finit par comprendre que ses tergiversations n'étaient qu'un prolongement de sa frayeur, et qu'elle avait en fait terriblement peur de trouver le cadavre de Mark, même si tel était son but, elle décida de commencer par la cuisine. Il y avait peu d'endroits dans cette pièce, où entreposer le corps d'un enfant de neuf ans. Rya examina l'office, le réfrigérateur puis le congélateur, mais sans résultat. Ce fut en fouillant dans un petit placard sous le bloc-évier qu'elle découvrit un seau plein de chiffons ensanglantés. Pas des chiffons, des torchons plutôt, qu'ils avaient dû utiliser pour nettoyer mais avaient oublié de faire disparaître. Elle prit l'un des torchons, encore tout humide de sang frais, mais le lâcha aussitôt en regardant avec horreur sa main rougie.

— Mark... oh, mon pauvre Mark... murmura-t-elle effondrée. Toi qui n'avais jamais fait de mal... à personne... ils t'ont massacré... pourquoi... pourquoi mon Dieu ?

Elle se redressa, les jambes flageolantes, une douleur atroce dans tout son corps. Il faut trouver le corps. Non. Mais tu es venue pour ça. J'ai changé d'avis. Le corps ? Non... non... ce serait trop dur... trop dur... trouver Mark, le crâne défoncé... les yeux révulsés... du sang séché sur son visage... trop dur... même les grandes filles ne peuvent pas faire face, des fois... même les grandes filles ont des limites à leur courage... j'ai atteint les miennes... je ne pourrai jamais fouiller cette maison... jamais...

Elle elle éclata en sanglots, le corps secoué de tremblements nerveux. Alors elle ramassa le seau, le mit sous son bras et s'enfuit en courant.

A 12h 45, Salsbury descendit de sa chambre avec son porte-documents et entra dans le salon de la pension où il trouva Pauline Vicker installée dans le plus profond des trois fauteuils. C'était une forte femme d'une soixantaine d'années, avec des cheveux gris mousseux, un teint rougeaud, un double menton, des yeux rieurs, et un sourire permanent. L'archétype de la grand-mère dans les contes illustrés, ou les films pour enfants. Ses pieds nus reposaient sur un pouf et elle suçait des bonbons en regardant un mélo à la télévision.

— Mrs Vicker, appela Salsbury, sur le seuil.

Elle leva les yeux, avalant avec difficulté le caramel qu'elle mâchonnait.

— Bonjour, monsieur, articula-t-elle enfin. Si vous venez faire une réclamation pour votre chambre ou autre chose de ce genre, est-ce que cela pourrait attendre un peu... quelques minutes... jusqu'à la fin du film? C'est mon feuilleton préféré.

— Je suis la Clé, dit-il avec agacement.

— Oh ! Je suis la Serrure. fit-elle, déçue de se rendre compte qu'elle n'allait pas voir la fin du film.

— Levez-vous, Mrs Vicker.

Elle obéit péniblement. Espèce de grosse jument, songea-t-il.

— Que désirez-vous ? demanda-t-elle gentiment.

— J'ai besoin de cette pièce pendant quelque temps, fit-il en s'approchant du petit bureau sur lequel se trouvait le téléphone privé.

— Il faut que je sorte ?

— Oui, tout de suite, et je ne veux pas être dérangé.

Elle jeta un regard en coin vers la guéridon en érable près de son fauteuil et demanda timidement:

— Je peux prendre ma boîte de bonbons ?

— Bien sûr, mais dépêchez-vous.

— Voilà, je suis déjà partie, déjà partie Mr Deighton. Vous pouvez prendre tout votre temps. Je veillerai à ce que personne ne vous dérange, promit-elle en serrant ses bonbons sur son cœur.

— Mrs Vicker...

— Oui ?

— Allez vous installer dans la cuisine.

— D'accord.

— Mangez tous vos bonbons.

— Ne vous inquiétez pas.

— Ecoutez la radio, faites ce que vous voulez mais attendez que je vienne vous chercher.

— C'est entendu.

— C'est bien compris ?

— Absolument. Je ferai ce que vous me dites. Je répète: je vais à la cuisine, j'écoute la radio, je mange des bonbons, et...

— Et fermez la porte en partant, dit-il sèchement.

Elle disparut en exécutant le dernier ordre, et Ogden ouvrit alors sa serviette sur le bureau et en sortit une trousse à outils et l'un des omni-récepteurs que Dawson avait achetés à Bruxelles, une petite boîte noire d'où partait un réseau de fils. Il se félicita intérieurement d'avoir eu l'idée d'apporter cet appareil, oui, c'était une bonne idée... presque une intution... Une riche idée vraiment... avec ça, il tenait la situation en main.

Ayant soigneusement réfléchi aux diverses éventualités, son esprit toujours scientifique malgré une panique passagère avait décidé qu'il était grand temps d'écouter ce que Paul Annendale avait à dire aux Edison.

Avisant soudain sur le dessus du bureau une douzaine de cygnes miniature en verre, soigneusement alignés et tous de taille, de couleur, et de forme différentes, Ogden les balaya d'un geste brutal et les envoya rouler sur le tapis où ils s'entrechoquèrent. Sa propre mère faisait collection de figurines de verre, pas des cygnes toutefois mais des petits chiens, des centaines de petits chiens... Ogden écrasa du talon l'un des cygnes en s'imaginant avec un plaisir sadique que c'était un petit chien... Après quoi il brancha l'omni-récepteur sur le téléphone et composa le numéro du bazar d'Edison. A l'autre bout, la sonnerie ne retentit point, mais chaque combiné dans le magasin et dans les appartements privés au-dessus était discrètement ouvert à l'oreille de Salsbury.

... Et ce qu'il capta d'entrée fit craquer la mince carapace protectrice qu'il s'était fabriquée depuis le crime... Buddy Pellineri, ce quasi-analphabète, racontait à Sam, à Jenny et à Paul qu'il avait vu deux hommes revenir du réservoir à l'aube du 6 août.

Ainsi, Rossner et Holbrook avaient été aperçus ! Et ce

n'était pas la nouvelle la plus catastrophique ! Avant même que Buddy eût fini son récit et répondu aux diverses questions des autres, la fille de Paul Annendale faisait irruption avec un seau contenant les torchons ensanglantés. Salsbury poussa un juron furieux. Dans sa hâte de nettoyer la cuisine et de cacher le corps, il avait repoussé le seau sous l'évier et l'y avait oublié par la suite. Le cadavre n'était d'ailleurs pas tellement bien dissimulé, mais en tout cas il ne l'avait pas laissé dans la pièce du crime. Foutus torchons ! Ainsi lui, Ogden Salsbury, avait omis de faire disparaître une preuve fort compromettante et facilement repérable par le premier venu.

Il n'avait plus le droit de ressasser les événements de la matinée pour épiloguer dessus à loisir. S'il voulait éviter la crise irrémédiable et sauver leur projet il devait penser et agir plus vite qu'il ne l'avait jamais fait auparavant.

Il écrasa rageusement un autre cygne miniature qui explosa en mille morceaux.

IV

13h10

Le tonnere avait éclaté dans la vallée, et la tempête semblait redoubler d'intensité, ajoutant une note tragique au drame en cours.

Déchiré entre le désir de croire ce que racontait Emma Thorp, et la conviction croissante que Rya avait hélas dit la vérité, Paul décida de retourner chez les Thorp accompagné de Sam Edison.

Ils arrivèrent eux aussi par le derrière de la maison et grimpèrent les marches menant à la porte de la cuisine.

— Attends un instant, dit Sam en posant une main ferme sur son épaule.

— Attendre quoi ? s'écria Paul en se tournant vers lui, les cheveux tout ébouriffés par les rafales de vent.

— Nous allons nous rendre coupables d'effraction.

— La porte est ouverte.

— C'est pareil. D'ailleurs c'est Rya qui l'a forcée.

Sachant fort bien que Sam essayait de le raisonner dans son intérêt, mais impatient malgré tout Paul explosa:

— Et alors, que dois-je faire Sam ? Appeler les flics ? Tirer quelques sonnettes grâce à mes relations, téléphoner au chef de la police et lui demander de mener lui-même l'enquête ?

— On pourrait faire appel à la police de l'Etat.

— Non.

— Le corps n'est peut-être même plus ici.

— Ils auront autant que possible évité de transporter un cadavre en plein jour.

— Il n'y a peut-être pas de cadavre... ici ni ailleurs...

— Je voudrais tant que tu aies raison, crois-moi.

— Paul, appelons la police d'Etat.

— Tu m'as dit qu'il leur fallait bien deux heures pour venir, et si le corps est encore caché ici il y a de grandes chances qu'il n'y soit plus à ce moment-là.

— Mais enfin Paul, tout cela est tellement invraisemblable ! Pourquoi Bob aurait-il assassiné Mark, veux-tu me le dire ?

— Rappelle-toi ce que Rya a raconté. C'est ce sociologue qui lui en a donné l'ordre, cet Albert Deighton.

— Elle ne pouvait pas savoir que c'était Deighton.

— Sam, c'est toi qui l'as identifié d'après sa description ne l'oublie pas.

— Bon d'accord. Mais tu imagines Emma allant à un déjeuner suivi d'un bridge après avoir assisté au meurtre de Mark par son mari ? Soyons raisonnables ! Et comment un gamin comme Jeremy aurait-il pu te mentir avec autant de sincérité après avoit été témoin d'un spectacle aussi atroce ?...

— A toi de me le dire... ce sont tes voisins, tu les connais mieux que moi.

— Justement, c'est ce qui ne colle pas. Nous sommes voisins depuis toujours et je les connais bien, assez en tout cas pour affirmer qu'ils sont incapables d'une chose pareille !

Paul sentait des spasmes douloureux au creux de son estomac et dans le bas-ventre, tant le souvenir des chiffons ensanglantés et des mèches de cheveux de la couleur de ceux de Mark le bouleversait physiquement autant qu'émotionnellement. Ou peut-être était-ce l'inverse: le choc émotionnel ressenti en premier avait entraîné une violente réaction physique.

— Tu as connu ces gens en temps normal, dans des circonstances normales, s'écria-t-il, mais crois-moi Sam, il se passe ici des événements tout à fait anormaux. D'abord le récit de Rya, puis la disparition de Mark... ces chiffons pleins de sang... et pour finir l'étrange histoire de Buddy à propos de ces hommes près du réservoir en pleine nuit quelques jours avant l'épidémie inexplicable qui a affecté toute la ville.

— Tu crois que cette pseudo-grippe a un lieu avec le... avec tout ce...

Un coup de tonnerre assourdissant l'interrompit un instant.

— Buddy n'est pas ce qu'on appelle un témoin sûr.

— Mais tu l'as cru, non ?

— Je pense qu'il a vu quelque chose d'anormal, sans pour autant que cela corresponde à son histoire.

— Oui, je me doute qu'il n'a pas vu des plongeurs sous-marins. D'abord, ils n'auraient pas porté de cuissardes. Mais il a peut-être aperçu deux hommes avec des bouteilles vides ayant servi à la dispersion d'un agent chimique.

— Ils auraient contaminé le réservoir? fit Sam incrédule.

— Ça m'en a tout l'air.

— Mais qui ? Le gouvernement, tu crois ?

— Possible. Ou des terroristes, ou encore une compagnie privée.

— Mais enfin pour quel motif ?

— Pour vérifier l'effet de leur drogue.

— Contaminer le réservoir, reprit Sam pensif, mais avec quel genre de drogue? Hein? Du genre qui transforme un homme normal en un tueur sur commande ?

Paul fut soudain saisi de tremblements nerveux, et Sam s'en voulut de sa maladresse.

— Paul, nous ne l'avons pas encore trouvé... ne perdons pas espoir... nous n'avons aucune preuve de sa mort...

— Oh Sam... si tu savais comme j'ai peur... j'ai peur

de le trouver mort... j'en suis presque sûr, murmura Paul au bord des larmes mais refusant en même temps de se laisser aller et décidé à ne s'accorder ce luxe que plus tard quand tout serait réglé. Et si tu veux mon avis, reprit-il en s'éclaircissant la voix, ce soi-disant sociologue Albert Deighton a quelque chose à voir avec l'histoire de Buddy. Il n'est pas venu à Black River pour se livrer à une enquête... il sait ce qui a été répandu dans le réservoir et il reste ici pour constater les effets sur les gens.

— Mais alors pourquoi n'avons-nous rien ressenti, Jenny et moi ?

— Je n'en sais rien. Pas plus que je ne sais ce que Mark a découvert ce matin... Qu'a-t-il bien pu voir qui ait signé son arrêt de mort ?

Ils échangèrent un long regard, terrifiés à l'idée que les habitants de Black River puissent servir de cobayes involontaires dans quelque mystérieuse expérience. L'un comme l'autre souhaitaient s'apercevoir qu'ils dramatisaient une situation jusque-là incompréhensible dont ils riraient plus tard. Mais pour le moment ils ne pouvaient même pas en sourire.

— En tout cas s'il y a la moindre parcelle de vérité dans cette histoire, il faut justement appeler la police de l'Etat et sans tarder, insista Sam.

— Non, nous devons d'abord trouver le corps et les appeler ensuite. Je veux retrouver mon fils avant que ses assassins ne s'en débarrassent à leur manière dans un coin perdu de la montagne.

— Paul, ne parle pas de lui comme s'il était déjà mort, coupa Sam le visage blanc comme un linge. Bon Dieu, Paul, tu n'as aucune certitude !

— Sam, j'aurais dû croire Rya tout de suite ce matin, reprit douloureusement Paul qui avait à nouveau des difficultés à respirer. Rya n'est pas une menteuse. Ces chiffons pleins de sang... Ecoute-moi, Sam, il vaut mieux que je parle de lui comme s'il était mort, il le faut tu comprends ? Parce que si je l'imagine encore en vie et que... je tombe sur le corps... ce sera trop dur. Trop dur... Je ne m'en remettrai pas. Tu comprends ?

— Je comprends, Paul.

— Mais tu n'es pas obligé de venir avec moi.

— Je ne veux pas te laisser seul dans cette maison.

— Bon, alors allons-y et finissons-en.

— C'est un bon petit, murmura Sam comme pour lui-même, un si bon petit. Je l'aime comme mon propre fils.

Ils pénétrèrent ensemble dans la maison plongée dans l'obscurité.

Le centre téléphonique local occupait un immeuble en brique d'un étage sur Main Street ouest, tout près de la place principale et de chez Pauline Vicker.

Au rez-de-chaussée le bureau où s'effectuaient les diverses opérations était petit mais remarquablement en ordre grâce aux espaces de rangement des huit classeurs de métal gris. Une caisse enregistreuse, une calculatrice électronique, une machine à photocopier, une machine à écrire, une longue table en pin blanc, deux chaises, un grand bureau en métal avec son fauteuil pivotant, un calendrier accroché au mur et plusieurs téléphones, une radio et le drapeau des USA sur son socle d'acier complétaient le mobilier. Pas un gramme de poussière nulle part, et tous les tas de papiers, de formulaires divers et d'enveloppes étaient empilés avec le plus grand soin.

La seule occupante de ce bureau semblait aussi propre et soignée de sa personne que la pièce où elle travaillait. Plus près de la cinquantaine que de la quarantaine; mais avec un charme certain, mince, des cheveux châtain coupés court et striés de quelques fils d'argent, une peau lisse et laiteuse, des traits anguleux qu'adoucissait une bouche large et sensuelle curieusement déplacée dans ce visage plutôt sévère, elle était vêtue d'un élégant tailleur-pantalon vert et d'un chemisier de coton blanc. Ses lunettes accrochées à une fine chaînette pendaient sur sa poitrine quand elle ne s'en servait pas.

A l'entrée de Salsbury dans la pièce elle se leva, alla jusqu'au comptoir avec un sourire de commande et lança poliment:

— Bonjour. Quel vilain temps. On dirait qu'il va pleuvoir. Salsbury referma la porte munie d'un regard, et répondit brièvement:

— Oui, c'est vrai.

— Que puis-je faire pour vous, monsieur ?

— Je suis la Clé.

— Je suis la Serrure. Il s'approcha du long comptoir de pin blanc, tandis qu'elle tripotait nerveusement ses lunettes.

— Comment vous appelez-vous ?

— Joan Markham.

— Vous êtes secrétaire ?

— Non, assistante de direction, rectifia-t-elle.

— Combien d'employés ici ?

— En ce moment ?

— Oui, en ce moment.

— Six, moi comprise.

— Donnez-moi leur nom, un par un.

— Voyons... Mr Pulchaski.

— Qui est-ce ?

— Le directeur.

— Où est-il ?

— Dans son bureau, au premier, sur le devant.

— Qui d'autre ?

— Leona Ives, sa sacrétaire.

— Elle est aussi là-haut ?

— Oui.

— Il reste encore trois personnes.

— Oui, les opératrices.

— Du standard ?

— Oui, Mary Ultman, Betty Zimmerman et Louise Pulchaski.

— La femme du directeur ?

— Sa fille.
— Où travaillent ces standardistes ?
— Dans la pièce à côté sur l'arrière du bâtiment, fit-elle en montrant une porte au fond.
— A quelle heure terminent-elles leur journée ?
— A cinq heures.
— Et trois autres viennent les relever ?
— Deux seulement. C'est calme ici le soir.
— Et cette équipe de nuit travaille jusquà 1 heure du matin ?
— Exactement.
— Et deux opératrices prennent la relève jusqu'à 9 heures du matin ?
— Non, seulement une pendant ce qu'on appelle entre nous la « veillée funèbre ».
Elle chaussa ses lunettes, puis les enleva quelques secondes plus tard.
— Nerveuse, Joan ?
— Oui, très.
— Il ne faut pas. Détendez-vous. Restez calme.
Ses épaules et son cou fragile se relâchèrent un peu et elle esquissa un sourire.
— Demain c'est samedi, reprit-il. Y aura-t-il quand même trois standardistes dans la journée ?
— Jamais plus de deux pendant le week-end.
— Joan, je vois un bloc et un crayon près de votre machine. Je veux que vous me dressiez une liste de tous les opérateurs ou opératrices qui seront de service cette nuit et dans les deux premières équipes de demain. Leur nom et leur numéro de téléphone, compris ?
— Entendu, répondit-elle en allant déjà vers sa table de travail.
Salsbury s'approcha de la porte d'entrée et jeta un coup d'œil à Main Street à travers les carreaux. Messager d'un orage d'été, le vent fouttait sauvagement les arbres comme un cocher son attelage pour gagner l'abri avant la tempête. Il n'y avait personne en vue dans la rue. Sa montre indiquait 13h 15.

— Allons, grouille-toi stupide femelle, s'écria-t-il soudain.

— Pardon ? fit-elle en levant un regard surpris.

— Oui, oui je t'ai appelée stupide femelle. Bon, oublie ça et finis ta liste mais vite.

Elle se replongea dans le travail qu'il lui avait demandé. Stupide femelle, songeait-il. Comme les autres. Toutes des garces, toutes sans exception. Des garces qui lui avaient toujours empoisonné l'existence.

Un camion vidé de son chargement de bois enfila Main Street en direction de la scierie.

— Voilà c'est fait, annonça-t-elle.

Salsbury revint au comptoir et consulta la page du bloc qu'elle lui tendait. Sept noms et sept numéros de téléphone. Il mit le papier dans sa poche et demanda:

— Et des ouvriers, des réparateurs ? Vous en avez de service ?

— Une équipe de quatre, deux le jour et deux le soir. Personne n'assure la nuit en permanence, ni les week-ends, mais ils doivent toujours nous laisser un numéro d'appel où les joindre en cas d'urgence.

— Il y en a donc deux de service en ce moment ?

— Oui.

— Où sont-ils ?

— A la scierie, il y avait un problème.

— Quand seront-ils de retour ?

— Vers trois heures, peut-être trois heures et demie.

— Quand ils reviendront, tu les enverras au bureau de Bob Thorp, ordonna-t-il ayant décidé de faire du bureau du sherif son quartier général pendant la durée de la crise.

— D'accord monsieur.

— Ecris-moi aussi le nom et le numéro de téléphone des deux autres ouvriers.

Elle s'exécuta en moins d'une minute.

— Bon, à présent écoute-moi bien, Joan.

Elle posa ses coudes sur le comptoir et se pencha vers lui d'un air attentif et soumis.

— Dans quelques minutes la tempête couchera les lignes

entre Black River et Bexford. Il sera impossible aux habitants et aux gens de la scierie de faire ou de recevoir un appel longue distance.

— Eh bien cela me promet une belle journée de travail ! se contenta-t-elle de commenter d'un air soucieux.

— Tu veux parler de réclamations ?

— Oui, toutes plus agréables l'une que l'autre !

— Si les gens se plaignent, dis-leur que des réparateurs de Bexford sont déjà au travail mais que les dégâts son importants et que cela prendra des heures... sans doute jusqu'à demain dans l'après-midi. C'est compris ?

— Ça ne va pas leur plaire...

— Peut-être mais as-tu bien compris ?

— Oui.

— Bon. Dans un instant je vais aller bavarder avec les standardistes à côté, et je monterai aussi voir ton patron et sa secrétaire. Dès que je serai sorti de cette pièce tu oublieras tout ce que je t'ai dit. Pour toi je serai un réparateur de Bexford, rien d'autre, un réparateur qui est passé te prévenir que ses hommes étaient déjà au travail. C'est bien compris ?

— Oui.

— Et maintenant retourne à ton travail.

Elle lui obéit, tandis qu'il quittait la pièce par la porte du fond pour aller voir les standardistes.

Paul avait l'impression d'être un cambrioleur Il avait beau se répéter qu'il n'était pas venu pour voler mais pour retrouver le corps de son fils... si corps il y avait, et que dans ce cas c'était son droit et sa propriété, il ne pouvait malgré tout s'empêcher de se sentir coupable en pénétrant chez les Thorp.

A 13h 44 pourtant, lui et Sam avaient fouillé la maison de fond en comble sans trouver de cadavre. De retour dans la cuisine, Paul ouvrit la porte conduisant au sous-sol et alluma l'électricité.

— C'est là que nous aurions dû chercher dès le début, dit-il. En bas, dans le sous-sol. C'est sûrement là.

— Même si Rya a dit la vérité, ce genre d'enquête m'est très pénible, avoua Sam. Rôder partout comme ça, fouiner dans l'intimité de ces gens qui sont de vieilles connaissances...

— Ce n'est pas mon genre non plus, tu sais.

— Je me sens minable...

— C'est presque terminé, Sam.

Il descendirent. La première pièce servait principalement de buanderie, avec un évier à double bac en inox, une machine à laver et sécher, de grands paniers d'osier, une longue table pour repasser et plier le linge, et des étagères chargées de paquets de lessive, de détachants, de détergents et de produits de rinçage. A l'autre extrémité toutefois, Bob avait installé son établi et tous sortes d'outils destinés entre autres à préparer ses mouches car, en pêcheur convaincu, il aimait fabriquer ses appâts et allait même jusqu'à en vendre deux à trois mille par an, ce qui rendait son passe-temps favori très lucratif.

Sam jeta un coup d'œil à la niche obscure sous l'escalier, puis fouilla les placards près de la machine à laver, sans trouver de cadavre ni de traces de sang.

L'estomac de Paul continuait de gargouiller et de le brûler comme s'il avait avalé de l'acide. Il examina également les placards au-dessus et sous l'établi, saisi d'une terrible appréhension chaque fois qu'il ouvrait une porte.

La seconde pièce, moitié moins grande, servait de réserve aux provisions et des étagères couraient le long de deux des murs, chargées de bocaux de légumes et de fruits achetés ou préparés à la maison. Un énorme congélateur en forme de coffre à bois occupait le mur du fond.

— S'il n'est pas là-dedans c'est qu'il n'est pas ici, décréta Sam.

Paul s'approcha et souleva le lourd couvercle, Sam à ses côtes. Un air glacé les frôla tandis que des volutes de buée blanchâtre s'échappaient dans la pièce, bientôt dissipées au contact de la chaleur ambiante. Le congélateur contenait deux ou trois douzaines de paquets de viande sousplastique avec leurs étiquettes d'identification. Ils n'étaient rangés ni en fonction de la meilleure utilisation de l'espace, ni de leur taille, de leur poids ou de leur contenu, et dans les circonstances présentes Paul s'étonna de cette évidente négligence. On eût dit qu'ils avaient été jetés là-dedans pêle-mêle en grande hâte.

Paul retira un morceau de bœuf d'environ 3 kilos qu'il posa par terre, puis 5 kilos de bacon, un autre morceau de bœuf, encore du bacon, un container de 10 kilos de côtes de porc...

Le corps du petit avait été placé au fond du congélateur, ses bras ramenés sur sa poitrine, ses genoux remontés, et on l'avait dissimulé sous les paquets de viande. Ses narines étaient obstruées par du sang caillé et ses lèvres recouvertes d'une croûte de sang gelé rouge sombre qui s'étendait sur le menton. Ses yeux fixes, d'un blanc vitreux, les regardaient sans les voir.

— Mon Dieu... mon Dieu... non... murmura Sam qui s'écarta brusquement et courut dans l'autre piece où Paul l'entendit ouvrir un robinet et vomir dans l'évier. Très curieusement, Paul se sentait calme. En découvrant le cadavre de son fils, sa violente colère, son désespoir et sa douleur atroce se transformèrent soudain en une tendre et profonde compassion.

— Mark, murmura-t-il, tout va bien, tout va bien à présent. Je suis là. Je suis près de toi, Mark. Tu n'es plus seul.

Il sortit lentement le reste des paquets de viande, un à un, élargissant l'étrange tombeau et dégageant le corps. Il était en train de retirer le dernier quand Sam raparut.

— Paul... je monte... téléphoner... appeler la police.

Paul ne répondit pas, le regard fixé sur le congélateur.

— Paul, tu m'entends ?

— Oui, je t'entends.

— J'appelle la police de l'Etat, non?
— Oui, maintenant il le faut.
— Paul, tu tiens le coup?
— Ça va, Sam.
— Tu peux rester seul un moment?
— Oui, je t'assure.
— Vraiment?
— Vraiment.

Sam hésita malgré tout, puis tourna le dos et monta l'escalier quatre à quatre.

Paul toucha la joue du petit garçon. Elle était dure et froide. Il trouva pourtant en lui la force d'extraire le corps de l'horrible cercueil, l'appuyant un instant contre le bord pour pouvoir passer ses bras dessous et le soulever. Puis il le posa doucement sur le sol au centre de la pièce, et souffla sur ses doigts pour les réchauffer.

Sam redescendait au même moment, le visage crayeux. Il regarda Mark avec une expression de douleur intense, mais retint ses larmes et réussit à articuler:

— Il y a eu un pépin sur la ligne téléphonique.
— De quel genre?
— Les câbles ont été abattus par le vent entre Bexford et ici.
— Abattus? Ce n'est pourtant pas une tornade, fit Paul surpris.
— Pas par ici, mais ça souffle sans doute très fort vers Bexford. Dans la montagne on voit souvent une zone de calme relatif voisiner avec une zone de grosse tempête.
— Bon, et ça veut dire quoi sur un plan pratique pour nous? demanda Paul repoussant du front de son fils des mèches de cheveux collées par du sang séché.
— On peut faire des appels en ville ou avec la scierie, mais pas à l'extérieur.
— Qui t'a dit ça?
— L'opératrice, Mary Ultman.
— Elle sait quand ce sera réparé?
— Apparemment il y a eu de gros dégâts. Une équipe

de Bexford est déjà au travail mais il leur faudra plusieurs heures.

— Combien exactement ?

— Elle dit qu'ils ne sont même pas sûrs de pouvoir finir avant demain matin.

Paul réfléchit un moment, toujours agenouillé sur le ciment à côté de son fils.

— L'un de nous devrait aller à Bexford et téléphoner de là-bas, suggéra Sam.

— Tu as raison.

— Tu veux que j'y aille ?

— Toi, ou moi, peu importe, mais avant il faut ramener le corps de Mark chez toi.

— Le ramener à la maison ?

— Oui.

— Ce n'est pas à l'encontre de la loi ? Je veux dire... retirer le corps des lieux du meurtre... hasarda Sam embarrassé.

— Je ne peux pas le laisser ici, Sam.

— Paul, si Bob Thorp est vraiment le coupable tu veux le voir payer pour ce crime, non ? Et si tu enlèves le corps, quelle preuve auras-tu que tu l'as vraiment trouvé ici ?

— Les médecins légistes sauront déceler des traces de sang ou des restes de cheveux de Mark dans le congélateur, répliqua Paul surpris de la fermeté de sa voix.

— Peut-être mais...

— Sam, je ne peux pas le laisser ici !

— D'accord, Paul, je comprends.

— Je ne peux pas, Sam.

— Je comprends, répéta Sam bouleversé. Transportons-le dans la voiture.

— Merci, Sam.

— Comment allons-nous... ?

— Prends ses pieds. Doucement, Sam.

Sam hochait la tête d'un air douloureux.

— Doucement, répéta Paul au moment où ils soulevaient le corps.

V

14h.

Le tonnerre grondait avec violence et la pluie crépitait contre les vitres du bureau de police. Deux hommes, employés dans un autre service gouvernemental également installé dans le bâtiment, se tenaient le dos à la fenêtre et essayaient de prendre l'air à la fois sévère, autoritaire et pleinement responsable qui exigeait le ciré jaune muni d'un suroît dont le devant et le dos s'ornaient du mot POLICE en majuscules peintes, et que leur avait généreusement donné Bob Thorp. Tous deux approchaient de la quarantaine, mais semblaient ravis comme des gosses de porter l'imperméable officiel. Des adultes heureux de jouer aux gendarmes et aux voleurs...

— Vous savez vous servir d'un revolver? demanda Salsbury.

Sur leur réponse affirmative Salsbury se tourna vers Bob Thorp.

— Donnez-leur des armes.

— Des revolvers ?

— Vous avez des fusils ?

— Oui.

— Je crois que ce serait mieux, qu'en pensez-vous ?

— Pour ce genre d'opération, oui bien sûr, répondit Bob Thorp.

— Parfait. Nous sommes bien d'accord.

Un éclair aveuglant illumina les fenêtres, causant l'espace d'un instant un curieux effet d'optique dans la pièce où objets et personnages semblèrent soudain décalés comme sur une pellicule qui saute tandis qu'au plafond l'éclairage fluorescent vacillait.

Thorp alla ouvrir une armoire de métal verrouillée derrière son bureau et en retira deux fusils.

— Vous savez vous en servir? demanda Salsbury aux hommes en ciré jaune. L'un des deux acquiesça simplement, mais l'autre ajouta.

— Facile comme tout. Ces joujoux savent cracher tout seuls. Il suffit de viser à peu près en direction de la cible et d'appuyer sur la gâchette, assura-t-il en saisissant l'arme à deux mains avec un large sourire admiratif.

— Parfait, parfait. Vous allez vous rendre au parking derrière le bâtiment, prendre la voiture de patrouille en attente et conduire jusqu'à la sortie est de la ville. Pas de question jusque-là ?

— Pas de question.

— Une centaine de mètres avant le virage au débouché de la vallée, vous vous arrêterez en travers de la route en bloquant les deux voies dans la mesure du possible.

— Un barrage, quoi, dit l'un des hommes, ravi de la tournure que prenait ce petit jeu.

— Tout à fait. Maintenant écoutez-moi bien: vous laisserez passer tous les véhicules qui veulent entrez dans Black River, camions de bois, de livraison, voitures particulières de résidents ou de visiteurs, tout. Mais vous les dirigerez jusqu'à ce bureau en expliquant que Black River est en état d'alerte rouge et que tous sans exception doivent passer par le bureau du shérif avant de vaquer à leurs affaires.

— Et c'est quel genre d'alerte? demanda l'un des hommes.

— Vous n'avez pas à le savoir.

L'un des deux eut une expression ennuyée et l'autre hasarda:

— Mais tous les gens que nous arrêterons voudront savoir.

— Vous leur direz que le shérif leur expliquera tout.

Ils acquiescèrent et Thorp leur remit une douzaine de balles chacun.

— Et si quelqu'un veut sortir de Black River, les consignes sont les mêmes, précisa alors Salsbury. Vous l'envoyez, aussi ici en racontant la même histoire. C'est bien compris ?

— Oui monsieur.

— Compris.

— Et chaque fois que vous nous enverrez quelqu'un, que ce soit des gens qui entrent ou qui sortent de la ville, vous nous préviendrez par transistor. Si dans les quelques minutes suivantes personne ne s'est présenté ici, nous saurons que nous avons affaire à des bandits. Compris ?

— Compris, répondirent-ils en chœur.

Salsbury sortit son mouchoir et s'épongea le visage.

— Si quelqu'un essaie de forcer le barrage pour sortir, arrêtez-le à tout prix, ajouta-t-il. Et s'il le faut, tirez dessus.

— Pour le descendre, vraiment ?

— Oui, mais seulement en cas de nécessité absolue.

— Soyez tranquille, vous pouvez compter sur nous, assura avec solennité l'un des deux en essayant d'imiter John Wayne dans "Alamo"

— Des questions ?

— Combien de temps devrons-nous garder le barrage ?

— Une autre équipe assurera la relève dans six heures, donc à 8 heures ce soir, fit Salsbury en remettant son mouchoir dans sa poche. Ah, autre chose, dès que vous aurez quitté cette pièce vous oublierez que vous m'avez vu. Pour vous, je n'aurai jamais été ici. Vous vous souviendrez de tout ce que je vous ai expliqué avant ce que je suis en train de vous dire en ce moment, chaque détail de notre conversation antérieure, mais vous croirez que c'est Bob Thorp qui vous a donné toutes ces instructions. Est-ce clair ?

— Tout à fait.

— Alors parfait. Maintenant, en route.

Les deux hommes quittèrent la pièce, effaçant Ogden Salsbury de leur mémoire au moment où ils s'engageaient dans le couloir.

L'orage redoublait d'intensité. Un éclair d'un blanc éblouissant zébra le ciel, suivi d'un claquement de tonnerre qui ébranla les vitres.

— Fermez les stores, ordonna Salsbury nerveusement. Thorp obéit puis revint se planter devant le bureau où Ogden avait pris place.

— Bob, je veux que cette ville soit complètement isolée, coupée de l'extérieur. Je veux être certain que personne ne puisse en sortir. Y a-t-il d'autres points que je devrais faire surveiller ?

— Il faudrait deux hommes aussi à l'autre sortie de la vallée, dit Thorp en se grattant le front. Un pour surveiller la rivière, armé d'un fusil au cas où quelqu'un essaierait de pártir en bateau. L'autre planqué dans le petit bois entre la rivière et la route, armé d'un fusil lui aussi et avec l'ordre de tirer sur quiconque tentera de se faufiler dans la forêt.

— Il faut un tireur d'élite pour surveiller la rivière et viser une cible qui se déplace en bateau, je suppose ?

— Non, pas un tireur d'élite. Un bon tireur, c'est tout.

— Bon, on y mettra un de vos hommes dans ce cas. Ce sont de bons tireurs, j'imagine ?

— Bien sûr.

— Assez bons pour ce genre d'exercice ?

— Absolument.

— Rien d'autre à me signaler ?

Thorp réfléchit un moment avant d'ajouter:

— Il y a plusieurs petits chemins de montagne qui servaient jadis au transport du bois et qui se rattachent à un réseau du même genre du côté de Bexford. On ne les suit pratiquement plus. Ce sont des chemins de terre, vaguement empierrés par endroit, et envahis par les mauvaises herbes, pleins de nids de poule aussi, mais je pense qu'un homme décidé à tout doit pouvoir les utiliser.

— Alors il faut les bloquer aussi, décréta Salsbury qui se leva et se mit à arpenter nerveusement le bureau de la table aux fenêtres. Cette ville m'appartient. Cette ville est à moi... à moi. Et je veux qu'elle le reste. Je garderai le contrôle sur tous les habitants, hommes femmes et enfants, jusqu'à ce que cette crise soit liquidée.

En réalité le contrôle de la situation lui échappait de plus en plus, et il allait devoir appeler Dawson tôt ou tard. Sous peu, certainement. Impossible d'agir autrement. Mais avant d'en arriver là il voulait se convaincre qu'il avait fait tout ce qui était en son pouvoir sans l'aide de Dawson ou de Klinger... leur montrer qu'il avait su agir avec intelligence et perspicacité... qu'il était un homme remarquable, dont la détermination et l'efficacité impressionneraient peut-être le général et ce cul bénit de Dawson. Les impressionner suffisamment pour compenser l'état de crise qu'il avait lui-même provoqué. C'était très important. Très. Dans l'immédiat, il devait survivre au courroux de ses partenaires.

14h30.

L'atmosphère dans le bureau de Sam était étouffante et moite. La pluie tambourinait aux vitres et des myriades de gouttes de buée se formaient sur l'intérieur du carreau. Encore paralysé par la découverte du corps de son fils, Paul était assis dans un fauteuil, les bras crispés sur les accoudoirs, les ongles enfoncés dans le tissu.

Sam, près des rayonnages, choisissait des ouvrages de psychologie et les feuilletait rapidement. Sur le large rebord intérieur de la fenêtre une antique pendulette égrenait son tic-tac monotone.

Jenny qui était entrée en laissant la porte ouverte derrière elle alla s'agenouiller près de Paul et posa sa main sur la sienne.

— Comment va Rya ? demanda-t-il.

Avant leur expédition chez les Thorp, Sam avait administré un calmant à la fillette.

— Elle dort à poings fermés, et à mon avis elle ne se réveillera pas avant deux heures.

— Voilà ! J'ai trouvé... s'écria Sam tout excité sous leur regard surpris. Il vint vers eux en leur tendant un volume.

— Sa photo... celui qui se fait appeler Deighton. Paul se leva pour mieux voir.

— Pas étonnant que Rya et moi ne pouvions trouver ses articles, reprit Sam. On cherchait à la table des matières tout ce qu'avait pu écrire un certain Albert Deighton... mais ce n'est pas son nom. Il s'appelle en réalité Ogden Salsbury.

— Je l'ai déjà vu, remarqua Paul. Au restaurant le jour où cette serveuse s'est planté la fourchette à viande dans la main. C'est d'ailleurs elle qui avait servi cet homme.

— Tu crois qu'il y a un lien entre cet épisode tragique et tout le reste... l'histoire de Buddy Pellineri, et... et ce qui est arrivé à Mark ? demanda Jenny se levant à son tour, la voix blanche, essayant de refouler ses larmes.

— Oui, je crois que tout est lié, répondit Paul qui s'étonnait d'avoir été incapable de pleurer jusque-là malgré l'horrible étau de sa souffrance. Salsbury a rédigé cet article ? demanda-t-il à Sam.

— Selon les quelques lignes d'introduction ce serait son dernier article, publié il y a un peu plus de douze ans.

— Mais il n'est pas mort.

— Hélas non !

— Alors pourquoi « dernier » article ?

— Il semble qu'il ait été un personnage très controversé, à la fois loué et décrié, surtout décrié d'ailleurs. Il a fini par se lasser de ces attaques et de ces chapelles, a cessé ses tournées de conférences, cessé d'écrire, et s'est consacré entièrement à ses recherches.

— Et quel est le sujet de cet article ?

— « La modification totale du comportement au moyen des perceptions subliminales », lut Sam à haute voix. Et en sous-titre: « Recherches et révélations sur le contrôle du cerveau ».

— Et cela veut dire quoi au juste ?

— Vous voulez que je vous lise l'article ?

Paul jeta un coup d'œil à sa montre.

— Ce ne serait pas une mauvaise idée de connaître la nature de l'ennemi avant d'aller trouver la police de Bexford, fit remarquer Jenny.

— Elle a raison, renchérit Sam.

— Alors vas-y, fais-nous la lecture.

14h40.

Le vendredi après-midi dans son bureau de la maison de Greenwich, H. Leonard Dawson lisait une longue lettre de sa femme, sur un papier couleur lavande. Julia accomplissait un pèlerinage de trois semaines en Terre Sainte, et déjà au bout de la première elle écrivait que rien ne correspondait à ce qu'elle avait imaginé et espéré. Les plus grands hôtels étaient tenus par des Arabes et des Juifs, et elle se sentait presque souillée et impie en réintégrant sa chambre le soir. Bien sûr il y avait des chambres disponibles dans des auberges, mais autant coucher dans une écurie. Le jour où elle écrivait cette lettre, son chauffeur l'avait conduite au Golgotha, le mont sacré par excellence. Dans la voiture, en route pour ce temple de la souffrance et de l'éternelle extase, elle s'était lu des passages de la Bible pour mieux se préparer. Mais même le Golgotha avait déçu son attente. En arrivant, elle avait vu la montagne sainte envahie par des Noirs américains, des baptistes du Sud, suant et malodorants... Imaginez un peu ! des baptistes noirs... et sudistes par-dessus le marché !

La sonnerie étouffée du téléphone blanc fit entendre son ronflement discret sur la ligne privée de la maison, dont seuls Ogden et Ernst connaissaient le numéro. Dawson reposa la lettre, attendit la seconde sonnerie et décrocha.

— Allô ?

— Je reconnais votre voix, dit Salsbury prudemment, reconnaissez-vous la mienne ?

— Bien sûr. Vous utilisez un brouilleur ?

— Oui.

— Alors inutile de parler par énigmes et de faire tant de mystère ! Même si la ligne était sur écoute, ce qui est impossible, personne ne pourrait comprendre notre conversation.

— En raison de la situation actuelle ici, mieux vaut prendre toutes ces précautions et ne pas se fier seulement eu brouillage croyez-moi, insista Salsbury.

— Quelle situation ?

— Un pépin, grave.

— Sur les lieux mêmes ?

— Oui.

— Quel genre de pépin ?

— Il y a un mort.

— Peut-on soutenir la version de ''causes naturelles'' ?

— C'est hors de question.

— Vous pouvez vous en tirer tout seul ?

— Non. Et il va y en avoir d'autres.

— Des morts ?

— Certaines personnes n'ont pas été affectées.

— Par le programme ?

— C'est cela.

— Et pourquoi cela entraîne-t-il des morts ?

— On sait qui je suis.

— Mais comment, enfin ?

Salsbury semblait hésiter à l'autre bout du fil.

— Vous feriez mieux de me dire la vérité, ordonna sèchement Dawson qui ajouta: Dans l'intérêt général...

— J'étais en train de me faire une femme...

— Quel imbécile !

— J'ai fait une bêtise, je le reconnais.

— Oui, ridicule, mais nous en reparlerons. Et un intrus vous a surpris avec cette femme, un intrus que la drogue n'avait pas affecté ?

— Exactement.

— Cela peut peut-être s'arranger sans trop de dégâts, non ?

— Je ne pense pas. J'ai donné l'ordre de tuer à quelqu'un.

Malgré quelques obscurités dans le récit, Dawson commençait à saisir le tableau des événements qui s'étaient produits à Black River. Il prit un temps de réflexion et demanda:

— Combien de gens n'ont pas été affectés ?

— Quatre ou cinq personnes, sans compter évidemment les bébés et les jeunes enfants.

— Bon, c'est peu finalement.

— Oui mais il y a un autre problème... Les deux hommes que l'on a envoyés là-bas au début du mois...

— Au réservoir ?

— Oui, eh bien quelqu'un les a vus.

Dawson resta silencieux.

— Si vous ne voulez pas vous déranger vous-même, je comprends, ajouta Salsbury. Mais j'ai besoin d'aide. Envoyez au moins notre associé...

— Nous arriverons tous les deux ce soir en hélicoptère, annonça Dawson. J'espère que vous pouvez tenir le fort tout seul jusque-là.

— Je le crois.

— Cela vaudrait mieux, laissa tomber Dawson sèchement avant de raccrocher.

Dieu tout-puissant, marmonna-t-il, c'est Vous qui m'avez envoyé cet homme comme l'instrument de Votre volonté. Mais maintenant, Satan a pris possession de lui... Je vous en prie mon Dieu, il faut m'aider à redresser la situation. C'est Vous que je sers, et Vous seul.

Il téléphona ensuite à son pilote pour lui donner l'ordre de préparer l'hélicoptère et de l'amener sur la piste derrière la résidence dans l'heure qui suivait. Après quoi il dut essayer trois numéros avant de trouver Klinger.

— Il y a un problème là-bas, dit-il au général.

— Grave ?

— Très grave. Pouvez-vous me rejoindre ici dans une heure ?

— En conduisant comme un fou, oui. Disons plutôt dans une heure et demie.

— Alors foncez. Mon Dieu, soupira-t-il à nouveau après avoir raccroché, ces deux hommes sont des infidèles je le sais, mais Vous me les avez envoyés pour servir Vos propres desseins. Alors ne me blâmez pas, ne me punissez pas, pour avoir seulement exécuté vos ordres.

Après cette prière solitaire il ouvrit le tiroir inférieur droit de son bureau et en retira une volumineuse chemise portant l'étiquette suivante:

INVESTIGATIONS PRIVEES - AGENCE HARRISON BODREI
SUJET : OGDEN SALSBURY

Grâce à cette agence, Dawson connaissait et comprenait ses deux partenaires mieux qu'eux-mêmes. Son dossier sur Klinger remontait à une quinzaine d'années alors que celui concernant Salsbury était relativement récent, datant de janvier 1975, mais extrêmement complet et retraçait la vie d'Ogden depuis la petite enfance. L'ayant lu une bonne douzaine de fois Dawson se rendait soudain compte qu'il aurait dû prévoir la crise actuelle. Ogden n'était ni tout à fait sain d'esprit, ni un psychopathe notoire. Il avait une phobie maladive des femmes, mais périodiquement s'offrait des prostituées, jusqu'à sept ou huit par week-end, dans des ébats pervers et sadiques. Et parfois... cela tournait mal.

Aux yeux de Dawson deux des rapports contenus dans ce dossier étaient plus instructifs et significatifs que tous les autres réunis. Il chercha le premier, le sortit de la chemise et entreprit de le relire une fois encore.

« Une semaine après son onzième anniversaire Ogden fut retiré à sa mère et placé sous la protection et la surveillance de la justice. Quelque temps plus tard la veuve Katherine Salsbury et son amant Howard Parker furent jugés pour viol, coups et perversion de moeurs sur la personne d'un mineur. Mrs Salsbury fut condamnée à une peine allant de sept à dix ans et envoyée au pénitencier de femmes dans le New Jersey. A la suite de ce jugement Ogden fut confié à la garde d'une voisine, Mrs Carrie Barger — maintenant épouse Peterson — qui élevait déjà plusieurs enfants d'adoption. L'entretien qui suit avec Mrs Carrie Peterson, maintenant âgée de soixante-neuf ans, s'est déroulé chez elle à Teaneck dans le New Jersey le mercredi matin 22 janvier 1975. Malgré l'heure matinale Mrs Peterson était de toute évidence en état d'ébriété, en sirotant un soi-disant « jus d'orange nature » en répondant aux questions. L'entretien a été enregistré à son insu. »

Au cours de ses précédentes lectures, Dawson avait coché les passages les plus marquants, et il saute donc d'emblée à la troisième page.

L'ENQUETEUR : En tant que voisine de Mrs Salsbury, vous deviez être au courant des brutalités infligées au petit ?

Mrs PETERSON : Ah oui, vous parlez ! Dès qu'il a marché tout seul, ça a commencé. L'horrible mégère !

La plus petite bêtise qu'il faisait elle le corrigeait, et pas rien !

E.: Des fessées ?

Mrs P.: Non, pas souvent ça mais j'aurais préféré d'ailleurs. Les fessées, c'est moins dur. La garce ! Elle lui donnait des grandes claques sur la tête, et sur son joli petit visage. Pauvre ange. Et puis quand il a été plus vieux, c'était à coups de poing. Et c'était un morceau de femme vous savez. Des volées de coups ! Et elle le pinçait aussi, fort, jusqu'à meurtrir ses petits bras. J'en pleurais moi, monsieur, quand il venait de temps en temps pour jouer avec mes gosses, et que je le voyais dans cet état... les bras pleins de bleus et des meurtrissures partout...

E.: Elle buvait ?

Mrs P.: Oui bien sûr, mais pas vraiment une ivrogne. Elle était méchante, c'est surtout ça... méchante de nature. Et pas très intelligente à mon avis. Les gens un peu demeurés s'en prennent souvent aux enfants, quand ils se sentent frustrés. Je l'ai remarqué, et plus d'une fois. J'ai déjà vu faire souffrir des enfants comme ça.

E.: Elle avait beaucoup d'amants ?

Mrs P.: A la pelle ! Une traînée je vous le dis. Et des hommes très ordinaires... et même pas reluisants du tout... et des ivrognes croyez-moi. Certains sont restés jusqu'à un an avec elle, mais dans l'ensemble c'était plutôt une ou deux semaines, parfois un mois.

E.: Et cet Howard Parker ?

Mrs P. : Ah celui-là !

E : Depuis combien de temps était-il avec Mrs Salisbury ?

Mrs P. : Près de six mois je crois bien, avant le drame. Un horrible personnage... horrible.

E. : Etiez-vous au courant de ce qui se passait chez eux du temps de cette liaison ?

Mrs P. : Bien sûr que non ! J'aurais appelé tout de suite la police monsieur. Mais la nuit du drame Ogden s'est réfugié chez moi, et j'ai appelé la police.

E : Vous voulez bien me parler de ce drame ?

Mrs P. : J'en suis encore toute retournée rien qu'en y pensant... La saleté de type ! L'ordure ! Et cette bonne femme ! Faire des choses pareilles à un gosse...

E : Parker était ambivalent ?

Mrs P. : Pardon ?

E : Il avait des rapports indifféremment avec des femmes ou des hommes ?

Mrs P. : Ecoutez, il a violé un petit garçon, voilà. Et c'est... c'est... je ne sais pas moi, comment le bon Dieu peut-il mettre sur terre des monstres pareils. J'aime les enfants, moi monsieur. Toute ma vie je les ai aimés... plus que n'importe quoi. Je ne comprendrai jamais quelqu'un comme ce Parker.

E : Cela vous gêne de parler du drame en détail ?

Mrs P. : Oui, un peu quand même...

E : Si vous pouviez faire un effort. C'est très important. Il faudrait au moins que vous répondiez à quelques questions.

Mrs P. Si ça doit rendre service à Ogden, je vais essayer. Mais seulement pour Ogden. Et pourtant il n'est jamais revenu me voir. C'est vrai. Je l'ai pris avec moi, je l'ai élevé depuis l'âge de onze ans, et il ne vient jamais me voir. Enfin !

E : Les dossiers du greffe n'ont jamais précisé certains points. Ou alors, le juge a délibérément retouché quelques témoignages par pudeur à l'égard du petit. Entre autres il n'a pas été précisé si Parker a obligé le petit à... veuillez m'excuser... au coït buccal ou anal ?

Mrs P. : Quelle horreur ! Quand j'y pense !

E : Vous êtes au courant ou non ?

Mrs P. : Il l'a forcé aux deux.

E : Merci.

Mrs P. : Et sa mère regardait ! Vous vous rendez compte un peu ? Sa mère les regardait ! Faire des choses pareilles à un gosse sans défense... les monstres !

E : Je suis désolé. Je ne voulais pas vous faire pleurer.

Mrs P. : Ce n'est rien, mais c'est si triste tout ça.

On est bien forcé d'y aller de sa larme, non ? Si triste... pauvres gosses martyrs !

E : Je peux arrêter les questions maintenant.

Mrs P. : Non, vous avez dit que c'était pour le bien d'Ogden. Toutes ces questions... alors on continue. C'était un des mes enfants vous savez... enfin, j'en avais la garde, comme les autres mais je les aimais tous comme si c'était les miens. Tous... les chers petits... tous... alors dans l'intérêt d'Ogden... eh bien voilà, ça a duré pendant des mois avec cet horrible Parker, et personne ne le savait parce que le gosse n'osait pas le dire. Il avait trop peur. Donc, Parker abusait du gamin... il l'obligeait... par la bouche... avec la mère qui regardait... une traînée, je vous dis, et une détraquée aussi.

E : Et la nuit du drame ?

Mrs P. : Eh bien, cet ignoble individu a pris le petit, mais cette fois... par-derrière... l'anus monsieur... et il lui a fait horriblement mal. Qu'est-ce que le petit a pu souffrir... c'est odieux... abominable...

E : Ogden est venu chez vous ce soir-là ?

Mrs P. : Oui. J'habitais la maison voisine. Il est arrivé... il tremblait comme une feuille et il était terrorisé. Pauvre gosse ! Il pleurait à chaudes larmes. Le Parker l'avait roué de coups... ses lèvres étaient fendues, un œil tout noir et enflé... et au début j'ai cru qu'il avait seulement rossé le gamin plus que d'habitude. Mais j'ai vite compris... le reste. On l'a envoyé tout de suite à l'hôpital et ils lui ont mis onze points de suture monsieur, onze !

E : Onze points, à l'anus ?

Mrs P. : Oui. Il a souffert le martyre, et il saignait, c'était affreux. Ils l'ont gardé une semaine à l'hôpital.

E : Et après cela vous avez été sa mère adoptive ?

Mrs P. : Oui. Et je ne l'ai jamais regretté. C'était un gentil garçon... et très intelligent. A l'école les maîtres disaient que c'était un génie. Il a gagné des tas de bourses et il est allé à Harvard... Mais il n'est jamais revenu me voir. Après tout ce que j'ai fait pour lui ! Ah !

les gosses… c'est bien gentil mais bien ingrat vous savez. Et maintenant les aides sociales ne me permettent plus de garder des enfants. Plus depuis la mort de mon second mari. Il paraît qu'il faut un couple de parents adoptifs. Et puis ils me trouvent trop âgée aussi. C'est ridicule. J'adore les enfants. C'est ça qui devrait compter. Je les adore… tous. J'ai donné ma vie à mes enfants. Je ne suis pas trop vieille, monsieur. Quand je pense à tous les gosses malheureux sur cette terre… ça me fait pleurer, tenez…

La dernière partie du rapport concernait un long entretien assez décousu avec le mari de Mrs Peterson à l'époque où elle avait eu la garde du petit Salsbury. « *Cet entretien avec Allen J. Barger, maintenant âgé de quatre-vingt-trois ans, s'est déroulé à la maison de repos Evins-Maebry à Huntington, Long Island, le vendredi 24 Janvier 1975 dans l'après-midi. Ce sont les trois enfants d'un second mariage qui paient le séjour de leur père dans cette maison de repos. Au cours de cet entretien, le sujet, qui est affligé de sénilité, s'est montré tour à tour lucide et incohérent. Il ignorait que la conversation était enregistrée.* »

Dawson tourna rapidement les feuillets jusqu'au passage coché.

L'ENQUETEUR : Vous souvenez-vous de ces enfants dont vous aviez la garde avec votre première femme Carrie ?

Mr Barger : C'est elle qui en avait la garde. Pas moi.

E : Mais vous souvenez-vous d'eux ?

Mr B : Mon dieu !

E : Qu'y a-t-il ?

Mr B : Je préfère ne pas m'en souvenir.

E : Vous n'étiez pas aussi heureux qu'elle de leur présence ?

Mr B. : Voir tous ces petits morveux quand je rentrais du travail, ça ne me réjouissait pas ! Elle avait beau me dire qu'on avait besoin d'argent... vous parlez, pour ce que le gouvernement nous donnait pour les nourrir ! C'était au moment de la Dépression. Et puis en fait, elle dépensait l'argent pour boire...

E : Elle était aocoolique ?

Mr B. : Pas quand on s'est mariés, mais elle en a vite pris le chemin.

E : Vous souvenez vous d'un des enfants, du nom de...

Mr. B : Le tort que j'ai eu c'est de l'avoir épousée pour la bagatelle...

E : Pardon ?

Mr. B : Mon second mariage a été bien réfléchi et a très bien marché. Mais le premier, avec Carrie... bref, quand je l'ai rencontrée j'avais quarante ans et j'en avais marre d'aller voir les prostituées. Carrie avait vingt-six ans, appétissante et fraîche comme une rose, et malgré son jeune âge je semblais bien l'intéresser... alors, j'ai laissé le sexe parler, et je l'ai épousée pour ça sans penser une seconde à ce qu'elle pouvait avoir dans le crâne. Oui monsieur, c'est le tort que j'ai eu.

E : Je comprends... et pouvez-vous me dire si vous vous souvenez d'un certain petit...

Mr. B : Elle avait des lolos spendides...

E : Pardon ?

Mr. B : Des lolos... des nichons... une belle paire !

E : Je... je vois...

Mr B : En plus c'était une bonne baiseuse... quand j'arrivais à l'arracher à ces sales mômes ! Je me demande pourquoi j'ai accepté de recueillir le premier... Après celui-là, on en a toujours eu au moins quatre en permanence, et souvent six ou sept. Carrie avait toujours désiré une grande famille, mais elle ne pouvait pas avoir d'enfants. Je crois d'ailleurs que du coup elle en avait encore plus envie. Mais en fait, elle ne voulait pas vraiment être mère. C'était un caprice, elle se montait un peu la tête.

E : Que voulez-vous dire au juste ?

Mr. B : Ben... l'idée de la maternité lui plaisait, mais ça s'arrêtait là.

E : Je vois.

Mr. B : En outre elle ne savait pas se faire obéir. Les gosses lui marchaient sur les pieds tant qu'ils pouvaient, et moi je ne voulais pas me charger de les dresser. Ah non ! On travaillait dur dans ce temps-là, les journées étaient longues, et quand je rentrais de mon boulot je n'avais qu'une idée c'était de me reposer et pas de faire la police avec ces moutards. Tant qu'ils me fichaient la paix ils pouvaient bien faire ce qu'ils voulaient. Ils le savaient bien, et ils me laissaient tranquille. Après tout ce n'était pas mes gosses à moi !

E : Vous souvenez-vous d'un petit appelé Ogden Salsbury ?

Mr B. : Non.

E : Sa mère habitait la maison voisine. Elle avait de nombreux amants et l'un d'eux, un dénommé Parker, a violé le petit.

Mr. B : Maintenant que vous en parlez, je me souviens... oui, Ogden... il est assez mal tombé chez nous quand on l'a recueilli.

E : Mal tombé ?

Mr. B : Parce qu'à ce moment-là on n'avait que des filles à la maison.

E : Que des filles, et alors ?

Mr. B : C'était la nouvelle lubie de Carrie. Elle ne voulait que des petites filles... peut-être parce qu'elle espérait les mater plus facilement. Alors pendant deux ou trois ans on a été les seuls hommes dans la maison, Ogden et moi.

E : Et ce n'était pas souhaitable pour lui ?

Mr. B : Les plus âgées des filles savaient ce qui lui était arrivé et elles se moquaient de lui, très durement. Il ne le supportait pas. Il devenait fou de rage et criait après elles. Alors moi je le prenais à part, un peu comme si j'étais son père, et je lui conseillais de ne pas faire attention à elles... que c'était des bonnes femmes, et que les femelles ne sont bonnes qu'à deux choses: baiser et faire la cuisine. C'était ce que je croyais avant de rencontrer ma seconde femme. En tout cas je pense que j'ai dû rendre service à ce pauvre garçon... oui, je lui aurai été bien utile. Dites, monsieur, savez-vous qu'on ne nous laisse pas baiser ici ?

Le second rapport que Dawson trouvait particulièrement intéressant était un entretien avec Laird Richardson, un employé principal du Bureau des Enquêtes préalables de sécurité au Pentagone. Un enquêteur de l'agence Harrison-Bodrei avait soudoyé Richardson moyennant 500 dollars pour qu'il subtilise le dossier secret sur Salsbury. Il l'avait étudié à loisir, et avait rédigé ce rapport dont Dawson avait coché au crayon rouge les passages les plus marquants.

RICHARDSON : Son travail de recherche doit être de toute première importance parce qu'ils ont dépensé des sommes folles pour couvrir ce salaud ces dix dernières années. Et croyez-moi, le Pentagone ne se lance pas dans des largesses pareilles sans être certain d'y trouver son compte un jour ou l'autre !

L'ENQUETEUR : Vous dites qu'ils l'ont couvert... mais pour quoi ?

R : Ça l'amuse de marquer des prostituées.

E : Marquer ?

R : Oui, de les tabasser jusqu'à laisser des marques horribles, généralement à coups de poing.

E : Ça arrive souvent ?

R : Oh, une ou deux fois par an.

E : Il va souvent voir des prostituées ?

R : Régulièrement le premier week-end du mois. A croire qu'il est un robot. Ses virées sont réglées comme du papier à musique ! La plupart du temps il va dans

Manhattan faire le tour des boîtes de massages et des saunas et après il téléphone à des call-girls et les fait venir dans sa chambre d'hôtel. Et de temps à autre il en arrive une avec une tête qui ne lui revient pas, et il pique sa crise et la bat à mort.

E : Quel genre de tête ? Quel type ?

R : Le plus souvent une blonde, mais pas forcément. Et le teint pâle, mais pas forcément non plus. En revanche elle est toujours de petite taille 1m53, 1m55 au plus, et d'aspect fragile avec des traits extrêmement fins. Le petit gabarit ne pesant pas plus de 45 kilos, vous voyez.

E : Et sait-on pourquoi ce type de femme le rend furieux ?

R : Les gens du Pentagone ont voulu le soumettre à une analyse, mais il a refusé d'aller à la seconde séance. Au cours de la première il a quand même confié au psychiatre que ce n'était pas seulement l'aspect physique de la fille qui déclenchait ses crises. D'après ce que l'on sait il faut que la fille semble aussi psychologiquement fragile et vulnérable pour qu'il soit pris d'un accès de démence et se déchaîne sur elle.

E : Autrement dit, s'il estime qu'une femme lui est égale ou supérieure, elle ne risque rien. Mais s'il voit qu'il peut la dominer...

R : Dans ce cas elle a intérêt à être en règle avec la Sécurité Sociale !

E : Il n'en a tué aucune, quand même ?

R : Pas jusqu'à présent, mais il s'en est fallu de peu une ou deux fois...

E : Vous affirmez qu'il a un protecteur au Pentagone.

R : Oui, quelqu'un le couvre... quelqu'un de notre bureau.

E : De quelle manière ?

R : En payant la note d'hôpital de la malheureuse et en lui versant une grosse somme de dédommagement au prorata des dégâts infligés.

E : Le Bureau le considère comme un risque sérieux pour les projets secrets ?

R : Non. S'il s'agissait d'un pédéraste qui se cache et que le Bureau le découvre, il serait sûrement classé dans les sujets dangereux pour la sécurité. Mais il étale ouvertement ses manies et ses vices, alors personne ne peut le faire chanter ou le menacer de lui faire perdre sa place puisque le Bureau est au courant de ses perversions. D'ailleurs quand il s'attaque ainsi à une fille il appelle toujours un numéro privé à l'intérieur même de mon service; et dans l'heure qui suit quelqu'un se rend à son hôtel et éponge les dégâts.

E : Du joli monde, vos patrons !

R : N'est-ce pas ? Mais je suis surpris qu'ils se donnent tant de peine pour un salaud comme Salsbury. Ce type est un malade, une vrai pourriture. Il mérite qu'on l'enferme et qu'on le laisse moisir dans un cachot.

E : Vous savez tout sur son enfance ?

R : L'histoire de l'amant de sa mère, celui qui a violé le gamin ? Oui, c'est consigné dans le dossier.

E : Cela aide quand même à comprendre un peu...

R : Vous voulez savoir ce que je pense ? Même en sachant pourquoi il est détraqué, et en me disant que ce n'est pas entièrement de sa faute, je ne réussis pas à m'apitoyer sur lui. Quand je pense à ces pauvres filles qui ont fini à l'hôpital avec la mâchoire brisée et les yeux au beurre noir... vous croyez qu'elles souffrent moins sous prétexte que Salsbury n'est pas le seul responsable de sa cruauté ? Je suis un vieux libéral, pourtant monsieur. Mais de là à excuser ce genre de folie meurtrière il y a une marge. Je ne suis pas d'accord. Les gens qui prêchent la compassion pour les fous criminels n'ont jamais eu affaire personnellement à un monstre comme Salsbury. S'il ne tenait qu'à moi je le traînerais en justice pour toutes ces violences, et je l'enverrais moisir dans un cachot... loin de toute présence féminine.

Dawson glissa les deux rapports dans la chemise et la remit à sa place dans le tiroir du bureau, en poussant un soupir. Mon Dieu, pria-t-il, aidez moi à arranger la situation à Black River. Si les erreurs commises peuvent être réparées, et l'opération-test menée à bien, j'arriverai à faire absorber la drogue aussi bien à Ernst qu'à Ogden, et à les contrôler tous les deux. Je me suis préparé à cet effet. Vous le savez bien. Je les contrôlerai et j'en ferai des serviteurs de Votre Sainte personne. Et pas seulement eux... le monde entier... Il n'y aura plus de suppôts de Satan. Ce sera le Paradis sur la terre. Je vous le promets, mon Dieu. Le Paradis sur terre, éclairé par le rayonnement de Votre amour.

14h55

— Seigneur ! murmura simplement Sam Edison après avoir lu la dernière ligne de l'article de Salsbury et refermé le volume.

— Au moins, on sait maintenant ce qui se passe à Black River, commenta Paul.

— On a du mal à y croire, remarqua Jenny encore sous le choc de la lecture. C'est invraisemblable toutes ces histoires de neutralisation de la personnalité, de drogue-amorce et de phrase-code, de contrôle absolu du cerveau, et des avantages d'une société dirigée par subliminaires... Ce type est fou... fou à lier.

— C'est un nazi... du moins de conception, affirma son père, et c'est une race très particulière de fous dangereux, de maniaques redoutables. Il y en a hélas des milliers comme lui, des centaines de mille prêts à jurer des bienfaits d'un monde régi par la programmation subliminale.

Il y eut un coup de tonnerre assourdissant, et une violente rafale de vent secoua la maison tandis que la pluie redoublait son martèlement sur le toit et contre les vitres.

— En tout cas ce triste individu a mis en pratique avec succès ce qu'il prétendait être possible dans son article, conclut Paul. Il a réalisé son délire de paranoïaque. C'est la seule explication de ce qui se passe ici depuis cette épidémie de fièvre avec sueurs froides.

— Mais comment se fait-il que papa et moi n'ayons rien eu ? insista Jenny. Dans cet article, Salsbury précise bien que les suggestions subliminales ne peuvent affecter ni les analphabètes ni les jeunes enfants n'ayant pas encore la notion de mort ou de sexe. Mais ces cas restrictifs ne nous concernent pas. Alors ?

— J'ai une idée là-dessus, avança Paul.

— Moi aussi, enchaîna Sam. En tant que pharmacologue je sais qu'un médicament n'a pas le même effet sur tout le monde. Par exemple chez certains, la pénicilline donne peu ou pas du tout de résultat; d'autres font de désagréables réactions aux sulfamides. J'imagine que pour une raison de ce genre, peut-être une question de métabolisme, de biologie ou de gènes particulière à Jenny et à moi, nous n'avons pu être contaminés par l'agent chimique, la drogue-amorce comme Salsbury l'appelle.

— Dieu soit loué ! s'écria Jenny en frissonnant.

— Mais il devrait y avoir d'autres adultes dans votre cas, fit remarquer Paul. Nous sommes en été, c'est la période des vacances et certains résidents de Black River étaient sûrement partis la semaine où le réservoir a été contaminé et les messages diffusés...

— Hélas non, fit Sam qui expliqua: Ici, quand la neige tombe il faut arrêter le travail à la scierie. Alors l'été tout le monde rattrape le temps perdu, que ce soit les bûcherons là-haut, ou les gens de la ville dont le commerce en dépend. A Black River on prend ses vacances en hiver.

— Mark, Rya et moi n'avons pas été affectés parce que nous sommes arrivés après la période de contamination et que nous n'avons pas regardé les publicités ou les programmes contenant les subliminaires à la télé, reconnut Paul dont les pensées se bousculaient pêle-mêle dans le cerveau enfiévré. Mais jusqu'à preuve du contraire, tout le monde ici est sous le contrôle absolu de ce Salsbury.

Ils échangèrent un long regard atterré, tandis que l'orage continuait à faire rage au-dehors.

— Voyez-vous, reprit Sam, on profite des avantages et du confort que nous apporte le progrès mais on oublie trop facilement que la révolution technologique, comme toutes les autres, a ses revers. Plus une société devient complexe, plus ses structures internes deviennent dépendantes les unes des autres, et plus aisément aussi elle peut se trouver anéantie par le caprice d'un fou, maniaque, fanatique religieux, parano ou autre détraqué. Un homme peut à lui seul assassiner le chef d'un Etat et déclencher en chaîne des changements déterminants dans la politique intérieure ou extérieure d'un pays. On prétend qu'avec un simple diplôme en biologie un homme peut préparer assez de cultures du bacille de la peste pour anéantir le monde entier. Et celui qui possède un diplôme de physique peut à lui seul fabriquer une bombe nucléaire. Il lui suffit d'avoir alors accès à quelques kilos de plutonium, ce qui ne présente pas d'insurmontables difficultés, et de concevoir un engin qui tienne à l'intérieur d'une valise. Il pourra avec ça faire sauter New York... s'il a envie de se venger par exemple... parce que... ma foi, parce qu'un jour il s'est fait tabasser par des voyous et en accuse la ville entière, ou tout simplement parce qu'il a ramassé une contravention qu'il juge non méritée... pourquoi pas après tout ? Il y a des fous partout.

— Mais papa, Salsbury ne peut pas avoir entrepris tout seul une opération de cette envergure...

— Dans ce cas je suis d'accord avec toi, Jenny.

— Les appuis financiers et autres, pour mener à bien le genre de campagne qu'il décrit dans cet article... ce doit être énorme !

— Une compagnie privée doit pouvoir financer ça,

suggéra Paul, une grosse compagnie, comme AT&T[1] pour en citer une.

— Je ne crois pas, objecta Sam, car il y aurait obligatoirement trop de gens au courant au moins parmi la direction ou les responsable du service de recherche. Tôt ou tard il y aurait des fuites... l'histoire viendrait aux oreilles de la presse, et le scandale éclaterait.

— Alors un magnat solitaire, un genre de mécène du mal, suggéra Jenny. Quelqu'un avec la fortune d'un Onassis ou d'un Hughes...

— Possible... possible, admit son père en caressant pensivement sa barbe; mais je crois que nous sommes tous passés à côté de la conclusion évidente.

— ... que Salsbury travaille pour le compte du gouvernement ? lança Paul soudain très inquiet.

— Exactement, ou pour la CIA ou un autre organisme militaire, et si c'est le cas... nous avons perdu d'avance, et par "nous" j'entends le monde entier, pas seulement nous trois bien sûr.

Paul s'approcha de la fenêtre et posa son front sur le carreau après avoir essuyé la buée. Dehors, un rideau de pluie argenté laissait à peine entrevoir les arbres battus par la tempête.

— Tu crois que ce que nous vivons ici se passe aussi dans le monde entier ? demanda-t-il.

— Pas encore, car s'il s'agissait d'un mouvement de cette envergure Salsbury ne serait pas envoyé dans un petit bled comme le nôtre. Il serait en poste officiel à Washington ou ailleurs, mais très en vue de toute façon.

— Alors, c'est un premier essai ? Une sorte de répétition générale ?

— Probablement.

— Tant mieux, fit Sam. Si c'était un projet gouvernemental les essais auraient lieu dans une zone dont ils ont le contrôle militaire, une base aérienne par exemple, mais pas ici.

1. *AT&T = American Telegraph & Telephone. (N.D.T.)*

Paul se détourna brusquement de la fenêtre à travers laquelle il lui semblait apercevoir au creux de l'orage des visages disparus et chéris, celui d'Annie et celui de Mark. Il songeait maintenant que malgré une mort très différente, la mère et le fils avaient été victimes du même assassin: la technologie... la science. Annie avait été hospitalisée pour une appendectomie banale, pas même une urgence à chaud. L'anesthésiste avait utilisé un produit « sensationnel-tout-nouveau-sur-le-marché-et-qui-allait-révolutionner-la-profession », quelque chose de plus facile à administrer (pour lui bien sûr) que le penthotal et sans les complications post-opératoires de l'éther. Mais après l'intervention, Annie n'avait pas repris connaissance et était restée dans le coma. De toute évidence elle avait été allergique au produit « tout-nouveau-sur-le-marché... » qui avait détruit une grande partie des cellules hépatiques. Fort heureusement, avaient expliqué les médecins à Paul, le foie était bien le seul organe à pouvoir s'auto-régénérer. Si on la laissait en salle de réanimation, avec l'assistance des machines chargées de ses fonctions vitales, le foie se restructurerait progressivement jusqu'à complet rétablissement de la malade. Au bout de la cinquième semaine les médecins avaient confié à un ordinateur le bilan quotidien des fonctions vitales prises en charge par les machines, et la sortie d'imprimante avait annoncé qu'Annie pouvait être transférée dans une chambre normale. Onze semaines plus tard, le même ordinateur médical avait décrété de façon formelle qu'Annie, guérie, pouvait rentrer chez elle. Elle semblait pourtant sans forces, et assez apathique. Mais si l'ordinateur le disait... un ordinateur ne connaît pas l'erreur. Deux semaines après son retour à la maison, Annie avait fait une brève rechute et était morte en quarante-huit heures.

Parfois Paul songeait qu'il aurait sans doute pu la sauver s'il avait été médecin et non vétérinaire; mais c'était là du masochisme stérile. Bien sûr il aurait pu éventuellement exiger que l'appendectomie fût pratiquée sous éther ou penthotal, deux anesthésiques qui avaient tout de même fait leurs preuves depuis longtemps. Mais il n'avait rien dit. Il aurait pu aussi par la suite se montrer grossier, et les injurier, eux et leur produit tout-nouveau-sensationnel-etc..., eux et leur ordinateur à la c... Mais il n'avait pas non plus explosé de la sorte. En réalité il avait cru, comme tant d'autres, à l'infaillibilité de la technologie, de la science récente. Les Américains sont nourris de respect pour le progrès, et sont plus souvent qu'ils ne veulent l'admettre victimes du Dieu-Progrès, tout de métal et d'or.

Le mort d'Annie le laissa avec une méfiance nouvelle à l'égard de la technologie et de toute découverte scientifique soi-disant bénéfique pour l'humanité. Il se mit à lire les ouvrages de Paul Ehrlich et d'autres réformateurs adeptes du retour à la terre. Et peu à peu il s'était convaincu que les séjours annuels à Black River entraient dans le cadre d'un programme intensif de dédintoxication, et de prévention des dangers de la technologie que présente la vie citadine. En même temps, les enfants apprenaient à vivre en harmonie avec la nature.

Mais les adeptes du retour à la terre prônaient en fait un rêve impossible. Paul s'en rendait compte à présent, avec une grande clairvoyance. Ils tentaient de fuir les progrès de la technologie, mais celle-ci allait plus vite qu'eux. Il n'existait plus un coin tranquille où se réfugier. La ville, forte de l'appui de la science et de la technologie, forte aussi d'une meilleure condition de vie, envoyait ses tentacules loin au-delà de ses murs jusque dans les coins les plus reculés du pays.

Il s'avérait évident par ailleurs que l'homme ne pouvait ignorer impunément les progrès de la science. Ainsi, le manque d'information de Paul sur les anesthésiques et la fiabilité de l'ordinateur avait coûté la vie à Annie. Et s'il voulait pousser plus avant ce triste raisonnement, son ignorance de l'utilisation des subliminaires en publicité, et des recherches poursuivies dans ce domaine, avait également tué Mark.

La seule chance de survivre dans l'époque actuelle et dans les décennies à venir était de plonger sans hésiter au cœur même de cette société à l'évolution constante et rapide, de nager dans le sens du courant, d'en étudier avec soin tous les rouages et de mettre à profit cet enseignement pour être capable de résister et de faire front sur un pied d'égalité.

— Inutile d'aller à Bexford pour appeler la police d'Etat, finit par dire Paul en s'écartant de la fenêtre. Si c'est le gouvernement qui se cache derrière Salsbury, si nos chefs on décidé de nous contrôler totalement, nous ne risquons pas de gagner la partie. C'est certainement sans espoir. Et si au contraire le gouvernement ignore tout des agissements de Salsbury, nous n'oserons jamais les dévoiler officiellement car dès l'instant que les militaires seront au courant, ils s'approprieront cette découverte et je pense même que certaines factions ne seraient pas opposées à faire subir au monde un matraquage subliminal !

Tristement conscient de tout ce qu'il avait lu sur le nazisme, le totalitarisme et la psychologie des masses, ainsi que sur la soif du pouvoire chez certains, Sam renchérit:

— Tu as raison, Paul. J'ai réfléchi aussi à cette histoire de lignes abattues par la tempête et empêchant les communications à longue distance...

— Salsbury a dû prendre le contrôle du centre téléphonique, coupa Paul qui avait compris Sam.

— Et si c'est le cas, il a dû prendre des précautions supplémentaires, comme par exemple bloquer la route principale et les voies secondaires, y compris les petits chemins. De toute façon, je pense qu'il doit actuellement être impossible de nous rendre à Bexford.

— Pris au piège, quoi, résuma calmement Jenny.

— Peu importe pour le moment, remarqua Paul, puisque nous ne savons pas vraiment où fuir ni à qui nous confier, vu la situation. Mais s'il n'opère pas pour le compte du gouvernement et est seulement soutenu par une société privée, ou un magnat solitaire, on a peut-être une chance de l'arrêter ici, à Black River.

— L'arrêter... tu crois vraiment? fit Sam d'un air incrédule. Il faut nous emparer de lui... le questionner à fond... et le tuer, oui, le tuer. C'est le seul moyen de mettre fin aux agissements d'un pareil monstre. Mais avant, il faut le cuisiner, lui faire avouer qui sont ses complices s'il en a, et... liquider aussi tous ceux qui seraient au courant du maniement de la drogue-amorce et du programme de subliminaires. Sais-tu que tout cela peut nous mener à deux, trois exécutions... ou à une douzaine...?

— Aucun de nous n'a l'âme d'un tueur, hasarda Jenny.

— Chaque être humain est un tueur en puissance, au contraire, rectifia Paul. Pour une question de vie ou de mort, l'homme est prêt à tout, quand il s'agit de sa propre survie bien sûr, et c'est bien le cas en ce qui nous concerne dans cette affaire.

— J'ai tué, moi, pendant la guerre, dit Sam.

— Moi aussi, fit Paul. Une autre guerre que la tienne, certes, mais l'acte reste le même.

— Ce n'est pas pareil, intervint Jenny.

— Tu crois?

— C'était en période de guerre...

— Et maintenant, ne crois-tu pas que c'est aussi la guerre?

Jenny regarda les mains de Paul et essaya de les imaginer tenant un couteau, ou un fusil, ou en train d'étrangler un homme. Devinant ses pensées, Paul les leva devant ses yeux pour les étudier lui aussi. Il lui arrivait parfois, quand il les lavait avant de passer à table ou après avoir soigné une bête malade, de les regarder ainsi et de se trouver soudain transporté dans le Sud-Est asiatique pendant la guerre. Il entendait le bruit de la fusillade, voyait le sang, et dans ces instants de dure tension psychique il se sentait à la fois surpris et dérouté à la pensée que ces mêmes mains puissent accomplir des actes nobles ou atroces, guérir ou infliger la souffrance, faire l'amour ou tuer, et rester identiques une fois leur tâche accomplie. La codification de la morale représentait sans doute un bienfait pour l'humanité, mais aussi un fléau certaines fois. Un bienfait, car les lois permettaient aux hommes de vivre harmonieusement entre eux la plupart du temps; un fléau pourtant, lorsque pour défendre sa vie ou celle des siens selon la loi la plus simple de la nature, un homme était amené à en tuer un autre mais se trouvait après coup envahi par les remords et un fort sentiment de culpabilite, malgré l'indiscutable nécessité de son acte.

Par ailleurs, songeait encore Paul, ces années 70 sont placées sous le règne de la science et de la technologie, et l'homme de ce temps doit souvent se comporter avec toute la froide détermination et l'implacabilité d'une machine. La bonté et la douceur sont des qualités désormais tombées en désuétude, et de moins en moins des marques certaines du degré de civilisation. De nos jours, les « gentils » sont en règle générale ceux qui ne survivront pas aux assauts répétés d'une violence à venir.

— Comme dans les grandes tragédies, c'est nous trois contre eux tous, remarqua Paul en laissant retomber ses mains. Seulement dans le cas présent, la réalité dépasse la fiction. Jenny semblait accepter assez bien l'inévitabilité du meurtre, et le fait que Paul ou Sam devaient être les exécuteurs. A son âge maintenant, et comme la plupart des gens à l'exception des « gentils », elle avait nourri au moins une fois des pensées homicides dans un accès de désespoir ou de vive frustration. Même sans considérer cet acte radical comme une solution systématique à un problème donné, elle pouvait admettre qu'il fût la contre-attaque justifiée dans un cas exceptionnel de survie. L'éducation affectivement très privilégiée que lui avait donnée son père ne l'empêchait pas de voir la dure réalité extérieure et de l'affronter au besoin. Peut-être aussi son épreuve avec son premier mari l'avait-elle mûrie et endurcie plus qu'elle ne s'en doutait.

— Même si nous sommes résolus à tuer pour stopper l'expérience en cours, reprit Jenny, j'ai peur que nous soyons battus d'avance. Il faut en savoir bien plus sur Salsbury pour agir efficacement. Et comment faire? Il dispose de centaines de gardes du corps qu'il contrôle! Il peut même, si ça lui chante, transformer les habitants de Black River en assassins chargés de nous traquer et de nous abattre. Alors, que décider? On reste là, bras croisés, à attendre que ce triste individu vienne nous faire un brin de causette?

— Ecoutez... j'ai une idée, s'écria Sam soudain tout excité et avec même une lueur d'espoir dans le regard. Au moment où Salsbury a vu Rya sur le seuil de la cuisine chez les Thorp, qu'a-t-il fait à votre avis? Je veux dire, quel a été son premier réflexe?

— Il a essayé de l'attraper... suggéra Jenny.

— Non.

— Il a ordonné à Bob de la tuer, lança Paul d'un ton haineux.

— Non plus Rappelez-vous qu'il s'attendait à trouver en elle un zombie de plus, comme les autres.

— Ah! il a employé le mot code dont il parle dans son article, s'écria alors Jenny. Il a essayé de neutraliser et de contrôler son cerveau, mais elle s'est enfuie. Donc... Rya doit avoir entendu la phrase...

— Et si elle s'en souvient nous aurons nous aussi le contr-ole de tous les habitants, et Salsbury ne pourra pas les retourner contre nous. Il n'aura plus ses centaines de chiens de garde, et ce ne sera plus « nous contre eux tous », mais « nous contre lui ».

VI

15h 15

SA serviette de cuir noir d'une main et une barre de chocolat fourré aux amandes de l'autre, le docteur Walter Troutman fit son entrée dans le bureau du chef de la police, l'air heureux, en paix avec le monde entier y compris avec lui-même.

— Vous vouliez me voir, Bob ?

Avant que Thorp ait pu répondre, Salsbury quitta son poste près de la fenêtre et s'empressa de dire:

— Je suis la Clé.

— Je suis la Serrure, répondit Troutman.

— Buddy Pellineri vous attend dans la salle de l'autre côté du vestibule, poursuivit Salsbury. Vous le connaissez, n'est-ce-pas ?

— Buddy ? fit Troutman en plissant son visage grassouillet. Bien sûr que je le connais.

— Je lui ai dit que nous craignons qu'il ait attrapé un virus dangereux et que vous alliez lui faire une piqûre, un vaccin pour qu'il ne soit pas malade. Il n'est pas très malin, comme vous le savez, et il m'a cru.

— Un vaccin ? répéta le docteur surpris.

— C'est ce que je lui ai raconté pour qu'il attende ici. En réalité vous allez injecter une bulle d'air dans son système sanguin.

— Mais cela provoquerait une embolie, s'écria Troutman choqué.

— Je sais.

— Ça le tuerait.

— C'est justement ça l'idée, fit Salsbury avec un sourire entendu.

Regardant Bob Thorp assis au bureau, puis revenant à Salsbury, Troutman dit alors d'un ton malheureux:

— Mais je ne peux pas faire une chose pareille. C'est impossible.

— Qui suis-je, docteur ?

— Vous êtes la Clé.

— Très bien. Et qui êtes- ous ?

— Je suis la Serrure.

— Parfait. Alors vous allez traverser l'entrée et aller dans la pièce où Buddy attend. Vous allez bavarder avec lui, très gentiment, sans lui donner aucun motif de méfiance. Vous lui direz que vous allez le vacciner, et vcus injecterez une bulle d'air dans sa veine. Cet acte vous laissera indifférent. Vous tuerez sans hésiter. Dès qu'il sera mort vous quitterez la pièce, et vous vous rappellerez seulement lui avoir fait une injection de pénicilline. Vous oublierez que vous l'avez tué dès que vous serez sorti de la pièce. Vous reviendrez ici, vous passerez la tête par la porte et vous direz à Bob: « Il ira mieux demain matin. » Puis vous rentrerez chez vous en ayant complèment oublié les instructions que je viens de vous donner. C'est clair ?

— Tout à fait.

— Alors allez-y.

Troutman sortit.

Dix minutes plus tôt Salsbury avait décidé d'éliminer Buddy Pellineri. Ce dernier avait pourtant présenté les symptômes de frissons, sueurs froides et nausées, mais bien que le programme de subliminaires ait constitué un lavage de cerveau partiel le résultat n'était pas complet et Buddy n'était pas un bon sujet. L'ordre de supprimer de sa mémoire la vision des deux hommes revenant du réservoir le matin du 6 août les lui ferait peut-être oublier pour toujours... ou pour quelques heures seulement... ou pas du tout. Si Buddy avait été un génie, la drogue-amorce et les subliminaires eussent fait de lui l'esclave rêvé. Paradoxalement, son ignorance le condamnait. C'était dommage que la mort de Buddy fût ainsi nécessaire. C'était un idiot de village plutôt sympathique dans son genre.

Mais je détiens le pouvoir, songeait Ogden, et je veux le garder à tout prix. J'éliminerai autant de personnes qu'il le faudra. Je leur montrerai qui je suis... à tous... à Dawson, à ma chère vieille Myriam, à toutes ces garces de femelles, aux professeurs d'université pétris de leur supériorité, avec toutes leurs questions humiliantes et la condamnation hautement « morale » de mes travaux... aux putains aussi, et à ma mère... les salopes... *ta-ra-ta-tat*... Personne ne me dérobera ce pouvoir... personne... jamais...

15h 20

Rya s'assit sur son séant en bâillant, puis regarda tour à tour Jenny, Sam et Paul, sans avoir l'air de bien savoir qui ils étaient.

— Te rappelles-tu ce qu'il a dit ? demanda Paul à nouveau. L'homme aux grosses lunettes. Tu te souviens ?

La fillette fronça les sourcils avec effort, et se gratta le crâne.

— Qui... suis... ça ?

— Elle est encore sous l'effet du sédatif, fit remarquer Jenny, et elle le restera encore un moment.

— Salsbury sait qu'il va avoir à compter avec nous, intervint Sam debout au pied du lit et qui observait le comportement de Rya. Dès qu'il aura décidé de sa ligne d'action, il viendra ici. Nous n'avons pas de temps à perdre, pas le temps d'attendre que l'effet du sédatif se dissipe tout seul. Il faut l'aider à sortir de cette torpeur. Donne-lui une bonne douche froide, Jenny, et moi je vais préparer du café.

— Aime... pas... le café, bégaya Rya d'un ton boudeur.

— Tu aimes bien le thé, non ?

— Ou... iii, fit-elle dans un bâillement.

Sam descendit en hâte faire du thé tandis que Jenny bousculait un peu la fillette pour la sortir du lit et l'amener jusqu'à la salle de bains au bout du couloir.

Resté seul Paul alla dans le living pour veiller le corps de Mark jusqu'à ce qu'il fût possible de questionner Rya et de se lancer enfin dans une action positive, si violente fût-elle.

15h 26

Le docteur Troutman apparut dans l'encadrement de la porte ouverte et annonça:

— Il ira mieux demain matin.

— Très bien, rentrez donc chez vous, dit Bob Thorp.

— Bonne journée et à bientôt, salua le docteur qui disparut en engloutissant la dernière bouchée de sa barre de chocolat.

— Faites vous aider pour transportez le corps dans une des cellules, ordonna Salsbury à Thorp. Allongez le sur la couchette pour qu'il ait l'air de dormir.

16h 16

La pluie gargouillait bruyamment dans le tuyau de descente proche de la fenêtre de la cuisine. Une odeur de citron parfumait la chambre, et de la vapeur s'échappait du bec de la théière et de la tasse de porcelaine.

Rya essuaya ses larmes, battit vivement des paupières au moment où la mémoire lui revint et s'écria:

— Oui... ça y est, je sais... il a dit: Je suis la Clé.

16h 45

Les trombes d'eau s'amenuisèrent soudainement pour finir en une bruine inattendue qui elle même cessa bientôt de tomber.

Salsbury leva l'un des stores vénitiens et jeta un regard dans Union Road. Les caniveaux débordaient et un lac miniature s'était formé vers la place devant une bouche d'égout obstruée par des feuilles et des herbes. Les arbres dégoulinaient comme des chandelles.

Salsbury était satisfait de voir la pluie s'arrêter, car les conditions de vol difficiles que le pilote de l'hélicoptère risquait de rencontrer commençaient à l'inquiéter. D'une manière ou d'une autre, il fallait que Dawson arrivât à Black River ce soir. Non pas que Salsbury ait vraiment besoin d'aide pour tenir la situation en main... il désirait vivement ne pas être le seul responsable au cas où l'opération tournerait encore plus mal.

Aucune de ses options actuelles n'était absolument sans risque. Il pouvait envoyer Bon Thorp et deux hommes au bazar pour arrêter les Edison et les Annendale, mais cela comportait une possibilité de violence, voire de coups de feu, ou autre incident de ce genre, et tout cadavre ou disparition supplémentaires à expliquer aux autorités extérieures augmentaient les probabilités de découverte...

Pas ailleurs s'il fallait maintenir le barrage jusqu'au lendemain, garder la ville sous contrôle et prolonger l'état de siège, ses chances de reprendre la direction des opérations seraient encore moins brillantes qu'actuellement.

Que diable se passait-il donc chez les Edison ? Ils avaient trouvé le corps du garçonnet, il le savait. Il avait disposé plusieurs hommes pour surveiller le magasin. Pourquoi n'étaient-ils pas venus trouver Bob Thorp ? Pourquoi n'avaient-ils pas essayé de quitter la ville ? Pourquoi, en bref, ne se conduisaient-ils pas comme n'importe qui l'aurait fait ? Il était invraisemblable que même à partir du récit de Buddy ils aient réussi à reconstruire le vérité sur les événements des dernières semaines; et ils ne pouvaient pas connaître sa véritable identité. Ils ne savaient probablement rien sur la programmation subliminale en général, et encore moins sur ses recherches en particulier. Il regretta soudain de n'avoir pas pris avec lui sa serviette et l'omni-récepteur restés à la pension de Pauline Vicker.

— Tout semble pur et frais après une averse d'été, n'est-ce pas ? demanda Bob Thorp.

— Je suis bien content qu'il ne pleuve plus, répliqua Ogden.

— Oh ce n'est pas vraiment fini, c'en est même loin !

— Que voulez-vous dire ? s'inquiéta Ogden.

Souriant, aimable comme Salsbury le lui avait ordonné, Bob Thorp expliqua:

— Ces orages d'été éclatent et s'arrêtent une demi-douzaine de fois avant de cesser pour de bon. Ils se baladent longtemps d'une montagne à l'autre avant de pouvoir sortir de la vallée...

— Et depuis quand vous intéressez-vous à la météo ? demanda Salsbury en songeant à l'hélicoptère de Dawson.

— Eh bien, j'ai vécu ici toute ma vie à part mon temps dans l'armée. J'ai vu des centaines d'orages comme celui-ci et ils...

— J'ai dit que c'était fini ! cria soudain Salsbury.

L'orage est fini ! Fini, terminé... pour de bon... Vous avez compris ?

— D'accord, l'orage est fini... répéta Thorp en fronçant les sourcils.

— Je veux qu'il soit fini, insista Salsbury... alors il est fini... puisque je le dis, n'est-ce pas ?

— D'accord.

— Bon.

— Il est fini, répéta Thorp.

— Pauvre flic !

Thorp ne dit rien.

— Tu n'es qu'un pauvre flic, hein ? Hein ? Un imbécile de flic !

— Je ne suis pas un imbécile...

— Si, puisque je le dis. Un abruti, imbécile, Bob. Hein ?

— ... oui.

— Dis-le.

— Quoi ?

— Que tu es un abruti complet.

— Je suis un abruti complet.

Salsbury retourna à la fenêtre et jeta un regard furieux aux nuages plombés qui s'assemblaient en un plafond bas.

— Bob, tu vas te rendre chez Pauline Vicker, ordonna-t-il.

Bob se leva et se mit au garde-à-vous.

— Ma chambre est au premier, première porte à droite en haut de l'escalier. Tu trouveras une serviette de cuir près du lit. Tu la prendras et tu me la ramèneras.

16h 55

Ils sortirent tous quatre par la réserve encombrée du magasin et la porte de derrière. Vingt mètres plus loin sur la pelouse émeraude encore tout humide, un homme quitta aussitôt la niche que formaient deux buissons de lilas. Assez grand, avec un visage d'aigle, des lunettes à montures d'écaille, un imperméable sombre, il était armé d'un fusil de chasse.

— Tu le connais ? demanda Paul.

— C'est Harry Thurston, un contremaître de l'usine et il habite à côté, expliqua Jenny.

Rya s'accrocha instinctivement à la chemise de Paul. Sa belle confiance d'enfant et sa foi en autrui avaient été sérieusement ébranlées par ce que Bob Thorp avait fait subir à son frère, et dont elle avait été le malheureux témoin. Elle se mit à trembler en voyant l'homme au fusil et demanda d'une voix plus haut perchée que de coutume:

— Est-ce qu'il va nous tirer dessus ?

Paul pressa doucement son épaule pour la rassurer.

— Ne t'inquiète pas, il ne tirera sur personne, affirma-t-il tout en songeant qu'il aurait bien voulu croire à ce qu'il lui disait.

Fort heureusement, Sam Edison avait un rayon d'armes à feu en plus de l'épicerie et de tous les articles divers. Ils avaient été prévoyants avant de sortir et ne se trouvaient pas sans défense. Jenny tenait une carabine 22 long rifle et Sam et Paul étaient armés chacun d'un revolver Smith & Wesson 357 Combat Magnum chargé avec des cartouches 38 Special qui réduisaient de moitié le recul brutal du Magnum. Mais ils ne souhaitaient pas avoir à utiliser leurs armes, préférant dans la mesure du possible quitter discrètement la maison. Ils les gardaient le long de leur corps, canon dirigé vers le bas.

— Laissez-moi faire, dit Sam passant devant eux et commençant à descendre les marches du porche.

— N'avancez pas et ne bougez plus, cria l'homme au fusil, qui se rapprocha d'une dizaine de mètres, son arme pointée sur la poitrine de Sam, le doigt sur la gâchette, observant le groupe avec une anxiété et une méfiance non dissimulées.

Paul jeta un coup d'œil vers Jenny qui mordillait sa lèvre inférieure et semblait prête à lever son fusil pour viser Harry Thurston à la tête. Pareil geste risquait d'amener un échange de coups de feu inutile mais certainement dangereux. Il eut la vision du fusil de chasse tirant une fois, deux fois... les canons crachant des flammes...

— Du calme, conseilla-t-il à voix basse.

Jenny acquiesça.

Arrivé au bas des marches, encore à près de dix mètres de l'homme, Sam tendit une main amicale que Thurston ignora.

— Harry ? dit tranquillement Sam.

Le fusil de Thurston ne bougea pas; son expression était figée.

— Salut Sam, répondit-il malgré tout.

— Que fais-tu ici Harry ? demanda Sam.

— Tu le sais très bien.

— Pas du tout.

— Je vous surveille.

— Pour quelle raison ?

— Pour vous empêcher de fuir.

— Tu es là pour nous empêcher de quitter notre propre maison ? Pourquoi chercherions-nous à fuir de chez nous ? Ça ne tient pas debout, Harry.

— Je vous surveille, répéta Thurston l'air buté.

— Qui t'en a chargé ?

— La police. J'ai été nommé adjoint.

— Nommé adjoint ? Par qui ?

— Bob Thorp.

— Depuis quand ?

— Environ une heure... une heure et demie...

— Et pour quelle raison Bob Thorp nous ferait-il garder à vue ?

— Tu dois le savoir, dit encore Thurston.

— Je t'ai déjà dit que non.

— Vous avez fait quelque chose.

— Quoi donc ?

— Quelque cnose de mal... d'illégal.

— Harry voyons, tu nous connais !

Thurston ne répliqua pas.

— Tu nous connais bien, Harry, insista Sam.

Silence.

— Alors qu'avons nous fait ? répéta Sam.

— Je n'en sais rien.

— Bob ne te l'a pas dit ?

— Je suis un simple adjoint temporaire.

Son fusil n'en avait pas l'air moins dangereux pour autant, songeait Paul.

— Ainsi tu ignores ce que nous avons soi-disant fait, mais tu es prêt à nous tirer dessus si nous essayons de partir d'ici ?

— Ce sont les ordres.

— Depuis combien de temps me connais-tu, Harry ?

— Au moins vingt ans.

— Et Jenny ?

— Depuis longtemps aussi.

— Et tu es prêt à tuer de vieux amis simplement parce qu'on t'en a donné l'ordre ? demanda Sam qui tâtait le terrain pour essayer de mesurer l'étendue et la solidité du contrôle qu'exerçait Salsbury.

Thurston fut incapable de répondre à cet argument. Son regard allait de l'un à l'autre, et il piétinait sur place dans l'herbe humide, déconcerté, nerveux, mais apparemment résolu à obéir aux ordres du chef.

Ne pouvant détourner les yeux du doigt replié et crispé sur la gâchette, ni regarder Sam en face non plus, Paul explosa pourtant:

— Finissons-en, Sam ? Je crois que tu l'as suffisamment poussé dans ses retranchements.

— Tu as raison, reconnut Sam qui ajouta d'un ton tendu: je suis la Clé.

— Je suis la Serrure.

— Abaisse ton fusil, Harry.

Thurston obéit.

— Dieu soit loué, s'écria Jenny.

— Approche-toi, Harry.

Thurston s'avança vers Sam.

— Incroyable ! s'écria encore Jenny. Un vrai zombie, songeait Paul. Un bon petit soldat de plomb...

— Harry, reprit Sam, qui t'a vraiment donné l'ordre de venir nous surveiller ?

— Bob Thorp.

— Dis-moi la vérité.

— Bob Thorp, c'est vrai, répéta Thurston déconcerté.

— Ce n'est pas un certain Salsbury ?

— Salsbury ? Non.

— Tu le connais ?

— Non. Qui est-ce ?

— Il se fait appeler aussi Albert Deighton.

— Qui ?

— Salsbury.

— Je ne connais pas ce Deighton non plus.

Jenny, Rya et Paul descendirent à leur tour les marches luisantes de pluie et rejoignirent les deux hommes.

— Il est évident que Salsbury opère par l'intermédiaire de Bob Thorp, remarqua Jenny.

— Qu'est-ce que vous racontez ? demanda Thurston.

— Harry, je suis la Clé, répéta Sam par prudence.

— Je suis la Serrure.

Sam étudiait Thurston, réfléchissant à la meilleure approche pour le manipuler.

— Harry, dit-il enfin, nous allons faire un tour du côté de chez Hattie Lange, et tu n'essaieras pas de nous en empêcher. C'est clair ?

— C'est clair.

— Tu ne tireras pas.

— Bien sûr !

— Tu n'appelleras personne à la rescousse; tu te tiendras bien tranquille.

— Promis.

— Après notre départ tu retourneras au buisson de lilas et tu oublieras que nous sommes sortis de la maison. C'est toujours clair ?

— Oui.

— Je veux que tu oublies cette petite conversation, que tu oublies chacune des phrases que nous avons échangées; tu peux faire ca Harry ?

— Bien sûr. J'oublierai que nous avons parlé ensemble et que je vous ai vus, tous les trois. J'oublierai tout, comme tu le demandes.

Pour un robot humain, un parfait zombie, il semblait étonnamment détendu, songea Paul.

— Tu croiras que nous sommes toujours à l'intérieur, précisa Sam.

Thurston regarda aussitôt vers le derrière du magasin.

— Tu surveilleras les lieux comme tu le faisais il y a quelques instants, ajouta Sam.

— Surveiller... c'est ce que Bob m'a dit de faire.

— Alors, vas-y, et oublie que tu nous as vus.

Harry Thurston retourna docilement à sa cachette entre les haies de lilas et reprit son poste, jambes écartées, le fusil entre les mains, prêt à viser et à tirer dans la seconde, en cas de menace.

— Incroyable, répéta encore Jenny.

— On dirait un SS, remarqua Sam lugubre; allons-nous-en d'ici.

Jenny le suivit, et Paul saisit la main glacée de Rya qui pressa la sienne.

— Est-ce que tout ira bien après ? demanda la fillette, les traits tirés, le regard hanté.

— Bien sûr. Tout va s'arranger très vite, affirma-t-il sans trop y croire lui-même.

Ils se dirigèrent vers l'ouest, à travers les pelouses

qui s'étandaient derrière les maisons voisines, marchant vite en espérant ne pas être aperçus.

Paul s'attendait à chaque pas à entendre quelqu'un les interpeller, et malgré l'attitude obéissante de Thurston il s'attendait aussi à entendre la détonation d'un fusil, tout près derrière lui, à quelques centimètres de ses omoplates: un bruit infernal, suivi d'une éternité de silence.

Quelques centaines de mètres plus loin ils arrivèrent derrière l'église St. Luc, ouverte à tous les cultes, une construction fraîchement repeinte et bien entretenue, avec une charpente blanche rectangulaire sur un soubassement à parement de briques. Une tour haute de cinq étages abritait la cloche, sur le devant du côté de Main Street.

Sam essaya la porte de derrière, qui n'était pas fermée à clé, et ils se glissèrent un à un à l'intérieur, restant quelques instants dans l'entrée pour s'assurer que personne ne les avait suivis. Puis Sam les conduisit dans la sacristie derrière l'autel, encore plus sombre que le foyer et où ils renversèrent maladroitement une tringle portemanteau chargée des surplis et autres vêtements sacerdotaux. Figés sur place, ils attendirent que l'écho du vacarme se fût éteint; puis ils sortirent de la pièce obscure en faisant la chaîne, et arrivèrent à l'autel. Les gros nuages amoncelés transformaient la clarté du jour en lumière crépusculaire que les vitraux filtraient – leut tour, plongeant l'intérieur de l'église dans une pénombre épaisse. Ils y voyaient toutefois assez clair pour se lâcher les mains et suivre Sam le long de la nef entre les travées de prie-dieu, sans tâtonner comme des aveugles. Au fond sur la gauche Sam ouvrit une porte derrière laquelle s'élançait un escalier en colimaçon. Sam passa le premier, suivi de Jenny et de Rya tandis que Paul restait sur la première marche à scruter l'obscurité environnante pendant quelques instants, son arme prête dans sa main droite. Mais tout était silencieux et désert, et il referma la porte avant de monter rejoindre les autres.

Le haut du clocher était une plate-forme de trois mètres de côté dont la cloche, de près d'un mètre de diamètre, occupait le centre, suspendue au sommet de la voûte. Une chaîne soudée à son bord disparaissait par une petite ouverture dans le sol jusqu'à la base de la tour où le sonneur pouvait la tirer. Les murs n'avaient que 1,20m de hauteur, ouverts à partir de là sur l'extérieur jusqu'au plafond voûté. Aux quatre coins un pilier blanc soutenait le toit incliné recouvert d'ardoise, qui formait auvent tout autour et protégeait ainsi la plateforme de la pluie. En atteignant le haut des marches Paul se mit à quatre pattes. Il savait bien que les gens lèvent rarement les yeux en vaquant à leurs occupations habituelles, surtout dans un environnement familier, mais mieux valait redoubler de prudence. Il fit le tour de la cloche ainsi plié en deux pour aller retrouver Jenny et Rya assises par terre, le dos appuyé à la murette. Le 22 long rifle à son côté, Jenny parlait à Rya à voix basse, lui racontant une anecdote pour essayer de la détendre et de lui faire oublier sa peine. Elle jeta un regard vers Paul et lui sourit.

C'est moi qui devrais m'occuper de Rya, songeait-il, l'aider, la rassurer, la réconforter. Mais ce n'était pas possible pour le moment. Il fallait qu'il se prépare à tuer un homme, peut-être deux ou trois, et même davantage.

Il se demanda soudain comment la violence déjà survenue dans leur vie, et celle qui allait venir, affecteraient ses liens avec sa fille. Sachant qu'il avait dû tuer plusieurs hommes, Rya en viendrait-elle à éprouver à son égard la crainte que lui inspirait maintenant Bob Thorp ? Sachant qu'il était capable de commettre l'acte le plus violent, le plus extrême, pourrait-elle jamais à nouveau être naturellement à l'aise avec lui ?

Sam, à genoux, guettait par-dessus le mur du clocher. Profondément troublé mais conscient du fait que le moment n'était pas à des inquiétudes dépassant les quelques heures à venir, Paul se glissa à ses côtés et regarda en direction de l'est. Il voyait le bazar des Edison, la station-service de Karkov, puis les maisons en bordure de la ville et le terrain de base-ball près de la rivière. Au bout de la vallée, juste avant le virage de la grande route, une voiture de police placée en travers bloquait les deux voies.

— Un barrage...

— J'ai vu, dit Sam.

— Salsbury nous a bien emprisonnés.

— Et en ce moment même il se demande probablement pourquoi diable nous n'avons pas essayé d'appeler la police ou de sortir de Black River.

A la droite de Paul se trouvait le centre de la ville: la grande place, le restaurant des Ultman avec ses deux énormes chênes noirs, le bâtiment municipal, et de l'autre côté de jolies maisons de brique, de pierre et quelques demeures blanches dans une imitation chargée de style gothique, ainsi que de coquets petits pavillons; une ou deux boutiques aux stores à rayures, le bâtiment de la compagnie des téléphones, l'église Sainte-Marie-Marguerite, le cimetière, le cinéma avec sa marquise démodée, puis la route de la scierie. Le panorama tout entier, après l'orage, offrait des contours nets et des couleurs vives et correspondait peu à l'idée qu'on se fait d'un décor de tragédie.

— Tu penses toujours que Salsbury se cache dans le bâtiment administratif ? demanda Paul.

— Sinon, où serait-il ?

— C'est vrai...

— Le bureau du shérif semble l'emplacement privilégié pour y établir un QG.

Paul regarda sa montre qui indiquait 5h15.

— On va attendre ici jusqu'à la nuit tombée, vers 9 heures, dit Sam. Et puis on traversera discrètement la rue et en se servant du code on empêchera ses gardes de nous arrêter et on arrivera sur lui sans même qu'il nous ait vus venir.

— Ça paraît facile, comme ça.

— Mais ça le sera réellement, affirma Sam confiant.

Un élair déchira le ciel, suivi d'un grondement de tonnerre et la pluie se remit à crépiter sur le toit du clocher et sur les trottoirs de la ville.

17h20

Bob Thorp, appuyé contre le rebord de la fenêtre, les bras croisés sur son large torse, un sourire de commande aux lèvres, regardait Salsbury s'affairer autour de l'omni-récepteur posé sur la table de travail. L'appareil était raccordé au téléphone du bureau et branché en position d'écoute sur la ligne des Edison... du moins, Salsbury avait composé leur numéro et il aurait dû entendre ce qui se passait à l'autre bout. Penché en avant dans une attitude d'intense concentration, il serrait si fort l'appareil que ses jointures semblaient prêtes à transpercer la peau fine et livide de ses mains. Il écoutait, tendu, guettant le moindre son, le bruit le plus insignifiant d'origine humaine en provenance du magasin ou des pièces d'habitation au-dessus. Mais il n'entendait que le silence. Rien d'autre.

— Allons, allons, vite, quelque chose... lança-t-il exaspéré, en secouant légèrement l'appareil.

Rien d'autre que le silence.

Après une bordée de jurons où il était question de cette « saloperie d'appareil qui ne fonctionnait pas et qui était bien là de la camelote fabriquée par les Belges », il raccrocha, vérifia le raccordement des fils aux bornes prescrites, et refit le numéro.

La liaison s'établit à nouveau et lui transmit simplement un souffle, un bourdonnement analogue à la pulsion du sang dans les artères captée dans un coquillage placé contre l'oreille. Et par-dessus le bruit de fond chez les Edison, une pendule égrenait son tic-tac bruyant et mélancolique.

Salsbury regarda sa montre: 5h24.

Et toujours le silence...

5h26

Il raccrocha, et refit le numéro.

Il entendit le tic-tac de la pendule.

5h28
5h29
5h30

Personne ne parlait donc jamais là-bas? Pas un éclat de voix, un rire, un toussotement, un bâîlement ... pas même un soupir. Rien ne bougeait non plus...

5h32
5h33

Appuyant l'écouteur encore plus fort contre son oreille, il concentra toute son attention pour essayer de capter une bribe de conversation entre Edison, Annendale et les autres.

5h34
5h35

Pourtant ils étaient bien tous là-bas, nom de Dieu !

5h36

Il raccrocha brutalement. Ces salauds doivent savoir que je suis à l'écoute, se dit-il. Et ils se taisent. Ils ne font pas de bruit, pour m'embêter. C'est sûrement ça. Ça ne peut-être que ça...

Il saisit à nouveau le combiné, et composa le numéro des Edison. Le tic-tac d'une pendule... rien d'autre...

5h39
5h40

— Bande de pourris ! Salauds !

Il raccrocha d'un geste rageur.

Et il se sentit soudain trempé de sueur, la chemise collée à la peau, mal à l'aise. Il se leva mais resta ainsi sur place, paralysé par la rage.

— Même s'ils ont réussi à sortir de la maison, et je me demande bien comment; ils n'auront pas pu quitter la ville, lança-t-il à Thorp. C'est absolument impossible. Ce ne sont pas des magiciens, que je sache? J'ai bouclé toutes les issues, non ? Alors c'est impossible de s'échapper.

Thorp continuait d'afficher un sourire béat, sur les ordres antérieurs de Salsbury.

— Réponds-moi espèce d'abruti, hurla ce dernier.

Le sourire de commande disparut. Salsbury était blême, et luisant de transpiration.

— Est-ce que je n'ai pas complètement bouclé cette putain de ville ?

— Mais si, mais si... assura Thorp docilement.

— Personne ne peut sortir de ce foutu bled sans ma permission, pas vrai ?

— Oui. Vous avez bouclé toutes les issues.

Salsbury tremblait, et la tête lui tournait.

— Même s'ils se sont faufilés hors du magasin, je

peux les trouver... je peux les rattraper quand je voudrai... pas vrai ?

— Oui, bien sûr.

— Je peux retourner cette foutue ville sens dessus dessous, en fouiller tous les recoins et retrouver ces salauds.

— Quand vous le voudrez.

— Il ne peuvent pas s'échapper.

— Absolument pas.

— Peu importe de toute façon, car ils n'ont pas quitté le magasin, affirma Salsbury en se laissant tomber lourdement sur sa chaise. Ils ne peuvent pas l'avoir quitté... c'est surveillé... étroitement surveillé comme une vraie prison. Alors, ils y sont toujours. Ils ne font pas de bruit, c'est tout. Ils se tapissent, comme des souris. Ils savent que je suis à l'écoute et ils essaient de me posséder, de m'avoir à l'usure... C'est ça... à l'usure... Pas de doute là-dessus...

Il composa de nouveau le numéro. Et il entendit le tic-tac familier de la pendule dans l'une des pièces où se trouvait un micro.

5h45

Il raccrocha.

Refit le numéro.

Tic-tac...

5h46
5h47

Il raccrocha.

— Comprends-tu ce qu'ils veulent me faire ? lança-t-il avec une grimace sarcastique au chef de la police qui hocha la tête négativement.

— Il veulent me faire perdre mon sang-froid et me

pousser à entreprendre une fouille maison par maison pour gagner du temps. Je pourrais le faire, bien sûr... ajouta-t-il en gloussant, je pourrais obliger toute la ville à participer à une vraie battue. Mais ça prendrait des heures, et ensuite je serais obligé d'en effacer le souvenir chez tous les gens... quatre cents cerveaux environ... ça prendrait encore des heures. Ils veulent me faire perdre du temps... un temps précieux... et se donner ainsi une chance de s'échapper dans la confusion générale. C'est ça ?

— Oui, répondit Bob toujours docile.

— En bien je n'entrerai pas dans leur jeu, ricana Salsbury. Je vais attendre Dawson et Klinger. Il n'y aura pas de panique. Pas de mon côté en tout cas. J'ai la situation bien en main, et ça ne va pas changer.

Le tonnerre éclata de nouveau sur la vallée, faisant vibrer les deux fenêtres du bureau.

Salsbury appela encore le magasin.

5h50
5h51

Il raccrocha en ricanant. Puis une idée le frappa brutalement: si les Edison et les Annendale savaient qu'il les écoutait, cela signifiait qu'ils connaissaient toute l'affaire, la vérité, son identité réelle, et le motif véritable de son séjour à Black River, ...mais c'était absolument impossible.

Il appela encore.

5h52

Rien que le silence. Il reposa l'appareil et se tourna vers Thorp:

— Je pense que s'ils savent, c'est sans importance

de toute façon. Ils ne peuvent s'échapper. Ils sont coincés, et bien coincés. J'ai le pouvoir... Que crois-tu que va faire Myriam quand elle saura que je détiens le pouvoir ? demanda-t-il à brûle-pourpoint après un mauvais regard en direction de l'omni-récepteur.

— Qui est Myriam ?

— Tu sais bien, Myriam...

— Non, je ne la connais pas.

— Mon ex-femme.

— Ah bon ?

— Une vraie garce.

Thorp resta muet.

— Frigide comme un bloc de glace.

— C'est triste.

— Moi je sais ce qu'elle fera... elle viendra se traîner à mes pieds, cette vieille garce. Elle rampera devant moi, Bob. A quatre pattes sous mes yeux. Parfaitement. Tu me crois ?

— Oui.

Le pouvoir... le pouvoir...

— Et tu sais ce que je ferai, moi ?

— Non.

— Ce que je ferai quand cette garce se traînera à quatre pattes vers moi ?

— Non.

— Je lui enverrai mon pied en pleine figure, voilà.

— Cela fait partie des voies de fait, fit remarquer Thorp.

— Et pareil pour Dawson. Mon pied en pleine figure.

— Voie de fait, répéta Thorp. Vous finirez en prison.

— J'aurai Dawson, poursuivit Salsbury sans entendre. J'aurai ce vieux salaud papelard.

Thorp fronça les sourcils d'un air perplexe.

— Tu crois que je pourrai trouver une paire de bottes ici ?

— Pardon ?

— Il y a quelques personnes, pas beaucoup attention, quelques-unes seulement, sur lesquelles j'aimerais me servir d'un talon de botte.

Ta-ra-ta-tat...

18h30

— Allô ?
— Mrs Wolinski ?
— Oui.
— Je suis la Clé.
— Je suis la Serrure.
— Votre mari est chez vous ?
— Oui, au premier.
— Tout seul ?
— Oui, tout seul.
— Et vous êtes seule, en bas ?
— Oui.
— Vous connaissez Sam Edison ?
— Oui, bien sûr.
— Il est chez vous, peut-être ?
— Sam ? Non.
— Et Jenny Edison, elle est chez vous ?
— Non. Pourquoi cette question ?
— Avez-vous vu Sam ou sa fille aujourd'hui ?
— Non. Ecoutez, je ne...
— Mrs Wolinski, quand vous aurez raccroché vous oublierez jusqu'au dernier mot de cette conversation. Vous vous rappellerez seulement que quelqu'un a appelé pour essayer de vous placer une police d'assurance, quelqu'un de Bexford. Compris ?
— Oui.
— Alors, raccrochez maintenant.

18h45

— Ici l'église Sainte-Marie-Marguerite.

— Le presbytère ?
— Oui.
— Père O'Hara ?
— Lui-même.
— Je suis la Clé.
— Je suis la Serrure.
— Vous êtes seul, mon Père ?
— Oui.
— Et votre gouvernante ?
— C'est son jour de repos.
— Vous connaissez Sam et Jenny Edison ?
— Bien sûr. De très braves gens.
— Seraient-ils chez vous en ce moment ?
— Au presbytère ? Non.
— Et dans l'église ?
— Non. Pourquoi ?
— Les avez-vous vus aujoud'hui ?
— Non. Je...
— Connaissez-vous Paul Annendale ?
— Je ne crois pas... Quel est le problème ? Rien de grave ?
— La ferme, O'Hara. Quand vous aurez raccroché, vous oublierez jusqu'au dernier mot de cette conversation. Vous vous rappellerez seulement que quelqu'un a fait un faux numéro. Compris ?
— Oui.
— Raccrochez, O'Hara.

19h

— ...vu les Edison aujourd'hui ?
— J'ai vu Sam, au magasin.
— Quand exactement, Mrs Jamison ?
— Ce matin, vers neuf heures.
— Et pas depuis ?
— Non.
— Mrs Jamison, je veux que vous restiez là, près

du téléphone, mais vous allez donner le combiné à votre mari.

— Allô ?

— Mr Jamison ?

— Oui.

— Je suis la clé.

— Je suis la Serrure.

19h30

— Restez près du téléphone, Mrs Potter, ne vous éloignez surtout pas. Mais donnez le combiné au Revérend Potter.

— D'accord, un instant.

— Allô ?

— Révérend Potter ?

— Lui-même.

— Je suis la Clé.

— Je suis la Serrure.

— Vous connaissez Sam et Jenny Edison ?

— Oui, très bien, même.

— Les avez-vous vus aujourd'hui ?

— Non.

— Vous en êtes absolument sûr ?

— Oui, tout à fait certain.

— Vous ont-ils appelé ? Leur avez-vous teléphoné ? Aujourd'hui ?

— Non. Je ne...

— Connaissez-vous Paul Annendale ou sa fille ?

— Oui. Ils viennent ici chaque...

— Les avez-vous vus, l'un ou l'autre, aujourd'hui ?

— Non. Je n'ai pas bougé...

— Potter, nom de Dieu que se passe-t-il ?

— Pardon ? j'ai mal entendu.

— Putain de bordel, où sont-ils à la fin ?

— Monsieur, je ne supporte pas ce genre de langage...

— J'ai téléphoné à une cinquantaine de personnes depuis une heure et demie. Personne ne les a vus. Personne ne sait rien. Ils sont forcément en ville, pourtant. J'en suis sûr, nom de Dieu ! Ils ne peuvent pas en sortir. Vous voulez savoir ce que je pense, Potter ? Je pense qu'ils sont toujours dans le magasin.

— Si vous...

— La ferme ! Ils se planquent; ils ne bougent pas, ne disent pas un mot. Ils essaient de me posséder, de m'obliger à aller les chercher. Ils voudraient que j'envoie Bob Thorp leur courir après. Ils ont sûrement des fusils là-dedans. Mais ils ne m'auront pas ! Je ne leur donnerai pas l'occasion de déclencher un concours de tir, et de me laisser une douzaine de cadavres sur le bras ! J'attendrai le temps qu'il faudra, et je les aurai, Potter. Et voulez-vous que je vous dise ce que je ferai quand j'aurai mis la main dessus ? Il faudra que j'étudie les Edison, naturellement, pour savoir pourquoi ils ont résisté à la drogue et aux subliminaires. Je sais déjà pourquoi les Annendale n'ont pas été affectés, eux non plus. Ils n'étaient pas ici quand le programme a été diffusé. Alors, quand je les tiendrai, voyez-vous, je pourrai m'en débarrasser immédiatement, sur-le-champ. J'ordonnerai à Bob Thorp de leur faire sauter la cervelle... leur putain de cervelle... les pourris... voilà ce que je ferai, Potter !

VII

21h

ALORS que l'orage se calmait pour la quatrième fois en cette fin de soirée, un luxueux hélicoptère pour PDG, peint en jaune vif et noir comme un frelon, ses clignotants verts et rouges en position d'approche, arrivait rotor battant par l'est de la vallée. Il enfila Main Street à peine à vingt mètres du sol, ses pales hachant l'air humide et leur clappement renvoyé avec un bruit mat par l'asphalte mouillé.

Dans le clocher de l'église, au même niveau mais bien protégés par l'avancée du toit, Rya, Jenny, Paul et Sam, suivaient la course de l'appareil, qui leur semblait dangereusement proche dans le gris-violet crépusculaire. Mais personne ne regardait dans leur direction, et la lumière du jour mourant leur permettait encore de voir l'intérieur du poste de pilotage et la confortable cabine à l'arrière.

— Deux hommes en plus du pilote, annonça Sam.

L'hélicoptère resta un moment immobile au-dessus de la place, puis survola le bâtiment municipal et se posa sur le terrain du parking, à dix mètres de la voiture de police.

— Vous croyez que ces hommes ont un rapport avec Salsbury ? demanda Jenny après que le calme se fut réinstallé dans le sillage de l'appareil.

— Sans aucun doute, fit Sam.

— Des gens du gouvernement ?

— Non, affirma Paul.

— Je suis de ton avis, dit Sam l'air soulagé. Même l'hélico présidentiel a un petit air militaire, extérieurement en tout cas, que celui-ci n'a pas. Le gouvernement n'utilise pas d'élégantes petites machines comme ce joli frelon pour hommes d'affaires...

— Ce qui n'exclue pas la possibilité que le gouvernement joue un rôle dans cette histoire, fit remarquer Paul.

— Oh, bien sûr. Mais c'est quand même bon signe.

— Qu'est-ce qu'on fait maintenant ? demanda Rya.

— On guette, et on attend, décida Paul les yeux fixés sur l'édifice aux briques blanches.

L'air humide gardait encore le relent déplaisant de l'échappement de l'hélicoptère, tandis que plus haut dans la montagne le tonnerre grondait à nouveau de façon menaçante. Un éclair bleu aveuglant fusa entre deux des plus hautes crêtes, aussi inquiétant que les étincelles entre les électrodes du baron Frankenstein dans son laboratoire. Pour Paul, le temps semblait avoir suspendu son vol. Chaque minute n'en finissait pas de s'écouler, chaque seconde lui rappelait ses instants où il observait pendant des heures interminables les petites bulles d'air à travers le flacon de glucose du goutte-à-goutte au chevet d'Annie.

A 21h20, finalement, deux voitures enfilèrent Main Street en venant du bâtiment municipal: une Ford LTD, un modèle de l'année dernière, et une deuxième voiture de police. Après l'église, les véhicules se garèrent le long du trottoir devant le bazar de Sam. Bob Thorp et deux hommes armés de pistolets sortirent de la voiture de police et se profilèrent un instant dans l'éclaboussement blafard des feux avant de grimper les marches du perron et de disparaître dans l'ombre de la véranda.

Trois hommes sortirent de la deuxième voiture dont

ils laissèrent les portes ouvertes et le moteur en marche, sans toutefois suivre Thorp et restant simplement près du véhicule, en arrière des phares. Paul ne parvenait pas à distinguer s'ils étaient armés, mais il était sûr qu'il s'agissait de Salsbury et des deux passagers de l'hélicoptère.

— Tu veux foncer et les attaquer maintenant, pendant qu'ils nous tournent le dos ? proposa Paul à Sam.

— Trop risqué. Nous ne savons pas s'ils sont armés, et ils pourraient nous entendre arriver. Même en comptant sur l'effet de surprise, l'un d'eux au moins réussirait à nous fausser compagnie. Attendons un peu.

A 21h35 l'un des « assistants » de Bob Thorp redescendit les marches et rejoignit les trois homme avec lesquels il parlementa quelques secondes. Puis il se posta près de la voiture, tandis que Salsbury et ses acolytes gravissaient le perron à leur tour.

21h50

— Au moins, nous savons à présent comment ils ont pu reconstituer l'affaire, déclara Dawson en s'écartant de la bibliothèque dans le bureau de Sam. Connaissent-ils la phrase-code, Ogden ?

— Bien sûr que non ! s'exclama Salsbury très secoué par cette suggestion.

— La fillette aurait pu vous entendre l'utiliser pour son frère ou pour Thorp.

— Impossible. Quand elle est arrivée j'avais depuis longtemps Bob Thorp en main, et j'avais renoncé à me servir du code sur son frère.

— Et sur elle ? L'avez vous essayé ?

Salsbury ne répondit pas immédiatement, se posant à lui-même la question. Il se rappelait avoir aperçu la gamine, avoir avancé vers elle et n'avoir pu la rattraper quand elle s'était enfuie. Mais avait-il utilisé la phrase? Il préféra rejeter l'idée parce que l'accepter signifiait accepter la défaite, l'écroulement du projet, de tout...

— Non, dit-il enfin, je n'en ai pas eu le temps. Je l'ai aperçue, elle a fait demi-tour et s'est enfuie à toutes jambes. J'ai couru après elle, mais elle allait trop vite.

— Vous en êtes tout à fait sûr ?

— Absolument.

Considérant Salsbury avec mépris, le général intervint:

— Vous auriez dû prévoir ce qui est arrivé avec Edison...savoir ce que renfermait sa bibliothèque, et être au courant de son dada.

— Et comment diable aurais-je pu prévoir tout ça ? protesta Salsbury soudain congestionné, ses yeux de myope encore plus exorbités derrière les verres épais.

— Si vous aviez fait votre devoir...

— Mon devoir ! lança Salsbury cinglant. Ecoutez Ernst, on ne fait pas son service militaire ici, ce n'est pas l'armée et je ne suis pas une de vos humbles recrues !

Pour la plus grande part, sa colère était engendré par sa peur: mais il était important que ni Dawson ni Klinger ne s'en aperçussent.

— C'est bien dommage, répliqua Klinger en lui tournant le dos pour s'approcher de la fenêtre. Nous aurions certainement eu moins d'ennuis en appliquant des règles militaires !

— Nom de Dieu ! après toutes les précautions que j'ai prises... explosa Salsbury, conscient du désavantage de sa position tant que Klinger lui tournerait le dos.

— Ça suffit ! coupa Dawson sans hausser le ton mais avec une telle autorité que Salsbury s'arrêta net et que le général se retourna. Nous n'avons pas le temps de nous disputer ni de lancer des accusations stériles. Il faut trouver ces quatre personnes.

— Ils ne peuvent pas avoir quitté la ville par l'est, affirma Salsbury. Ce côté-là est complèment bouclé. J'y ai veillé.

— Vous pensiez aussi avoir cerné cette maison, fit remarquer Klinger, mais nos oiseaux se sont envolés.

— Pas de jugement trop sévère Ernst, conseilla Dawson avec un sourire indulgent de bon chrétien et un petit signe de tête protecteur à Salsbury, alors que ses yeux sombres luisaient de haine. Je suis de l'avis d'Ogden. Ses précautions côté est sont certainement suffisantes, encore que nous pourrions envisager de placer trois fois plus d'hommes le long de la rivière et dans les bois, maintenant que la nuit est venue. Et je crois qu'Ogden a fait aussi tout ce qu'il fallait pour les routes forestières.

— Dans ce cas il reste deux possibilités, déclara le général décidé à jouer les stratèges; la première: ils sont encore dans la ville, cachés, attendant une occasion de franchir le barrage routier ou de tromper la surveillance de la patrouille près de la rivière. La seconde: ils vont peut-être essayer de s'échapper à pied par la montagne. Thorp nous a dit que les Annendale sont des campeurs et des marcheurs entraînés.

Bob Thorp debout près de la porte comme un piquet de garde se contenta de confirmer:

— C'est vrai. C'est vrai.

— Je n'y crois guère, fit Salsbury. Ils ont une fillette de onze ans avec eux et elle ralentirait la marche. Il leur faudrait plusieurs jours pour aller chercher du secours de cette façon.

— Oui mais la fillette en question a passé sept étés consécutifs dans cette même forêt, remarqua le général. Elle serait peut-être moins un poids mort que vous ne le pensez. Et puis si on ne réussit pas à les retrouver, ils représentent le même danger pour nous, qu'ils atteignent les secours ce soir ou la semaine prochaine !

— Supposons qu'ils soient en train de franchir les montagnes à pied, et étant donné qu'ils ont 90 kilomètres à faire pour atteindre Bexford y compris le détour, à quelle distance pensez-vous qu'ils soient en ce moment ? demanda Dawson après un instant de réflexion.

— Cinq ou six kilomètres, calcula le général.

— Pas plus ?

— J'en doute. Réfléchissez:il faut qu'ils se montrent sacrément prudents en quittant la ville pour ne pas être aperçus, et qu'ils aillent très lentement pendant le premier kilomètre pour les mêmes raisons, quelques mètres à la fois. La forêt atteinte, il leur faudra alors un moment pour pouvoir prendre leur allure normale, et même si la petite est à l'aise dans les bois elle les ralentira un peu.

— Cinq kilomètres, répéta Dawson songeur. Ils seraient donc quelque part entre la scierie de Big Union et les forêts exploitées ?

— A peu près.

Dawson ferma les paupières et sembla s'absorber dans une courte prière, ses lèvres bougeant légèrement. Puis il ouvrit les yeux brusquement, comme sous le coup d'une inspiraiton divine, et annonça:

— La première chose à faire est de lancer une patrouille à leurs trousses dans la forêt.

— C'est ridicule, s'écria Salsbury, ce serait rechercher une aiguille dans une meule de foin. Mail il se rendait parfaitement compte que Dawson considérait son plan comme étant d'essence céleste, comme un don du créateur.

D'une voix aussi glacée que le corps du petit garçon dans la pièce voisine, il expliqua en détail:

— Nous disposons de près de 200 hommes au camp des bûcherons, auxquels la forêt est un terrain familier. Nous allons les mobiliser, les armer de haches, de carabines et de fusils, les munir le lampes torches et de phares portatifs. Nous les embarquerons dans des camions et des jeeps pour les transporter à deux kilomètres du camp, et là ils se mettront en ligne et marcheront en revenant vers la ville. Ils formeront ainsi un cordon de deux kilomètres de long, en laissant dix mètres d'un homme à l'autre, et chacun n'aura donc qu'un petit carré de terrain à passer au crible. Les Edison ni les Annendale ne leur échapperont.

— Ça marchera ! s'écria Klinger avec admiration.

— Mais s'ils ne sot pas là-haut ? S'ils sont encore en ville ? objecta Salsbury.

— Dans ce cas pas besoin de nous inquiéter, assura Dawson. Ils ne risquent pas de nous atteindre au milieu de Bob Thorp et de ses adjoints, ni de sortir de la ville parce qur toutes les issues sont bloquées. Ils ne peuvent qu'attendre. Et si nous ne les avons pas trouvés dans la montagne au plus tard à 4h du matin, nous commençerons à fouiller la ville maison par maison, annonça-t-il avec un sourire inquiétant. D'une façon ou d'une autre je veux que l'affaire soit réglée avant demain midi.

— Vous êtes très exigeant, remarqua le général.

— Peut-être, mais j'estime que j'ai raison. Je veux qu'ils soient liquidés, morts, tous les quatre avant midi. Après quoi, il faudra reprogrammer la mémoire de tous les habitants en effaçant complètement toute trace de notre passage. Avant midi !

— Morts ? répéta Salsbury dérouté. Mais il faut que j'étudie les Edison. Vous pouvez disposer des Annendale si vous voulez, mais moi je dois savoir pourquoi les Edison n'ont pas été affectés. Il faut que...

— Pas question ! coupa sèchement Dawson. Si nous tentons de les capturer pour les ramener au labo de Greenwich il y a de grandes chances qu'ils réussissent à s'évader pendant le trajet. C'est un risque que nous ne pouvons courir. Ils en savent trop long...beaucoup trop long.

— Mais nous allons avoir tellement de cadavres sur les bras, objecta encore Salsbury. Bon Dieu ! il y a déjà le môme, et Buddy Pellineri, alors...quatre de plus ! Et s'ils se défendent on va en arriver à la douzaine à enterrer...Comment expliquer un massacre pareil ?

— Nous les transporterons tous dans le cinéma, et il y aura un tragique incendie, répondit calmement Dawson de toute évidence assez content de lui. Nous tenons le docteur Troutman pour les certificats de décès, et nous pourrons utiliser le programme Clé/Serrure pour empêcher les familles de réclamer l'autopsie.

— Bravo, bravo...excellent, approuva Klinger souriant. Un courtisan servile à la cour du roi Leonard 1er, songeait Salsbury en son fort intérieur.

— Vraiment génial, Leonard, renchérit Klinger.

— Merci, Ernst.

— Apôtre à la manque, murmura Ogden entre ses dents. Dawson lui jeta un mauvais regard. Ce genre de blasphème lui déplaisait.

— Pour chacun de nos pechés, le Seigneur nous fera payer un jour. Personne ne peut lui échapper.

Salsbury ne répliqua rien.

— L'enfer existe vraiment, savez-vous ? ajouta Dawson.

Salsbury regarda Klinger du coin de l'œil, mais ne sentant aucun appui de ce côté il préféra rester coi. Il y avait quelque chose dans la voix de Dawson, comme une lame acérée cachée dans les replis d'une cape, quelque chose de dur et de tranchant qui lui faisait soudainement peur.

— Il est temps de nous mettre en route, messieurs, déclara Dawson en consultant sa montre. Finissons-en au plus vite.

22h12

L'hélicoptère s'éleva lentement du parking, et après un gracieux virage au-dessus de la place principale où plusieurs curieux l'observaient, il s'éloigna vers l'ouest et les montagnes dans un cliquetis de pales, et disparut bientôt dans la nuit. Sam tourna le dos à la rue et se rassit contre le mur du clocher.

— Ils sont repartis vers la scierie?

— Ça m'en a tout l'air. Mais pourquoi?

— Bonne question.

— Autre question, ajouta Paul: et s'ils ont compris comment nous leur avons échappé? S'ils se sont rendus compte que nous connaissons la phrase code?

— C'est peu probable.

— Supposons, quand même.

— Je voudrais bien le savoir, soupira Sam l'air soucieux. Mais n'oublions pas que même dans le cas le plus défavorable nous sommes à égalité avec eux. S'ils comprennent ce qui nous savons, nous perdons l'avantage de la surprise, mais eux ont perdu l'avantage de leurs gardes du corps armés. Ça rétablit l'équilibre.

— Croyez-vous que les deux complices de Salsbury soient dans l'hélicoptère? demanda Jenny.

Sam regardait le revolver qu'il tenait à la main, et dont il ne distinguait que le contour dans la pénombre.

— Ça, c'est encore une chose que je voudrais bien savoir.

Les mains de Paul tremblaient légèrement, et son propre Smith & Wesson semblait peser 50 kilos.

— J'imagine que nous allons traquer Salsbury à présent?

— Il en est grand temps, reconnut Sam.

Jenny toucha doucement la main de son père, celle qui tenait l'arme.

— Et si l'un d'eux est resté avec Salsbury?

— Eh bien, nous serons à deux contre deux et nous saurons bien nous en tirer, déclara Sam.

— Mais si je venais, nous serions trois contre deux et ça pourrait améliorer nos chances, hasarda-t-elle.

— Rya a besoin de toi, rappela Sam en l'attirant contre lui et l'embrassant sur la joue. On s'en tirera, Jenny, je le sais. Surveille Rya pendant notre absence.

— Et si vous ne revenez pas ?

— Nous reviendrons.

— Mais si vous ne revenez pas ? insista-t-elle.

— Alors... il faudra vous débrouiller toutes seules, conclut Sam dont la voix se brisa. On ne pourra rien faire d'autre.

— Ecoutez, intervint Paul, même si Salsbury sait vraiment ce que nous avons découvert, il ignore où nous sommes. Mais nous, nous savons exactement où il se trouve. Nous avons donc un avantage certain.

Rya s'accrochait à son père et ne voulait pas le laisser partir. Elle parlait d'une voix calme mais résolue, exigeant qu'il ne la laissât pas dans le clocher. Paul caressa ses cheveux sombres, la serra fort contre lui en lui parlant d'une voix douce pour la rassurer de son mieux. Il finit par la calmer momentanément. Et à 22h20, il descendit l'escalier derrière Sam.

VIII

22h20

PHIL Karkov, le propriétaire de l'unique station-service et garage de Black River, et son amie Lolah Tayback essayèrent de quitter la ville quelques minutes après 22 heures. Les aides du shérif qui surveillaient le barrage routier les renvoyèrent, comme convenu, au bâtiment administratif pour une entrevue avec Bob Thorp.

Grand, les épaules larges, le cheveux roux, trente-cinq ans environ, un visage souriant et attirant, malheureusement affligé d'un nez bulbeux et quelque peu difforme qui semblait porter la trace de plus d'une bagarre, le mécanicien courtois à la voix douce, aimait de toute évidence à se considérer comme un citoyen modèle et semblait très désireux d'aider le chef de la police locale, dans toute la mesure de ses moyens.

Après usage de la phrase-code et quelques minutes d'interrogatoire serré, Salsbury jugea que Karkov aussi bien que Lolah Tayback étaient totalement programmés. Ils ne songeaient pas le moins du monde à fuir la ville et n'avaient rien remarqué d'anormal dans la journée. Ils allaient seulement à Bexford manger un morceau et boire une bière.

Salsbury satisfait renvoya le mécanicien chez lui où il lui ordonna de rester jusqu'au matin.

Quant à la femme... c'était une autre affaire.

Femme-enfant était le terme approprié, songeait-il. Sa chevelure d'un blond paille coulait jusqu'à ses épaules étroites en encadrant un visage d'une innocente beauté: des yeux d'un vert transparent, un teint laiteux, très pur, des pommettes aux courbes douces émaillées de taches de rousseur, un petit nez retroussé, des fossettes, une mâchoire aux lignes pures et un petit menton arrondi, tous ces traits délicats lui donnaient un certain air de naïveté. Elle mesurait au plus un mètre cinquante-sept, et ne pesait pas plus de 45 kilos. Elle semblait fragile, mais son sweater rayé rouge et blanc, sans soutien-gorge, et son short en jean, laissaient apparaître une silhouette très féminine et éminemment désirable. Ses seins petits, très hauts, étaient mis en valeur par une taille extrêmement fine, les pointes adorablement dessinées à travers le tissu léger. Ses jambes, fines et souples, étaient très excitantes. Tandis que, debout devant elle, il la détaillait des pieds à la tête, elle le regardait d'un air timide, baissant les yeux, et bougeant les pieds avec embarras. A en juger seulement d'après l'aspect physique, elle était sûrement une des femmes les plus malléables et vulnérables qu'il ait jamais rencontrées. Et même si elle avait en réalité été une lutteuse sous des dehors fragiles, un vrai chat sauvage, elle était vulnérable à présent, aussi vulnérable qu'il le désirait. Car... il avait le pouvoir.

— Lolah ?

— Oui, monsieur.

— Quel âge as-tu ?

— Vingt-six ans.

— Phil Karkov est ton fiancé ?

— Non, murmura-t-elle.

— Mais vous êtes ensemble ?

— Plus ou moins.

— Tu couches avec lui ?

Elle rougit et se trémoussa avec gêne. Adorable créature...

Va te faire foutre, Dawson, et toi aussi Ernst !

Il ricana.

— Tu couches avec lui, Lolah ?

— Je dois vraiment vous répondre ? demanda-t-elle dans un souffle.

— Dis-moi la vérité.

— ...Oui.

— Tu couches avec lui ?

— Oui.

— Souvent ?

— Oh... toutes les semaines.

— Parle plus fort

— Toute les semaines.

— Petite chatte.

— Vous n'allez pas me faire mal, dites ? Il ricana doucement et lui demanda:

— Combien de fois ? Une, deux par semaine ?

— Deux fois, trois de temps en temps...

— Fous-moi le camp d'ici, toi, cria alors Salsbury en se tournant vers Bob Thorp. Va dans l'entrée avec le garde, jusqu'à ce que je t'appelle.

— Compris, fit Thorp qui sortit en refermant la porte derrière lui.

— Lolah ?

— Oui ?

— Qu'est-ce qu'il te fait, ton Phil ?

— Que voulez-vous dire ?

— Au lit, qu'est-ce qu'il te fait ? Elle baissa les yeux vers ses sandales, l'air très gêné.

Le Pouvoir le submergeait tout entier, battait avec son cœur, courait le long de dizaine de milliers de synapses, explosait en gerbes d'étincelles, et d'éclairs crépitants. Il exultait. C'était ça, le sens profond du programme Clé/Serrure: cette puissance, cette domination, ce contrôle absolu des âmes. Personne ne pourrait plus l'atteindre désormais, ni se servir de lui. C'était lui qui se servirait des autres... toujours, à partir de maintenant... toujours... Amen, Dawson, tu as entendu ? Amen ! Merci, Seigneur, merci de m'avoir envoyé cette adorable petite garce... Amen... Il était heureux à nouveau, pour la première fois depuis ce matin, lorsqu'il avait pris la femme de Thorp.

— Je suis sûr que Phil te fait des tas de choses, dit-il.

Elle ne répondit pas, mais se tortilla gauchement.

— Des tas de choses, hein ? Le grand jeu, tout quoi, hein Lolah ? Dis-le. Avoue, allez, avoue. Je veux te l'entendre dire.

— Oui... il me fait tout.

Il lui prit le menton et l'obligea à relever la tête. Elle le regarda dans les yeux, l'air timide et apeuré.

— Et moi je vais *tout* te faire aussi, annonça-t-il.

— Ne me faites pas mal, s'il vous plaît.

— Adorable garce, jolie petite chatte..

Il se sentait excité comme jamais auparavant, le souffle court mais les idées claires, en possession de tous ses moyens, maître de lui, mais aussi son maître à elle, son maître absolu... Le maître du monde. *Maître absolu...* c'était les mots mêmes de Howard Parker qui lui revenaient soudain par-delà les années, comme une dernière hallucination chez un drogué longtemps après sa dernière prise de LSD.

— C'est justement ça que je vais te faire, ma jolie garce. Je vais te faire mal, comme aux autres, te faire saigner, te mutiler, te faire payer. Je suis ton maître absolu, et tu encaisseras tout, tout ce que je vais te faire... et peut-être même que tu y prendras goût... oui, que ça te plaira... si ça me chante... peut-être... conclut-il en serrant violemment les poings.

Le pilote fit décrire à l'hélicoptère un large cercle au-dessus des bâtiments de la scierie, à la recherche du meilleur endroit pour se poser entre les baraquements éclairés. Dans la cabine des passagers Dawson rompit le silence prolongé en laissant tomber:

— Il faut éliminer Ogden.

— Tout à fait d'accord, il n'est pas assez sûr, répliqua Klinger sans la moindre hésitation.

— Très instable, surtout.

— Mais si on l'élimine, pourrons-nous mener le plan à bien tout seuls ?

— Toutes les connaissances d'Ogden son contenues dans l'ordinateur de Greenwich, expliqua Dawson. La partie recherche nous a toujours dépassés, certes, mais nous pouvons parfaitement utiliser le produit fini.

— Et il n'a pas codé ses données ?

— Si, naturellement. Mais le lendemain du jour où l'ordinateur a été installé, c'est-à-dire bien avant qu'Ogden ne s'en serve, j'ai chargé mes gens de le programmer en sorte qu'il décode et imprime toute information à ma requête sans tenir compte de la formulation, des mots de passe, des codes chiffrés, ou autres systèmes de sécurité qu'Ogden aurait pu prévoir pour neutraliser mon accès à la machine.

— Quand nous en occupons-nous ? demanda le général, tandis que l'appareil amorçait sa descente.

— *Vous* allez vous en occuper, mon cher, rectifia Dawson.

— Moi personnellement, ou je programme quelqu'un pour le faire ?

— Vous et vous seul. Ogden pourrait déprogrammer n'importe qui d'autre. Vous avez bien un revolver sur vous ? demanda-t-il avec un sourire entendu.

— Oui, bien sûr.

— Dans votre poche arrière ?

— Non, le long de ma jambe droite.

— Parfait.

— Alors, quand ? répéta Klinger.

— Ce soir. Si possible dans l'heure qui suit.

— Pourquoi ne pas attendre d'être de retour à Greenwich ?

— Je ne veux pas l'enterrer dans la propriété. Trop risqué.

— Et qu'allons nous faire du corps ?

— Vous l'enterrerez ici, dans les bois. L'hélicoptère se posa et le pilote coupa les moteurs. Les pales des rotors crachotèrent, puis s'arrêtèrent lentement, ramenant un silence bienfaisant qu'elles avaient troublé.

— Vous... vous avez l'intention de le rayer comme ça de la surface du globe ? insista Klinger.

— Bien sûr. Pourquoi pas ?

— Ses vacances finissent le 5 du mois prochain, et il doit alors reprendre son travail au Brockert Institute. C'est un homme sérieux, ponctuel. S'il ne se présente pas le 5 au matin, cela va causer un certain émoi et ils se mettront à sa recherche.

— Ils ne viendront jamais le chercher à Black River ! Ils ne peuvent faire aucun rapprochement entre Ogden et ce bled. Ils le croient en vacances à Miami.

— Peut-être, mais je suis sûr qu'ils organiseront une vaste chasse à l'homme très discrètement. Les gens du Pentagone, ceux du FBI, etc.

— Et rien ne peut rattacher Ogden à vous ni à moi pour qui que ce soit, ajouta Dawson en débouclant sa ceinture. Pas la moindre trace, la moindre piste à suivre. Au bout d'un certain temps, ils décideront qu'il a dû déserter, passer à l'ennemi.

— Possible.

— Certain, affirma Dawson la main sur la porte pour descendre.

— Je remmène l'hélicoptère en ville ? demanda Klinger.

— Non. Il risquerait de l'entendre arriver et se méfierait. Vous prendez une voiture ou une jeep, et je vous conseille de faire à pied les derniers cent mètres.

— Entendu.

— Ernst ?

— Oui ?

— Ne vous tracassez pas tant, conseilla Dawson avec un large sourire inquiétant qui laissait voir l'éclat de ses couronnes en or à 500 dollars pièce. Son regard luisait étrangement, et ses narines palpitaient comme celles d'un prédateur approchant de sa proie.

— Je ne peux pas m'en empêcher, avoua le général.

— Nous gagnerons cette manche cette nuit, c'est inscrit. Nous gagnerons cette bataille et toutes celles à venir, Ernst, dit il, avait solennité.

— Je voudrais bien avoir votre belle assurance !

— Il ne tient qu'à vous, Ernst. Dieu nous a donné sa bénédiction, et bénit aussi toute notre entreprise, ne l'oubliez jamais.

— C'est promis, fit le général que le contact de son revolver le long de sa jambe rassurait toutefois plus que les paròles de Dawson.

Paul et Sam quittèrent l'église par la porte de derrière, prêtant l'oreille à d'éventuels bruits de pas étrangers et marchant ensuite à travers champs jusq'à la rivière. Les hautes herbes étaient gorgées d'eau de pluie et en vingt mètres Paul sentit ses chaussures et ses chaussettes trempées, et son pantalon humide jusqu'aux genoux. Sam repéra un sentier qui coupait la berge de la rivière et où les trombes d'eau avaient transformé en mares bourbeuses les moindres sillons et nids de poule, rendant leur marche glissante et difficile.

Au bout du chemin ils arrivèrent à une étroite crête rocheuse surplombant à droite la rivière, qui évoquait plutôt dans l'obscurité une coulée de pétrole visqueux, et charriait ses eaux d'ébène dans un grondement pâteux; sur la gauche, l'autre rive atteignait jusqu'à 2,70m de haut et par endroit les grosses racines à nu des saules, des chênes et des érables chevauchaient le talus d'argile.

Sam même l'aide d'une lampe-torche Sam ouvrait la marche vers la montagne en direction de l'ouest, et ses cheveux argent servaient de point de repère à Paul. Malgré son âge il avait le pied sûr, se faisait aussi discret et silencieux que possible allant jusqu'à ne pas pousser de juron lorsqu'il lui arrivait de trébucher, un peu comme si ses anciens talents de soldat lui revenaient pour l'occasion après tant d'années.

Nous sommes en guerre, se répétait Paul... une expédition pour tuer un homme... plusieurs... les ennemis.

L'air tiède et lourd se chargeait d'une odeur de mousse humide et des remugles de la végétation qui pourrissait en bordure d'eau. Une volée de marches naturelles sculptées par le vent et l'eau leur permit d'escalader la berge glissante au haut de laquelle ils se trouvèrent sur les pentes douces d'un verger, à l'extrémité ouest de la ville. Le tonnerre descendait en grondant de la montagne, effrayant les oiseaux réfugiés dans les pommiers.

Les deux hommes se dirigèrent vers le nord, empruntant le chemin le plus long mais le plus sûr pour rejoindre le derrière du bâtiment municipal, et arrivèrent bientôt devant une clôture blanche à hauteur de taille, au-delà de laquelle commençait le prolongement de Main Street que les gens du pays avaient baptisé la route de la scierie.

Après s'être soigneusement assuré que personne ne les voyait et avoir étudié le terrain alentour, Sam sauta la barrière avec l'agilité d'un jeune homme, traversa le chemin au pas de course et plongea dans l'obscurité d'un épais boqueteau de jeunes pins et de bouleaux nains.

Ayant glissé son arme dans sa ceinture et pris les mêmes précautions que Sam, Paul s'aida de ses mains pour franchir à son tour la clôture mais se trouva arrêté dans son élan par un accès de tremblements incontrôlables, le souffle court, l'estomac serré, et voulut aussitôt attribuer ce malaise au froid qui remontait de ses pieds trempés tout le long de son corps. Mais il savait très bien que c'était là un faux prétexte: la nuit était tiède, ses pieds mouillés certes mais pas glacés. Il tremblait comme une feuille... parce qu'il allait tuer un homme... ou se faire descendre, c'était possible aussi.

Il avait la nausée... envie de vomir.

Il finit par franchir la clôture et rejoindre Sam.

22h30

Lolah Tayback se tenait nue devant lui.

— Je suis ton maître absolu, dit-il.

— Oui, monsieur.

— Regarde-moi, Lolah.

Elle fixait obstinément le plancher du regard.

— Lolah ?

— Laissez-moi partir, supplia-t-elle en pleurant.

— Qu'est-ce qui t'arrive ?

— J'ai peur.

— Je ne te plais pas ?

Elle ne répondit rien.

— Je te plais, Lolah ?

— Oui monsieur.

— Ne mens pas, Lolah.

— Je... non, je... ne vous aime pas.

Il la gifla violemment, l'envoyant heurter le bureau.

— Sale garce, cria-t-il.

— Ne me faites pas de mal.

— Tu n'es qu'un animal.

— Ne me faites pas de mal, par pitie.

— Je vais te tuer.

— Par pitié... non...

Il la frappa sauvagement, à coups de poing.

Deux lampes à arc jumelées et montées sur des piliers d'aluminium encerclaient de leur halo éblouissant le terrain de parking derrière le bâtiment municipal. Dans cette lumière crue, d'un blanc bleuté, les aiguilles des grands pins tout proches luisaient comme des plumes d'oiseau, et le macadam humide brillait telle une chape de goudron encore fumant qu'émaillaient des flaques d'eau comme autant de miroirs brisés. Lorsque Sam et Paul pénétrèrent par la porte de derrière dans le corridor du bâtiment, deux hommes sursautèrent de surprise. Bob Thorp porta aussitôt la main à son étui sur la hanche, et son adjoint en uniforme leva son fusil.

— Je suis la Clé, dit Paul très vite.

— Je suis la Serrure, répondirent ils avec ensemble.

— Parlez bas.

Ils acquiesçèrent.

— Bob, laissez votre revolver dans son étui.

— D'accord.

— Et vous, posez ce fusil.

L'adjoint obéit.

Le fait d'ouvrir le cerveau de ces hommes, de les manipuler comme on pousse des boutons, n'apporta nullement à Paul l'exaltation du triomphe et de la domination. Ayant conscience d'être maître de leur raison, de leur dignité et de leur vie, il en éprouvait au contraire un vif sentiment de responsabilité qui le paralysa même pendant quelques instants.

Sam ouvrit une porte sur la droite, alluma l'électricité et fit entrer tout le monde dans la petite pièce qui servait d'archives.

22h36

Ta-ra-ta-ta-tat...

Les jointures de ses doigts étaient écorchées, et le sang lui collait aux mains comme une paire de gants très fins, son sang à lui... et son sang à elle.

Il s'empara d'un Smith & Wesson Police Special 38 dans le râtelier derrière le bureau de Thorp, trouva une boîte de cartouches sur l'étagère supérieure et chargea son arme. Puis il revint vers Lolah Tayback qui gisait sur son flanc, au centre de la pièce, les genoux remontés, les yeux affreusement tuméfiés, l'arête du nez brisée, la lèvre inférieure éclatée, et un filet de sang coulant de ses narines fragiles. Bien qu'à peine conciente elle émit un douloureux gémissement à son approche.

— Pauvre petite Lolah, se moqua-t-il gentiment.

Elle le regardait, terrorisée, à travers l'étroite fente de ses paupières boursouflées.

Il approcha le revolver de son visage.

Elle ferma les yeux.

Avec le canon de son arme il s'amusa à dessiner des cercles autour des seins de la jeune femme, et à en agacer les mamelons.

Elle tremblait de peur.

Il aimait ça

Le petit bureau des archives, froid et impersonnel avec ses murs gris artillerie ses stores jaunis aux fenêtres, son sol carrelé de brun, et ses rangées de classeurs métallisés, était le lieu idéal pour un interrogatoire.

— Bob, y a-t-il quelqu'un dans votre bureau en ce moment ? demanda Sam.

— Oui, deux personnes.

— Qui ?

— Lolah Tayback et... lui.

— Qui, lui ?
— Je... je ne sais pas.
— Vous ne connaissez pas son nom ?.
— Ma foi... je ne crois pas.
— Serait-ce Salsbury ? Thorp haussa les épaules d'un geste d'ignorance.
— Un type plutôt replet ?
— Une dizaine de kilos en trop, fit Thorp.
— Avec de gros verres de myope ?
— Oui, c'est bien lui.
— Il est seul avec Lolah ?
— Oui.
— Vous en êtes certain ?
— Absolument.
— Et où sont ses amis ? intervint Paul.
— Quels amis ?
— Dans l'hélicoptère.
— Ils ne sont pas ici.
— Ni l'un ni l'autre ?
— Ni l'un ni l'autre.
— Où sont ils ?
— Je n'en sais rien.
— Ils doivent revenir ?
— Je n'en sais rien non plus.
— Qui sont-ils ?
— Je l'ignore. Je suis désolé.
— Parfait, dans ce cas... commença Sam.
— On y va ? acheva Paul.
— Sur-le-champ.
— Je foncerai le premier.
— Je suis le plus vieux, j'ai moins à perdre, objecta Sam.
— Je suis plus jeune et plus rapide... rétorqua Paul.
— La rapidité ne comptera pas. Il ne nous attend pas.
— Ce n'est pas certain.
— Bon, vas-y le premier, finit par accepter Sam. Mais je serai sur tes talons.

Salsbury obligea la jeune femme à se mettre sur le dos, puis il lui écarta les jambes d'une main et enfonça le canon dur et froid du Special 38 entre ses cuisses lisses et douces. Il frissonna de plaisir et se passa la langue sur les lèvres.

— Alors, qu'en dis-tu ? Ça te tente, hein ? Tu vas y avoir droit je te promets. Je ferai tout partir, jusqu'au bout. Tu m'entends, espèce de garce, sale femelle. Je vais te crever... Tu vas y avoir droit... jusqu'au bout... garce !

Paul hésita un instant devant la porte close mais après avoir entendu la voix de Salsbury à l'intérieur et compris que l'autre ignorait leur présence, il fit irruption dans la pièce, tête rentrée, jambes fléchies, tenant à deux mains devant lui son énorme Magnum 357.

Il ne put d'abord en croire ses yeux, refusant même le spectacle qui s'offrait à lui: cette jeune femme, par terre, nue, jambes écartées, encore en vie mais à peine consciente après avoir été de toute évidence sauvagement battue. Et Salsbury, en sueur et couvert de sang, le visage congestionné, le regard égaré, féroce, penché sur sa victime comme un horrible gnome malveillant aux yeux globuleux, son revolver enfoncé entre les cuisses diaphanes en une grotesque et répugnante parodie de l'acte sexuel. Totalement hypnotisé par la scène, en proie à une répulsion et une rage intenses qui le paralysaient, Paul en oublia l'espace de quelques secondes qu'il était en danger.

Profitant aussitôt de la stupeur qui clouait les deux hommes sur place, Salsbury se redressa comme mû par un ressort, visa en direction de la tête de Paul et tira. Le coup partit un peu trop haut et le projectile s'écrasa contre le mur près de la porte, faisant pleuvoir du plâtre sur les épaules de Paul.

Toujours ramassé sur lui-même celui-ci tira deux coups serrés dont le premier rata sa cible et fit voler en éclats la vitre de l'une des fenêtres à travers les stores baissés. La seconde balle alla se loger dans l'épaule gauche de Salsbury, au-dessus de la poitrine, l'impact l'obligeant à lâcher son arme, le déséquilibrant et l'envoyant s'effondrer contre le mur sous les fenêtres. Il porta vivement sa main droite à son épaule blessée, incapable toutefois d'arrêter le sang qui coulait entre ses doigts.

La douleur irradiait dans tout son corps, battait dans ses veines et dans son cerveau enfiévré, comme auparavant les ondes pulsées par sa sensation de pouvoir.

TA—RA—TA—TA—TAT...

Un homme s'approchait de lui, yeux bleu acier, cheveux bouclés. Il le distinguait mal mais son regard dur suffit à le transporter brutalement en arrière dans le temps, devant d'autres yeux bleus aussi cruels.

— Parker ! gémit-il.

— Qui est Parker ? demanda l'homme aux yeux bleus.

— Ne me faites rien, laissez-moi je vous en supplie...

— Je ne vous fais rien.

— Ne me touchez pas...

— Qui est Parker ?

— Ne me touchez pas, je vous en prie Parker.

— Je ne m'appelle pas Parker !

Salsbury se mit à geindre et à pleurnicher, et Paul dut l'obliger d'une main à relever la tête.

— Regardez-moi, bien en face, bon Dieu, ordonna-t-il.

— Vous me faites mal, Parker...

— Je... ne... suis... pas... Parker, répéta Paul en détachant les mots.

— Vous n'êtes pas Parker? fit l'autre dont la douleur sembla se calmer d'un coup.

— Je suis Paul Annendale.

La douleur submergea Ogden à nouveau, mais le passé reprit sa vraie place.

— Je vais vous poser un tas de questions, ajouta Paul.

— Je souffre horriblement, plaida Salsbury. Vous m'avez blessé et j'ai très mal. Ce n'est pas juste.

— Vous allez répondre à mes questions.

— Non, à aucune, répliqua Salsbury avec fermeté.

— Vous repondrez à toutes, sinon je vous fais sauter la cervelle.

— Allez-y. Allez, achevez-moi. J'aime encore mieux ça que de tout perdre... perdre le pouvoir que je détiens...

— Qui étaient ces hommes dans l'hélicoptère?

— Ça ne vous regarde pas.

— Des agents du gouvernement?

— Foutez le camp.

— Vous allez mourir, tôt ou tard, Salsbury...

— Vraiment? On verra bien.

— C'est tout vu. Vous feriez mieux de vous montrer gentil.

Salsbury resta muet.

— Alors, des types du gouvernement?

— Va te faire foutre! répondit rageusement Salsbury.

— Eh bien, tu vas voir, puisqu'il le faut.

L'homme aux yeux bleus saisit son arme par la crosse et en martela violemment la main droite de Salsbury. Les coups irradièrent des ondes de douleur comme autant d'aiguilles acérées dans sa main, son bras, et jusqu'à sa blessure dans l'épaule. Il poussa un gémissement et se plia en deux, comme pour vomir.

— Tu comprends ce que je veux dire à présent ?
— Salaud !
— Alors, c'était des types du gouvernement ?
— Je... t'ai dit... d'aller te faire... foutre...

Klinger gara la voiture sur Main Street, à deux pâtés de maisons de la place centrale, en descendit, referma la portière et au même instant... entendit les coups de feu. Trois coups... l'un après l'autre... à l'intérieur quelque part, étouffés par les murs, pas très loin... dans la ville... le bâtiment municipal ? Possible. Il se figea dans une immobilité totale quelques instants, l'oreille aux aguets. Mais rien ne se produisit.

Il sortit son Webley 32 de son étui près de la cheville et enleva le cran de sûreté. Puis il s'engagea en hâte dans le passage qui longeait le cinéma, pour arriver par un détour prudent juste à l'arrière du bâtiment administratif.

IX

22h55

LOLAH Tayback gisait sangiée sur un brancard dans l'ambulance, un drap blanc immaculé la recouvrant jusque sous le menton, la tête soutenue par deux gros oreillers pour éviter que son sang ne l'étouffe pendant le trajet jusqu'à l'hôpital de Bexford. Sa respiration était pénible mais régulière, et elle gémissait doucement à chaque expiration.

Devant les portes ouvertes à l'arrière de l'ambulance, Sam parlait avec Anson Crowell, l'adjoint de nuit de Thorp.

— Bon, reprenons tout depuis le début. Que lui est-il arrivé ?

— Elle a été attaquée par un sadique, répondit docilement Crowell comme Sam l'avait programmé pour le faire.

— Cela s'est passé où ?

— Dans son appartement.

— Qui l'a trouvée ?

— Moi.

— Qui avait appelé la police ?

— Ses voisins

— Pourquoi ?

— Ils ont entendu ses cris.

— Vous avez attrapé son agresseur.

— Pas encore hélas.

— Vous l'avez identifié ?

— Non, mais on s'en occupe.

— Une piste ?

— Plusieurs.

— Lesquelles ?

— Je préfère ne pas en parler encore.

— Pourquoi pas ?

— Cela risque de fausser l'affaire.

— En parlant avec d'autres représentants de la loi ?

— On est très méfiants à Black River, vous savez.

— Un peu trop peut-être, non ?

— Il ne faut pas en prendre ombrage. C'est notre manière à nous de mener une enquête.

— Vous pouvez me donner la description de l'agresseur ?

L'adjoint énonça une série de caractéristiques physiques que Sam avait inventées au pied levé, en s'arrangeant pour que le personnage ne ressemblât ni de près ni de loin au véritable coupable, Ogden Salsbury.

— Et si la police de Bexford ou celle de l'Etat vous proposent leur concours ?

— Je les remercierai bien. Mais je leur expliquerai que nous préférons nous débrouiller seuls. Et puis, je n'ai pas l'autorité pour leur demander d'intervenir, de toute façon. Ça regarde le chef.

— Parfait. Allez, montez.

L'adjoint grimpa à l'arrière de l'ambulance et prit place sur la banquette près du brancard où gisait Lolah.

— Vous allez vous arrêter au bout de Main Street pour prendre son fiancé, expliqua Sam qui avait déjà parlé avec Phil Karkov au téléphone et l'avait programmé pour qu'il joue le rôle de l'amoureux dévoré d'angoisse à l'hôpital, et Lolah celui de la victime d'un maniaque sexuel, attaquée dans son appartement, et qui ne se souvenait plus de rien d'autre.

— Phil restera à ses côtés à l'hôpital, ajouta Sam. Mais vous reviendrez ici dès que vous saurez si elle va s'en tirer.

— C'est d'accord, fit Crowell.

Après avoir refermé les portes, Sam fit le tour du véhicule et alla trouver le chauffeur, un volontaire de l'équipe des pompiers. Par prudence, il renforça la programmation qu'il lui avait fait également subir, puis le laissa démarrer.

Il semblait impossible au début de forcer la carapace protectrice de Salsbury pour le faire parler. Il était agité de tremblements, transpirait à grosses gouttes et souffrait beaucoup, mais refusait obstinément d'adoucir son épreuve en coopérant. Assis dans le fauteuil du bureau de Thorp, affichant un air d'autorité plutôt incongru en la circonstance, il étreignait son épaule blessée et gardait les yeux fermés, ignorant les questions de Paul, ou répondant soudain par un flot de paroles blasphématoires ou obscènes sans aucun intérêt.

Paul n'était pas non plus un inquisiteur né. S'il avait su comment infliger à Salsbury une torture morale insoutenable sans le détruire physiquement, et eu le courage de la lui faire subir, il lui aurait tôt ou tard arraché la vérité. Mais lorsque l'entêtement farouche de l'autre l'énervait trop, il se contentait de taquiner la blessure ouverte avec sa crosse; mais il ne réussissait qu'à lui arracher des grognements de douleur, et ne pouvait se résoudre à lui faire subir de plus cruels sévices.

— Qui étaient ces hommes dans l'hélicoptère ?

Pas de réponse.

— Des gens du gouvernement ?

Silence.

— C'est une opération gouvernementale ?

— Va te faire foutre !

Si seulement il connaissait les angoisses profondes de cet homme pour les utiliser et le faire craquer... Tout être humain a au moins une sinon plusieurs phobies, certaines fondées, motivées, d'autres totalement irraisonnées. Un psychopathe comme Salsbury devait en abriter plus que l'individu moyen. Si par exemple il souffrait du mal des cimes, il pourrait l'emmener dans le clocher et le menacer de le jeter par-dessus le parapet; le traîner jusqu'au terrain de baseball et l'y attacher à un poteau en plein milieu, s'il était affligé d'agoraphobie; ou encore, si la simple idée de se trouver enfermé dans une cage avec des rats le rendait fou, comme dans « *1984* »...

Brusquement, Paul se souvint de la réaction de Salsbury quand il avait fait irruption dans la pièce. Sa terreur évidente ne provenait pas seulement de l'effet de surprise, mais bien de ce qu'il avait confondu Paul avec un certain Parker, pour une raison connue de lui seul. Que lui avait donc fait ce Parker? Quelque chose d'horrible, sans aucun doute, pour avoir laissé une cicatrice aussi indélébile.

— Salsbury?

Pas de réponse.

— Qui étaient les hommes dans l'hélicoptère?

— Tu m'emmerdes!

— Des types du gouvernement?

— Ton disque est rayé, dis donc.

— Tu sais ce que je vais te faire, Salsbury?

L'autre ne daigna même pas répondre.

— Tu sais que je vais te faire? répéta Paul.

— Aucune importance. Rien ne marchera.

— Je vais te faire... ce que Parker t'a fait. Voilà.

L'homme resta silencieux, les yeux toujours clos, mais il se raidit soudain sur son siège, tous les muscles faisant saillie.

— Tout ce que Parker t'a fait subir, dit lentement Paul.

Et lorsque Salsbury finit par ouvrir les yeux, Paul y

lut une horreur indescriptible, la frayeur d'une bête traquée, définitivement prise au piège.

Voilà, ça marche, songeait Paul. C'est ça la clé, le fil du rasoir, le bâton de plastic qui fait tout sauter. Mais s'il comprend que je bluffe? Pourtant, Paul savait qu'il touchait au cœur du problème, qu'il était à deux doigts de la vérité... sans avoir la moindre idée de ce que le dénommé Parker avait fait.

— Comment... comment connaissez-vous Parker? demanda Salsbury d'une petite voix presque pathétique.

Paul reprenait espoir. Si l'autre ne se souvenait même pas que c'était lui qui avait parlé de Parker le premier, il suffisait de lancer ce nom de temps à autre et de jouer avec ruse.

— Peu importe comment je l'ai connu, répliqua Paul sèchement, mais je peux te dire que je le connais bien. Et je sais aussi ce qu'il t'a fait.

— Je... je n'avais... que onze ans, bégaya Salsbury. Tu n'oserais pas...

— Et comment! Et avec joie...

— Mais ce n'est pas du tout ton genre, objecta désespérément l'autre se remettant à transpirer à grosses gouttes. Ce n'est pas ton genre!

— Quel genre, hein?

— Pédé... tu n'es pas un sale pédé, bégaya-t-il encore.

— Tu sais, on n'en a pas toujours l'air et on ne s'en vante pas non plus, affirma Paul qui sentait maintenant les atouts tomber dans son jeu.

— Mais tu as été marié.

— Et alors?

— Tu as des enfants.

Paul eut un haussement d'épaules indifférent.

— Et tu tournes autour de cette garce de fille d'Edison.

— Tu sais ce que veut dire «à voile et à vapeur», ricana Paul.

Salsbury ferma de nouveau les yeux en frissonnant.

— Ogden ?

Pas de réponse.

— Lève-toi, Ogden.

— Ne me touche pas...

— Penche-toi sur le bureau.

— Je ne me lèverai pas.

— Allons, allons. Tu vas adorer !

— Non, non.

— Tu as adoré quand c'était Parker.

— C'est faux !

— Tu es un pédé.

— Non.

— Avoue-le.

Salsbury ne bougeait pas.

— Tu aimes te faire enculer.

— Non, protesta encore Salsbury.

— Tourne-toi vers le bureau.

— Ça fait mal...

— Bien sûr. Allez, tourne-toi vers le bureau et baisse ton pantalon. Allez, plus vite. Salsbury tremblait comme une feuille et son visage était exsangue.

— Si tu ne te lèves pas, Ogden, je vais te sortir de ce fauteuil, moi, et tu ne m'échapperas pas. Tu ne peux rien faire. Tu es coincé. Moi j'ai mon arme, et toi ton bras blessé. Tu es sans défense.

— Oh, Seigneur, s'écria Salsbury sans blasphème cette fois.

— Ça va te plaire, en plus, et je vais te faire mal. Parker m'a raconté que tu aimais bien ça, la douleur.

Salsbury se mit à pleurer, à chaudes larmes en poussant de gros sanglots et en s'étranglant à moitié.

— Tu as la trouille, hein Ogden ?

— Oui... oui...

— Tu peux t'en tirer si tu veux.

— Me tirer... de...

— Oui, de te faire enculer.

— Cccc... comment ?

— En répondant à mes questions.

— Non, je refuse.

— Alors debout !

— Je... par pitié...

Honteux, écœuré par cette ignoble comédie mais décidé à la jouer aux limites du possible pour arriver à ses fins, Paul saisit Salsbury par le col de sa chemise et le malmena sans pitié pour l'arracher à son siège.

— Et quand j'en aurai fini avec toi, je te livrerai à Bob Thorp qui t'enfilera aussi. Oui, je te bâillonnerai pour que tu ne puisses pas le contrôler et je le programmerai pour qu'il te fasse subir le même sort. Et écoute encore... pas seulement Thorp, mais d'autres aussi... je te livrerai à une bonne demi-douzaine d'autres.

Cette dernière menace fit fondre la résistance de Salsbury.

— Oui, je te dirai tout... tout, gémit-il, la voix secouée de sanglots. Tout ce que tu veux. Mais ne me touche pas... par pitié... ne me touche pas...

Penché vers lui, triturant toujours le col de sa chemise, Paul lui cria en plein visage:

— Alors, qui étaient les deux types dans l'hélicoptère ? Tu as intérêt à répondre si tu ne veux pas qu'on te viole tous les uns après les autres, jusqu'au sang !

— Dawson et Klinger.

— Ils étaient trois,

— Je ne connais pas le nom du pilote.

— Leurs prénoms ?

— Leonard Dawson et...

— Le Grand Leonard Dawson ?

— Oui. Et Ernst Klinger.

— Un type du gouvernement ?

— Un général de l'armée.

— Il s'agit d'un projet militaire ?
— Non.
— Un projet gouvernemental ?
— Non.

Paul savait à l'avance toutes les questions qu'il voulait poser et n'eut pas un instant d'hésitation durant le feu roulant de son interrogatoire. Quant à Salsbury, il n'osait pas marquer un temps d'hésitation dans ses réponses...

Tapi derrière une haie d'environ un mètre de haut, de l'autre côté de l'allée desservant le parking, Klinger tout surpris et désemparé observait les brancardiers hisser la jeune femme maintenue par des sangles sur la civière dans la fourgonnette blanche qui portait en lettres rouges sur un côté l'inscription: BLACK RIVER - URGENCES.

A 23h02 l'ambulance sortit du parking, tourna dans l'allée de raccordement et s'engagea à droite dans Union Road, les pinceaux rouges de ses phares avertisseurs balayant les branches des arbres et les façades, et zébrant le pavé humide de serpentins d'un rouge plus sombre.

Le barbu aux cheveux blancs dans le parking était Sam Edison. Klinger le reconnut d'après une photo qu'il avait vue une heure plus tôt dans l'une des pièces au-dessus du magasin. Edison suivit l'ambulance du regard jusqu'à ce qu'elle eut tourné le coin. Mais il était trop loin pour que Klinger tentât de l'abattre avec son Webley, et lorsque le véhicule eut disparu il rentra dans le bâtiment.

Klinger ne comprenait plus. Il se demanda s'ils avaient perdu le contrôle de la ville entière, si c'était le point final, l'échec définitif de l'essai en cours, du plan à l'échelle mondiale, de leur grandiose avenir... ça en avait l'air... tout à fait... C'était sans doute le moment de quitter Black River et même les Etats-

Unis, avec un gros paquet de devises, sous la fausse identité que Dawson s'était chargé de leur acheter.

Mais l'autre moitié de lui-même lui conseillait de ne pas céder à la panique, de ne pas agir précipitamment, d'attendre et de voir venir. Au moins quelque temps... Il consulta sa montre: 22h03.

Le tonnerre grondait dans la montagne. La pluie allait tomber à nouveau.

22h04

Il était accroupi depuis si longtemps que ses jam bes lui faisaient mal. Il avait besoin de se lever et de prendre de l'exercice.

Mais au fond pourquoi attendre? pensa-t-il. Je ne peux décider d'une marche à suivre sans recueillir un minimum de renseignements, Il faut partir en reconnaissance. Ils se trouvent sans doute tous dans le bureau de Thorp. Je vais me faufiler sous les fenêtres et j'entendrai peut-être ce qu'ils racontent.

Il traversa en courant le chemin de bordure, se faufila entre les voitures du terrain de parking et s'arrêta pour reprendre son souffle derrière le tronc volumineux d'un grand pin.

On se croirait en Corée, songeait-il non sans plaisir. Ou au Laos vers la fin des années cinquante, ou au Viêt Nam pour les plus jeunes. Un commando à l'intérieur des lignes ennemies... mais cette fois « l'ennemi » était américain.

22h05

Sam dans l'embrasure de la porte observait Ogden Salsbury toujours assis dans le fauteuil du bureau de Thorp.

— Tu es certain qu'il t'a tout dit? demanda-t-il à Paul.

— Certain.

— Et qu'il t'a dit la vérité ?

— Oui.

— C'est très important, Paul.

— Il m'a tout dit, et il ne m'a pas menti, j'en suis sûr.

Salsbury les regardait à tour de rôle, pleurnichant doucement, sentant la sueur et le sang à distance.

Comprend-il ce que nous disons ? se demandait Paul. Ou est-il trop effondré, moralement et physiquement brisé au point de ne pouvoir aligner ses pensées... ou de n'en plus avoir du tout... Lui-même avait l'impression de s'être sali corps et âme, avili, ravalé au rang dégradant de cet homme en le questionnant. Il avait beau se dire que le monde entier vivait une période de transition, d'instabilité, où il fallait lutter désespérément pour la survie individuelle, cette ère des machines et des lois édictées par elles, peut-être bien la seule d'ailleurs dans les annales de l'Histoire où la fin justifiait réellement les moyens... Mais malgré tous ces arguments, Paul se sentait souillé et dégradé.

— Bon, le moment est venu et l'un de nous doit s'en charger, décida Sam d'un ton neutre.

— Un dénommé Parker l'a violenté à l'âge de onze ans, annonça Paul à Sam tout en gardant un œil sur Salsbury.

— Ça change quelque chose pour toi ?

— Ça devrait.

— Hitler aurait-il plus d'excuses en étant né de parents syphilitiques ? Ou en étant médicalement reconnu comme malade mental ? Crois-tu que cela ferait revenir six millions de morts ? lança Sam sans hausser le ton mais avec une autorité impressionnante. Et celui-là crois-tu que ce qui lui est arrivé quand il avait onze ans excuse ce qu'il a fait subir à Mark ? Si Salsbury sort vainqueur, s'il devient le maître du monde, que diable inporte ce qu'on lui a fait quand il avait onze ans ?

— Il n'y a pas d'autre moyen? hasarda Paul connaissant d'avance la réponse.

— Nous avons déjà fait le tour du problème, rappela Sam.

— C'est vrai.

— Bon, je m'en charge, décida Sam.

— Non. Si je ne me fais pas violence pour celui-là, je ne te serai d'aucune aide plus tard avec Dawson et Klinger. Et il se pourrait bien que ces deux-là nous donnent du fil à retordre. Il faut que tu puisses compter sur moi. Salsbury jeta un regard vers sa chemise maculée de sang, et après s'être passé la langue sur les lèvres demanda à Paul d'un ton inquiet:

— Vous... vous n'allez pas me liquider... hein? Paul leva son Smith & Wesson, et l'autre lâcha aussitôt son épaule blessée pour tendre une main ensanglantée comme pour sceller un pacte.

— Attendez... vous pouvez devenir mon associé... mes associés... tous les deux... Paul visa l'homme en pleine poitrine.

— ...vous aurez tout ce que vous voudrez, comme associés. Tout. Tout l'argent que vous voudrez... vous croulerez sous l'or... songez y!

Paul songeait à Lolah Tayback.

— Et pas seulement de l'argent, reprit Salsbury acculé. Les femmes aussi... toutes les femmes que vous voudrez... toutes celles qui vous feront envie... vous m'entendez? Elles se traîneront à vos pieds ... Ou des hommes, si vous préférez... des gosses aussi... tenez, des petites filles... des gamines de neuf ou dix ans... ou des petits garçons... vous n'aurez que l'embarras du choix...

Paul songeait à Mark, un triste tas de chair glacée au fond d'un congélateur... et à Rya aussi, qui resterait sans doute traumatisée mais avait encore une chance de mener une vie presque normale.

Et il pressa la détente.

Le Magnum 357 sauta dans sa main, et à cause de

la violence du recul - qui ébranla Paul jusque dans l'épaule bien qu'il ait utilisé des cartouches Spécial 38 et non Magnum - la balle suivit une trajectoire trop haute et atteignit Salsbury à la gorge, éclaboussant de sang et de morceaux de chair le râtelier de métal contenant l'arsenal.

Le vacarme assourdissant se répercuta d'un mur à l'autre, explosant aussi dans le crâne de Paul où il resterait à jamais gravé.

Il tira une seconde balle qui cette fois atteignit Salsbury en pleine poitrine, l'envoyant rouler au sol avec son siège.

Paul se détourna du cadavre.

— Ça va aller ? demanda Sam.

— Je crois, oui, fit Paul dans un état second.

— Il y a des toilettes au bout de couloir, à gauche.

— Ça va tu sais, Sam.

— Tu as l'air un peu...

— Tu sais, j'ai tué des hommes à la guerre.

— Oui, mais ça c'est autre chose. Je te comprends. A la guerre ça se passe à coups de grenades, de canons, mais pas à deux mètres avec un revolver...

— Ne t'inquiète pas, tout va bien, affirma Paul qui se dirigea vers la porte, suivit le corridor d'un pas mal assuré et courut les derniers mètres jusqu'aux toilettes où il vomit dans la cuvette.

Se déplaçant comme un crabe, son Webley à la main, Klinger arriva devant le mur ouest du bâtiment administratif, et poussa un juron en sentant l'herbe jonchée de débris de verre qui crissaient sous ses pas.

Les vitres de l'une des fenêtres du bureau de Thorp avaient été brisées et quelques lattes tordues, offrant ainsi un interstice auquel il pouvait coller son œil.

Au moment où il se redressait avec d'infinies précautions, pour jeter un regard à l'intérieur, deux détonations lui éclatèrent presque au visage. Il se figea sur place, et comprit aussitôt que personne ne pouvait encore l'avoir aperçu et que les coups de feu ne lui étaient pas destinés.

A travers la fente dans le store il découvrait les deux tiers du bureau sinistre et fonctionnel de Thorp, avec ses murs gris artillerie, ses classeurs, une table de chêne, un panneau d'affichage dans un cadre métallique, des rayonnages, l'angle d'une table de travail massive... et Salsbury... mort... bien mort ! Où étaient-ils donc tous ? Sam Edison, sa fille et les Annendale ? Il n'y avait personne dans cette pièce, à part le cadavre de Salsbury.

Klinger s'écarta des fenêtres, soudain inquiet à l'idée d'avoir perdu trace des autres qui allaient peut-être essayer de le surprendre par-derrière à leur tour. Il retraversa en hâte la pelouse, le parking et l'allée pour se tapir à nouveau derrière la haie, d'où il avait une vue assez dégagée sur l'arrière du bâtiment.

Quand Paul sortit des toilettes, Sam l'attendait dans le couloir.

— Ça va mieux ?

— Oui.

— Ce sont de mauvais moments.

— Il y aura pire !

— Je le pense aussi. Bon, qu'as-tu appris par Salsbury ? Qui étaient les types dans l'hélicoptère ?

— Ses associés-complices, répondit Paul en s'adossant au mur. L'un d'eux est H. Leonard Dawson.

— Ce n'est pas vrai !

— Et l'autre un général de l'armée, Ernst Klinger.

— Alors, il s'agit d'un projet gouvernemental ? fit Sam soucieux.

— En bien pas du tout ! Une entreprise privée montée par Dawson, Klinger et Salsbury. Et Paul traça brièvement les grandes lignes de ce qu'il avait appris. L'air socieux de Sam disparut, faisant place à un vague sourire.

— J'aime mieux ça, fit-il. Nous avons une chance d'arrêter leur projet ici, de le tuer dans l'œuf.

— Espérons.

— Il suffit de mener une action en quatre points: 1° liquider Dawson; 2° liquider Ernst Klinger; 3° détruire les données stockées dans l'ordinateur de la maison de Greenwich; 4° à l'aide du code Clé/Serrure, restructurer la mémoire de tous les habitants de Black River qui auraient été témoins de quoi que ce soit, et effacer toute trace de ce banc d'essai pour leur projet.

— Ça ne me paraît pas si simple, avoua Paul sincère. Mais dans l'immédiat seul un raisonnement constructif intéressait Sam qui répliqua:

— Si, c'est très faisable. D'abord, où sont Dawson et Klinger ?

— Ils sont partis au camp de la scierie.

— Pourquoi faire ?

Paul lui expliqua le plan que Salsbury lui avait dévoilé.

— Mais ils ne seront plus au camp maintenant. Ils avaient l'intention de s'installer à la scierie même et d'en faire leur QG après avoir lancé la chasse à l'homme. Il doit y avoir quatre vingt dix hommes, pas plus, dans les équipes de nuit, et Dawson va en poster une douzaine autour de la scierie pour en surveiller les abords, et envoyer les autres se joindre à leurs collègues pour nous retrouver.

— Ne tenons pas compte des sentinelles, on se servira du code pour les déprogrammer. Après quoi on surprendra Dawson et Klinger qui ne nous n'attendent pas là-bas.

— On peut toujours essayer.

— Il le faut.

— Mais, l'ordinateur à Greenwich ?

— On s'en occupera plus tard.

— Comment ?
— Tu m'as bien dit que les domestiques de Dawson sont programmés ?
— Oui, d'après Salsbury.
— Dans ce cas, on aura accès à l'ordinateur sans problème.
— Et ici... pour tout effacer ?
— On trouvera un moyen.
– Mais lequel ?
- On verra ça plus tard.
— Tu es vraiment plein d'optimisme !
— Il faut bien. Essaie d'en avoir toi aussi.
— D'accord, reconnut Paul en s'écartant du mur. Mais Jenny et Rya doivent avoir entendu les coups de feu. Elles vont s'inquiéter. On devrait passer les voir et les mettre au courant de la situation avant de partir pour la scierie.
— Je suis d'accord sur ce point. En route.
— Que faisons-nous du cadavre dans le bureau ?
— On verra plus tard.
Ils quittèrent le bâtiment par la porte de derrière et s'engagèrent dans le parking pour rejoindre la contre-allée.
— Un instant, fit soudain Paul.
Sam s'arrêta net et se retourna.
— Inutile de faire tout ce dé our cette fois. Avec le code on contrôle la ville.
— Exact.
Ils contournèrent le bâtimen. municipal et suivirent Main Street East

23h45

Aux deux tiers de l'escalier qui menait au clocher, Klinger figé dans l'obscurité ouatée écoutait les voix qui lui parvenaient d'en haut: deux hommes, une femme, une enfant... les Edison et les Annendale, c'était sûr.

Klinger comprenait enfin ce qui se passait à Black River et la raison du carnage dans le bureau de Thorp. Ces gens avaient tout découvert: l'opération banc d'essai, le plan plus général, et le principe même du contrôle des cerveaux. Et il en était sérieusement ébranlé.

D'après ce qu'il venait de surprendre, ils étaient motivés pour résister au nom de grands principes altruistes qui dépassaient totalement l'entendement de Klinger. Qu'ils veuillent utiliser leurs renseignements pour détenir à leur tour le pouvoir lui aurait paru normal. Mais brandir l'étendard de l'altruisme! Klinger avait toujours considéré ce sentiment comme suspect. Il jugeait aussi depuis longtemps les hommes qui fuyaient le pouvoir comme bien plus dangereux et incontrôlables que ceux qui le recherchaient; des êtres aux réactions insensées, imprévisibles! Heuresement, il était encore possible de les arrêter et de sauver la fir de l'opération en cours. Ils n'allaient pas si aisémen que cela faire tout échouer et couler le grand projet.

Après avoir discuté de leur plan ils étaient maintenant en train de se dire au revoir avant de se séparer, se souhaitant bonne chance et faisant échange de prudents conseils.

Finalement, Sam et Paul s'engagèrent sur les étroites marches grinçantes de l'escalier en colimaçon, sans lampe électrique ni même la lueur d'une allumette tandis que Klinger redescendait en hâte à leur approche, le bruit de ses pas masqué par le leur. Il s'arrêta une fois arrivé dans la nef de l'église où la maigre lumière filtrant à travers les vitraux silhouettait vaguement les prie-dieu et l'autel. Il se demandait ce qu'il allait faire. Les affronter là, maintenant? Les tuer tous les deux au moment où ils arriveraient au pied de l escalier? Mauvaise tactique. Il ne bénéficiai pas d'assez de lumière et risquait de les rater... a moins un sinon tous les deux.

Il songea à chercher en hâte un commutateur qu'il

pourrait actionner d'une main quand ils arriveraient dans la nef, en même temps qu'il tirerait de l'autre. Mais encore fallait il en trouver un, et tout près. Et même alors, il serait lui aussi ébloui par la lumière soudaine. Et puis, si par la grâce de l'un de ces saints peints sur les vitraux il réussissait à tuer les deux hommes, les coups de feu attireraient l'attention de la femme là-haut dans le clocher. Elle devait être armée elle aussi, et dans ce cas elle se trouverait en position de force avec n'importe quelle arme, fusil, carabine, revolver, et des munitions. Il regrettait de ne pas être mieux équipé, comme les soldats derrière les lignes ennemies, avec au moins un pistolet mitrailleur de préférence belge ou allemand, et plusieurs chargeurs pleins; un fusil mitrailleur avec une cartouchière bien remplie; et trois ou quatre grenades à main... surtout ça ! C'était un commando, après tout; une expédition classique à l'intérieur des lignes ennemies.

Edison et Annendale arrivaient, descendant les vingt dernières marches de la tour.

Klinger s'élança dans la contre-allée vers la quatrième ou cinquième travée où il comptait se dissimuler entre les hauts dossiers, mais trébucha sur un petit banc qu'un fidèle avait oublié de ramasser après la prière et s'étala de tout son long. Le cœur battant à tout rompre, il se releva et se traîna dans la travée où il s'étendit sur le banc, immobile, son Webley à son côte.

En arrivant dans la nef obscure, Paul pose une main sur l'épaule de Sam.

— Qu'y a-t-il ? murmura celui-ci.

— Chut...

Ils se figèrent et prêtèrent une oreille attentive au rugissement de la tempête, aux grondements du tonnerre encore lointain, et aux craquements nocturnes de l'édifice.

— Quelque chose t'inquiète ? demanda Sam.

— Oui... comme un bruit... là, à l'instant.

— Je n'ai rien entendu.

Paul scruta l'obscurité palpitante, cherchant à violer les flaques d'encre noire dans les recoins et la pénombre crépusculaire de ces lieux baignés par une ambiance lovecraftienne génératrice d'une indicible angoisse. Une fois encore, Paul sentait des doigts glacés lui enserrer la nuque.

— Avec tout le bruit que l'on faisait dans l'escalier, tu n'as pas pu entendre autre chose, avança Sam.

— Si... je t'assure.

— Le vent, peut-être...

— Non. Un bruit plus net, plus matériel... un peu comme une chaise renversée. Ils attendirent un moment... quelques minutes...

— Allons, viens, s'impatienta Sam.

— Attend encore un istant.

Au même moment, une violente rafale de vent assaillit l'édifice, ébranlant les vitres de l'une des hautes fenêtres.

— Je te l'ai dit, c'est ça que tu as entendu, la fenêtre qui tremble.

— Tu as raison, fit Paul soulagé.

— En route, ne perdons plus de temps.

Ils sortirent par le grand portail et rejoignirent la voiture de Paul garée devant le bazar dans Main Street.

Après le départ du break dont les feux arrière disparurent sur la route de la forêt, Klinger quitta l'église à son tour et courut jusqu'à la cabine téléphonique près du restaurant. Il feuilleta rapidement l'annuaire assez mince et trouva les numéros de la Big Union Supply Company: huit correspondaient aux baraquements du camp et douze à la scierie même. N'ayant pas le temps de les essayer les uns après les autres il tenta de deviner quel endroit Dawson avait choisi pour y établir son QG, et décida assez vite que le bureau central correspondait certainement le mieux à la personnalité de Dawson.

Il dut laisser sonner quinze fois et s'apprêtait même à raccrocher quand Dawson répondit d'une voix très prudente:

— Ici Big Union.

— Klinger à l'appareil.

— Tout est liquidé ?

— Il est mort, mais ce n'est pas moi qui l'ai tué. Edison et Annendale m'ont devancé.

— Ils sont encore en ville ?

— Oui, enfin plus maintenant. Ils nous cherchent, vous et moi, et ils nous croient tous les deux à la scierie.

En une minute le général résuma de son mieux les événements.

— Pourquoi ne pas les avoir liquidés ? Vous en aviez la possibilité dans l'église.

— Erreur. Je ne l'ai pas eue, s'écria Klinger agacé. Je n'ai pas eu le temps de préparer le terrain, mais vous vous le pouvez. Ils vont sûrement garer la voiture à un kilomètre et faire le reste à pied. Ils comptent vous prendre par surprise, mais c'est vous qui allez leur en faire une !

— Vous feriez mieux de venir me rejoindre en voiture tout de suite. Vous les prendrez à leur propre piège, par-derrière.

— Ce n'est pas une bonne tactique, en l'occurrence. A eux quatre, dont trois armés, ils étaient dangereux. Mais maintenant qu'ils se sont séparés, et sont en plus très confiants, c'est nous qui avons l'avantage.

— Mais s'ils connaissent la phrase-code, ils s'en serviront sur les sentinelles et je me retrouverai tout seul.

— Je suis sûr que vous vous en sortirez.

— Ernst, je suis un homme d'affaires moi, pas un

stratège. C'est à vous de venir prendre la situation en main.

— Mais j'en ai déjà une à régler ici, en ville.

— Je ne peux pas liquider des gens, moi.

— Ah bon ?

— Enfin, pas comme ça.

— Que voulez-vous dire ?

— Pas de ma main.

— Vous avez bien des armes, non ?

— Quelques-unes. Et j'ai placé des gardes partout.

— Je suis sûr qu'avec un fusil ou une carabine vous vous en tirerez. Je vous ai vu à l'œuvre sur des cibles mouvantes.

— Vous ne comprenez pas, Ernst. C'est contre mes principes. Ma religion me l'interdit.

— Il faudra passer outre pour une fois. C'est une question de vie ou de mort.

— Je ne peux pas passer outre comme ça, Ernst. Même s'il y va de ma vie. Et puis, je ne tiens pas à rester seul ici et à m'occuper de tout. Ça ne marchera pas.

Cherchant désespérément à le convaincre du contraire et à mettre un point final à cette conversation, le général trouva soudain un argument fait sur mesure.

— Leonard, il y a une chose que tous les soldats apprennent dès leur premier jour sur le champ de bataille, sous le tir de l'ennemi, au milieu des grenades qui explosent alentour, alors qu'ils ne savent même pas s'ils verront le soleil se lever le lendemain: celui qui se bat pour la bonne cause ne se retrouve jamais seul et abandonné. Dieu reste toujours à ses côtés.

— Vous avez raison, reconnut Dawson.

— Et vous vous battez pour la bonne cause, Leonard, non ?

— Naturellement. Je fais tout ça pour Lui !

— Alors tout ira bien, ne vous inquiétez pas.

— Vous avez raison, répéta Dawson, et je n'aurais jamais dû le mettre en doute. C'est Lui qui m'a guidé ici, c'est bien évident. Je vous remercie, Ernst...

— Je vous en prie. Bon et à présent, ne perdez plus une minute. Ils doivent déjà être descendus du break et il vous reste une dizaine de minutes pour vous préparer.

— Et vous, qu'allez-vous faire ?

— Retourner au clocher.

— Que Dieu vous garde.

— Bonne chance !

Ils raccrochèrent en même temps.

X

0h10

Le vent sifflait lugubrement à travers les hautes cîmes, tandis que les grondements du tonnerre se faisaient de plus en plus virulents et que des éclairs aveuglants trouaient le dais des frondaisons en laissant dans leur sillage des images stroboscopiques. Les petits animaux détalaient dans l'épais sous-bois, cherchant nourriture, abri, ou compagnie, ou simplement effrayés par l'orage.

Contrairement à leur attente, Sam et Paul ne trouvèrent pas de gardes armés à l'orée du bois. La scierie semblait déserte, malgré toutes les lumières allumées dans le bâtiment central. En longeant la forêt protectrice, ils finirent par arriver au parking du personnel et étudièrent le terrain, tapis derrière un buisson de lauriers-roses. L'hélicoptère était posé sur le macadam à une dizaine de mètres, et à côté dans l'ombre un homme fumait une cigarette en regardant de gros nuages courir dans le ciel zébré d'éclairs par intermittence.

— Dawson, ou Klinger ? murmura Paul.

— Ni l'un ni l'autre, à mon avis, répliqua Sam sur le même ton.

— Tu as raison.

— Ce doit être le pilote.

— Il est armé ?
— Je ne vois rien.
— On y va ?
— Attendons.
— Quoi ?
— Que le moment soit propice.

Quelques secondes plus tard le pilote écrasa sa cigarette, et se mit à se promener sans but précis, les mains dans les poches, venant vers l'orée du bois à quelques mètres d'eux puis leur tournant le dos et s'éloignant en sens inverse.

— Maintenant ! lança Sam.

Paul se redressa, franchit le buisson et courut après l'homme qui se retourna en l'entendant, le visage caché dans l'ombre mais les yeux brillants, presque phosphorescents.

— Qui ..
— Je suis la Clé, se hâta de dire Paul.
— Je suis la Serrure.
— Parlez tout bas.
— A vos ordres.

Derrière l'hélicoptère Paul apercevait les fenêtres pour la plupart éclairées du bâtiment principal à l'extrémité de l'aire de stockage, notamment celles du premier et deuxième étage d'où n'importe qui jetant un coup d'œil au-dehors pouvait le repérer en retour malgré l'obscurité environnante. Il entraîna donc le pilote tout près de son appareil dont la carcasse les protégeait un peu des regards indiscrets.

— Quel est votre nom ? demanda Sam qui les avait rejoints.

— Malcolm Spencer.
— Vous êtes bien le pilote ?
— Oui.
— Où est Leonard Dawson ?
— A la scierie.
— Dans quel bâtiment ?
— Le bâtiment principal.

— Quel étage ?
— Au rez-de-chaussée. Il y a une grande salle où...
— Et Ernst Klinger ?
— Il est à Black River
— C'est impossible !
— Pardon ?
— Il est vraiment là-bas ? En ville ?
— Oui, monsieur.
Paul et Sam échangèrent un regard inquiet.
— Un ennui ? s'enquit le pilote qui semblait désolé pour eux.
— Vous mentez, affirma Paul.
— Non monsieur, assura Spencer l'air surpris.
— Je suis la Clé, répéta Paul par prudence.
— Je suis la Serrure.
— Où se trouve Klinger, répéta encore Paul.
— A Black River, confirma le pilote.
— Grands Dieux ! s'exclama Paul en regardant Sam.
— Vous avez bien amené Dawson et Klinger au camp et ensuite ici à la scierie ? insista Sam.
— Non. Seulement Mr Dawson. Le général Klinger est reparti du camp à Black River.
— Quand cela ?
— Quelques minutes après notre arrivée, répondit Spencer avec un sourire hésitant qui laissa voir des dents éblouissantes.
— Il est parti par quel moyen ?
— Il a pris une voiture.
— Mais pourquoi...
Avant que Paul ait fini de poser sa question, Sam poussa un cri et s'effondra en avant contre l'hélicoptère tandis qu'un coup de feu déchirait le silence de la nuit.
Paul se jeta sur le sol dans un réflexe immédiat et une seconde balle vint s'écraser à l'endroit même où il se tenait, et ricocha dans l'obscurité. Une troisième siffla à sa droite. Il se laissa rouler sur le dos, s'assit,

et aperçut aussitôt le tireur, un genou en terre, à la lisière du bois un peu plus loin. En chemin heureusement Paul avait rechargé son Magnum, et il tira cinq coups rapides en le tenant à deux mains. Mais aucun d'eux n'atteignit sa cible. Toutefois le vacarme du revolver et le sifflement menaçant des balles semblèrent démonter l'homme à la carabine qui se redressa et détala à toutes jambes sans achever son travail.

Paul se leva à son tour, courut sur quelques mètres en tirant encore une balle. Mais l'autre, indemne, suivait une large boucle pour revenir en zigzags vers la scierie.

— Sam ?

— Je suis là.

Paul avait de la peine à distinguer la forme sombre affalée sur le macadam, mais il repéra les cheveux argentés.

— Tu es touché ?

— A la jambe.

— C'est sérieux ?

— Non, superficiel, assura Sam. C'était Dawson. Cours après lui, vite.

— Mais tu es blessé...

— Ce n'est rien. Malcolm va s'occuper de moi et me faire un garrot. Mais fonce, bon Dieu !

Paul obéit sans plus discuter, et arrivé au bout du parking trouva la carabine par terre. Dawson l'avait peut-être laissée tomber par mégarde et n'avait pas osé perdre du temps à la ramasser; ou alors, il l'avait délibérément jetée. Sans s'arrêter, Paul chercha dans sa poche les balles qu'il avait prévues en supplément.

0h15

Les marches en bois craquaient sous les pas de Klinger qui s'arrêtait et comptait jusqu'à trente avant d'en gravir trois autres. S'il montait trop vite, les deux femmes là-haut l'entendraient et se tiendraient prêtes à l'accueillir. Autant aller se jeter dans la gueule du loup. En faisant ainsi une pause toutes les trois marches il espérait qu'elles attribueraient les craquements aux bruits nocturnes d'une maison, ou au vent déchaîné. Il grimpa les trois marches suivantes.

0h16

Dawson disparut en tournant le coin du bâtiment, et lorsque Paul y arriva à son tour il préféra s'arrêter pour étudier le terrain. Devant lui s'étendait le chantier nord, avec d'énormes piles de bois destiné à alimenter la scierie durant le long hiver, quelques grosses machines, du matériel divers, deux camions de transport, et un ruban mobile sur plan incliné qui convoyait copeaux, chutes et sciure de l'usine jusqu'à un immense incinérateur. Paul jugea que l'endroit offrait trop de coins rêvés pour une embuscade et décida de rebrousser chemin jusqu'à une porte sur la façade ouest. Elle n'était pas verrouillée, et il penétra dans un petit couloir bien éclairé qui le conduisit à une sorte de hangar gigantesque où se déroulaient les diverses opérations de scierie. Deux ans auparavant l'un des directeurs avait bien voulu faire visiter les lieux à Paul et à ses enfants, et Paul se souvenait encore des termes techniques en voyant la chaîne transporteuse chargée d'amener les troncs du bassin à l'usine, la scie de travers, l'aire de stockage, le wagonnet transportant les billes jusqu'aux lames tranchantes qui les débiteraient, l'énorme scie à ruban, les scies à équarrir, à écorner, la cuve d'immersion, le plan incliné, et les rayons de stockage. Au plafond, les tubes fluorescents diffusaient leur lumière crue, mais les machines étaient au repos et la salle était déserte. Sur la droite se trouvaient les toilettes, et à gauche un escalier que Paul monta quatre à quatre jusqu'au premier palier situé en fait à la hauteur d'un deuxième étage, le rez-de-chaussée en occupant deux à cause du dégagement nécessaire aux machines. Il s'arrêta pour s'orienter, et se dirigea vers la cinquième porte sur la gauche.

Elle était verrouillée, et il essaya en vain de l'ébranler à coups de pied. Il avisa alors une petite armoire en verre, boulonnée au mur et qui abritait un extincteur et une hache dont il s'empara et se servit comme d'un bélier contre le bouton. Le verrou peu solide se débloqua quand le bouton sauta, et Paul lâchant la hache poussa la porte et pénétra dans la pièce plongée dans l'obscurité. Il se garda bien d'allumer, prenant même la précaution de refermer la porte du couloir pour ne pas se trouver silhouetté sur le rectangle plus clair.

Les fenêtres à guillotine ouvraient de ce côté sur le toit terrasse du premier. Paul en releva une et se glissa au-dehors sur la surface bituminée où les rafales de vent l'assaillirent soudain. Il tenait fermement son Magnum. Si Dawson se cachait dans le chantier en contrebas, Paul ne pouvait trouver meilleur poste d'observation. Bien sûr, l'obscurité favorisait l'adversaire, mais Paul ne voulait pas perdre de temps à chercher le commutateur de l'éclairage extérieur.

En bas rien ne bougeait, hormis la courroie transporteuse qui gravissait en cliquetant le plan incliné menant à l'incinérateur, et qui aurait dû être à l'arrêt comme le reste des machines. Sans doute une négligence. La courroie mobile sortait de l'usine par une ouverture dans le mur juste au-dessous de Paul, et remontait le long de la rampe jusqu'à la porte du four de combustion des résidus quarante mètres plus loin et à six mètres de haut.

Le four conique — 9m de diamètre à la base, 3m au sommet, 12m de haut — était entretenu par un brûleur à gaz que l'on n'éteignait jamais sauf sur instructions spéciales du chef d'atelier, et le brasier rugissait donc en permanence même comme en ce moment où la courroie roulait à vide. A en juger d'ailleurs par l'intensité des flammes qui s'échappaient parfois par la porte ouverte, des centaines de kilos des résidus de la journée, charriés hors de l'usine avant l'arrêt du travail ordonné par Dawson, restaient encore à brûler.

Le calme absolu régnait partout ailleurs. A droite de la rampe et du four, dans le bassin de l'usine avec l'énorme grappin suspendu par de gros câbles en son milieu, des troncs d'arbres flottaient comme autant d'alligators assoupis. Un étroit chenal menait du bassin à la plate-forme, et en période d'activité des ouvriers munis de gaffes y poussaient les troncs jusqu'aux goulottes à l'abri de l'auvent. Là, les troncs étaient arrimés à de grosse chaînes à crampons et entraînés vers les machines chargées des diverses opérations de traitement.

A l'est et au nord du bassin se dressait l'enclos à bois avec ses palissades de 12 mètres de haut formées par les énormes troncs stockés pour alimenter l'usine en hiver.

A gauche de la rampe et de l'incinérateur étaient alignés deux camions destinés au transport du bois, un semi-remorque avec bras hydraulique et nacelle, et quelques autres véhicules lourds l'arrière contre les chaînes délimitant une aire de garage. Mais Dawson n'était nulle part en vue...

Précédées par le tonnerre et les éclairs, de larges gouttes de pluie se mirent à tomber. Et au même instant une sorte de sixième sens avertit Paul qu'il avait entendu un autre bruit que celui de l'orage. Dans un réflexe de crainte, il pivota rapidement.

Dawson se tenait à peine à un mètre de lui, ayant profité de la fenêtre déjà ouverte. D'une bonne dizaine d'années plus âgé que Paul, il avait sur lui l'avantage de sa stature et de son poids. Il tenait une hache à deux mains au-dessus de sa tête. La hache du poste d'incendie ! Et il la brandissait sans équivoque possible quant à ses intentions...

*
* *

Klinger était à mi-hauteur de l'escalier quand la pluie se remit à tomber, tambourinant furieusement sur l'ardoise du clocher et le toit de l'église et étouffant ainsi le bruit de ses pas.

Il attendit d'être certain que l'averse se prolongeait pour reprendre son ascension, sans faire de pauses cette fois. Ravi de cet heureux coup du sort, et retrouvant toute son assurance, il gravit en moins d'une minute la dernière partie de l'escalier et fit irruption sur la plate-forme, son Webley à la main.

Déjà la hache sifflait au-dessus de sa tête quand Paul fléchissant rapidement les jambes pressa sur la détente de son arme en poussant un long cri de fureur qui le surprit lui-même.

Le balle traversa l'épaule droite de Dawson, projetant au loin la hache qui alla faire voler en éclat le pare-brise de l'un des camions arrêté en contrebas.

Déséquilibré, Dawson virevolta et s'affala sur Paul dont le revolver suivit la même trajectoire que la hache. Les deux hommes s'empoignèrent aussitôt et roulèrent en luttant jusqu'au rebord de l'auvent d'où ils tombèrent toujours enlacés.

La faible clarté qui baignait le clocher au cœur de cet orage d'été suffit pourtant à Klinger pour remarquer sur-le-champ que seule la petite Annendale se trouvait sur la plate-forme. *Mais c'était impossible !*

Elle était assise par terre, adossée au parapet et le regardait approcher d'un air effrayé. Quelque chose n'allait pas. Elle auraient dû être deux. Or la plate-forme était trop exiguë pour que quelqu'un s'y cachât. Mais où diable était l'autre, alors ?

Le vent déchaîné s'engouffrait dans le clocher, au milieu des grondements du tonnerre et des éclairs livides qui semblaient lacérer le ciel et fouiller la terre.

Klinger se planta devant la fillette qui leva les yeux vers lui et supplia d'une voix tremblante:

— Je vous... en prie... ne... ne me... tuez pas.

— Où est l'autre ? demanda Klinger. Dis-moi où elle est partie ?

— Ici, ici... fit une voix derrière lui.

Ainsi elles l'avaient entendu monter, et elles l'attendaient de pied ferme ! Mais comment avaient-elle pu...

A la fois ébranlé et pris de panique, se sachant déjà perdu, il fit pourtant volte-face pour affronter le danger... et ne vit personne. La lueur plus vive d'un nouvel éclair lui confirma qu'il se trouvait bien seul avec la gamine sur la plate-forme.

— Hé ! Ici... regardez en l'air !

Il leva les yeux... et aperçut une forme sombre, telle une énorme chauve-souris qui se balançait au-dessus de lui. C'était elle... Jenny Edison. Il le savait, même sans pouvoir distinguer son visage. C'était donc cela: elle l'avait entendu monter, alors qu'il se croyait protégé par le bruit de l'averse, et elle avait grimpé jusqu'au sommet du bourdon, se calant bien entre les crampons et les potences d'acier, au faîte de l'arche, à deux mètres de haut. Une gigantesque chauve-souris... prête à fondre sur sa proie.

Vingt années ont passé depuis la Corée, songeait-il, et je suis trop vieux... trop vieux pour les commandos... Il ne voyait pas l'arme qu'elle tenait, mais il était certain qu'elle le visait entre les yeux.

Derrière lui la petite Annendale s'écarta de la ligne de tir. Tout se passa très vite... trop vite...

— Tiens prends ça, fumier ! lança la fille d'Edison.

Klinger n'entendit même pas le coup partir.

Dawson atterrit sur le dos au milieu du plan incliné, ntraînant Paul qu'il paralysait dans un étau maadroit mais efficace.

La courroie transporteuse d'abord ébranlée par le hoc s'adapta bientôt au poids de sa nouvelle charge t poursuivit sa course rapide en direction de l'orifice éant de l'incinérateur.

A demi étranglé et impuissant, Paul en soulevant égèrement sa tête aperçut à une trentaine de mètres le inistre gouffre illuminé par les flammes rougeoyanes.

Plus que vingt cinq mètres...

Epuisé, souffrant de sa blessure à l'épaule et d'une ontusion au crâne depuis sa chute, Dawson ne semlait pas en état de se battre. Il ouvrit grand la ouche pour aspirer l'air frais mais fut suffoqué par es rafales de pluie qui lui cinglaient le visage, et dut ejeter l'eau par le nez.

La courroie transporteuse continuait son implacable rogression dans un concert de cliquetis. Plus que ingt mètres...

Paul essaya de rouler sur le côté pour sauter à bas e ce chemin de la mort... mais Dawson s'accrochait olidement à sa chemise de sa main valide.

Quinze mètres encore...

— Lâche-moi... ordure... cria Paul qui se débattait rieusement, sans toutefois la force nécessaire pour dégager.

Les doigts de son bourreau étaient comme des rres d'acier.

Dix mètres.

Rassemblant tout ce qui lui restait d'énergie dans

un effort désespéré, Paul réussit à balancer son poing dans la figure de Dawson qui lâcha prise.

Cinq mètres...

Tremblant et traspirant, geignant de douleur, sentant déjà sur lui l'haleine brûlante de la chaudière, Paul se laissa rouler sur le côté droit et tomba du haut de la rampe avec un bref éclair d'appréhension... mais atterrit sans trop de mal sur un matelas de plantes et de mousse humide près du bassin. Et quand il leva les yeux il aperçut Dawson, tel un dément inconscient du danger imminent, qui plongeait la tête la première dans le chaos corrosif et crématoire. Le tonnerre éclata au même moment comme un coup de cymbales, étouffant peut-être un ultime cri d'horreur.

EPILOGUE

Samedi 27 août 1977

5 heures du matin.

LES bûcherons encore mal réveillés faisaient queue en file indienne depuis le hall du bâtiment jusqu'à la table à laquelle s'étaient installés Sam et Rya au fond du vaste réfectoire de 24 mètres sur 12. Sam utilisait sur chacun d'eux le code Clé/Serrure pour restructurer leur mémoire, ne les libérant qu'une fois les nouveaux souvenirs solidement implantés. Rya pouvait alors rayer un nom de plus sur la liste.

— Ça va, Sam ? demanda Rya avant de passer au trente et unième sujet, pour se détendre un peu.

— C'est à toi qu'il faut demander cela.

— On ne m'a pas tiré dessus, moi.

— Tu as été blessée d'une autre manière.

— C'est vrai... Je me sens plus mûre, plus adulte, c'est tout.

— Ce n'est sûrement pas tout.

— Très... triste aussi.

— Je comprends tu sais.

— ...parce que ce ne sera plus jamais pareil, fit-elle avec un léger tremblement au coin des lèvres.

Puis elle s'éclaircit la voix pour lui demander des nouvelles de sa jambe.

— Elle marche toute seule, plaisanta-t-il en lui pinçant affectueusement la joue.

Elle lui tirailla la barbe en esquissant un sourire, au grand contentement de Sam qui savait qu'aucun médicament ne pourrait ramener la bonne humeur de la fillette.

6h30

Les gros nuages avaient commencé à se disperser depuis déjà deux heures, et le petit matin s'éclairait des rayons bienvenus d'un soleil encore faible.

Un peu au-dessus de Black River, au cœur de l'épaisse forêt de pins, trois hommes descendaient dans une fosse commune les corps de Dawson, Klinger et Salsbury.

— Ça suffit, vous pouvez reboucher maintenant, leur dit Jenny à laquelle chaque pelletée de terre qui tombait redonnait goût à la vie.

9h30

Après un arrêt à Augusta pour faire le plein, l'hélicoptère qui ressemblait à un énorme frelon se posa sur la piste privée derrière la maison de Greenwich.

— Tenez-le prêt pour rentrer ce soir à Black River, demanda Paul au pilote qui acquiesça. Et d'ici là, allez donc vous reposer chez vous. Retrouvez-moi ici à 7 heures ce soir. Cela vous donne du temps.

— C'est parfait.

Paul descendit et s'étira. Avant de partir, il avait pris une douche, s'était rasé et changé. Mais l'impression de bien-être immédiat fut de courte durée, et il se sentait à nouveau raide, courbatu et las jusque dans ses os.

Il alla frapper à la porte de derrière que vint ouvrir une femme d'une cinquantaine d'années, bien en chair, avec un visage avenant, les cheveux rassemblés en un chignon, les mains blanches de farine.

— Monsieur désire ?

— Je suis la Clé.

— Je suis la Serrure.

— Laissez-moi entrer. Elle s'effaça devant lui.

— Où se trouve l'ordinateur ? demanda-t-il.

— Le... ? Pardon ?

— L'ordinateur...

— Je n'en ai pas la moindre idée, monsieur.

— Ça ne fait rien. Oubliez ma visite. Vous ne m'avez pas vu. Retournez à vos fourneaux et oubliez-moi, insista-t-il avec un regard circulaire à la cuisine ultra moderne.

Elle lui tourna le dos et reprit ses activités près du four en chantonnant.

Après avoir erré un moment dans la maison, Paul finit par trouver la salle qu'il cherchait et s'installa devant l'une des consoles pour taper sur le clavier le code d'accès que Salsbury lui avait dévoilé. L'ordinateur afficha aussitôt sur tous ses écrans:

COMMENCEZ

Respectant scrupuleusement les consignes de Salsbury, Paul tapa d'un doigt malhabile:

EFFACER TOUTES DONNEES ENREGISTREES

Cinq secondes plus tard l'écran s'allumait:

TOUTES DONNEES ENREGISTREES EFFACEES

Puis le message disparut pour faire place à l'ordre suivant que Paul venait de taper:

EFFACER TOTALITE DES PROGRAMMES

L'ordinateur répondit:

DEMANDE CONFIRMATION DERNIER ORDRE

Paul tapa pour la seconde fois la même directive d'un doigt que la fatigue commençait à gagner.

EFFACER TOTALITE DES PROGRAMMES

Les lettres luminescentes restèrent affichées environ trente secondes, puis clignotèrent par intermittence avant de s'effacer définitivement.

Paul tapa alors « BLACK RIVER », et réclama un affichage sur écran ainsi qu'une sortie d'imprimante sur toutes les données enregistrées concernant le sujet.

L'ordinateur resta muet. Paul tapa les mots « CLE/SERRURE », et exigea la même opération.

Ni affichage, ni sortie d'imprimante.

Paul demanda à la machine d'opérer une vérification complète de tous ses circuits et d'afficher son schéma actuel.

Les écrans restèrent vides.

Paul se laissa alors seulement glisser au fond de son fauteuil et ferma les yeux.

Bien des années auparavant au lycée, il avait vu un des élèves perdre un doigt à l'atelier de travaux dirigés. Il se l'était sectionné exactement entre la seconde et la troisième phalange en maniant une scie à ruban, et pendant quelques instants avait considéré le chicot ensanglanté d'un air de simple curiosité alors que ses camarades affolés s'agitaient autour de lui en poussant des cris. Il avait même plaisanté sur sa maladresse. Et puis une fois les autres rassurés par son sang-froid, il avait brutalement pris conscience de son infortune et s'était mis à hurler de douleur et de peur.

Avec la même soudaineté à cet instant, la mort de Mark explosa au visage de Paul, terrassé par l'impact émotionnel et qui se mit à sangloter pour la première fois depuis la tragique découverte du corps au fond du congélateur.

18h

Sam descendit de voiture et s'arrêta pour regarder longuement la façade de son magasin.

— Que fais-tu papa ? demanda Jenny.

— J'essaie d'estimer combien je vais pouvoir en tirer.

— Tu vendrais le magasin ?

— J'y suis bien décidé.

— Mais... c'est toute ta vie !

— J'ai l'intention de quitter cette ville. Je ne pourrais plus y vivre en sachant que si j'en ai envie je peux contrôler entièrement tout ces gens... faire d'eux ce que je veux.

— Tu sais bien que tu ne le feras jamais, dit-elle tendrement en lui prenant un bras tandis que Rya s'emparait de l'autre.

— Je sais... mais rien que l'idée de détenir ce pouvoir... il y a de quoi ronger le cœur d'un homme...

Pour la première fois de sa vie il se sentait très vieux en gravissant les marches du perron.

Samedi 1er octobre 1977

Le *New York Times* affichait ce titre au bas de la première page:

MECONTENTE DE L'ENQUETE DU FBI
Mrs DAWSON ENGAGE DES DETECTIVES PRIVES

Samedi 8 octobre 1977

On les conduisit avec empressement à la chambre nuptiale du grand hôtel.

Sur la petite table dans l'antichambre trônait un bouquet odoriférant d'œillets et de roses, accompagné d'un billet du directeur leur souhaitant la bienvenue.

Puis il firent l'amour, lentement, en prenant tout leur temps et avec les raffinements susceptibles de procurer le plus de plaisir à chacun. Ils ne faisaient plus qu'un, une seule et même entité flottant dans un nirvâna de jouissance partagée.

Une fois leur désir assouvi, ils restèrent allongés un moment sans parler, les mains enlacées, les yeux clos.

— C'était autre chose, cette fois, dit-elle enfin.

— Oui, différent. Mais bien... pour moi en tout cas...

— Oh, mais pour moi aussi !

— Que veux-tu dire alors ?

— Je ne sais pas... c'était différent. Peut-être... plus d'intensité, de profondeur... comme si on avait mûri... pris un certain poids. Mais on a perdu en naïveté si j'ose dire, en spontanéité de jeune animal...

— Tu sais, nous avons perdu notre belle âme d'enfant, c'est tout.

— Je sais.

Et nous sommes des assassins, ajouta-t-il pour lui-même. Les enfants de ce siècle finissant, les fils et les filles de l'ère des machines, accrochés à une idéologie: celle de la survie !

Puis il se morigéna, pour arrêter ce flot de pensées

déprimantes. Oui, ils étaient des assassins. Mais les assassins ont bien droit à un peu de bonheur de temps en temps ! Et ils peuvent même parfois rendre quelqu'un heureux... Et qu'y a-t-il de plus beau dans une vie, que peut-on faire de mieux ?

Il songea un instant à Mark, au faux certificat de décès, à la petite tombe près de celle d'Annie...

Il se retourna vers Jenny et la prit dans ses bras, oubliant le monde extérieur et laissant leurs deux corps se fondre à nouveau en une seule et même entité.

[illegible]. Oui, ils auraient été heureux. Mais, la [illegible] ils ont bien tort ceux qui pensent que le bonheur [illegible] temps ! Et ils pensent même parfois [illegible] qu'ils [illegible] heureux... Et qu'y a-t-il de plus beau dans une vie que peut-on faire de mieux ?

Il songea un instant à Mark, au faux certificat de décès, à la même tombe près de celle d'Annie...

Il se retourna vers Jenny et la prit dans ses bras, oubliant le monde extérieur et laissant leurs deux corps se fondre à nouveau en une seule et même entité.

COLLECTION « TERREUR »
CHEZ POCKET

Iain Banks
Le seigneur des guêpes

Clive Barker
Secret Show
Le royaume des devins

William P. Blatty
L'Exorciste : la suite

Robert Bloch
L'écharpe
Lori
Psychose
Psychose 2
Psychose 13
Contes de terreur

J. R. Bonansinga
Black Mariah

Randall Boyll
Froid devant
Monssstre
Territoires du crépuscule

Marion Zimner Bradley
Sara

Ramsey Campbell
Envoûtement
La secte sans nom
Soleil de minuit

Cathy Cash Spellman
Dans les griffes du diable

Matthew J. Costello
Cauchemars d'une nuit d'été
La chose des profondeurs
Né de l'ombre

Martin Cruz-Smith
Le vol noir

Thomas Disch
Le caducée maléfique

Katherine Dunn
Un amour de monstres

Jeanne Faivre d'Arcier
Rouge flamenco

John Farris
L'ange des ténèbres
Le fils de la nuit éternelle

Raymond Feist
Faërie

Chris Fowler
Le diable aux trousses

Ray Garton
Crucifax
Extase sanglante

Christopher Golden
Des saints et des ombres

Anthologie
L'année de la terreur

Linda C. Gray
Médium

William Hallahan
Les renaissances de Joseph Tully

Barbara Hambly
Le sang d'immortalité

Thomas Harris
Dragon rouge
Le silence des agneaux

James Herbert
Dis-moi qui tu hantes
Fluke
Fog
La lance
Les rats
Le repaire des rats
L'empire des rats
Le survivant
Sanctuaire
Sépulcre

Shirley Jackson
Maison hantée
La loterie
Le cadran solaire

Graham Joyce
L'enfer du rêve

Stephen King
La part des ténèbres
Salem

Andrew Klavan
Il y aura toujours quelqu'un derrière vous
L'heure des fauves

Dean R. Koontz
Le masque de l'oubli
Miroirs de sang
La mort à la traîne
La nuit des cafards
La nuit du forain
La peste grise
Une porte sur l'hiver
La voix des ténèbres
Les yeux des ténèbres
La maison interdite
Fièvre de glace
Lune froide

Steven Laws
Train fantôme

Tanith Lee
La danse des ombres
Le festin des ténèbres

Charles de Lint
Mulengro
Symphonie macabre
Les murmures de la nuit

Bentley Little
Le postier

Charles McLean
Le guetteur

Robert Marasco
Votre vénérée chérie

Graham Masterton
Démences
Le démon des morts
Le djinn
Le jour « J » du jugement
Manitou
Le miroir de Satan
La nuit des salamandres
Le portrait du mal
Les puits de l'enfer
Rituels de chair
Transe de mort
La vengeance de Manitou
Le trône de Satan
Apparition
La maison de chair
Les guerriers de la nuit

Robert McCammon
L'heure du loup
La malédiction de Bethany
Scorpion
Le mystère du lac

Michael McDowell
Les brumes de Babylone
Cauchemars de sable

Andrew Neiderman
L'avocat du diable

Garfield Reeves-Stevens
Contrat sur un vampire
La danse du scalpel

Anne Rice
Chronique des vampires
1. Entretien avec un vampire
2. Lestat le vampire
3. La reine des damnés
4. Le voleur de corps
La momie
Le lien maléfique

Anne Rivers Siddons
La maison d'à côté

Fred Saberhagen
Un vieil ami de la famille
Le dossier Holmes-Dracula
Dracula tapes

John Saul
Cassie
Hantises
Créature

Peter Straub
Ghost Story
Julia
Koko
Mystery
Sans portes, ni fenêtres

Michael Talbot
La tourbière du diable

Bernard Taylor
Le jeu du jugement

Sheri S. Tepper
Ossements

THOMAS TESSIER
L'antre du cauchemar

THOMAS TRYON
L'autre
La fête du maïs

JACK VANCE
Méchant garçon

LAWRENCE WATT-EVANS
La horde du cauchemar

CHET WILLIAMSON
La forêt maudite

PAUL F. WILSON
La forteresse noire
Liens de sang
Mort clinique

BARI WOOD
Amy girl

BARI WOOD/JACK GEASLAND
Faux-semblants

T. M. WRIGHT
L'antichambre
Manhattan Ghost Story
L'autre pays

XXX
MICHÈLE SLUNG présente :
22 histoires de sexe et d'horreur

DOUGLAS E. WINTER présente :
13 histoires diaboliques

Achevé d'imprimer en juillet 1995
sur les presses de l'Imprimerie Bussière
à Saint-Amand (Cher)

POCKET - 12, avenue d'Italie - 75627 Paris Cedex 13
Tél. : 44-16-05-00

— N° d'imp. 1704. —
Dépôt légal : juin 1979.

Imprimé en France